·插图珍藏版·

理智与情感

Sense and Sensibility

〔英〕简·奥斯丁 著

Jane Austen

孙致礼 译

人民文学出版社
PEOPLE'S LITERATURE PUBLISHING HOUSE

Jane Austen
Sense and Sensibility

图书在版编目(CIP)数据

理智与情感/(英)简·奥斯丁著;孙致礼译.—北京:人民文学出版社,2016
(简·奥斯丁文集)
ISBN 978-7-02-012145-8

Ⅰ.①理… Ⅱ.①简… ②孙… Ⅲ.①长篇小说-英国-近代 Ⅳ.①I561.44

中国版本图书馆 CIP 数据核字(2016)第 262822 号

责任编辑:**朱卫净　邱小群**
内文插图:**Hugh Thomson**
封面绘图:**杨　猛**
封面设计:**高静芳**

出版发行　**人民文学出版社**
社　　址　**北京市朝内大街 166 号**
邮政编码　**100705**
网　　址　**http://www.rw-cn.com**

印　　制　**上海利丰雅高印刷有限公司**
经　　销　**全国新华书店等**

开　　本　**890 毫米×1240 毫米　1/32**
印　　张　**11.875**
字　　数　**297 千字**
版　　次　**2017 年 4 月北京第 1 版**
印　　次　**2017 年 4 月第 1 次印刷**

书　　号　**978-7-02-012145-8**
定　　价　**79.00 元**

如有印装质量问题,请与本社图书销售中心调换。电话:010-65233595

目录

译　序

简·奥斯丁发表的第一部小说《理智与情感》，其初稿是1796年写成的书信体小说《埃丽诺与玛丽安》；而作者将《埃丽诺与玛丽安》改写成《理智与情感》，则是1797年11月的事。此后十余年，《理智与情感》变得无声无息，直至1811年3月，奥斯丁在书信中透露：她在伦敦看该书的校样。该书于当年10月30日出版，封面注明："一部三卷小说/一位女士著/1811年"。10月31日的《记事晨报》上发布了该书的第一个广告，称其为"某女士的一部新小说"。11月7日，该书被誉为"一部杰出的小说"。11月28日，该书变成"A女士的一部有趣的小说"——比"某女士"进了一步，该广告亮出了作者姓氏的第一个字母A。这似乎是《理智与情感》的最后一个广告。

《理智与情感》定价为15先令一册，虽然印数不是很多（一说750册，一说1000册），但是作者于1813年7月3日写道："《理智与情感》每一册都卖出去了，除版权之外（如果那还有什么价值的话），给我带来140镑收入。"同年10月，《理智与情感》出了第二版。

从写作和出版年代来看，《理智与情感》与《傲慢与偏见》是一前一后创作、一前一后发表的，因而在格调上十分接近，很像一对孪生姐妹，几乎同样富于幽默情趣。两者不同的是，《傲慢与偏见》只有一个女主角，《理智与情感》却有两个女主角，小说以那姐妹俩曲折复杂的婚事风波为主线，通过“理智与情感”的幽默对比，提出了道德与行为的规范问题。

姐姐埃丽诺是个“感情强烈”而又“头脑冷静”的年轻姑娘。她在选择对象时，不重仪表，而讲人品，爱上了为人坦率热忱的爱德华。后来发现爱德华早已同露西订有婚约，她尽管极为伤心，却能竭力克制自己，交际应酬，行若无事。最后，爱德华相继遭到母亲和露西的遗弃，埃丽诺对他依然一往情深，终于与他结为终身伴侣，获得了真正的爱情。同埃丽诺形成对照的，是妹妹玛丽安。她虽然聪明灵慧，但过于多情善感，对爱情抱着富有浪漫色彩的幻想，一心要嫁个“人品出众，风度迷人”的如意郎君。三十五岁的布兰登上校对她表示好感时，她觉得他太老了，因而不屑一顾。随后，她意外地遇见了“风度翩翩”的轻薄公子威洛比，当即陷入热恋之中。不久被对方抛弃，她又悲痛欲绝，自我作践，差一点丢掉性命。沉痛的教训，姐姐的榜样，使她终于变得理智起来，最后还是嫁给了一直倾心于她而最没有浪漫色彩的布兰登上校。显然，作者通过这般对照描写，说明了这样一个道理：人不能感情用事，感情应该受到理智的制约。

如果说玛丽安是吃了“感情有余、理智不足”的亏，那么，书中还有一伙人则是走了另外一个极端。这伙人在感情上可以说是一贫如洗，在“理智”上却相当“富有”。他们一个个不是冷漠自私，便是冷酷无情，为人行事总是机关算尽，貌似很有理智，实则满脑子歪门邪道，往往搞得自相矛盾，荒诞至极。约翰·达什伍德与埃丽诺姐妹本是同父异母兄妹，父亲临终时把全部家产都交给了他，嘱托他好生照应继母和三个妹妹。他当场也满口应承，并且慨然决定给每个妹妹再补贴一千镑收入。可是一回到家，经过比他“更狭隘、更自私”的妻子以“理”相劝，他又变了卦，对寡母和妹妹不但分文不给，还把她们挤出她们长期居住的诺兰庄园。约翰的岳母费拉斯太太为长子爱德华物色了一门贵亲，爱德华不从，偏要与出身低贱的露西结婚。费拉斯太太气急败坏，剥夺了他的财产继承权，并且把他撵出了家门，扬言一辈子不让他有出头之日。约翰·达什伍德和费拉斯太太，一个要财产不要兄妹情，一个要门第不要母子情，同是利令智昏，令人鄙夷。

威洛比和露西是两个无独有偶的反派角色。从表面上看，他们两人都有强烈的“情感”，不过他们的情感是虚假的，内心极度冷酷与自私。威洛比从小养成了游手好闲、放荡不羁的恶习。他先是玩弄了布兰登上校的养女伊丽莎，等她怀孕后又无情地将她遗弃。后来，他抱着同样的目的，恋上了玛丽安，与她卷入了一场“真正的爱情”。然而，一想到玛丽安没有财产供他挥霍，便又同样无情地抛弃了她，而与一位富家小姐结了婚。婚后得不到应有的幸福，他又可怜巴巴地企图再找玛丽安重温旧情。露西是个自私、狡诈的女人，她先是与爱德华订婚，爱德华被剥夺了财产继承权之后，她转而去勾引爱德华的弟弟罗伯特·费拉斯。两人臭味相投，一拍即合。而结婚之后，她又在费拉斯太太面前“装作低三下四的样子，一再对罗伯特的罪过引咎自责，对她自己受到的苛刻待遇表示感激，最后终于受到费拉斯太太的赏识”。显而易见，简·奥斯丁塑造威洛比和露西这样两个典型，是想告诫无辜的世人，不要误上那些貌似多情、实则多诈的小人的当。

在简·奥斯丁看来，感情用事的人尽管显得十分滑稽可笑，但只要心地善良，待人热诚，总比机关算尽的势利之徒要强百倍。这可以詹宁斯太太为例。作为书中最滑稽可笑的一个角色，她最初给人的印象是缺乏教养，粗俗不堪。她自恃嗅觉灵敏，“善于发现儿女私情”，其实是满脑子错觉，为此曾引起埃丽诺和玛丽安的反感。可是，随着小说的发展，读者发现：詹宁斯太太不仅热情无私，而且具有强烈的是非感。别看她平时有口无心，尽闹笑话，但是到了节骨眼上，她却丝毫也不糊涂。她见到费拉斯太太母女为金钱和门第而歇斯底里大发作时，颇为愤慨，毅然说道："她们两人我一个也不可怜。"最后，她以实际行动赢得了埃丽诺姐妹俩的信任和尊重。

简·奥斯丁写喜剧从不做正面说教。她的拿手好戏是讽刺。综观《理智与情感》全书，她的讽刺主要采取了两种艺术手法，一是滑稽模仿，二是反讽，两者相辅相成，相映成趣，经常使读者发出"启人深思的笑"①。在小说的前半部，作者以略带夸张的讽刺笔调，对玛丽安的伤感作了多次滑稽描写，给人留下了极为深刻的印象。一次，玛丽安听爱德华吟诵考柏的诗，事后她对母亲说："我要是爱他的话，听他那样索然乏味地念书，我的心都要碎成八瓣了。妈妈，我世面见得越多，越觉得我一辈子也见不到一个我会真心爱恋的男人。"离别诺兰庄园的头天夜里，她一边在房前独自徘徊，一边向那"幸福的家园"和"熟悉的树木"挥泪"话别"。后来，她来到了克利夫兰，独自登高远眺，"在这极其难得而又无比痛苦的时刻，她不禁悲喜交加，热泪夺眶而出"。吟诗时"激动得发狂"，赏景时达到"如醉如痴"，开心时能够得意忘形，悲伤时可以肝肠寸断，这既是对玛丽安的辛辣讽刺，也是对感伤派小说的无情嘲弄，这就进一步深化了小说的思想内容。

反讽的笔墨，小说里更是俯拾即是。这不仅见诸某些人物的喜剧性格，不仅见诸对情节的喜剧性处理，而且融汇在故事的整个构思里。玛丽安最早断定，布兰登上校"年老体衰"，根本"没有资格考

① 乔治·梅雷迪斯语，转引自《简·奥斯丁评论集》，第42页。

虑结婚”，可后来的事实却恰恰是她自己做了布兰登太太。再看露西，她先前是那样鄙夷罗伯特·费拉斯，说他“傻乎乎的，是个十足的花花公子”，可是她最后又心甘情愿地嫁给了他。而费拉斯太太呢，她一听说爱德华要娶露西为妻，便勃然大怒，立即导演了一场剥夺财产继承权的闹剧。可是，当后来罗伯特秘密娶了露西时，她非但没有惩罚他，反而对他慷慨资助，甚至把露西视为“掌上明珠”，而把财产和出身都胜她一筹的大儿媳埃丽诺当作“不速之客”。在简·奥斯丁的笔下，现实就是这么恶作剧，喜欢对世人的判断、愿望和行动进行嘲讽。

《理智与情感》里有几个妙趣横生的戏剧性场面，历来为评论家所津津乐道，被称为简·奥斯丁绝妙的讽刺章节。第一卷第二章，约翰·达什伍德夫妇在谈论要不要资助继母和三个妹妹，一个强调夺理，一个言听计从，短短一席对话，两个冷漠自私的守财奴的形象跃然纸上。第二卷第十二章，这对夫妇破例宴请约翰·米德尔顿夫妇，“这里没有出现别的贫乏，唯有言谈是贫乏的”，作者仅仅抓住区区两个小话题，便把书中几乎所有女性的弱点暴露得淋漓尽致。

简·奥斯丁写小说，她的最大乐趣或许是创造人物。她塑造人物形象，一不靠抽象的外貌描写，二不靠精细的内心刻画，她只是借助生动的对话和有趣的情节，就能把人物写得栩栩如生。因此，英国著名作家 E. M. 福斯特称简·奥斯丁的人物是“圆的”立体，而不是“扁的”平面[①]。《理智与情感》里塑造了近二十个有闲阶级的男士、夫人和小姐，且不说前面提到的主要人物，一个个莫不是精雕细刻，活灵活现，即使着墨不多的次要人物，也写得有血有肉。露西的姐姐斯蒂尔小姐，长到二十九岁还没找到婆家，于是只好从别人的取

---

① 引自《简·奥斯丁评论集》，第 9 页。

笑中寻求点精神安慰。一次，人们拿戴维斯博士开她的玩笑，她一时得意忘形，“装出认真的样子”求詹宁斯太太替她“辟谣”，而詹宁斯太太完全理解她的心意，“当即向她保证说，她当然不会辟谣。斯蒂尔小姐听了心里简直乐开了花”。寥寥数语，活现出一个单相思小姐的可怜形象。有时，简·奥斯丁喜欢在对话和情节之外，加上几句带有讽刺意味的议论，往往起到画龙点睛的作用。如詹宁斯太太的二女儿夏洛特，她凭着自己的美貌，嫁给了一心向上爬的帕尔默先生。有好多次，她当着众人主动同丈夫搭话，丈夫全然不理睬她，她也毫不介意，只道是丈夫“真滑稽”。接着，作者写道：“谁也不可能像帕尔默夫人那样绝对和和气气，始终欢欢乐乐。她丈夫故意冷落她，傲视她，嫌弃她，都不曾给她带来任何痛苦；他申斥她、辱骂她的时候，她反而感到其乐无穷。”在帕尔默夫人看来，女子嫁人，不过是为了归宿和衣食之计，至于丈夫是否把她当人看待，那是无关紧要的。这在一定程度上反映了妇女的可悲命运。

从布局上看，《理智与情感》包含着两个“三角”关系，故事可谓错综复杂，但作者始终能妥帖安排，作品看起来浑然一体。尤其值得一提的是，小说中，一个异样的表情，一个偶然的举动，都寓有一定的含意，引起读者的关注。例如第一卷第十三章，布兰登上校正打算带领众人到惠特韦尔游览，突然，他收到一封信，“一看姓名地址，脸色刷地变了”。随即，他也不肯道明缘由，便匆匆赶到伦敦。又如第十五章，本来同玛丽安打得火热的威洛比，突然一反常态，冷冰冰地来向玛丽安一家道别，只说是“到伦敦去出差”。作者利用偶发事件制造悬念，使读者急欲看个究竟。

对话，是文学创作塑造人物形象的基本材料和基本手段。简·奥斯丁的对话鲜明生动，富有个性，读来如闻其声，如见其人，难怪评论家常拿她和莎士比亚相提并论。在《理智与情感》中，露西听说埃丽把爱德华视为“心上人”，赶忙告诉埃丽诺：她自己早已与爱德华订了婚。尽管她是打着向“知心朋友”讲“私房话”的幌子，但是透过她那矫揉造作和洋洋得意的语调，读者可以直窥她那自私、狡诈的心灵：原来，她对埃丽诺信任是假，刺激是真。再看约翰·达什伍德，他张口是钱，闭口是钱，就连向妹妹们告别，也“祝贺”她们“不费分文就能朝巴顿方向做这么远的旅行”，生动逼真地表现了他那吝啬、贪婪、冷酷的性格特征。可以毫不夸张地说，读简·奥斯丁的小说，确能“使读者由说话看出人来的”(鲁迅语)。

简·奥斯丁的小说取材于一个“三四户人家的乡村”，天地虽然狭小了些，但却是个森罗万象、意味无穷的世界。

第一卷

第一章

达什伍德家在苏塞克斯[1]定居，可有些年代了。家里置下一个偌大的田庄，府第就设在田庄中心的诺兰庄园。祖祖辈辈以来，一家人一直过着体面日子，赢得了四近乡邻的交口称誉。已故庄园主是个单身汉，活到老大年纪。在世时，妹妹长年陪伴他，替他管管家务。不想妹妹早他十年去世，致使府上发生巨变。为了填补妹妹的空缺，他将侄儿亨利·达什伍德一家接到府上。亨利·达什伍德先生是诺兰田庄的法定继承人，老达什伍德打算把家业传给他。这位老绅士有侄儿、侄媳及其子女做伴，日子过得倒也舒心。他越来越喜爱他们。亨利·达什伍德夫妇不仅出自利害关系，而且由于心地善良，对他总是百般照应，使他过着他这个年纪要多舒适有多舒适的日子。而那些天真烂漫的孩子也给他的生活增添了乐趣。

亨利·达什伍德先生同前妻生下一个儿子，同现在的太太生了三个女儿。儿子是个踏实体面的青年。当年他母亲留下一大笔遗产，到他成年时有一半交给了他，为他奠定了厚实的家底。此后不久，他成了亲，又增添了一笔财产。所以，对他来说，父亲是不是继承诺兰田

① 苏塞克斯（Sussex）：英格兰东南部旧郡名，现已划分为东苏塞克斯、西苏塞克斯两个郡。

庄，远不像对他几个妹妹那样至关紧要。这几个妹妹假若不依赖父亲继承这笔家业可能给她们带来的进益，她们的财产便将微乎其微。她们的母亲一无所有，父亲仅仅掌管着七千镑，而对前妻另一半遗产的所有权只在生前有效，他一去世，这一半财产也归儿子承袭。

老绅士死了，开读遗嘱，发现跟其他遗嘱一样，叫人既高兴，也失望。他并非那样偏颇无情，还是把田庄传给了侄儿。但是，因为附有条件，这份遗产便失去了一半价值。本来，达什伍德先生想要这笔财产，只是顾念妻子和女儿，而不是为自己和儿子着想。但财产却偏偏要世袭给他儿子和四岁的孙子，这样一来，他便无权动用田庄的资财，或者变卖田庄的珍贵林木，来赡养他那些最亲近、最需要赡养的家眷。为了那个孩子，全盘家业都被冻结了。想当初，这孩子只是偶尔随父母亲到诺兰来过几趟，跟其他两三岁娃娃一样，也没有什么异常逗人喜爱的地方，大不过正牙牙学语，禀性倔强，好恶作剧，爱大吵大闹，却博得了老绅士的欢心。相形之下，侄媳母女多年关照的情分，倒变得无足轻重了。不过，老人也不想太苛刻，为了表示他对三个姑娘的一片心意，好歹分给了每人一千镑。

达什伍德先生起初极为失望。他性情开朗，满以为自己能多活些年岁，凭着这么大的一个田庄，只要马上改善经营，省吃俭用，就能从收入中攒下一大笔钱，然而，这笔迟迟到手的财产在他名下只持续了一年工夫，因为叔父死后不久，他也一命归天，给他的遗孀和女儿们留下的财产，包括叔父的遗产在内，总共不过一万镑。

当时，家人看他病危了，便打发人去叫他儿子。达什伍德先生竭尽最后一点气力，向儿子做了紧急交代，嘱托他照应继母和三个妹妹。

约翰·达什伍德先生不像家里其他人那么重感情。可是，此时此刻受到这般嘱托，他也深为感动，答应尽力让她们母女生活得舒舒适

适的。父亲听到这番许诺，便也放宽心了。一时间，约翰·达什伍德先生有空算计起来：若是精打细算，他到底能为她们尽多大力量。

这位年轻人心眼并不坏，除非你把冷漠无情和自私自利视为坏心眼。总的说来，他很受人尊敬，因为他平常办起事来，总是十分得体。他若是娶一个和蔼一点的女人，也许会更受人尊重，甚至他自己也会和蔼一些。无奈他结婚时太年轻，太偏爱妻子了。不过，约翰·达什伍德夫人倒也活像她丈夫，只是更狭隘，更自私罢了。

他向父亲许诺的时候，心里就在盘算，想给他妹妹每人再补贴一千镑的收入。当时，他确实觉得这是他力所能及的。他除了目前的收入和母亲的另一半遗产以外，还可望每年再添四千镑。一想到这里，心里不禁热乎乎的，他认为自己可以慷慨一点。“是的，我可以给她们三千镑，这多么慷慨大方啊！可以确保她们安安生生地过日子啦。三千镑呀！我可以毫不费劲地省出这么一笔巨款。”他整天这么想着，接连想了好多天，一点也没反悔。

父亲的丧事刚办完，约翰·达什伍德夫人也不打个招呼，就带着孩子、仆人来到婆婆家。谁也无法怀疑她有权来这里，因为从她公公死去的时刻起，这房子就属于她丈夫了。不过，她的行为实在太不文雅，按照人之常情，任何一个女人处在达什伍德太太当婆母的位置上，都会感到很不愉快。何况，达什伍德太太是个讲究体面、爽快大方的女人，对这种唐突无礼的事情，无论是谁干的或者对谁干的，她都会感到深恶痛绝。约翰·达什伍德夫人在婆家从未受过任何人的喜爱，直到今天她才有机会向她们摆明：在必要时，她为人行事可以全然不顾别人的痛痒。

达什伍德太太厌恶这种蛮横无理的行径，并因此而鄙视她的儿媳。一见儿媳进门，她就恨不得永远离开这个家。怎奈大女儿一再恳求，她开始考虑一走了之是否妥当。后来硬是出自对三个女儿的爱怜，她才决定留下来。看在女儿们的分上，还是不跟那个做哥哥的闹翻为好。

大女儿埃丽诺的劝解奏效了。埃丽诺思想敏锐，头脑冷静，虽然年仅十九岁，却能为母亲出谋划策。达什伍德太太性情急躁，做事总是冒冒失失。埃丽诺为大家着想，经常出来劝阻。她心地善良，性格温柔，感情强烈，然而她会克制自己——对于这一手，她母亲还有待学习，不过她有个妹妹决计一辈子也不要学。

玛丽安各方面的才干都堪与埃丽诺相媲美。她聪慧敏感，只是做什么事情都心急火燎的。她伤心也罢，高兴也罢，都没有个节制。她为人慷慨，和蔼可亲，也很有趣，可就是一点也不谨慎，与她母亲一模一样。

埃丽诺见妹妹过于感情用事，不免有些担心，可达什伍德太太却觉得这很难能可贵。现在，她们两人极度悲痛的情绪，互相感染，互相助长。最初的那种悲痛欲绝的情状，一触即发，说来就来，反反复复地没完没了。她们完全沉湎于悲恸之中，真是哪里伤心往哪里想，越想越痛不欲生，认定这辈子就这么了结啦，谁来解劝也无济于事。埃丽诺也很悲痛，不过她尚能顶得住，尽量克制自己。她遇事能同哥哥商量着办，嫂子来了能以礼相待。她还能劝说母亲也这样做，请她多加忍让。

三妹玛格丽特是个快活厚道的小姑娘，不过由于她已经染上了不少玛丽安的浪漫气质，而又不像她那么聪明，处在十三岁的年纪，还不可能赶上涉世较深的姐姐。

第二章

约翰·达什伍德夫人如今当上了诺兰庄园的女主人，她的婆母和小姑们反而落到寄人篱下的境地。不过，这么一来，她待她们反倒文静客气起来。她丈夫对她们也和和气气的，他除了对自己和自己的老婆孩子之外，对别人充其量也只能如此。他颇为恳切地请求她们把诺兰庄园当作自己的家。达什伍德太太觉得一时在左近找不到合适的房子，不如暂且待在这里，于是便接受了他的请求。

对于达什伍德太太来说，待在这个老地方，随时随地都能回想起昔日的欢乐，倒也再称心不过了。碰到高兴的时候，谁也没有她那样开心，那样乐观地期待着幸福的到来，仿佛期待本身就是一种幸福似的。可是一遇到伤心事，她也同样胡思乱想，失去常态，同她高兴时不能自已一样，她伤心起来也是无法解脱的。

约翰·达什伍德夫人根本不赞成丈夫资助他几个妹妹。从他们小宝贝的财产中挖掉三千镑，岂不是把他刮成穷光蛋了吗？她请丈夫重新考虑这件事。自己的孩子，而且是独生子，他怎么忍心剥夺他这么一大笔钱呀？几位达什伍德小姐与他只是同父异母兄妹，她认为这根本算不上什么亲属关系，她们有什么权利领受他这样慷慨的资助？众所周知，同父异母子女之间历来不存在什么感情，可他为什么偏要把自己的钱财送给同父异母妹妹，毁自己，也毁他们可怜的小哈里？

“我父亲临终有嘱咐，”丈夫回答说，“要我帮助寡母和妹妹们。”

“他准是在说胡话。那阵子，他十有八九是神志不清了，要不然他就不会异想天开地要你把自己孩子的财产白白送掉一半。”

“亲爱的范妮，他倒没有规定具体数目，只是笼统地要求我帮助她们，使她们的境况比他力所能及的还搞得好一些。也许他不如索性把事情全部交给我。他总不会认为我会怠慢她们吧。可他让我许诺时，我又不能不应承；起码在当时，我是这么想的。于是，我许诺了，而且还必须兑现。她们早晚要离开诺兰，到别处安家，总得帮她们一把吧。”

“那好，就帮她们一把吧，可是帮一把何必要三千镑。你想想看，”她接下去说道，“那钱一旦抛出去，可就再也收不回来了。你那些妹妹一出嫁，那钱不就无影无踪啦。真是的，这钱要是能回到我们可怜的小儿子手里——”

“哦，当然，”丈夫一本正经地说道，“那可就了不得啦。有朝一日，哈里会怨恨我们给他送掉这么一大笔钱。他一旦人丁兴旺起来，这笔款子可就派大用场了。”

“谁说不是呢。”

“这么说，不如把钱减掉一半，这或许对大家都有好处。给她们一人五百镑，她们也够发大财的了！”

“哦！当然是发大财了！世上哪个做哥哥的能这样照应妹妹，即使是对待亲妹妹，连你的一半也做不到！何况你们只是同父异母关系！可你却这样慷慨解囊！”

“我做事不喜欢小家子气，”做丈夫的回答说，“逢到这当口，人宁可大手大脚，而别小里小气。至少不会有人觉得我亏待了她们，就连她们自己也不会有更高的期望了。”

“谁知道她们有什么期望，”夫人说道，“不过，我们也犯不着去考虑她们的期望。问题在于：你能拿得出多少。”

“那当然，我想我可以给她们每人五百镑，其实，即便没有我这份补贴，她们的母亲一死，她们每人都能得到三千多镑，对于一个年轻女子来说，这是一笔相当不错的财产啦。”

“谁说不是呢！说实在的，我看她们根本不需要额外补贴了。她们有一万镑可分。要是出了嫁，日子肯定富得很。即使不出嫁，就靠那一万镑得来的利息，也能在一起生活得舒舒服服的。”

“的确如此。所以我在琢磨：整个来看，趁她们母亲活着的时候，给她点补贴，这是不是比给她们更可取呢？我的意思是给她点年金什么的。这个办法产生的良好效果，我妹妹和她们的母亲都能感觉得到。一年出一百镑，管叫她们全都舒舒服服的。”

然而，他妻子没有马上同意这个计划，她犹豫了一下。

“当然，”她说，“这比一下子送掉一千五百镑要好。不过，要是达什伍德太太活上十五年，我们岂不上了大当。”

“十五年！我亲爱的范妮，就她那命呀，连这一半时间也活不到。”

“当然活不到。不过，你留心观察一下，人要是能领到一点年金的话，总是活个没完没了。她身强力壮的，还不到四十岁。年金可不是闹着玩的，一年一年地给下去，到时想甩都甩不掉。你不懂这种事，我可体验到给年金的不少苦楚，因为我母亲遵照我父亲的遗嘱，年年要向三个老仆人支付退休金，她发现这事讨厌极了。这些退休金每年支付两次，要送到仆人手里可麻烦了。此后听说有一个仆人死了，可后来发现并没有这回事。我母亲伤透了脑筋。她说，她的财产被这样长久刮下去，她哪里还做得了主？这都怪我父亲太狠心，不然这钱还不都是我母亲的，爱怎么用就怎么用。如今，我对年金憎恶透了，要是叫我给哪个人付年金，我说什么也不干。”

“一个人的收入年年这样消耗下去，”达什伍德先生说，“这当然是件不愉快的事情。你母亲说得对，这财产就不由自己做主了。一到年金支付日，都要照例支出一笔钱，这着实有些讨厌：它剥夺了一个人的自主权。”

“那还用说。尽管如此，你还不讨好。她们觉得自己到期领取，万无一失，而你又不会再多给，所以对你压根儿不领情。我要是你呀，不管做什么事，一定自作裁夺。我绝不会作茧自缚，去给她们什么年金。逢到某些年头，你要从自己的花销中抽出一百镑，甚至五十镑，可没那么容易。”

“亲爱的，我看你说得对，这事还是不搞年金为好。偶尔给她们几个钱，比给年金有益得多，因为钱给多了，她们只会变得大手大脚，到了年底一个小钱也多不出来。这是个最好不过的办法。不定时地送她们五十镑，这样她们什么时候也不会缺钱用，我还能充分履行我对父亲的承诺。”

“当然如此。说实在话，我认为你父亲根本没有让你资助她们的意思。我敢说，他所谓的帮助，不过是让你合情合理地帮点忙，比方替她们找座舒适的小房子啦，帮她们搬搬东西啦，等季节到了给她们送点鲜鱼野味啦，等等。我敢以性命担保，他没有别的意思；要不然，岂不成了咄咄怪事。亲爱的达什伍德先生，你只要想一想，你继母和她的女儿们靠着那七千镑得来的利息，会过上多么舒适的日子啊。况且每个女儿还有一千镑，每年能给每人带来五十镑的收益。当然啦，她们会从中拿来向母亲缴纳伙食费的。总计起来，她们一年有五百镑的收入，就那么四个女人家，这些钱还不够吗？她们的花销少得很！管理家务不成问题。她们一无马车，二无马匹，也不用雇仆人。她们不跟外人来往，什么开支也没有！你看她们有多舒服！一年五百镑啊！我简直无法想象她们哪能花掉一半。至于说你想再给她们钱，未免太荒诞了吧。论财力，她们给你点倒差不多。”

“哟！”达什伍德先生说，“你说得真是一点不假。我父亲对我的要求，除了你说的之外，肯定没有别的意思。我现在搞清楚了，我要严格履行我的承诺，照你说的，为她们帮点忙，做点好事。等我母亲搬家的时候，我一定尽力帮她安顿好，还可以送她点小件家什。”

“当然，”约翰·达什伍德夫人说，“但是，有一点你还得考虑。你父母亲搬到诺兰时，斯坦希尔那儿的家具虽说都卖了，可那些瓷器、金银器皿和亚麻台布都还保存着，统统留给了你母亲。因此，她一搬家，屋里准摆得阔阔气气的。”

“你考虑到这一点无疑事关重大啊。那可是些传家宝啊！有些金银器皿送给我们可就美啦。”

“就是嘛。那套瓷器餐具也比我们家的漂亮多了。我看太漂亮了，她们住得起的房里根本不配摆设。不过，事情就这么不公平。你父亲光想着她们。我实对你说吧：你并不欠你父亲的情，不用理睬他的遗愿，因为我们心里有数，他若是办得到的话，准会把所有财产都留给她们的。”

这个论点是无可争辩的。如果达什伍德先生先前还有点下不了决心的话，这下子可就铁了心啦。他最后决定，对他父亲的遗孀和女儿，按他妻子说的，像邻居式地帮帮忙也就足够了；越此雷池一步，不说有失体统，也是绝对多余的。

第三章

达什伍德太太在诺兰又住了几个月。这倒不是因为她不愿意搬走。有一阵子，一见到她所熟悉的每个地方，她都要激动不已，可是现在已经激动不起来了。如今她的情绪开始好转，不再被那些令人痛苦的伤心事所压倒，而是能够思索点别的问题了。她急切地想离开这里，不辞辛苦地四处打听，想在诺兰附近找座合适的房子。她留恋这个地方，要远走高飞是不可能的。不过，她怎么也打听不到这样一个去处，一方面符合她自己需要舒适安逸的想法，另一方面又能满足谨慎从事的大女儿的要求。有几座房子，做母亲的本来是中意的，不料大女儿比较固执己见，硬说房子太大住不起，最后只好作罢。

达什伍德太太听丈夫说过，他儿子郑重其事地答应关照她们母女儿个。丈夫临终前听到这番许诺，死也瞑目了。她和丈夫一样，对儿子的诚意深信不疑。虽然她觉得自己别说七千镑，即使再少得多，也能过得绰绰有余，但她一想起来就为女儿们感到高兴。再看那做哥哥的心眼这么好，她也为他感到高兴。她责怪自己以前不该错怪他，认为他不够大方。他这样对待继母和妹妹们，足以说明他多么关心她们的幸福。有好长一段时间，她对他的慷慨豁达坚信不疑。

她和儿媳刚认识，就瞧不起她，如今在她家里住上半年，进一步了解了她的为人，不觉对她更加鄙视。尽管当婆母的以母爱为重，处处注意礼貌，若不是出现了一个特殊情况，婆媳俩也许还共处不了这么长时间。照达什伍德太太的看法，出了这件事，她的女儿们理所当然是要继续待在诺兰的。

这桩事就出在她大女儿和约翰·达什伍德夫人的弟弟之间，两人渐渐萌发了爱慕之情。那位弟弟是个很有绅士派头、很逗人喜爱的年轻人，他姐姐住进诺兰庄园不久，就介绍他与她们母女相识了。从那以后，他将大部分时间都消磨在那里。

有些做母亲的从利害关系出发，或许会进一步撮合这种密切的感情，因为爱德华·费拉斯乃是一位已故财主的长子；不过，有些做母亲的为了慎重起见，也许还会遏制这种感情，因为爱德华除了一笔微不足道的资产之外，他的整个家产将取决于母亲的遗嘱。可是达什伍德太太对这两种情况都不予考虑。对她来说，只要爱德华看上去和蔼可亲，对她女儿一片钟情，而埃丽诺反过来又钟情于他，那就足够了。因为财产不等而拆散一对志趣相投的恋人，这与她的伦理观念是格格不入的。埃丽诺的优点竟然不被所有认识她的人所公认，简直叫她不可思议。

她们之所以赏识爱德华·费拉斯，倒不是因为他人品出众，风度翩翩；他并不漂亮，那副仪态嘛，只有和他熟悉了才觉得逗人喜爱。他过于腼腆，这就使他越发不能显现本色了。不过，一旦消除了这种天生的羞怯，他的一举一动都表明他胸怀坦荡，待人亲切。他头脑机灵，受教育后就更加聪明。但是，无论从才智还是从意向上看，他都不能使他母亲和姐姐称心如意；她们期望看到他出人头地——比如当个——她们也说不上当个什么。她们想让他在世界上出出这样或那样的风头。他母亲希望他对政治发生兴趣，以便能跻身于议会，或者结攀一些当今的大人物。约翰·达什伍德夫人抱有同样的愿望，不过，在这崇高理想实现之前，能先看到弟弟驾着一辆四轮马车，她也就会心满意足了。谁想，爱德华偏偏不稀罕大人物和四轮马车，他一心追求的是家庭的乐趣和生活的安逸。幸运的是，他有个弟弟比他有出息。

爱德华在姐姐家盘桓了几个星期，才引起达什伍德太太的注意；因为她当初太悲痛，对周围的事情也就不注意了。她只是看他不声不响，安安静静，为此对他发生了好感。他从来不用不合时宜的谈话，去扰乱她痛苦的心灵。她对他的进一步观察和赞许，最早是由埃丽诺偶然说出的一句话引起来的。那天，埃丽诺说他和他姐姐大不一样。这个对比很有说服力，帮他博得了她母亲的欢心。

“只要说他不像范妮，这就足够了，”她说，“这就是说他为人非常厚道。我已经喜爱上他了。”

“我想，”埃丽诺说，“你要是对他了解多了，准会喜欢他的。”

“喜欢他！”母亲笑吟吟地答道，“我心里一满意，少不了要喜爱他。”

“你会器重他的。”

“我还不知道怎么好把器重和喜爱分离开呢。”

随后，达什伍德太太便想方设法去接近爱德华。她态度和蔼，立即使他不再拘谨，很快便摸清了他的全部优点。她深信爱德华有意于埃丽诺，也许正是因此，她才有这么敏锐的眼力。不过，她确信他品德高尚。就连他那文静的举止，本是同她对青年人的既定看法相抵触的，可是一旦了解到他待人热诚，性情温柔，也不再觉得令人厌烦了。

她一察觉爱德华对埃丽诺有点爱慕的表示，便认准他们是在真心相爱，巴望着他们很快就会结婚。

“亲爱的玛丽安，”她说，“再过几个月，埃丽诺十有八九要定下终身大事了。我们会惦记她的，不过她会很幸福的。”

“噢！妈妈，要是离开她，我们可怎么办啊？”

“我的宝贝，这还算不上分离。我们和她就隔着几英里路，天天都能见面。你会得到一个兄长，一个真正的、情同手足的兄长。我对爱德华的那颗心算是佩服到家了。不过，玛丽安，你板着个脸，难道你不赞成你姐姐的选择？”

“也许是吧，”玛丽安说，“我感到有点意外。爱德华非常和蔼可亲，我也很喜爱他。但是，他可不是那种年轻人——他缺少点什么东西，他那副形象可不引人注目——我觉得，可以真正吸引我姐姐的那种魅力，他连一丝一毫都不具备。他两眼无神，缺乏生气，显不出美德与才华。除此之外，他恐怕还没有真正的爱好。音乐对他几乎没有吸引力，他虽然十分赞赏埃丽诺的绘画，可那不是内行人的赞赏。埃丽诺画画的时候，他总要凑到跟前，尽管如此，他对绘画显然一窍不通。他那是有情人的赞赏，而不是行家的赞赏。使我满意的人，必须同时具备这两种气质。跟一个趣味与我不能完全相投的人一起生活，我是不会幸福的。他必须与我情投意合；我们必须醉心于一样的书，一样的音乐。哦！妈妈，爱德华昨天夜里给我们朗读时，样子无精打采的，蹩脚透了！我真替姐姐担心。可她倒沉得住气，就像是没看见似的。我简直坐不住了，那么优美的诗句，常常使我激动得发狂，可是让他那么平淡无味、不动声色地一朗读，谁还听得下去！”

“他一定善于朗读质朴风雅的散文。我当时就这么想的，可你偏要让他念考柏[1]的诗。”

“得了吧，妈妈，要是考柏的诗都打动不了他，那他还配读什么！不过，我们必须承认趣味上的差异。埃丽诺没有我这样的情趣，因此她可以无视这种缺欠，跟他在一起还觉得挺幸福的。可是，我要是爱他的话，听他那样索然乏味地念书，我的心都要碎成八瓣了。妈妈，我世面见得越多，越觉得我一辈子也见不到一个我会真心爱恋的男人。我的要求太高了！他必须具备爱德华的全部美德。而为美德增添光彩，他又必须人品出众，风度迷人。”

“别忘了，我的宝贝，你还不到十七岁，对幸福丧失信心还为时过早。你怎么会不及你母亲幸运呢？玛丽安，你的命运与我的命运只会有一点是不同的！”

第四章

“真可惜呀，埃丽诺，”玛丽安说，“爱德华竟然不爱好绘画。”

“不爱好绘画？”埃丽诺答道。“你怎么能这样看？的确，他自己不画，可是他很喜欢看别人画。我敢向你担保，他绝不缺乏天资，只不过是没有机会深造罢了。他要是一步步地学下来，我想会画得很出色的。他不大相信自己这方面的鉴赏力，总是不愿意对任何画儿发表意见。不过，他先天就有一种恰当而纯朴的鉴赏力，使他一般都很明断。”

玛丽安唯恐惹姐姐生气，便不再往下说了。不过，埃丽诺说他赞赏别人的绘画，可是这种赞赏远远没有达到如醉如痴的程度，在她看

① 考柏（William Cowper，1731—1800）：英格兰浪漫主义抒情诗人和赞美诗作者，以描写乡村的风土人情著称。

来，只有达到如醉如痴的程度才能称得上真正具有鉴赏力。姐姐的错误使她暗自发笑。然而，她又佩服姐姐对爱德华的盲目偏爱，正是这种盲目偏爱才导致了那个错误。

“玛丽安，”埃丽诺继续说道，“我希望你不要认为他缺乏一般的鉴赏力。其实，我也许应该说你不会有那种看法，因为你待他十分热诚。如果你真有那种看法的话，你肯定不会对他那么彬彬有礼。”

玛丽安简直不知说什么好。她无论如何也不想伤害姐姐的感情，然而又不能说些言不由衷的话。最后她回答说：

“埃丽诺，要是我对他的称赞与你对他优点的认识不尽一致，请你不要生气。我不像你那样，有那么多机会去揣摩他在意向、爱好和情趣方面的细微的倾向；但是，我极其佩服他的德行和理智。我觉得他可敬可亲极了。”

“我敢肯定，”埃丽诺笑盈盈地答道，“像这样的称赞，连他最亲近的朋友听了也不会不满意的。我很难设想，你能说出更热情的赞语。”

玛丽安看到取悦于姐姐这么容易，禁不住也乐了。

“对于他的德行与理智，”埃丽诺接着说，“凡是经常见到他，能同他畅所欲言的人，我想谁也无法怀疑。他有卓越的见识和操守，只因生性腼腆，经常寡言少语，一时显现不出来。你了解他，能对他那实实在在的人品作出公正的评价。至于谈到你所谓的细微的倾向，有些特殊情况你没有我了解。我有时常和他在一起，而你却完全让母亲拴住了，亲热起来没完没了。我常常见到他，研究了他的情感，听取了他在文学与鉴赏方面的见解。整个来说，我敢断言，他知识渊博，酷爱读书，想象力丰富，观察问题公允而准确，情趣风雅而清纯。他各方面的能力和他的人品举止一样，你越是了解，印象越好。初看上去，他的谈吐的确不怎么出众，相貌也算不上漂亮，不过你一见到他那无比动人的眼神，你就会发现他的整个表情都十分可爱。现在我很了解他，觉得他确实漂亮，至少可以说几乎是漂亮的。你说呢，玛丽安？”

“埃丽诺，我要是现在不认为他漂亮，马上就会这么认为的。既然你叫我爱他如爱兄长，我将看不到他外貌上的缺欠，就像我现在看不出他内心里有什么缺欠一样。”

一听这话，埃丽诺不禁为之一惊。她后悔自己不该那样热烈地赞扬爱德华。她觉得，她对爱德华尊崇备至。她认为这种尊崇是双方互有的。不过，对这种相互尊崇，她需要有更大的把握，才能让玛丽安确信他们是相互钟情的，她自己也好感到踏实一些。她知道，玛丽安和母亲忽而胡猜乱想，忽而信以为真。对她俩来说，想望着的便是有希望的，有希望的便是指日可待的。她想把事情的真相向妹妹解释清楚。

“我不想否认，”她说，“我非常看重他——我十分尊敬他，喜欢他。”

玛丽安突然勃然大怒起来。

“尊敬他！喜欢他！冷漠无情的埃丽诺。哼！比冷漠无情还坏！不然你就会感到害臊。你再说这些话，我马上就离开这个房间。”

埃丽诺忍不住笑了。“请原谅，”她说，“你尽管放心，我这样平心静气地谈论我的感情，决没有冒犯你的意思。请你相信，我的感情比我表白的还要强烈。而且你要相信，由于他有那么多优点，由于我怀疑他——希望他有情于我，我才理所当然地产生了这种感情，这既不轻率，也不唐突。但是除此之外，你切不可信以为真。我不敢保证他一定有心于我。有时候，他有几分情意还很难说。在没有彻底摸清他的真实思想以前，我想自己还是不要纵容这种偏爱，不要看得过高，不要言过其实，这你是不会感到奇怪的。讲心里话，我并不——

几乎一点也不怀疑他对我特别喜爱。但是，除此之外，还有别的问题需要考虑。他绝非是独立自主的。他母亲究竟是什么样的人，我们不得而知。不过，范妮偶尔谈到过她的行为和见解，我们从不认为她是和蔼可亲的。爱德华自己也肯定知道，他假若想娶一个财产不多、身价不高的女人，一定会遇到重重困难。”

玛丽安惊愕地发现，她和母亲的想象已经大大超越了事实真相。

“你当真没有和他订婚！”她说。“然而，这准是马上就要发生的事情。不过，这样推迟一下倒有两个好处，一则我不会这么快就失去你，二则爱德华可以有更多的机会提高自己的天生的鉴赏力，以便欣赏你的特殊爱好，这对你们未来的幸福是必不可少的。哦！他若为你的天才所激发，也学会画画，那该多么令人高兴啊！”

埃丽诺把自己的真实想法告诉了妹妹。她不像玛丽安想象的那样，把对爱德华的钟情看得那么遂心如意。他有时候没精打采的，如果不是表示态度冷淡的话，就说明前景有点不妙。假如他对埃丽诺的钟情感到怀疑，大不过使他忧虑一番，不可能惹得他老是那么心灰意冷的。这里或许有个更合乎情理的原因：他的从属地位不允许他感情用事。埃丽诺知道，他母亲对他的态度，既不是让他把现在的家安排得舒适一些，又不是确认他可以不严格遵循她为他制定的生财发迹之道，而自己成家。埃丽诺深知这一情况，心里不可能感到安稳。她不相信他的钟情会产生什么结果，只有她母亲和妹妹依然认为很有把握。不，他们在一起待的时间越长，他的情意似乎越令人感到可疑。有时，出现那么痛苦的几分钟，她觉得这只不过是友情而已。

尽管爱德华的感情很有节制，但是一旦让他姐姐察觉了，也真够叫她心神不安的，同时，也更多地使她变得粗暴无礼。她一抓住机会，便当场冲着婆婆奚落开了，神气活现地叙说起她弟弟多么前程远大啦，费拉斯太太决计给两个儿子都娶门贵亲啦，谁家姑娘胆敢诱他上钩决没有好下场啦，说得达什伍德太太既不能佯装不知，又不能故作镇定。她鄙夷地回敬了一句，便走出房去，心想不管多么不方便，花费多么大，也要马上搬家，不能让亲爱的埃丽诺再忍受这种含沙射影式的恶语中伤了，一个星期也不多待了。

正当她处于这种精神状态的时候，达什伍德太太接到邮局递来的一封信，信里有个特别及时的提议，说是有一幢小房要出租，要价很便宜，房主是她的一位亲戚。此人是德文郡[1]一位有钱有势的绅士。信就是这位绅士亲自写来的，写得情真意切，表现出友好相助的精神。他说，他晓得她需要一处住所，虽然他现在向她提议的这座房子只是座乡舍，但是他向她保证，只要她满意这个地方，他一定根据她的需要，尽力加以改修。他介绍了房屋和花园的具体情况之后，便恳挚地敦促她和女儿们一道，早日光临他的寓所巴顿庄园，以便亲自权衡一下，看看巴顿乡舍（因为这些房子都在同一教区）经过改修是否让她感觉舒适。看样子，他确实急于想给她们提供住房，整封信写得那么友好，表妹读了哪能不高兴，特别是当她遭受近亲的冷落之后。她不需要时间去细想细问，读着读着便下定了决心。巴顿地处德文郡，远离苏塞克斯。若是在几个小时以前，仅凭这一个不利条件，就足以抵消它可能具备的一切有利条件，但目前它却成了最为可取之处。搬出诺兰一带不再是不幸的事情，而是成为一心想望的目标，与继续寄人篱下、忍受儿媳的窝囊气相比，这简直是一桩幸事。诺兰纵然是个可爱的地方，但是有这样一个女人在这里做主妇，能永远离开还是比住在这里更少些痛苦。她当即给约翰·米德尔顿写信，感谢他的好意，并且接受了他的建议。然后，她急忙将两封信拿给女儿们看，以便在发信前先征得她们的同意。埃丽诺素来觉得，为了谨慎起

---

① 德文郡（Devonshire）：英格兰西南部郡名，郡府设在埃克塞特。

见，她们还是离开诺兰远些，而不要夹在目前这帮人中间。因此，基于这一点，她没有反对母亲准备搬到德文郡的打算。另外，从约翰爵士的信里看，那幢房子比较简陋，房租低得出奇，使她没有理由加以反对。因此，虽然这不是一项令她为之神往的计划，虽然她并不愿意离开诺兰一带，但她还是没有试图阻止母亲把那封表示赞同的信发出去。

第五章

达什伍德太太一发出回信，就喜不自禁地向儿子儿媳宣布：她已经找到了房子，一旦做好迁居准备，就不再打扰他们了。他俩听她这么一说，不禁吃了一惊。约翰·达什伍德夫人没有吭声，她丈夫倒挺客气，说他希望迁居的地方不要离诺兰太远。达什伍德太太洋洋得意地回答说，她要搬到德文郡。爱德华一听这话，连忙把脸转向她，带着惊讶而关切的口气（这并不出她所料），重复了一声："德文郡！你真要去那儿？离这儿这么远！去德文郡什么地方？"达什伍德太太说明了地点，就在埃克塞特以北不到四英里的地方。

"那只是个乡舍，"她接着说道，"不过我希望能在那里接待我的许多朋友。这幢房子可以很容易地再增加一两个房间。如果我的朋友们能毫无困难地远道赶来看我，我一定会毫无困难地给他们安排住处。"

最后，她非常客气地邀请约翰·达什伍德夫妇去巴顿做客，还一片深情地向爱德华提出邀请。虽然她最近与儿媳的一次谈话促使她打定主意：除非万不得已，否则绝不在诺兰多待一天，但是那次谈话中儿媳的主要意向却对她丝毫没有影响。同以往一样，她这次搬家的目的绝不是为了要把爱德华和埃丽诺分开，她想通过针锋相对地邀请爱德华，向约翰·达什伍德夫人表明：你尽管反对这门亲事好了，我压根儿不买你的账。

约翰·达什伍德先生三番五次地对继母说：她在距离诺兰这么远的地方找了座房子，叫他不能为她搬运家具效力，真是不胜遗憾。此时，他良心上的确感到不安，他已经把履行对父亲的许诺局限在帮帮忙这一点上，想不到这样一来，连这点忙也帮不上了。家具全部由水路运走。主要的东西有家用亚麻台布、金银器皿、瓷器、书籍，以及玛丽安的漂亮钢琴。约翰·达什伍德夫人眼看着东西一包包地运走了，不觉叹了口气。达什伍德太太的收入与他们的相比，是微乎其微的，可她竟然能有这么漂亮的家具，怎么能叫她不觉得难受啊。

这座房子，达什伍德太太租用一年，里面陈设齐全，她马上就可以住进去。双方在协议中没有遇到任何困难。达什伍德太太只等着处理掉她诺兰的财物，确定好将来家里用几个仆人，然后再启程西迁。因为她对自己关心的事处理起来极其迅速，所以很快就办妥了。她丈夫留下的马匹，在他死后不久就卖掉了。现在又出现一个处理马车的机会，经大女儿恳切相劝，她也同意卖掉。若是依照她自己的愿望，为了使孩子们过得舒适，她还是要留下这辆马车，怎奈埃丽诺考虑周到，只好依了她。也是依照埃丽诺的明智想法，她们还把仆人的数量限制到三个——两个女仆，一个男仆，都是从她们在诺兰已有的仆人中很快挑选出来的。

那位男仆和一位女仆当即被差往德文郡，收拾房子迎接女主人。因为达什伍德太太与米德尔顿夫人素昧平生，她宁肯立即住进乡舍，而不愿到巴顿庄园做客。约翰爵士将房子描述过了，对此她深信不疑，无心再去亲自查看，等搬进去再说吧。面对儿媳的得意表现，她要离开诺兰的迫切心情得不到丝毫的缓解。原来，儿媳眼见她要搬家了，一看就是一副洋洋得意的神态，那个得意劲儿，即使在冷冰冰地请她推迟几天再走的时候，也不加掩饰。现在该是约翰·达什伍德妥善履行对父亲的承诺的时候啦。既然他初来诺兰时没有尽到责任，现在她们行将离开他的家，也许是他履行诺言的最好时机。但是，达什伍德太太很快就死了这个心，她从他的话音里听得出来，他所谓的帮助只不过是让她们在诺兰寄住了六个月。他成天喋喋不休，什么家庭开支越来越大呀，什么要花钱的地方没完没了呀，什么不管多么显要的人物也面临着无可估量的花销问题呀，听起来，他自己似乎需要更多的钱财收入，而绝不想往外送钱。

约翰·米德尔顿爵士写给诺兰的头一封信收到后不过几个星期，达什伍德母女的新居便料理停当了，于是她们可以启程了。最后向如此可爱的地方告别，母女们可没少流眼泪。“亲爱的诺兰！”离别前的头天夜里，玛丽安在房前独自徘徊，边走边说，“我什么时候能不留恋你呀！什么时候能安心于异土他乡呀！哦！幸福的家园，你知道我现在站在这儿打量你有多么痛苦，也许我再也不能站在这儿打量你啦！还有你们，多么熟悉的树木：你们将依然如故。你们的叶子不会因为我们搬走了而腐烂，你们的枝条不会因为我们不能再观看了而停止摇动！那是不会的，你们将依然如故，全然不知你们给人们带来的是喜是哀，全然不知在你们阴影下走动的人们发生了什么变化！可是，谁将留在这儿享受你们给予的乐趣呢？”

第六章

旅途开头一段，大家心情抑郁，只觉得道路漫长，索然无味。但是，临近终点的时候，一看到马上就要居住的乡间，兴致就冒了出来，沮丧的情绪顿时被压了下去。而一走进巴顿山谷，大家便都情不自禁地兴奋起来。这地方景色宜人，土质肥沃，林木茂密，牧草丰盛。沿着蜿蜒的山谷走上一英里多路，便来到她们的家，屋前只有个绿茵小院，她们母女几个穿过一道整齐的小门，走进院里。

巴顿乡舍作为一所住宅，尽管太小，倒也舒适紧凑。不过作为一座乡舍，却有不少缺陷，因为房子造得太正规，房顶铺瓦，窗板没有漆成绿色，墙上也没有爬满忍冬花。一条狭窄的穿堂过道，直通屋后的花园。过道两旁各有一间起居室，约略十六英尺见方，起居室向里是下房和楼梯。构成小楼其余部分的，是四间卧室和两间阁楼。房子盖好不多年，修缮得很好。同诺兰的住宅相比，的确显得寒碜、矮小！但是，她们马上擦干了刚进屋时勾起的辛酸眼泪。仆人见主人来了，一个个喜气洋洋，主人也跟着乐了。各人都看在别人的分上，硬是装出高高兴兴的样子。现在是九月初，正赶上好时节。她们一来就遇上天公作美，对这里留下了良好的印象，这对于促使她们长久喜爱这个地方，起到了巨大的作用。

房子的位置选得恰到好处。紧靠屋后，山峦耸立；左右不远，也有峰峦依傍；群山之中，有的是开阔的高地，有的是耕地和林带。巴顿村大致建在一座山上，立在乡舍窗口举目远眺，景色十分宜人。房舍正面，视野尤为开阔，整个山谷一览无余，目力所及，直达远处乡间。山谷绵延到乡舍跟前，终于被三面环抱的山峦截断；在两座最陡峭的山峦之间，沿另一方向，岔出一条另有名目的支谷。

整个说来，达什伍德太太对房子的大小和陈设还是满意的。因为她虽然习惯了先前的生活方式，以后少不得要添这置那的，然而添置和修缮对她是一种乐趣。眼前她倒有足够的现钱，可以把一个个房间装潢得更漂亮些。“至于房子本身嘛，”她说，“的确是太小了，我们一家人住不下，不过岁时已晚，来不及改建，暂且凑合着也够舒服的了。也许到了春天，如果我手头宽裕的话（我想一定会宽裕的），咱们再考虑改建的事儿。我希望经常邀请朋友们来这里聚会，可是这两间客厅太小了。我有点想法，准备把一间客厅扩大，加进走廊，也许再加进另一间客厅的一部分，而把那间客厅的余下部分改作走廊。这么一来，再有一间新客厅（这很容易增加），一间卧室和阁楼，就能把我们的小乡舍安排得小巧精当、舒舒服服。我本来还想把楼梯修得漂亮些，但是人不能期望一口吃成个胖子，虽然把它加宽一下没有什么难处。到了春天，我还要看看手头有多少钱，然后根据情况来计划我们的装潢修缮。”

一个妇女，一生从未攒过钱，现在居然要从一年五百镑的收入中攒钱完成所有这些改修工作。在改修工作没有完成之前，她们倒明智地认为，就按现在的样子，这房子也满不错了。她们都在各忙各的私事，在四周摆上自己的书籍等物，以便给自己建个小天地。玛丽安的钢琴给拆了包，放在恰当的位置。埃丽诺的图画挂在起居室的墙壁上。

第二天早饭后不久，正当母女们如此这般忙碌不停的时候，房东登门拜访来了。他欢迎她们来到巴顿，眼前如有短缺不便之处，从他府上、园里可以提供一切方便。约翰·米德尔顿爵士是个四十来岁的美男子。他以前曾去过斯坦希尔，不过那是很久以前的事，他那几位年轻的表侄女记不得他了。他和颜悦色，那风度就像他的信一样亲切友好。看来，她们的到来使他感到由衷的高兴，她们的舒适成为他深为关切的问题。他一再表示，诚挚地希望他们两家能亲密相处，热忱地恳求她们在安顿好之前，每天到巴顿庄园用餐。他一个劲地恳求着，简直到了有失体统的地步，但是并不会惹得对方生气。他的一片好心不光挂在嘴上，他走后不到一个钟头，就打发人从巴顿庄园送来一大篮子蔬菜水果，天黑之前又送来些野味。此外，他执意要替她们往邮局送取来往信件，还乐于把自己的报纸每天送给她们看。

米德尔顿夫人托丈夫捎了个十分客气的口信，表示愿意在她确信

不会给她们带来不便的时候，立即来拜访达什伍德太太。作为回答，达什伍德太太同样客气地提出了邀请，于是，这位夫人第二天就被引见给达什伍德母女。

当然，她们很想见见她，因为她们以后能否在巴顿过上舒适日子，在很大程度上有赖于她，她的光临正合她们的心愿。米德尔顿夫人不过二十六七岁，脸蛋俊俏，身材苗条，仪态妩媚动人。她丈夫缺少的优雅举止，她倒一应俱全。不过，她若是多少具备几分她丈夫的坦率和热情，举止还会显得更加优雅。但她待的时间一长，达什伍德母女就不像开头那样对她赞羡不已了。她虽然受过良好的教养，但却不苟言笑，冷冷淡淡，除了极其简单地寒暄几句之外，别无他话可说。

不管怎样，话儿还是没有少说，因为约翰爵士喜好闲聊，而且米德尔顿夫人也有先见之明，带来了她的大孩子。他是个六岁上下的小男孩，这就是说，一旦谈话陷入僵局，他可以成为太太小姐们反复提及的话题。因为大伙儿少不得总要问问他叫什么名字，今年几岁啦，称赞称赞他的美貌，然后再提些别的问题，不过统统都得由他母亲代为回答。出乎米德尔顿夫人意料，这孩子紧紧偎依在她身旁，一直低着头。她不由得纳闷：他在家里还大吵大闹的，到了客人面前怎么这样羞羞答答。每逢正式探亲访友，为了提供谈话的资料，人们该带上孩子一同前往。现在，大伙儿足足用了十分钟，谈论这孩子究竟像父亲还是像母亲，以及具体地在哪些地方像哪个人。当然，大家的看法很不一致，各人都对别人的看法表示惊讶。

没过多久，达什伍德母女就会有机会对客人的另外几个孩子展开一场争论，因为约翰爵士得不到她们同意第二天去巴顿庄园用餐的许诺，说什么也不肯离去。

第七章

巴顿庄园离乡舍约半英里。达什伍德母女沿山谷进来时，曾从它近处走过，但是从家里望去，却被一座山峰遮断了视线。那座房子高大美观，米德尔顿夫妇保持着一种好客、高雅的生活气派。好客是为了满足约翰爵士的愿望，高雅则是为了满足他夫人的心意。他们家里几乎随时都有朋友在做客。他们的客人各式各样，比方圆左近谁家的都多。这事关系到两人的幸福，实在不可或缺，因为他们不管在性情和举止上多么不同，但在全无天资和情趣这一点上却极其相似。因此，他们只好把自己的职业（这同社会上的职业毫无联系）局限在一个非常狭小的天地。约翰爵士喜好打猎，米德尔顿夫人专当妈妈。一个追捕行猎，一个哄逗孩子，这是他们仅有的能耐。对米德尔顿夫人有利的是，她可以一年到头地娇惯孩子，而约翰爵士只有一半时间进行独立活动。不过，里里外外的不断忙碌倒弥补了天赋和教育上的一切不足，一方面使约翰爵士精神饱满，一方面使他妻子在教养子女上尽显其能。

米德尔顿夫人素以做得一手好菜和善于料理家务为荣，出于这种虚荣心，她才对家里举行的每次宴会感到其乐无穷。不过，约翰爵士对社交活动的兴致却真诚多了。他喜欢招来一大帮年轻人，屋里都容纳不下，他们越是吵闹，他就越是觉得高兴。他成了附近青少年一代的福星，因为一到夏天，他就接连不断地把大伙聚集起来，在室外吃冷冻火腿和烧鸡；到了冬天，他的家庭舞会多得不计其数，对于年轻姑娘来说，只要不是百跳不厌的十五岁少女，谁都会感觉心满意足。

乡里新来了一户人家，这对约翰爵士总是一件喜幸事儿。不管从哪个角度看，他给巴顿乡舍招来的新房客都使他着迷。三位达什伍德小姐年轻漂亮，毫不做作，这就足以博得他的好评，因为漂亮姑娘只有别装模作样，才能使其心灵像外貌一样富有魅力。爵士性情善良，每逢有谁遭到不幸，总爱欣然相助。因此，能对几个表侄女表明一番好意，使他感到一个好心人的由衷喜悦；而能让一家女眷住进他的乡舍，却又使他感到一个狩猎爱好者的满心欢喜。因为对于一个狩猎爱好者来说（虽然他只敬佩那些与他属于同一性别、同样爱好打猎的人们），他并不是经常愿意把女人们引进自己的庄园居住，纵容她们得寸进尺。

约翰爵士在门口迎接达什伍德母女，真诚地欢迎她们光临巴顿庄园。他陪着客人步入客厅，一再向几位小姐表示，没有找来几位漂亮小伙来欢迎她们，他深感不安；前一天，这个问题已经引起了他的不安。他说，除他之外，她们在这里只能见到一位男客。这是他的一位特别要好的朋友，现在就住在他的宅第里，不过他既不年轻，也不活跃。宾客这么少，希望小姐们见谅，并且向她们保证：以后绝不会再发生类似情况。那天上午，他跑了好几家，想多拉几个人来，怎奈今宵是月明之夜，大家都有约会。幸运的是，米德尔顿夫人的母亲才来到巴顿不久。她是个非常快乐、非常和蔼的女人，爵士希望小姐们不会像她们想象的那样感到枯燥无味。几位小姐和她们的母亲见席上有两位素不相识的客人，也就心满意足，并没有别的奢望。

米德尔顿夫人的母亲詹宁斯太太是个上了年纪的女人，性情和悦，体态肥胖。她唠唠叨叨地说个不停，看样子很开心，也相当粗俗。她很能说笑话，自己也跟着哈哈大笑。到晚饭结束时，她已经情人长、情人短地说了不少俏皮话。她希望小姐们可别人来了心还拴在苏塞克斯，并且假装看见她们羞红了脸，也不管是否真有其事。玛丽安为姐姐抱不平，感到十分恼火。她将目光转向埃丽诺，想看看她如何忍受这番攻击，谁想埃丽诺看见妹妹那副一本正经的神气，比听到詹宁斯太太那陈腐不堪的戏谑还感觉痛苦。

约翰爵士的朋友布兰登上校，从风度上看似乎并不适合做他的朋友，就如同米德尔顿夫人不适合做他的妻子、詹宁斯太太不适合做米德尔顿夫人的母亲一样。他不声不响，一本正经，不过外貌倒不令人讨厌，尽管玛丽安和玛格丽特认为他一定是个老光棍，因为他已经过了三十五岁。虽说他的面孔不算漂亮，但却神情明睿，谈吐颇有绅士气派。

这伙人中，哪一位也没有任何与达什伍德母女志趣相投之处。不过，米德尔顿夫人过于冷漠乏味，让人反感至极，相形之下，一本正经的布兰登上校、兴高采烈的约翰爵士及其岳母，倒还有趣一些。米德尔顿夫人好像只是饭后见她四个孩子吵吵嚷嚷地跑进来，兴致才高起来。这些孩子把她拖来拖去，扯她的衣服，于是，大伙除了谈论他们，别的话题全部停止。

到了晚上，人们发现玛丽安很有音乐才能，便邀请她当场表演。钢琴打开了，大家都准备陶醉一番，玛丽安的歌喉非常优美，在众人的要求下，她演唱了乐谱里最动听的几首歌曲。这些乐谱都是米德尔顿夫人出嫁时带来的，后来放在钢琴上可能一直没有挪动过，因为米德尔顿夫人为了庆贺她的婚姻大事，便放弃了音乐。不过，照她母亲的话说，她弹得好极了；照她自己的话说，她非常喜爱音乐。

玛丽安的演唱受到热烈欢迎。每演唱完一支歌曲，约翰爵士便高声赞叹，而在表演的过程中，他又跟人高声交谈。米德尔顿夫人一次次地叫他安静，不知道他听歌曲怎么能有哪怕是片刻的分心，而她自己却要求玛丽安演唱一支刚刚唱完的歌曲。宾主之间，唯独布兰登上校没有听得欣喜若狂。上校只是怀有敬意地听着；玛丽安当时对他也深表尊敬，而其他人没羞没臊地全无情趣，理所当然地失去了她的敬意。上校对音乐的爱好虽然没有达到如醉如痴的程度——只有如此才能与她情愫相通，但是与其他人令人寒心的麻木不仁相对照，却显得十分难能可贵。玛丽安非常通情达理地认为，一个三十五岁的男人可能早已失去了敏锐的情感和高度的鉴赏力。她完全可以理解上校的老成持重，这是人类所必需的。

第八章

詹宁斯太太是个寡妇，有一笔丰厚的寡妇授予产[1]。她只有两个女儿，已亲眼看着她们嫁给了体面人家，于是现今闲着无事可做，只好给人家说亲。她撮合起这种事情，只要力所能及，总是热情满怀，劲头十足，只要是她认识的青年人，从不错过一次说媒拉纤的机会。她的嗅觉异常灵敏，善于发现儿女私情，而且专爱暗示谁家小姐迷住了某某公子，逗得人家满脸通红，心里飘飘然。她凭借这双慧眼，刚到巴顿不久，便断然宣布：布兰登上校一心爱上了玛丽安·达什伍德。头天晚上在一起时，从他聚精会神听她唱歌的那副神情看，她就颇为怀疑情况如此。后来米德尔顿夫妇到乡舍回访时，他又一次全神贯注地听她唱歌，事情便确定无疑了。事情肯定如此。她有百分之百的把握。这将是一起天设良缘：男的有钱，女的漂亮。自从在约翰爵士家第一次认识布兰登上校以来，詹宁斯太太就急于想给他找个好太太。同时，她又总是急于想给每个漂亮姑娘找个好丈夫。

当然，她自己也可直接占到不少便宜，因为这为她戏弄他们两人提供了无穷无尽的笑料。她在巴顿庄园嘲笑布兰登上校，到了乡舍便嘲弄玛丽安。对于前者，她的戏弄只牵涉到他一个人，因而他也毫不在乎。但是对于后者，她的嘲弄起先是莫名其妙的，后来弄清了是针对谁的，玛丽安真不知道是该嘲笑这事的荒谬，还是责难它的欠妥。她认为这是对上校上了年纪和孤苦伶仃的单身汉处境的无情捉弄。

达什伍德太太很难想象，一个比她自己年轻五岁的男人，在她女

---

① 指结婚时丈夫指定在其死后给予妻子的财产。

儿那富于青春活力的心目中，会显得何等老迈，于是便贸然替詹宁斯太太开脱说：她不至于拿上校的年龄取笑。

“不过，妈妈，这虽然不能说是居心不良，但你起码不能否认那是荒唐的。当然，布兰登上校比詹宁斯太太年轻，不过他老得都可以做我父亲了。他若是曾经有兴致谈过恋爱的话，现在早就没有这种冲动啦。真是滑稽透顶！如果人的年老体衰都要成为话柄，那么何时才能不受到戏谑呢？”

“体衰！”埃丽诺说，“你说布兰登上校体衰？不难想象，他的年龄在你看来比在母亲看来要大得多，不过你总不能自欺欺人地说他手脚不灵吧！”

“你没听他说有风湿病吗？难道这不是最常见的衰老症？”

“我最亲爱的孩子，”她母亲笑着说，“照这么说，你一定在不停地为我的衰老而感到心惊胆战啦。在你看来，我能活到四十岁的高龄一定是个奇迹吧。”

“妈妈，你曲解了我的意思。我知道，布兰登上校还没老到使他的朋友们现在就担心会合乎自然地失去他。他可能再活二十年。但是到了三十五岁就不该考虑结婚。”

“也许，”埃丽诺说道，“三十五岁和十七岁最好不要结成姻缘。不过，万一有个女人到了二十七岁还是独身，我看布兰登上校若是想要娶她为妻，三十五岁总不该成为障碍吧。”

过了一会儿，玛丽安说道：“一个二十七岁的女人绝不可能春心复萌，或者惹人动情。她若是家境不好，或者财产不多，认为做妻子可以不愁生计，并且生活得安稳些，说不定会甘愿去尽尽保姆的职责。因此，娶这样一个女人，并没有什么不妥之处。这是一项实惠的协定，大家都感到称心如意。在我看来，这根本算不上婚姻，不过这也无关紧要。对我来说，这似乎只是一种商品交换，双方都想损人利己。”

“我知道，”埃丽诺回答说，“不可能让你相信，一个二十七岁的女人可以对一个三十五岁的男人产生一定的爱情，使他成为自己的理想伴侣。但是我不赞成你把布兰登上校看死了，仅仅因为他昨天（一个潮湿的大冷天）偶尔抱怨了一声，说一只肩膀略有点风湿病的感觉，便认为他和他妻子注定要永远关在病室里。”

“可他说起了法兰绒马甲，”玛丽安说，“在我看来，法兰绒马甲总是与疼痛、痉挛、风湿以及年老体弱的人所患的种种病症联系在一起的。”

“他只要发一场高烧，你就不会这么瞧不起他了。坦白地说，玛丽安，你不感到发烧时的红脸颊、眍眼睛、快脉搏也很有趣吗？”

说完这话，埃丽诺便走出房去。“妈妈，”玛丽安随即说道，“我对疾病抱有一股恐惧感，没法向你隐瞒。我敢肯定，爱德华·费拉斯身体不好。我们来这儿都快两个星期了，可他还不来。只有身体不好，才会使他拖延这么久。还有什么事情能把他耽搁在诺兰呢？”

“你认为他会来得这么快？”达什伍德太太说，“我可并不这么想。正相反，如果说我对这件事有点担忧的话，那就是我记得当初邀请他来巴顿做客时，他接受得不够痛快。埃丽诺是不是已经在盼他来了？”

“我从没和她提起这件事。不过，她当然在盼。”

“我倒是认为你想错了。昨天我和她说起：想给那间空卧室安个炉子，她说现在不急，那间屋子可能一时还用不着。”

“这就怪啦！这是什么意思呢？不过，他们两人之间的态度也真叫人不可思议！他们最后告别的时候有多么冷淡，多么镇静啊！他们最后聚会的那天晚上，说起话来多么无精打采啊！爱德华道别时，对埃丽诺和我不加区别，都像亲兄长似的祝愿一声。最后一天早晨，我有两次故意把他们两人抛在屋里，可是不知道怎么搞的，他两次都跟着我走了出来。而埃丽诺在诺兰离别爱德华时，还不及我哭得厉害。直到如今，她还一个劲儿地克制自己。她什么时候沮丧过？什么时候忧伤过？她什么时候想回避跟别人交往？在交往中，她什么时候显出烦躁不安过？”

第九章

达什伍德家母女在巴顿定居下来，日子过得还算舒适。房屋、花园以及周围的一草一木都熟悉了，原先给诺兰带来一半魅力的那些日常消遣，现今在这里也都恢复起来。自从父亲过世以后，诺兰一直没有使她们这么快乐过。约翰·米德尔顿爵士在头半个月里天天都来拜访。他在家里清闲惯了，见她们总是忙忙碌碌的，不禁大为惊奇。

达什伍德家的客人除了巴顿庄园一家人，来自别处的并不多。虽然约翰爵士一再恳请她们多与左近邻舍交往，并且一再保证她们可以随时使用他的马车，怎奈达什伍德太太禀性好强，只能委屈女儿们少与外人来往。凡是步行所不能及的人家，她一概拒不走访。其实，属于这种情况的人家本来就寥寥无几，何况还不都是能拜访得成的。一次，小姐们才到不久，出去散步，顺着弯弯曲曲的艾伦汉峡谷漫步走去（前面提到，这就是从巴顿村分出的那条支谷）。在离乡舍大约一英里半的地方，发现一幢古老气派的大宅第。这座宅第多少使她们想起了诺兰，激起了她们的兴趣和遐想，情不自禁地想仔细瞧瞧。谁知一打听，才知道房主是个非常和善的老太太，不幸的是，她体弱多病，不能与世交往，从来不出家门。

整个乡间，曲径交错，景致优美。一座座高耸的山冈，从乡舍的窗口望去十分诱人，小姐们禁不住想攀登上去寻幽探胜。又见谷中灰尘弥漫，绮丽的景色尽被遮断，只有爬上山顶，才能尽情领略。一个难以忘怀的早晨，玛丽安和玛格丽特迈步向一座山上爬去。她们深为透过阵雨洒下的些许阳光所吸引。同时，两天来阴雨连绵，一直把她们关在家里，憋得实在受不了。不过，尽管玛丽安声称当天全天见晴，乌云就要从山顶上驱散，这天气还是无力把妈妈和姐姐吸引出来，她们依然是画画的画画，看书的看书。于是，两位小姐就一块出来了。

她们兴高采烈地往山上爬去，每次瞥见蓝天，都为自己的先见之明而感到高兴。一股令人振奋的强劲的西南风迎面扑来，两人不由得为母亲和埃丽诺顾虑重重，未能来分享她们的快乐而感到惋惜。

“天下还有比这更开心的吗？”玛丽安说，“玛格丽特，我们起码要在这儿溜达两个小时。”

玛格丽特欣然同意。两人顶风前进，嘻嘻哈哈地又走了大约二十分钟。骤然间，头上乌云密布，倾盆大雨劈头盖脸地泼洒下来。两人又恼又惊，只好无可奈何地往回转，因为附近没有比她们家更近的避雨处。不过，她们还有个聊以自慰的地方：在这紧急关头，也是显得异常得当的，她们可以用最快的速度跑下陡峭的山坡，径直冲到她们的花园门口。

两人起跑了。玛丽安起先跑在前头，谁想冷不防给绊倒了。玛格丽特想停下来去扶她，却怎么也煞不住脚，身不由己地冲了下去，平安地到达山底。

就在玛丽安出事的当儿，凑巧有个男子端着一支枪，领着两只猎犬，朝山上爬去，离玛丽安不过几码远。他放下枪，跑过去扶她。玛丽安从地上爬起来，不料脚给摔扭了，根本站不起来。那男子上来搀她，发现她出于羞怯，不肯让他帮忙，但事不宜迟，他还是把她抱起来，送下了山，然后穿过花园（玛格丽特进来时没有关门），将她径直抱进屋里。这时，玛格丽特也刚刚进来。那男子把玛丽安放在客厅的一张椅子上坐稳，然后才松开手。

埃丽诺和母亲一见他们进来，便都惊愕地站了起来。两人目不转睛地盯着那男子，对他的出现明里表示诧异，暗里表示赞叹。那男子对自己的贸然闯入，一面表示歉意，一面陈述理由，态度诚挚大方。人本来就非常英俊，再听那声音，看那表情，更增添了几分魅力。即令他又老又丑，俗不可耐，达什伍德太太就凭他救护女儿这一点，也会对他感激不尽，竭诚相待，何况他年轻貌美，举止文雅，使她对他的行为越发叹赏不绝。

她几次三番地向他道谢，并且带着她那素有的亲切口吻，请他坐下。不过，这被他谢绝了，因为他浑身又脏又湿。随后，达什伍德太太请问恩人的尊姓大名，他说他姓威洛比，现在住在艾伦汉，希望能赏脸，允许他明天来向达什伍德小姐问安。达什伍德太太欣然答应，随即他便冒着大雨告辞，这就使他更加惹人喜爱。

威洛比的堂堂仪表和不凡风度立即成为全家交口称赞的主题，她们取笑他对玛丽安过于殷勤，特别是一想起他那迷人的外表，便嗤笑得越发带劲。玛丽安对他不如别人看得仔细，因为她一被他抱起，就羞得满脸通红，进屋后哪里顾得上去仔细打量他。不过，她也看了个大概，便跟着众人一起大加赞赏，而且总是那么起劲。他的人品风度堪与她想象中的故事里的英雄人物相媲美。他能事先不拘礼节地把她抱回家，可见真够当机立断的，这就使她特别称赞他的行为。他一切的一切都很有趣。他的名字动听，住在她们最喜爱的村庄里。玛丽安很快发现，在所有的男式服装中，就数狩猎夹克最神气。她浮想联翩，心里不觉喜滋滋的，早把脚踝的伤痛抛到九霄云外。

这天上午，天刚放晴，约翰爵士便上门拜访来了。她们一边给他讲述玛丽安的意外遭遇，一边迫不及待地询问他是否认识艾伦汉一个姓威洛比的先生。

“威洛比！”约翰爵士大声叫道，“怎么，他在乡下？不过，这是个好消息。我明天就坐车去找他，请他星期四来吃晚饭。”

“这么说，你认识他？”达什伍德太太问道。

“认识他！当然认识。噢，他每年都到这儿来。”

“他是个什么样的青年?”

“他的确是个好小伙子，要多好有多好。一个百发百中的神枪手，英格兰没有比他更勇敢的骑手。”

“你对他就能说这些?”玛丽安忿忿地嚷道，“他与人相熟以后态度怎么样? 有什么爱好、特长和才能?”

约翰爵士愣住了。

“说实话，”他说，“我对他这些方面不太了解。不过，他是个可爱、快活的小伙子，养了一只黑色的小猎犬，我从未见过那么可爱的小猎犬。他今天把它带出来了吗?”

就像约翰爵士说不清威洛比的心性一样，玛丽安也不能令人满意地告诉他那只猎犬的颜色。

“可他是个什么人?”埃丽诺问道，“他是哪儿人? 在艾伦汉有房子吗?”

在这一点上，约翰爵士可以提供比较确凿的情报。他对她们说：威洛比先生在乡下没有自己的资产，他只是来探望艾伦汉大院的老太太，在那儿住几天，他与老太太沾点亲，以后要继承她的财产。然后又补充说：“是的，达什伍德小姐，老实跟你说吧，他很值得追求。除了这儿，他在萨默塞特郡[1]还有一座小庄园。假若我是你的话，绝不把他让给妹妹，尽管他们一起滚下了山。玛丽安小姐别想独霸所有的男人。她若是不当心，布兰登会吃醋的。”

“我相信，”达什伍德太太和颜悦色地笑了笑，然后说道，“我的女儿不会像你说的那样去追求威洛比先生，使他为难。她们从小没有受过这种训练。男人不用害怕我们，让他永远做有钱人去吧。不过，

① 萨默塞特（Somerset）：英格兰西南部郡名。

我从你的话里高兴地得知，他是个体面的年轻人，还可以结识一下。”

“我认为他是个要多好有多好的小伙子，”约翰爵士重复说道，“我记得去年圣诞节，在巴顿庄园的一次小舞会上，他从晚上八点一直跳到凌晨四点，一次也没坐下来。”

“真的吗？”玛丽安大声嚷道，眼里闪闪发光，“而且还优雅自若，精神抖擞？”

“是的。而且八点钟就起来了，骑马去狩猎。”

“我就喜欢这样。青年人就该是这个样子，不管爱好什么，都应该如饥似渴，孜孜不倦。”

“啊，啊，我明白了，”约翰爵士说，“我明白了。你现在要去追求他啦，从此再也不想可怜的布兰登了。”

“约翰爵士，”玛丽安气冲冲地说道，“我特别不喜欢你那个字眼。我讨厌人们用陈腐不堪的字眼来戏谑人。‘追求’一个人也好，‘征服’一个人也好，都令人恶心透顶。这种说法越来越显得粗俗不堪。如果说它们一度还称得上巧言妙语的话，那么久而久之，其巧妙之处早就丧失殆尽。”

约翰爵士听不懂这番指责是什么意思。不过，他还是开心地笑了，好像他听懂了似的。然后，他回答说：

“是呀，不管怎么说，你肯定会征服不少人。可怜的布兰登！他已经受到了沉重的打击。我可以告诉你，他是非常值得你去追求的，尽管发生了这起跌跌撞撞扭伤脚踝的事件。”

第十章

玛丽安的救命恩人（这是玛格丽特对威洛比言过其实的雅称）第二天一早即来登门问安。达什伍德太太对他的接待不仅彬彬有礼，而且和蔼可亲，这是约翰爵士美言的结果，也出自她自己的感激之情。威洛比在拜访期间所见到的一切，都使他确信：他意外结识的这家人通情达理，举止文雅，相亲相爱，安安逸逸。对于她们的妩媚动人，他无需进行第二次探访，便深信不疑了。

达什伍德小姐[①]面色娇嫩，眉目清秀，身段袅娜。玛丽安长得还要漂亮。她的身材虽说不及姐姐来得匀称，但她个子高，显得更加惹人注目。她的面孔十分漂亮，若是用一般的俗套来赞扬她，说她是个美女，倒不会像通常那样纯属阿谀逢迎，与事实相去甚远。她的皮肤黝黑，但是半透明似的，异常光润；她眉清目秀，微笑起来甜蜜蜜的，十分迷人；她眼珠乌黑，机灵、神气、热切，谁见了都会喜爱。但在一开始，她还不敢向威洛比传送秋波，因为一想起他抱她回家的情形，就觉得十分难为情。当这种感觉消释了，当情绪镇定下来，她看到他由于受到完美的绅士教养，显得既坦率又活泼，尤其重要的是，她听他说，他酷爱音乐和舞蹈，这时，她向他投出了赞赏的目光。于是，他来访的后半段时间，绝大部分是用来同她攀谈。

你要跟玛丽安搭话，只消提起一项她所喜爱的娱乐活动就足够了。一触及这样的话题，她就沉默不住了，谈起话来既不腼腆，也不顾忌。他们迅即发现，两人都爱好音乐和舞蹈，而且这种爱好还起因于他们对两者完全一致的见解。为此，玛丽安大受鼓舞，便想进一步考察一下他的观点。她问起他的读书情况，搬出了她最喜爱的几位作家，而且谈得眉飞色舞。一个二十五岁的青年人不管以前多么漠视读书，如今面对如此优秀的作品还不赶紧顶礼膜拜，那一定是个十足的傻瓜。他们有着惊人相似的兴趣。两人崇拜相同的书籍、相同的段

---

① 按英国当时的习俗，姓加“小姐”是对大小姐的正式称呼，二小姐以下或称教名，或称教名加姓。所以，本书中的“达什伍德小姐”一般指大小姐埃丽诺。

落，即使出现差别和异议，只要经她一争辩，眼睛一亮闪，也都烟消云散。凡是她所决定的，他都默认；凡是她所热衷的，他都喜爱。早在访问结束之前，他们就像故友重逢似的亲切交谈着。

“玛丽安，”威洛比刚走，埃丽诺便说，“你这一个上午干得很有成绩呀！几乎在所有重大问题上，你都已经摸清了威洛比先生的见解。你知道了他对考柏和司各特①的看法，确信他对他们的优美诗篇作出了应有的评价。你还绝对相信他对波普②的赞赏是恰如其分的。不过，照这样奇特的速度了结一个个话题，你们怎么能够持久地交往下去！不用多久，你们最喜爱的话题都会一个个谈尽说完。再见一次面就能把他对景色如画和再婚的看法解说清楚，以后你就没有东西好问了——”

“埃丽诺，”玛丽安嚷道，“这样说公平吗？合理吗？我的思想就这么贫乏？不过，我明白你的意思。我一直太自在，太快活，太坦率了。我违背了拘泥礼节的陈腐观念！我不该那么坦率，那么诚挚，而应该沉默寡言，无精打采，呆头呆脑，虚虚掩掩。我假若只是谈谈天气马路，而且十分钟开一次口，那就不会遭此非难。”

“我的乖孩子，”她母亲说，“你不该生埃丽诺的气——她不过是开开玩笑。她要是真想阻止你和我们新结识的朋友快乐地交谈，我还要骂她呢。”顿时，玛丽安又变得心平气和了。

再看看威洛比。他处处表明，能结识她们委实使他感到荣幸。显而易见，他热切希望进一步改善这种关系。他每天都来登门拜访。起先，他以问候玛丽安为借口。但是，她们一天天待他越来越亲切，使他深受鼓舞，没等玛丽安的身体完全复原，这种借口已经大可不必

---

① 司各特（Sir Walter Scott，1771—1832）：苏格兰浪漫主义诗人及历史小说家。

② 波普（Alexander Pope，1688—1744）：英格兰诗人。

了。玛丽安在屋里关了几天，但是从来没有关得这样少有烦恼。威洛比是个十分精干的小伙，他思路敏捷，精力旺盛，性格开朗，感情充沛。他有这样的气质，正中玛丽安的心意；因为他把这些气质不仅和他那副迷人的仪表，而且和他那颗火热的心结合了起来。这颗心如今为玛丽安的心所激励，变得更加火热，博得了她的无比钟情。

和他在一起逐渐成为她的最大乐趣。他们一起读书，一起交谈，一起唱歌。他有相当高的音乐天赋，读起书来也充满感情，富有生气，这正是爱德华不幸所缺少的。

威洛比在达什伍德太太眼里和在玛丽安眼里一样，也被视为完美无缺。埃丽诺觉得他没有什么可以非议的地方，只是他有个同她妹妹十分相似，因而使妹妹特别喜爱的倾向，这就是在任何时候，对自己的想法谈论得太多，不看对象，不分场合。他爱对别人匆忙下结论，注意力一旦被什么东西吸引住了，便专心致志地尽情欣赏，连通常的礼貌都不顾了；本来是一些符合人情世故的礼仪，他也动辄加以蔑视。处处表明他办事不够谨慎小心。对此，尽管威洛比和玛丽安极力进行辩护，埃丽诺还是不能赞同。

玛丽安现在开始领悟到：她十六岁半就产生一种绝望情绪，认为一辈子也见不到一个使她称心如意的理想男人，这未免过于轻率，毫无道理。无论是在那不幸的关头，还是在每个快乐的时刻，威洛比都是她理想中的完人，能够引起她的爱慕。而且他的行为表明，他在这方面的愿望是热切的，能力是超群的。

她母亲起先没有因为威洛比将来要发大财，便盘算让他和玛丽安结婚。可是过了不到一个星期，她也随着产生了希望和期待之心，并且暗暗庆幸自己找到爱德华和威洛比这样两个好女婿。

布兰登上校对玛丽安的爱慕最早是被他的朋友们发现的，现在这些人注意不到了，却第一次被埃丽诺察觉出来了。大伙儿的注意力和

插科打诨都转移到他那位更加幸运的情敌身上了。上校还没产生爱慕之心之前招来了别人的戏谑，而待他果真产生了感情，该当受人嘲弄的时候，却得到了解脱。埃丽诺不得不勉强承认：詹宁斯太太原来说他对自己有感情，现在看来，他的感情实际上是让她妹妹激发起来的。虽然双方的情投意合促使威洛比产生了感情，但是双方性格上的格格不入也没有妨碍布兰登上校产生好感。她为此深感忧虑；因为一个三十五岁的沉默寡言的人，跟一个二十五岁的朝气蓬勃的人相竞争，哪里能有什么希望呢？既然她无法祝愿他获得成功，她衷心希望他不要那么痴情。她喜欢他——尽管他庄重矜持，她仍然认为他是个有趣味的人。他的言谈举止虽说一本正经，却也温文尔雅。他的矜持似乎是精神受到某种压抑的结果，而不是由于性情天生忧郁引起的。约翰爵士曾经暗示过，他以前遭受过创伤和挫折，这就证明她有理由认为他是个不幸的人，因而对他充满了敬意和同情。

也许正因为上校受到威洛比和玛丽安的冷眼相待，埃丽诺便更加同情他，敬重他。那两个人觉得他既不活泼，又不年轻，就对他存有偏见，硬是设法贬低他的长处。

“布兰登就是那么一种人，”一天，他们一起议论他时，威洛比说，“口头上人人都称赞他，内心里谁也不喜欢他；大家都愿意见到他，可是谁也想不到要和他攀谈。”

“这正是我的看法。”玛丽安嚷道。

“不过，不要过甚其词，”埃丽诺说，“你们两人都不公道。巴顿庄园一家人对他十分器重，我自己每次见到他总要尽情同他交谈一阵。”

“他能受到你的垂爱，”威洛比回答说，“当然是很体面的。但是别人对他的器重，却实在是一种责备。谁会甘愿接受米德尔顿夫人和詹宁斯太太一类女人的赞许呀？那简直是一种耻辱，只能使他人漠然置之。”

“不过，也许像你和玛丽安这种人的非议可以弥补米德尔顿夫人及其母亲的敬重，如果说她们的赞许是责备，那你们的责备就是赞许啦；因为同你们的偏见不公相比较，她们还不是那么没有眼力。”

“为了保护你的被保护人，你竟然变得无礼了。”

“我的被保护人（用你的话说），是个很有理智的人；而理智对我总是富有魅力的。是的，玛丽安，即使他是个三四十岁的人。他见的世面多，出过国，读过不少书，有个善于思考的头脑。我发现他在许多问题上都能给我提供不少知识，他回答我的问题时，总是非常干脆，显示出良好的教养和性情。”

“这就是说，”玛丽安带着轻蔑的口气，大声说道，“他告诉过你，东印度群岛气候炎热，蚊子令人讨厌啦。”

“我不怀疑，假如我问到他这些问题的话，他会这么告诉我的。然而遗憾的是，这都是些我早就知道的事。”

“也许，”威洛比说，“他还可以扯得远点，说起从印度回来的财主、莫赫尔金币[①]和东方轿子。”

“我可以冒昧地说，他的见闻之广是你的坦率所望尘莫及的。可你为什么要讨厌他？”

“我没有讨厌他。相反，我认为他是个十分可敬的人。大家都称赞他，可是没人注意他。他有花不光的钱，用不完的时间，每年添置两件新外套。”

“除此之外，”玛丽安高声说道，“他既没有天资和情趣，也没有朝气。他的思想缺乏光彩，他的心灵缺乏热情，他的声音刻板单调。”

“你们一下子给他编派了那么多缺陷，”埃丽诺回答说，“完全是凭着你们自己的想象。相形之下，我对他的称赞就显得索然无味了。我只能说他是个很有理智的人，受过良好的教育，见多识广，举止文

① 莫赫尔金币（mohur）：以前的印度金币，一枚相当于十五卢比。

雅，而且我认为他心地温厚。”

“达什伍德小姐，”威洛比大声说道，“你对我太不客气了。你是在设法说服我，让我违心地接受你的看法。然而，这是不可能的。任凭你多么善于花言巧语，你都会发现我是执着不变的。我之所以不喜欢布兰登上校，有三个无可辩驳的理由：其一，我本来希望天晴，他偏要吓唬我说有雨；其二，他责备我的双轮马车装置不当；其三，我怎么说他也不肯买我的棕色牝马。不过，如果我告诉你我认为他的品格在其他方面是无可指责的，从而能使你感到心满意足的话，我愿意应承。然而，这种应承肯定会给我带来痛苦，作为对我的回报，你不能剥夺我可以一如既往地不喜欢他的权利。”

第十一章

达什伍德母女刚来德文郡的时候，万万没有想到马上会有这么多约会，请帖接二连三，客人络绎不绝，简直没有空闲干点正经事。然而，情况就是如此。等玛丽安彻底好了，约翰爵士事先制订的室内外娱乐计划便一个个付诸实施了。这时，庄园里开始举行私人舞会了，人们还趁着十月天阵雨的间歇机会，经常举行水上游艺会。每逢这种聚会，威洛比势必到场。当然，这些聚会搞得悠闲自如，恰好可以进一步密切他和达什伍德母女的关系，让他有机会目睹一下玛丽安的妩媚多姿，表露一下他对她的倾慕之情，同时也想从她的言谈举止中，得到她也有情于自己的确凿保证。

埃丽诺对他们的相恋并不感到意外。她只希望他们不要搞得太露骨，曾有一两次冒昧地建议玛丽安还是克制点为好。玛丽安讨厌遮遮掩掩的，觉得纵情任性不会真正丧失体面，克制感情本身就不值得称道。在她看来，这不仅没有必要，而且是理智对陈腐错误观念的可耻屈从。威洛比也有同感，他们的行为始终可以说明他们的观点。

只要威洛比在场，玛丽安便目无他顾。他做的每件事都很正确，说的每句话都很高明。如果庄园里的晚会最后以打牌结束，那么他就会竭尽作弊之能事，宁肯牺牲自己和其他人也要给她凑一手好牌。如果当晚的主要活动是跳舞，那么他们有一半时间是在一起跳。万不得已给拆散一两次，也要尽量挨在一起，两人跟别人连一句话都不说。这种行为自然会让众人嗤笑不已，但是嗤笑并不能使他们感到难为情，也似乎并不惹得他们恼火。

达什伍德太太完全体谅他们的心情，她只觉得心里热乎乎的，哪里还顾得上阻止他们感情的过于外露。在她看来，这仅仅是热情奔放的年轻人倾心相爱的必然表现。

这是玛丽安的幸福时刻。她把心献给了威洛比。她从苏塞克斯来到这里时，还对诺兰庄园满怀深情，认为这种感情什么时候也不会淡薄。可是如今，威洛比的到来给她现在的家带来了魅力，她对诺兰庄园的一片深情就有可能淡薄下去。

埃丽诺倒不感到这么幸福。她的心里并不那么安宁，对于各项娱乐并不那么真心欢喜，因为这些娱乐既不能为她提供一个伙伴，借以代替她撇开在诺兰庄园的那个人，又不能开导她减少对诺兰庄园的思恋哀惜之情。无论米德尔顿夫人还是詹宁斯太太，都不能为她提供她所留恋的那种谈话，尽管后者是个喋喋不休的健谈家，并且从一开始就很优待她，使她得以较多地聆听她的谈论。她已经早把自己的履历向埃丽诺反复讲了三四遍。埃丽诺只要没有白长这么大，记性还可以的话，她或许早在她们刚认识时，就了解到詹宁斯先生最后一场病的详细情况，以及他临终前几分钟对他太太说了些什么话。如果说米德尔顿夫人比她母亲令人合意些，那只是在于她比较少言寡语。埃丽诺不用仔细观察就能发现，她之所以少言寡语，只是因为她比较稳重，跟理智毫无关系。她对她丈夫、母亲和别人一样，都是这副样子，因此不能企望她会亲密一些。她除了重复前一天说过的话之外，别无他言。她的漠然寡趣是无可改变的，因为即使她的心情也总是一成不变的。对于丈夫安排的各种聚会，只要一切都办得体面气派，两个大孩子又能跟着她，她也并不表示反对。但是，她似乎从来不显得比坐在家里快乐些。她虽然也出席，但从不介入众人的交谈，因而不能给别人增添乐趣，有时只有当她关照那些调皮捣蛋的孩子时，才知道她在场。

埃丽诺觉得，在她新结识的人里，唯有布兰登上校堪称具有一定的才干，能激起友谊的兴致，带来交往的乐趣。威洛比可就谈不上啦。尽管她爱慕他，敬重他，甚至姐妹般地敬重他，可他毕竟处在热恋之中，只知道向玛丽安献殷勤。也许，他若是少献点殷勤，倒会更讨众人喜欢些。布兰登上校很是不幸，他本想倾心于玛丽安，玛丽安对他却了无情意。不过，通过与埃丽诺进行交谈，他得到了最大的安慰。

埃丽诺越来越同情上校，因为她有理由猜想，他已经感到了失恋的痛苦。这种猜想是一天晚上在巴顿庄园听他无意中漏出一句话而引起来的。当时，别人都在跳舞，他俩经过彼此同意，一道坐了下来。上校两眼凝视着玛丽安，沉默了几分钟之后，淡然微笑着说："据我了解，你妹妹不赞成第二次爱情。"

"是的，"埃丽诺应道，"她的想法十分罗曼蒂克。"

"依我看，更确切地说，她认为不可能存在第二次爱情。"

"我看她是这样认为的。但是，我不晓得她怎么能这样想，这岂不有损她自己父亲的人格？因为他就有过两个妻子。不过，再过几年，她就会根据自己的常识和观察，把看法变得合情合理一些。到那时候，她的观点在除她以外的任何人看来，都会比现在更容易解释，更容易说得通。”

“情况可能如此，”上校答道，“然而青年人的偏见别有一番亲切感，谁肯忍心抛弃，而去接受那些比较一般的观点？”

“在这一点上我不能同意你的看法，”埃丽诺说，“玛丽安这样的观点带有种种不便之处，任凭世人的狂热和无知有多大魅力，也将于事无补。不幸的是，她的思想严重倾向于蔑视礼仪。我期望她能进一步认识世界，这可能给她带来极大的好处。”

上校停了一会儿，然后继续说道：

“你妹妹是不是不加区别地一概反对第二次恋爱？难道每个人这样做都同样有罪吗？难道凡是第一次选择失当的人，无论因为对象朝三暮四，还是因为情况违逆多舛，就该一辈子漠然处之？”

“说心里话，我对她的详细见解并不了解。我只知道，我从未听她说过有哪一起二次恋爱是可以宽恕的。”

“这种看法，”上校说，“是不会持久的。感情上的变化，感情上的彻底变化——不，不，不要痴心妄想了，因为青年人富于幻想，一旦被迫改变主意，代之而来的总是些平庸不堪、危险至极的观点！我这样说是有切身体验的。我从前认识一位女子，她在性情和心地上很像你妹妹，像她那样思考问题，判断是非，但是她被迫改变了——是让一系列不幸事件逼迫的——”说到这里，他蓦地顿住了，似乎觉得自己说得太多了。看他那脸色，埃丽诺不禁起了猜疑。她看得出来，他不想提起与那女子有关的事情，要不然，这女子不会引起她的疑心。其实，事情不难想象，他之所以如此动情，定与想起过去的隐衷有关。埃丽诺没去多想。不过，若是换成玛丽安，却不会想得这么少。她凭着活跃的想象，很快就会把整个故事构思出来，一切都会被纳入一场爱情悲剧的框框，令人忧伤至极。

第十二章

第二天早晨，埃丽诺与玛丽安一道散步，玛丽安向姐姐透露了一桩事。埃丽诺早就知道玛丽安言行轻率，没有心眼，但是这桩事表明她太轻率、太没心眼了，不免大为惊讶。玛丽安万分欣喜地告诉她，威洛比送给她一匹马。这匹马是他在他萨默塞特郡的庄园里亲自喂养的，正好供女人骑用。她也不想一想母亲从不打算养马，即便母亲可以改变主意，让她接受这件礼物，那也得再买一匹，雇个用人骑着这匹马，而且终究还得建一所马厩。这一切她全没考虑，就毫不犹豫地接受了这件礼物，并且欣喜若狂地告诉了姐姐。

“他准备马上打发马夫去萨默塞特郡取马，”她接着说，“马一到，我们就能天天骑啦。你可以跟我合着用。亲爱的埃丽诺，你想想看，在这丘陵草原上骑马飞奔，该有多么惬意啊！”

她很不愿意从这幸福的迷梦中惊醒，更不愿意去领悟这桩事所包含的不幸现实。有好长时间，她拒不承认这些现实。再雇一个用人，那花不了几个钱，她相信母亲绝不会反对。用人骑什么马都可以，随时都可以到巴顿庄园去牵一匹。至于马厩，只要有个棚子就行。随后埃丽诺大胆地表示，从一个自己并不了解，或者至少是最近才了解的男人那里接受礼物，她怀疑是否恰当。这话可叫玛丽安受不了啦。

“埃丽诺，你认为我不很了解威洛比，”她激动地说道，“你这可想错了。的确，我认识他时间不长，可是天下人除了你和妈妈之外，我最了解的就是他了。熟悉不熟悉，不取决于时间和机缘，而只取决于性情。对某些人来说，七年也达不到相互了解，而对另一些人来说，七天就绰绰有余了。我倘若接受的是我哥哥的马，而不是威洛比的马，我会觉得更不恰当，那才问心有愧呢。我对约翰很不了解，虽然我们在一起生活了许多年；但对威洛比，我早就有了定见。”

埃丽诺觉得，最好别再触及那个话题。她知道她妹妹的脾气。在如此敏感的一个问题上与她针锋相对，只会使她更加固执己见。于是，她便转而设法激起她的母女之情，向她摆明：母亲是很溺爱子女的，倘使她同意增加这份家产（这是很可能的），那一定会给她招来诸多不便。这么一讲，玛丽安当即软了下来。她答应不向母亲提起送礼的事，以免惹得她好心好意地贸然应允。她还答应下次见到威洛比时告诉他，不能收他的礼物了。

玛丽安信守诺言，威洛比当天来访时，埃丽诺听她低声向他表示她很遗憾，不得不拒绝接受他的礼物。她同时申述了她之所以改变主意的缘由，说得他不好再作恳求。但是威洛比显然十分关切，并且一本正经地做了表白，然后以同样低微的声音接着说道：“不过，玛丽安，这马虽然你现在不能使用，却仍然归你所有。我先保养着，直至你领走为止。等你离开巴顿去建立自己的家庭时，‘玛布仙后①’会来接你的。”

这一席话都被达什伍德小姐无意中听到了。她从威洛比的整个说话内容，从他说话时的那副神气，从他直称她妹妹的教名，当即发现他们两人如此亲密，如此直率，真可谓情投意合极了。从此刻起，她不再怀疑他们之间已经许定终身。唯一使她感到意外的是，他们两人性情如此坦率，她或他们的朋友竟然给迷惑住了，以至于在无意中才发现了这一秘密。

次日，玛格丽特向她透露了一些情况，这就使这件事更加明朗。头天晚上，威洛比和她们待在一起，当时客厅里只剩下玛格丽特、威洛比和玛丽安，于是玛格丽特便趁机观察了一番。随后，当她和她大姐单独待在一起时，她摆出一副神气十足的面孔，向她透个口风。

---

① 玛布仙后（Queen Mab），威洛比将他送给玛丽安的马取名为英国民间故事中司梦的仙后，显然是为了取悦玛丽安。

“噢！埃丽诺，”她嚷道，“我想告诉你玛丽安的一个秘密。我敢肯定，她不久就要嫁给威洛比先生。”

“自从他们在高派教会丘地邂逅以来，”埃丽诺答道，“你几乎天天都这么说。我想他们认识还不到一个星期，你就一口咬定玛丽安脖子上挂着他的相片，谁想那原来是伯祖父的微型画像。”

“不过，这次确实是另一码事。我敢肯定，他们不久就要结婚，因为他有一绺玛丽安的头发。”

“当心点，玛格丽特。那也许只是他伯祖父的头发。”

“埃丽诺，那的确是玛丽安的头发。我几乎可以肯定，因为我亲眼见他剪下来的。昨晚用过茶，你和妈妈都走出了房间，他们在窃窃私语，说起话来要多快有多快。威洛比像是在向玛丽安央求什么东西，随即只见他拿起姐姐的剪刀，剪下她一长绺头发，因为她的头发都从背后洒落下来。他把头发亲了亲，然后卷起来包在一张白纸里，夹进了他的小本子。”

玛格丽特说得这么有根有据，有鼻子有眼，埃丽诺不能再不相信。况且，她也不想再去怀疑，因为情况与她自己耳闻目睹的完全一致。

玛格丽特并非总是显得十分机灵，有时难免引起姐姐的不快。一天晚上，詹宁斯太太在巴顿庄园硬逼着她说出谁是埃丽诺的意中人（长久以来，她一直对此兴致勃勃），玛格丽特瞅了瞅姐姐，然后回答说：“我不能说，是吧，埃丽诺？”

不用说，这句话惹起一阵哄堂大笑，埃丽诺也试图跟着笑，但这滋味是苦涩的。她知道玛格丽特要说的是哪个人，她不能心安理得地容忍这个人的名字成为詹宁斯太太的永久笑柄。

玛丽安倒是真心实意地同情姐姐，不料却好心帮了倒忙，只见她满脸涨得通红，悻悻然地对玛格丽特说：

“记住，不管你猜测是谁，你没有权利说出去。”

“我从来没有猜测过，”玛格丽特答道，“那是你亲口告诉我的。”

众人一听更乐了，非逼着玛格丽特再透点口风不可。

“噢！玛格丽特小姐，统统说给我们听听吧，”詹宁斯太太说，“那位先生叫什么名字呀？”

“我不能说，太太。不过我知道他叫什么名字，还知道他在哪儿。”

“是呀，是呀，我们也猜得出他在哪儿，当然是在诺兰他自己家里啦。大概还是那个教区的副牧师。”

“不，那他可不是。他压根儿没有职业。”

“玛格丽特，”玛丽安气冲冲地说道，“你知道这都是你无中生有，实际上并不存在这么个人。”

“哦，这么说他不久前去世啦？玛丽安，我敢肯定，以前可有过这么个人，他的姓开头一个字是‘费’。”

使埃丽诺极为庆幸的是，恰在这时，米德尔顿夫人说了一句话：“雨下得好大呀！”不过她知道，夫人之所以打岔，并非出于对自己的关心，而是因为她对她丈夫和母亲热衷于这种低级趣味，深为反感。她提出的这个话头当即被布兰登上校接了过去，因为他在任何场合都很照顾别人的情绪。于是，两人下雨长下雨短地说了一大堆。威洛比打开钢琴，要求玛丽安坐下来弹奏。由于大家都想结束这个话题，这样一来，谈话就不了了之。但是埃丽诺受了这场虚惊，却不那么容易恢复镇静。

当晚，大家组成一个观光团，准备第二天去参观一个景色十分优美的地方。此地离巴顿约有十二英里，归布兰登上校的姐夫所有，若是上校没有兴致，别人谁也别想去随意游览，因为主人当时出门在外，对此曾有言在先，十分严格。据说，这地方美极了，约翰爵士大为赞赏。近十年来，爵士每年夏天至少要组织两次游览，因而可以说是很有发言权。这里有个风光旖旎的小湖，上午主要用来乘船游览。大家带上冷餐，乘上敞篷马车，一切都按观光团的通常规格行事。

在场的有几个人认为，这似乎是一次冒险的行动，因为时令不对，两周来每天都在下雨。达什伍德太太由于感冒，经埃丽诺劝说，同意留在家里。

第十三章

大家一心打算去惠特韦尔游览，但是结果却完全出乎埃丽诺的意料。她本来准备给淋得浑身湿透，累得精疲力竭，吓得胆战心惊；然而事情比这还要糟糕，因为他们根本没有去成。

十点钟光景，观光的人们聚集到巴顿庄园，准备吃早饭。虽然昨晚下了一夜雨，早晨的天气却相当适意，只见天上的乌云正被驱散，太阳频频露出脸来。大伙兴高采烈，兴致勃勃，迫不及待地想玩乐一番，而且下定决心，即使有天大的艰难险阻，也在所不辞。

正当吃早饭的时候，邮差送信来了，其中有一封是给布兰登上校的。他接过信，一看姓名地址，脸色刷地变了，当即走出房去。

“布兰登怎么啦?”约翰爵士问。

谁也说不上来。

“但愿他没有收到不好的消息，”米德尔顿夫人说，“一定有要紧的事，不然布兰登上校不会这么突然离开我的饭桌。”

大约过了五分钟，他又回来了。

“上校，我想没有不好的消息吧。”他刚走进房里，詹宁斯太太便说道。

“绝对没有，太太，谢谢你。”

“是从阿维尼翁寄来的吧？但愿信里别说你妹妹病情加重了。”

“没有，太太。信是从城里寄来的，只是一封公函。”

“倘若只是一封公函，怎么能使你这么心烦意乱呢？得了，得了，这不可能。上校，把事情的真相说出来吧。”

“我的好妈妈，”米德尔顿夫人说，“看你说些啥呀。”

“也许是告诉你，你的表妹范妮要出嫁啦？”詹宁斯太太说，对女儿的责备置若罔闻。

“不，真的不是那回事儿。”

“噢，那么，我知道是谁寄来的了。上校，但愿她安然无恙。”

“你这是说谁呀，太太？”上校问道，脸色有点发红。

“哦！你知道我说谁。”

“我非常抱歉，夫人，”上校对米德尔顿夫人说，“今天竟然收到这封信。这是封公函，要我马上到城里去。”

“到城里去！”詹宁斯太太大声嚷道，“在这个时节，你到城里会有何贵干呀？”

“我们大家如此合得来，”上校接着说，“离开你们真是我的莫大损失。而使我感到更加不安的是：你们要进惠特韦尔，恐怕需要我亲自引见才行。”

这对众人是当头一击！

“布兰登先生，你要是给女管家写个条子，”玛丽安性急地说道，“这还不行吗？”

上校摇摇头。

“我们一定要去，”约翰爵士说，“事到如今，不能推延啦。布兰登，你可以等到明天再进城，就这么定啦。”

“我但愿能这么容易就定下来。可是我无权推迟行期，哪怕一天也不行！”

“你只要告诉我们你有什么事，”詹宁斯太太说，“我们也好评评能不能推迟。”

“你要是等到我们回来再进城，”威洛比说，“你顶多晚走六个小时。”

“我一小时也耽搁不得。”

这时，埃丽诺听见威洛比低声对玛丽安说：“有些人总是不肯与大伙儿一块玩乐。布兰登就是其中的一个。我敢肯定，他害怕感冒，于是就要了这个金蝉脱壳之计。我愿拿五十个几尼打赌，那封信是他自己写的。”

“对此我毫不怀疑。”玛丽安应道。

“布兰登，我早就了解，”约翰爵士说，“你一旦下定决心，别人是无法说服你改变主意的。不过，我还是希望你慎重考虑一下。你想想，这里有从牛顿赶来的两位凯里小姐，有从乡舍赶来的三位达什伍德小姐，再说威洛比先生，他为了去惠特韦尔，特意比平时早起了两个小时。”

布兰登上校再次表示抱歉，让大家感到失望了，但同时又说，这实在无法避免。

“那好，你什么时候回来？”

“我们就在巴顿等你，”米德尔顿夫人接着说，“希望你一得便就离开城里。我们一定等你回来再去惠特韦尔。”

“谢谢你的一番好意。不过，我说不定什么时候能回来，因此绝不敢贸然应允。”

“哦！他一定得回来，”约翰爵士大声说道，“他如果到周末还没回来，我就去找他。”

“对，去找他，约翰爵士，”詹宁斯太太嚷道，“到时候，你也许会发现他在干什么事呢。”

“我不想去探究别人在干什么事。我想，这是件使他感到羞耻的事情。”

仆人通报，布兰登上校的马备好了。

“你不会骑着马进城吧？”约翰爵士接着问。

“是的——我只骑到霍尼顿，然后改乘驿车。”

“好吧，既然你执意要走，我祝你一路顺风。不过，你最好能改变主意。”

“老实说，我的确无能为力。”

他随即向众人辞别。

“达什伍德小姐，难道我今冬没有机会在城里见到你和令妹？”

“恐怕毫无机会。”

“这么说，我们分别的时间比我希望的要长啦。”

他对玛丽安只鞠了一躬，没说什么。

“喂，上校，”詹宁斯太太说，“你临走之前，务必告诉我们你要去干什么。”

上校向她说了声“再见”，然后由约翰爵士陪同，走出房去。

刚才大家出于礼貌，一直压抑着的满腹委屈和哀怨，现在一股脑儿发泄出来了。他们三番五次地表示，碰到这种扫兴的事情，真叫人恼火。

“不过，他的事儿我猜得出来。”詹宁斯太太眉飞色舞地说。

“真的吗，太太？”大家几乎异口同声地说。

“真的，我看一定是为威廉斯小姐的事儿。”

“威廉斯小姐是谁？”玛丽安问。

“什么？你还不知道威廉斯小姐是谁？我敢说，你以前一定听说过她。她是上校的一个亲戚，亲爱的——一个非常近的亲戚。我们不

说有多近，免得吓坏了诸位小姐。”接着，她略微放低声音，对埃丽诺说：“她是他的亲生女儿。”

“真的！”

“噢！是的。一愣起神来很像上校。上校大概要把全部财产都留给她。”

约翰爵士一回来，便和大伙儿一道，对这不幸的事情深表遗憾，不过，他最后提议，既然大家都聚在一起，总得做点事情开开心。经过商量，大家一致认为，虽说只有去惠特韦尔才能感到快乐，但现在坐车在乡下转转也许能散散心。随即，主人吩咐套好马车。头一辆是威洛比的，玛丽安上车时看上去从来没有那样开心过。威洛比驱车迅速穿过庄园，一转眼便不见了。两人一去便无影无踪，直到大家都回来了，才见他们返回。看样子，两人逛得十分开心，不过嘴里只是笼统地说：大家都往高地上去了，他们一直在小道上兜风。

后来大伙儿商定，晚上举行一场舞会，让大家整天都欢欢乐乐的。凯里家又来了几个人，晚饭就餐的将近二十人，约翰爵士见此情景极为得意。威洛比像往常一样，在达什伍德家大小姐、二小姐之间就座。詹宁斯太太坐在埃丽诺右首。大家刚入座不久，她就扭身俯在埃丽诺和威洛比背后，同玛丽安嘀咕起来，声音不高也不低，那两人恰好都能听见：“尽管你诡计多端，我还是发现了你的秘密。我知道你上午到哪儿去了。”

玛丽安脸一红，慌忙应道：“你说到哪儿去了？”

“你难道不知道，”威洛比说，“我们乘着我的马车出去了？”

“是呀，是呀，厚脸皮先生，这我知道得一清二楚，可我一定要查明：你们究竟到哪儿去了。玛丽安小姐，我希望你很喜欢自己的住宅。我知道这房子很大，以后我去拜访的时候，希望你们能添置些新家具，我六年前去那儿时，就该添置了。”

玛丽安慌里慌张地扭过脸去。詹宁斯太太不由得纵情大笑。埃丽诺发现，这位太太一心要弄清两人究竟跑到哪儿去了，早就让女仆询问过威洛比的马车夫，从而得知：他们到艾伦汉去了，先在花园里转来转去，再到房子里各处察看，前后转悠了老半天。

埃丽诺简直不敢相信真有这种事。玛丽安与史密斯太太分明素不相识，既然她在家里，似乎威洛比不可能提出邀请，玛丽安也不可能同意进屋。

一走出餐厅，埃丽诺就向玛丽安询问这件事。使她大为惊讶的是，她发现詹宁斯太太所说的情况完全属实。玛丽安还因为她不肯相信而非常生气。

"埃丽诺，你凭什么认为我们没有去那儿，没见过那房子？这难道不是你经常向往的事情吗？"

"是的，玛丽安，不过有史密斯太太在家里，除了威洛比先生以外又没有别人陪伴，我是不会进去的。"

"可是威洛比先生是有权带我去看那房子的唯一的一个人，因为我们乘坐的是敞篷马车，不可能再找别人做伴。我生平从来没像今天上午过得这么愉快。"

"恐怕，"埃丽诺答道，"一件事情是愉快的，并非总能证明它是恰当的。"

"恰好相反，埃丽诺，没有比这更有力的证明了。假如我的所作所为确有不当之处，我当时就会有所感觉，因为我们倘使做错了事，自己总是知道的，而一有这种认识，我就不可能感到愉快。"

"不过，亲爱的玛丽安，为了这件事你已经遭到了冷言冷语，难道你还不怀疑你的行为有失谨慎吗？"

"如果詹宁斯太太说了几句怪话就能证明别人行为欠妥，那我们大家无时无刻不在招惹是非。我既不稀罕她的称赞，也不在乎她的非难。我在史密斯太太的庭园里散散步，还参观了她的住宅，我不知道这有什么过错。有朝一日，这庭园、房子都要归威洛比先生所有，而……”

“哪怕有朝一日归你所有，玛丽安，你那样做也是不合情理的。”

听姐姐这么一说，玛丽安不由得脸红了。不过看得出来，这话还是使她感到得意。她仔细思忖了十来分钟，然后又来到姐姐跟前，和颜悦色地说道：“埃丽诺，也许我去艾伦汉确实有失检点，不过威洛比先生一定要带我去看看。说实在话，那幢房子可美啦。楼上有一间非常漂亮的起居室，不大不小，什么时候都适用，若是配上新式家具，那真叫人称心如意了。这是一间犄角室，两边有窗。从一边凭窗望去，越过屋后的滚球场草坪，看到一片优美的坡林。从另一边，可以望见教堂和村庄，再过去就是我们经常赞叹不已的崇山峻岭。我不觉得这个房间有什么特别好，因为那些家具着实可怜。然而，要是配上新家具——威洛比说要花费两三百镑，那它就会成为英格兰最舒适的避暑室之一。”

倘若埃丽诺能一直听她讲下去，别人不来打岔的话，玛丽安会照样把每个房间都津津有味地描绘一番。

第十四章

布兰登上校突然终止了对巴顿庄园的拜访，而且始终不肯说明缘由，这不免使詹宁斯太太满腹狐疑，一直揣测了两三天。她是个顶爱大惊小怪的女人，其实，凡是一心留意别人来去行踪的人，个个都是这个样子。她心里一直纳闷：这究竟是什么原因？她敢肯定他有不幸的消息，于是仔细琢磨他可能遭遇的种种不幸，认为绝不能让他瞒过他们大伙儿。

“我敢肯定，准是出了什么伤心事儿，”她说，“我从上校脸上看得出来。可怜的人儿！恐怕他的境况不佳呀。算计起来，德拉福庄园的年收入从来没有超过两千镑，他的弟弟把事情搞得一塌糊涂。我看哪，八成是为钱的事儿找他，不然还会有什么事儿呢？我在纳闷是不是这么回事儿。我无论如何也要弄个水落石出。也许是为威廉斯小姐的事儿——这么说来，肯定是为她的事儿，因为我当初提到她的时候，上校看上去那么不自在。也许她在城里生病了，十有八九是这么回事儿，因为我觉得她总是多灾多病的。我敢打赌，就是为威廉斯小姐的事儿。现在看来，上校不大可能陷入经济困难，因为他是个精明人，时至今日，庄园的开支肯定早就结清了。我真不知道是怎么回事儿！也许他在阿维尼翁的妹妹病情恶化了，叫他快去。他走得匆匆忙忙的，看样子很像。唉，我衷心祝愿他摆脱困境，还能讨个好太太。”

詹宁斯太太就这么疑疑惑惑、唠唠叨叨。她的看法变来变去，一会儿一个猜测，而且开头总是满有把握。埃丽诺虽然着实关心布兰登上校的安乐，但是她不能像詹宁斯太太所企望于她的，对他的突然离去惊诧不已，因为在她看来，情况没有什么大不了的，犯不着那样大惊小怪，猜疑来猜疑去。使她真正感到惊奇的，倒是她妹妹和威洛比，他们明明知道他们的事情引起了大家的特别兴趣，却异乎寻常地保持缄默。他们一天天地越是不吭声，事情越显得奇怪，越与他们两人的性情不相协调。从他们的一贯行为看，本来是昭然若揭的事情，却不敢向母亲和她公开承认，埃丽诺无法想象这究竟是什么缘故。

埃丽诺不难看出，他们还不能马上结婚，因为威洛比虽说在经济上是独立的，但并不能认为他很有钱。按照约翰爵士的估计，他庄园上的收入一年只有五六百镑，但他花费太大，那笔收入简直不够用，他自己也经常在哭穷。但是，使她感到莫名其妙的是，他们订了婚，竟对她保守秘密，其实他们什么也包不住。这与他们的惯常想法和做法太不一致了，以致使她有时候也怀疑，他们是不是真的订了婚。因为有这个怀疑，她也就不便去探问玛丽安。

威洛比的行为最明显地表达了他对达什伍德母女的一片深情。他作为玛丽安的情人，真是要多温柔有多温柔；而对于其他人，他作为女婿、姐夫和妹夫，也能殷勤备至。他似乎把乡舍当成了自己的家，迷恋不舍，他泡在这里的时间比待在艾伦汉的时间还要多。倘若巴顿庄园没有大的聚会的话，他早晨就出来活动活动，而最后几乎总是来到乡舍；他自己守在玛丽安身旁，他的爱犬趴在玛丽安脚边，消磨掉这一整天。

布兰登上校离开乡下一周后的一天傍晚，威洛比似乎对周围的事物产生了一股异乎寻常的亲切感。达什伍德太太无意中提起了要在来年春天改建乡舍的计划，当即遭到了他的激烈反对，因为他已经与这里建立了感情，觉得一切都十全十美。

“什么！”他惊叫道，“改建这座可爱的乡舍！不——不，这我绝不会同意，你若是尊重我的意见的话，务必不要增添一砖一石，扩大一寸一分。”

“你不要害怕，”达什伍德小姐说，“这是不可能的事情，我母亲永远凑不够钱来改建。”

“那我就太高兴啦，”威洛比嚷道，“她若是有钱派不到更好的用场，我但愿她永远没有钱。”

“谢谢你，威洛比。你尽管放心，我不会伤害你的或是我所喜爱的任何人的一丝一毫的乡土感情，而去搞什么改建。你相信我好啦，到了春天结账时，不管剩下多少钱没派用场，我宁肯撂下不用，也不拿来干些让你如此伤心的事情。不过，你当真这么喜爱这个地方，觉得它毫无缺陷？”

"是的，"威洛比说，"我觉得它是完美无缺的。唔，更进一步说，我认为它是可以让人获得幸福的唯一的建筑形式。我若是有钱的话，马上就把库姆大厦推倒，按照这座乡舍的图样重新建造。"

"我想，也要建成又暗又窄的楼梯，四处漏烟的厨房啦。"埃丽诺说。

"是的，"威洛比以同样急切的语气大声说道，"一切的一切都要一模一样。无论是便利的设施，还是不便利的设施，都不能看出一丝一毫的不同。到那时，只有到那时，我在库姆住进这样一座房子，或许会像在巴顿一样快活。"

"依我看呀，"埃丽诺答道，"你今后即使不巧住上更好的房间，用上更宽的楼梯，你会觉得你自己的房子是完美无瑕的，就像你现在觉得这座乡舍完美无瑕一样。"

"当然，"威洛比说，"有些情况会使我非常喜爱我自己的房子；不过这个地方将永远让我留恋不舍，这是别的地方无法比拟的。"

达什伍德太太乐滋滋地望着玛丽安，只见她那双漂亮的眼睛正脉脉含情地盯着威洛比，清楚地表明她完全明白他的意思。

"我一年前来艾伦汉的时候，"威洛比接着说，"经常在想，但愿巴顿乡舍能住上人家！每当我从它跟前经过，总要对它的位置叹羡不已，同时也对它无人居住而感到痛惜。我万万没有料到，我再次来到乡下时，从史密斯太太嘴里听到的头一条新闻，就是巴顿乡舍住上人了！顿时，我对这事既满意，又有兴趣。我之所以有这种感觉，那是因为我预感到，我将从中获得幸福。玛丽安，难道事实不正是如此吗？"他压低声音对她说，接着又恢复了原先的语调，说道，"不过，你要损坏这座房子的，达什伍德太太！你想用异想天开的改建，毁掉它的简朴自然！就在这间可爱的客厅里，我们初次结识，以后又在一起度过了许许多多快乐的时刻，没想到你要把它贬黜成一道普普通通的门廊。可是大家还是渴望要进那间客厅，因为它迄今为止一直是个既实用又舒适的房间，天下再气派的房间也比它不上。”

达什伍德太太再次向他保证：她绝不会做出那种改建。

“你真是太好了，”威洛比激动地答道，“你的许诺叫我放心了。你的许诺若是能更进一步，我会打心眼里高兴。请告诉我，不仅你的房子将依然如故，而且我还将发现你和令爱像你们的房子一样一成不变，永远对我友好相待。这种情谊使我感到你们的一切都是那样的亲切。”

达什伍德太太欣然作出了许诺，威洛比整个晚上的举止表明，他既亲热又快乐。

“明天来吃晚饭好吗？”等他告辞的时候，达什伍德太太说，“我并不要求你上午就来，因为我们必须去巴顿庄园拜访米德尔顿夫人。”

威洛比答应下午四点再来。

第十五章

第二天，达什伍德太太去拜访米德尔顿夫人，与她同去的还有两个女儿。玛丽安借口有点小事，没有随同前往。母亲断定，头天晚上威洛比一定和她有约在先，想趁她们外出的时候来找玛丽安，于是便满心欢喜地任她留在家里。

她们从巴顿庄园一回来，便发现威洛比的马车和仆人在乡舍前面恭候，达什伍德太太想她猜得果然不错。就目前的情况看来，事情正像她预见的那样。谁料一走进屋里，她见到的情景与她预见的并不一致。她们刚跨进走廊，就见玛丽安急匆匆地走出客厅，看样子极度悲伤，一直拿手帕擦眼睛，也没觉察她们便跑上了楼。她们大为惊异，径直走进玛丽安刚刚走出的客厅，只见威洛比背对着她们，倚靠在壁炉架上。听见她们进房，他转过身来。从他的脸色看得出来，同玛丽

安一祥，他的心情也十分痛苦。

“她怎么啦？”达什伍德太太一进房便大声嚷道，“她是不是不舒服了？”

“但愿不是。”威洛比答道，极力装出高高兴兴的样子。他接着勉强做出一副笑脸，然后说：“感觉不舒服的应该是我——因为我遇到一件令人十分失望的事情！”

“令人失望的事情！”

“是的，因为我不能履行同你们的约会。今天早晨，史密斯太太仗着她有钱有势，居然支使起一个有赖于她的可怜表侄来了，派我到伦敦去出差。我刚刚接受差遣，告别了艾伦汉。为了使大家高兴，特来向你们告别。”

“去伦敦！今天上午就走吗？”

“马上就走。”

“这太遗憾了。不过，史密斯太太的指派不可不从。我希望这事不会使你离开我们很久。”

威洛比脸一红，答道：“你真客气，不过我不见得会立即回到德文郡。我一年里对史密斯太太的拜访从不超过一次。”

“难道史密斯太太是你唯一的朋友？难道艾伦汉是你在附近能受到欢迎的唯一宅府？真不像话，威洛比！你就不能等待接受这儿的邀请啦？”

威洛比的脸色更红了。他两眼盯着地板，只是答道：“你真太好了。”

达什伍德太太惊奇地望望埃丽诺。埃丽诺同样感到惊讶。大家沉默了一阵。还是达什伍德太太先开口。

“亲爱的威洛比，我再补充说一句：你在巴顿乡舍永远是受欢迎的。我不想逼迫你立即回来，因为只有你才能断定，这样做会不会取悦于史密斯太太。在这方面，我既不想怀疑你的意愿，也不想怀疑你的判断力。”

“我现在的差事，”威洛比惶惑地答道，“属于这样一种性质——我——我不敢不自量力地——”

他停住了。达什伍德太太惊愕得说不出话来，结果又停顿了一阵。威洛比打破了沉默，只见他淡然一笑，说：“这样拖延下去是愚蠢的。我不想折磨自己了，既然现在不可能和朋友们愉快相聚，只好不再久留。”

随后，他匆匆辞别达什伍德母女，走出房间。她们瞧着他跨上马车，转眼便不见了。

达什伍德太太难过得没有心思说话，当即便走出客厅，独自忧伤去了。威洛比的陡然离去引起了她的忧虑和惊恐。

埃丽诺的忧虑并不亚于母亲。她想起刚才发生的事情，既焦急又疑惑。威洛比告别时的那些表现：神色本来十分窘迫，却要装出一副高高兴兴的样子；更为重要的是，他不肯接受母亲的邀请，畏畏缩缩的根本不像个情人，也根本不像他本人，这一切都叫她深感不安。她时而担心威洛比从来不曾有过认真的打算，时而担心他和妹妹之间发生了不幸的争吵。玛丽安走出客厅时那么伤心，最能解释得通的就是双方当真吵了一场。不过，考虑到玛丽安那样爱他，争吵又似乎是不可能的。

但是，不管他们分别时的具体情况如何，妹妹的苦恼却是毋庸置疑的。她怀着深切的同情，设想着玛丽安正在忍受的巨大痛苦。很可能，这种痛苦不仅尽情地发泄出来了，而且还在有意识地推波助澜呢。

约莫过了半个钟头，母亲回到客厅，虽然两眼通红，脸上却不显得心里忧结。

“埃丽诺，我们亲爱的威洛比现在离开巴顿好几英里远了，”她说，一面坐下做她的活计，“他一路上心里该有多么沉重啊？”

“这事真怪。走得这么突然！好像只是一瞬间的事情。他昨晚和我们在一起时，还那么愉快，那么喜幸，那么多情！可是现在，只提前十分钟打了个招呼，便走了，好像还不打算回来呢！一定出了什么事他没告诉我们。他嘴里不说，行动也很反常。对于这些变化，你应该和我一样看得仔细。这是怎么回事呢？他们两个可能吵架啦？可是他为什么不肯接受你的邀请呢？”

“埃丽诺，他不是不愿意，这我看得很清楚。他没法接受我的邀请。说实在的，我已经仔细考虑过了。有些事情起先在你我看来很奇怪，现在件件我都能给予完满的解释。”

“你真能解释？”

“是的，我给自己解释得满意极了。不过，你嘛，埃丽诺，总爱怀疑这怀疑那的——我知道，我的解释不会叫你满意，但是你也不能说服我放弃我的看法。我相信，史密斯太太怀疑威洛比对玛丽安有意，硬是不赞成（可能因为她替他另有考虑），因此便迫不及待地把他支使走了。她打发他去干什么事，那仅仅是为了把他打发开而捏造的一个借口。我看就是这么回事儿。另外，他也知道史密斯太太硬不赞成这门亲事，因此目前还不敢向她坦白他已和玛丽安订婚。相反，由于他处于依赖她的地位，他又不得不听从她的安排，暂时离开德文郡。我知道，你会对我说，事情也许是这样，也许不是这样。我不想听你说些疑神疑鬼的话，除非你能提出同样令人满意的解释来。那么，埃丽诺，你有什么好说的？”

“没有，因为你已经料到了我会怎么回答。”

“你会对我说：事情也许是这样，也许不是这样。哦！埃丽诺，你的思想真叫人难以捉摸！你是宁信恶而不信善。你宁愿留神玛丽安的痛苦、威洛比的过错，而不愿意替威洛比寻求辩解。你是执意认为威洛比该受责备，因为他向我们告别时不像平常那样情意绵绵。难道你就不考虑考虑他可能是一时疏忽，或是最近遇到失意的事情而情绪低落？可能性并不是百分之百地有把握，难道仅仅为此就不考虑这些可能性吗？威洛比这个人，我们有一千条理由喜爱他，而没有一条理由瞧不起他，难道现在一点也不能原谅吗？难道他不可能有些不便说出的动机，暂时不得不保守秘密？说来说去，你究竟怀疑他什么？”

“我也说不上来。但是，我们刚才看到他那副反常的样子，必然会怀疑发生了什么不愉快的事情。不过，你极力主张替他寻求辩解，这也很有道理，而我审人度事就喜欢诚实公正。毫无疑问，威洛比那样做是会有充分理由的，我也希望他如此。但是，他假如当即承认这些理由，倒更符合他的性格。保守秘密也许是必要的，然而他会保守秘密，却不能不使我感到惊奇。”

“不要责备他违背自己的性格，该违背的还要违背。不过，你果真承认我为他做的辩解是公平合理的？我很高兴——他被宣判无罪啦。”

“并非完全如此。对史密斯太太隐瞒他们订婚的事（如果他们确实订婚了的话），也许是恰当的。假如事实果真如此，威洛比当前尽量少在德文郡盘桓，倒不失为上策。可是他们没有理由瞒着我们。”

“瞒着我们！我的宝贝，你指责威洛比和玛丽安瞒着我们？这就实在怪了，你的目光不是每天都在责备他俩轻率吗？”

“我不需要他们情意缠绵的证据，”埃丽诺说，“但是我需要他们订婚的证据。”

“我对这两方面都坚信不疑。”

“然而，他们两人在这件事上只字没向你透露过呀。”

“行动上明摆着的事情，还要什么只字不只字。至少是近两个星期以来，他对玛丽安和我们大伙的态度难道还没表明他爱玛丽安，并且把她视为未来的妻子？他对我们那样恋恋不舍，难道不像是一家人？难道我们之间还不心心相印？难道他的神色、他的仪态、他的殷勤多情、毕恭毕敬，不是每天都在寻求我的同意吗？我的埃丽诺，你怎么能去怀疑他们是否订婚了呢？你怎么会有这种想法呢？威洛比明知你妹妹喜爱他，怎么能设想他不对她表表衷情就走了，而且或许一走就是几个月呢？他们怎么可能连一句贴心话都不说就分手了呢？”

“说真的，”埃丽诺答道，“别的情况都好说，可是就有一个情况不能说明他们已经订婚，这就是两人一直闭口不谈这个问题。在我看来，这个情况比哪个情况都重要。”

“这就怪啦！人家这样开诚布公，你倒能对他们的关系提出怀疑，你真把威洛比看扁啦。这么长时间，难道他对你妹妹的举动都是装出来的？你认为他真的对她冷漠无情？”

“不，我不这样认为。我相信，他肯定喜爱玛丽安。”

“但是照你的看法，他却冷漠无情、不顾后果地离开了她。如果真有此事，这岂不是一种不可思议的爱情？”

“你应该记住，我的好妈妈，我从来没有把事情看得一定如此。我承认我有疑虑，但是不像以前那么重了，也许很快就会彻底打消。假如我们发现他俩有书信来往，那么我的全部忧虑就会烟消云散。”

“你还真会假设呀！假如你见到他们站在圣坛跟前，你就会认为他们要结婚了！你这姑娘真不厚道！我可不需要这样的证据。依我看，这事儿没有什么好怀疑的。他们没有什么不可告人的，自始至终都是光明正大的。你不会怀疑你妹妹的心愿，你怀疑的一定是威洛比。但这是为什么？难道他不是个又体面、又有感情的人？难道他有什么反复无常的地方值得大惊小怪？难道他会骗人？”

“我希望他不会，也相信他不会，”埃丽诺嚷道，“我喜欢威洛比，真心实意地喜欢他。怀疑他是不是诚实，这使你感到痛苦，我心里也绝不比你好受。这种怀疑是无意中形成的，我不会去有意加码。说实在的，他今天上午态度上的变化把我吓了一跳。他言谈反常，你待他那么好，他却丝毫没有以诚相报。不过，这一切倒可以用你设想的他的处境来解释。他刚和我妹妹分手，眼看着她悲痛欲绝地跑开了。他害怕得罪史密斯太太，想早点回来又不敢，但他知道，他拒绝你的邀请，说他要离开一些日子，他将在我们一家人的心目中扮演一个吝啬、可疑的角色，那样他准会感到窘迫不安的。在这种情况下，我觉得他满可以直截了当地说明他的难处，这样做会更体面些，也更符合他的性格。但是我不想凭着这么狭小的气量，认为一个人和自己见解不同，或者不像我们想象的那样专一和得体，便对他的行为提出异议。”

“你说得很对。威洛比当然无可怀疑。虽然我们认识他的时间不长，他在这里却并非陌生人。有谁说过他的坏话？假若他可以自己做主，马上结婚的话，他走之前不立即把什么事情都向我交代清楚才怪呢。可是情况并非如此。从某些方面看来，这是件开头并不顺当的婚约，因为结婚还是遥遥无期的事情。现在，只要行得通，就连保密也是十分明智的。”

玛格丽特走进来，打断了她们的谈话。这时，埃丽诺才从容仔细地考虑一下母亲的这些话，承认有些说法是合乎情理的，但愿她说的全都入情入理。

她们一直没有看见玛丽安，直到吃晚饭的时候，她才走进房来，一声不响地坐到桌前。她的眼圈又红又肿，看样子，即使在当时，她也是好不容易才忍住了自己的泪水。她尽力避开众人的目光，既不吃饭，也不说话。过了一会儿，母亲怀着亲切怜惜之情，不声不响地抓住了她的手。顿时，她那点微不足道的坚毅精神被彻底摧垮了。她眼泪夺眶而出，拔腿奔出房去。

整个晚上，玛丽安都处在极度的悲痛之中。她无法克制自己，也不想克制自己。别人稍微提到一点与威洛比有关的事情，她马上就受不了。虽然一家人都在急切地尽力劝慰她，但是只要一说话，就不可能一点不触及她认为与威洛比有关的话题。

第十六章

玛丽安与威洛比分别后的当天夜里，倘若还能睡着觉的话，她就会觉得自己是绝对不可宽恕的。假如起床时不觉得比上床时更需要睡眠，她第二天早晨就没有脸面去见家里的人。正因为她把镇定自若视为一大耻辱，她也就压根儿镇定不下来。她整整一夜未曾合眼，绝大部分时间都在哭泣。起床的时候觉得头痛，不能说话，也不想吃饭，使母亲和姐姐妹妹无时无刻不为之难过，怎么劝解都无济于事。她的情感可真够强烈的！

早饭过后，她独自走出家门，到艾伦汉村盘桓了大半个上午，一边沉湎于往日的欢乐，一边为目前的不幸而悲泣。

晚上，她是怀着同样的心情度过的。她演奏了过去常给威洛比演奏的每一首心爱的歌曲，演奏了他们过去经常同声歌唱的每一支小调，然后坐在钢琴前面，凝视着威洛比给她缮写的每一行琴谱，直至心情悲痛到无以复加的地步。而且，这种伤感的激发天天不断。她可以在钢琴前一坐几个钟头，唱唱哭哭，哭哭唱唱，往往泣不成声。她读书和唱歌一样，也总是设法勾起今昔对比给她带来的痛苦。她别的书不读，专读他们过去一起读过的那些书。

确实，这种肝肠寸断的状况很难长久持续下去。过不几天，她渐渐平静下来，变得只是愁眉苦脸。不过，每天少不了要独自散步，默默沉思，这些事情也偶尔引起她的悲痛，发泄起来像以前一样不可收拾。

威洛比没有来信，玛丽安似乎也不指望收到他的信。母亲感到惊奇，埃丽诺又变得焦灼不安起来。不过，达什伍德太太随时都能找到解释，这些解释至少使她自己感到满意。

“埃丽诺，你要记住，”她说，“我们的信件通常是由约翰爵士帮助传递来、传递去的。我们已经商定，认为有必要保守秘密。我们应该承认，假如他们的信件传过约翰爵士手里，那就没法保密啦。”

埃丽诺无法否认这一事实，她试图从中找到他们为什么要保持缄默的动机。对此，她倒有个直截了当的办法，觉得十分适宜，可以弄清事实真相，马上揭开全部谜底，于是便情不自禁地向母亲提了出来。

“你为什么不马上问问玛丽安，”她说，“看她是不是真和威洛比订婚了？你是做母亲的，对她那么仁慈，那么宽容，提出这个问题是不会惹她冒火的。这是很自然的，你这样疼爱她。她过去一向十分坦率，对你尤其如此。”

“我无论如何也不能问这样的问题。假使他们真的没有订婚，我这么一问会引起多大的痛苦啊！不管怎样，这样做太不宽厚了。人家现在不想告诉任何人的事儿，我却去硬逼着她坦白，那就休想再得到她的信任。我懂得玛丽安的心：我知道她十分爱我，一旦条件成熟，她绝不会最后一个向我透露真情。我不想逼迫任何人向我交心，更不想逼迫自己的孩子向我交心，因为出于一种义务感，本来不想说的事情也要说。”

埃丽诺觉得，鉴于妹妹还很年轻，母亲待她也过于宽厚了，她再催母亲去问，还是徒劳无益。对于达什伍德太太来说，什么起码的常识、起码的关心、起码的谨慎，统统湮没在她那富有浪漫色彩的微妙性格之中。

几天之后，达什伍德家才有人在玛丽安面前提起威洛比的名字。约翰爵士和詹宁斯太太还真不是出言有所顾忌的人，他们那些俏皮话曾多次让玛丽安心里痛上加痛。不过，有天晚上，达什伍德太太无意中拿起一本莎士比亚的书，大声嚷道：

“玛丽安，我们一直没有读完《哈姆雷特》。我们亲爱的威洛比没等我们读完就走了。我们先把书搁起来，等他回来的时候……不过，那也许得等好几个月。”

“好几个月！”玛丽安大为惊讶地叫道，“不——好几个星期也不用。”

达什伍德太太悔不该说了那番话，可埃丽诺却挺高兴，因为这些话引得玛丽安作出了答复，表明她对威洛比还充满信心，了解他的意向。

一天早晨，大约在威洛比离开乡下一个星期之后，玛丽安终于被说服了，没有独自溜走，而同意与姐姐妹妹一道去散步。迄今为止，每当外出闲逛时，她总是小心翼翼地避开别人。如果姐姐妹妹想到高地上散步，她就径直朝小路上溜掉；如果她们说去山谷，她就一溜烟往山上跑去，姐妹俩还没抬步，她已经跑得无影无踪。埃丽诺极不赞成她总是这样避开他人，最后终于把她说服了。她们顺着山谷一路走去，大部分时间都沉默不语，这一方面因为玛丽安心绪难平，一方面因为埃丽诺已经满足于刚刚取得的一点进展，不想多所希求。山谷入口处，虽然土质依然很肥，却并非野草丛生，因而显得更加开阔。入口处外边，长长的一段路呈现在眼前，她们初来巴顿时走的就是这条路。一来到入口处，便停下脚步四处眺望。以前在乡舍里，这儿是她们举目远眺的尽头，现在站在一个过去散步时从未到达的地点，仔细观看这里的景色。

在诸般景物中，很快发现一个活的目标，那是一个人骑在马上，正朝她们走来。过了几分钟，她们看得分明，他是一位男士。又过了一会，玛丽安欣喜若狂地叫道：

“是他，真是他，我知道是他！”说罢急忙迎上前去，不料埃丽诺大声嚷道：

“真是的，玛丽安，我看你是看花了眼，那不是威洛比。那人没有威洛比高，也没有他的风度。”

“他有，他有，”玛丽安嚷道，“他肯定有！他的风度，他的外套，他的马。我早就知道他很快就会回来。”

她一边说，一边迫不及待地往前走去。埃丽诺几乎可以肯定，来人不是威洛比，为了防止玛丽安做出特异的举动，她加快脚步，追了上去。转眼间，她们离那位男士不过三十码远了。玛丽安再定睛一看，不觉凉了半截，只见她忽地转过身，匆匆往回奔去。正当姐妹两人提高嗓门喊她站住的时候，又听到一个声音，几乎和威洛比的嗓音一样熟悉，也跟着恳求她止步。玛丽安惊奇地转过身，一见是爱德华·费拉斯，连忙上前欢迎。

在那个当口，爱德华是普天之下因为不是威洛比而能被宽恕的唯一的来者，也是能够赢得玛丽安嫣然一笑的唯一的来者，只见她擦干眼泪，冲他微笑着。一时间，由于为姐姐感到高兴，竟把自己的失望抛到了脑后。

爱德华跳下马，把马交给仆人，同三位小姐一起向巴顿走去。他是专程来此拜访她们的。

他受到她们大家极其热烈的欢迎，特别是玛丽安，接待起来甚至比埃丽诺还热情周到。的确，在玛丽安看来，爱德华和姐姐的这次相会不过是一种不可思议的冷漠关系的继续。她在诺兰从他们的相互态度中经常注意到这种冷漠关系。尤其是爱德华一方，他在这种场合完全缺乏一个恋人应有的言谈举止。他慌里慌张的，见到她们似乎并不觉得高兴，看上去既不狂喜也不快活。他少言寡语，只是问到了，才不得不敷衍两句，对埃丽诺毫无特别亲热的表示。玛丽安耳闻目睹，越来越感到惊讶。她几乎有点厌恶爱德华了，而这种反感与她的其他感情一样，最终都要使她回想到威洛比，他的仪态与他未来的连襟形成了鲜明的对照。

惊异、寒暄之余，大家先是沉默了一阵，然后玛丽安问爱德华，是不是直接从伦敦来的。不，他到德文郡已有两个星期了。

“两个星期！”玛丽安重复了一声，对他与埃丽诺在同一郡里待了这么长时间而一直没有见面，感到诧异。

爱德华带着惴惴不安的神情补充说，他在普利茅斯附近，一直与几位朋友待在一起。

“你近来去过苏塞克斯没有？”埃丽诺问。

“我大约一个月前去过诺兰。”

“最最可爱的诺兰现在是什么样啦？”玛丽安高声问道。

“最最可爱的诺兰，”埃丽诺说，“大概还是每年这个时节惯有的老样子。树林里、走道上都铺满了枯叶。”

“哦！”玛丽安嚷道，“我以前见到树叶飘零时心情有多激动啊！一边走一边观赏秋风扫落叶，纷纷扬扬的，多么惬意啊！那季节，秋高气爽，激起人们多么深切的情思啊！如今，再也没有人去观赏落叶了。它们只被人们望而生厌，刷刷地一扫而光，然后刮得无影无踪。”

“不是每个人，”埃丽诺说，“都像你那样酷爱落叶。”

“是的，我的感情是人们不常有的，也不常为人们所理解。不过，有时候确有知音。”说话间，不觉陷入了沉思遐想，过了一阵，又觉醒过来。“爱德华，”她说，想把他的注意力引到眼前的景色上，“这儿是巴顿山谷。抬头瞧瞧吧，好样的别激动。看看那些山！你见过这样美的山吗？左面是巴顿庄园，坐落在树林和种植园当中。你可以望见房子的一端。再瞧那儿，那座巍然屹立的最远的山，我们的乡舍就在那山脚下。”

“这地方真美，”爱德华应道，“不过，这些低洼地到了冬天一定很泥泞。”

“面对着这样的景物，你怎么能想到泥泞？”

“因为，”他微笑着答道，“在我面前的景物中，就见到一条非常泥泞的小道。”

“好怪呀！”玛丽安边走边自言自语。

“你们在这里和邻居相处得好吧？米德尔顿夫妇惹人喜欢吗？”

“不，一点也不，”玛丽安答道，“我们的处境糟糕极了。”

“玛丽安，”她姐姐喊道，“你怎么能这样说？你怎么能这样不公平？费拉斯先生，他们是非常体面的一家人，待我们友好极了。玛丽安，难道你忘记了，他们给咱们带来了多少令人愉快的时日？”

“没有忘记，”玛丽安低声说道，“也没忘记他们给咱们带来了多少令人痛苦的时刻。”

埃丽诺并不理会这话，只管把精力集中在客人身上，尽力同他保持着谈话的样子。话题不外乎她们现在的住宅条件，它的方便之处等等，偶尔使他提个问题，发表点议论。他的冷淡和沉默寡言使她深感屈辱，不由得既烦恼又有点气愤。但她决定按过去而不是现在的情况来制约自己的行动，于是她尽量避免露出愤恨不满的样子，用她认为理应对待亲戚的态度那样对待他。

第十七章

达什伍德太太见到爱德华，只惊讶了一刹那工夫，因为据她看来，他来巴顿原是再自然不过的事情。她的欣喜之情和嘘寒问暖，远比惊讶的时间要长得多。爱德华受到她极为亲切的欢迎。他的羞怯、冷漠和拘谨经不起这样的接待，还没进屋就开始逐渐消失，后来干脆被达什伍德太太那富有魅力的仪态一扫而光。的确，哪个人若是爱上了她的哪位女儿，不可能不进而对她也显出一片深情。埃丽诺满意地发现，爱德华很快便恢复了常态。他似乎对她们大家重新亲热起来。看得出来，他对她们过得好不好又发生了兴趣。可是，他并不快活。他称赞她们的房子，叹赏房子四周的景色，和蔼亲切，殷勤备至。但他依然郁郁不乐。这，达什伍德母女都看得出来。达什伍德太太将之归咎于他母亲心胸狭隘，因而她坐下吃饭时，对所有自私自利的父母深表愤慨。

“爱德华，费拉斯太太现在对你的前途有什么打算？”吃完晚饭，大家都围到火炉前，达什伍德太太说道，“你还仍然身不由己地想做个大演说家吗？”

“不。我希望我母亲现在认识到，我既没有愿望，也没有才能去从事社会活动。”

“那你准备怎样树立你的声誉呢？因为你只有出了名，才能叫你全家人感到满意。你一不爱花钱，二不好交际，三没职业，四无自信，你会发现事情很难办的。”

“我不想尝试。我也不愿意出名。我有充分的理由希望，我永远不要出名。谢天谢地！谁也不能逼着我成为天才，成为演说家。”

“你没有野心，这我很清楚。你的愿望很有限度。”

“我想和天下其他人一样有限度。和其他人一样，我希望绝对快乐。不过，和其他人一样，必须按照我自己的方式。做大人物不能使我自得其乐。”

“如果能，那才怪呢！”玛丽安嚷道，“财富和高贵与幸福有什么关系？”

“高贵与幸福是没有多大关系，”埃丽诺说，“但是财富与幸福的关系却很大。”

“埃丽诺，亏你说得出口！”玛丽安说，“财富只有在别无其他幸福来源时，才能给人以幸福。就个人而言，财富除了能提供充裕的生活条件之外，并不能给人带来真正的幸福。”

“也许，”埃丽诺笑笑说，“我们得出的结论是一致的。我敢说，你所谓的充裕生活条件和我所说的财富非常类似。如今的世界假如缺了它们，你我都会认为，也就不会有任何物质享受。你的观点只不过比我的冠冕堂皇一些罢了。你说，你的充裕标准是什么？”

“一年一千八百到两千镑，不能超过这个数。”

埃丽诺哈哈一笑。“一年两千镑！可我的财富标准只有一千镑，我早就猜到会有这个结果。”

“然而，一年两千镑是一笔十分有限的收入，”玛丽安说，“再少就没法养家啦。我想，我的要求实在并不过分。一帮像样的仆人，一辆或两辆马车，还有猎犬，钱少了不够用的。”

埃丽诺听见妹妹如此精确地算计着她将来在库姆大厦的花销，不由得又笑了。

“猎犬！”爱德华重复了一声。“你为什么要养猎犬？并不是所有的人都打猎呀。”

玛丽安脸色一红，回答说：“可是大多数人都打猎呀。”

“我希望，”玛格丽特异想天开地说，“有人能给我们每人一大笔财产！”

“哦，会给的！”玛丽安嚷道。她沉浸在幸福的幻想之中，激动得两眼闪闪发光，两颊一片红润。

“我想，”埃丽诺说，“尽管我们的财产不足，我们大家都怀有这样的希望。”

“哦，天哪！”玛格丽特叫道，“那样我该有多快活呀！我简直不知道拿这些钱干什么！”

看样子，玛丽安在这方面毫无疑虑。

“要是我的孩子不靠我的帮助都能成为有钱人，”达什伍德太太说，“我自己也不知道怎么花费这么一大笔钱。”

“你应该先改建这座房子，”埃丽诺说，“这样你的困难马上就会化为乌有。”

“在这种情况下，”爱德华说，“尊府要向伦敦发出数额多么可观的订单啊！书商、乐谱商、图片店简直要走鸿运了！你呀，达什伍德小姐，一总委托他们，凡是有价值的新出版物都邮你一份。至于玛丽安，我知道她心比天高，伦敦的乐谱还满足不了她的需要。还有书嘛！汤姆生[①]、考柏、司各特——这些人的作品她可以一而再再而三地买下去。我想可以把每一册都买下来，免得让它们落入庸人之手。她还要把那些介绍如何欣赏老歪树的书统统买下来。不是吗，玛丽安？我若是出言有所冒犯的话，请多多包涵。不过我想提醒你，我还没有忘记我们过去的争论。”

“爱德华，我喜欢有人提醒我想到过去——不管它是令人伤心的，还是令人愉快的，我都喜欢回想过去——你无论怎样谈论过去，我都不会生气。你设想我会怎样花钱，设想得一点不错——至少有一部分——我那些零散钱，肯定要用来扩充我的乐谱和藏书。”

“你财产的大部分将作为年金花费在作家及其继承人身上。”

“不，爱德华，我还有别的事情要办呢。”

“那么，也许你要用来奖赏你那最得意的格言的最得力的辩护士

---

① 汤姆生（James Thomson，1700—1748）：英国诗人，其歌咏自然的无韵诗《四季》开创了19世纪浪漫主义诗歌之先河。

啦。什么一个人一生只能恋爱一次呀——我想你在这个问题上的看法还没改变吧？”

“当然没改变。到了我这个年纪，看法也算定型啦，如今耳闻目睹的事情不可能改变这些看法。”

“你瞧，玛丽安还像以往那样坚定不移，”埃丽诺说，“她一点也没变。”

“她只是比以前变得严肃了一点。”

“不，爱德华，”玛丽安说，“用不着你来讥笑我。你自己也不是那么开心。”

爱德华叹息了一声，答道：“你怎么这样想呢？不过，开心历来不是我的性格的一部分。”

“我认为开心也不是玛丽安性格的一部分，”埃丽诺说，“她连活泼都称不上——她不论做什么事，都很认真，都很性急——有时候话很多，而且总是兴致勃勃——但她通常并不十分开心。”

“我相信你说得对，”爱德华答道，“然而我一直把她看成一位活泼的姑娘。”

“我曾屡次发现自己犯有这种错误，”埃丽诺说，“在这样那样的问题上完全误解别人的性格，总是把人家想象得同实际情况大相径庭：不是过于快乐，就是过于严肃；不是太机灵，就是太愚蠢。我也说不清什么原因，怎么会引起这种误解的。有时候为他们本人的自我谈论所左右，更多的是为其他人对他们的议论所左右，而自己却没有时间进行思考和判断。”

“不过，埃丽诺，”玛丽安说，“我认为完全为别人的意见所左右并没有什么错。我觉得，我们之所以被赋予判断力，只是为了好屈从别人的判断。这想必一向是你的信条。”

“不，玛丽安，决非如此。我的信条从来不主张屈从别人的判断。

我历来试图开导你的只是在举止上。你不要歪曲我的意思。我承认，我经常劝你对待朋友都要注意礼貌。但我什么时候劝说你在重大问题上采纳他们的观点，遵从他们的判断？”

“这么说，你还没能说服你妹妹接受你的要普遍注意礼貌的信条啦，”爱德华对埃丽诺说道，“你还没有占上风吧？”

“恰恰相反。”埃丽诺答道，一面意味深长地望着玛丽安。

“就这个问题而论，”爱德华说，“我在见解上完全站在你这一边，但在实践上，恐怕更倾向你妹妹。我从来不愿唐突无礼，不过我也实在胆怯得出奇，经常显得畏畏缩缩的，其实只是吃了生性笨拙的亏。我时常在想，我准是天性注定喜欢结交下等人，一来到陌生的上等人中间就感到局促不安。”

“玛丽安没有羞怯可言，不好给自己的不注意礼貌作辩解。”埃丽诺说。

“她对自己的价值了解得一清二楚，不需要故作羞愧之态，”爱德华答道，“羞怯只是自卑感引起的某种反应。倘若我能自信自己的仪态十分从容文雅，我就不会感到羞怯。”

“可是你还会拘谨的，”玛丽安说，“这就更糟糕。”

爱德华不由一惊：“拘谨？我拘谨吗，玛丽安？”

“是的，非常拘谨。”

“我不明白你的意思，”爱德华红着脸答道，“拘谨！我怎么个拘谨法？你叫我对你说什么？你是怎么想象的？”

埃丽诺见他如此激动，显得很惊讶，不过想尽量一笑了之，便对他说：“难道你不了解我妹妹，还去问她什么意思？难道你不知道她把所有说话没有她快、不能像她那样欣喜若狂地赞赏她所赞赏的东西的人，一律称之为拘谨？”

爱德华没有回答。他又完全回到一本正经和沉思默想之中，呆滞地坐在那里，半天不做声。

第十八章

埃丽诺看到她的朋友闷闷不乐，心里大为不安。爱德华的来访给她带来了非常有限的一点欢快，而他自己似乎也不十分快乐。显而易见，他并不快活。她希望，他能同样显而易见地依然对她一往情深。她一度相信自己是能够激起他的这种深情的。可时到如今，他是不是仍然喜爱她，似乎非常捉摸不定。他刚才的眼神还是脉脉含情的，转瞬间却又采取了截然相反的态度，对她冷淡起来。

第二天一早，还没等其他人下楼，他就同埃丽诺和玛丽安一起走进了餐厅。玛丽安总想极力促进他们的幸福，马上离去，留下他们两个。但是，她上楼还没走到一半，便听到客厅门打开了，回头一看，惊讶地发现是爱德华走了出来。

“既然早饭还没准备好，”他说，“我先到庄上看看马，一会儿就回来。”

爱德华回来后，又对四周的景致重新赞赏了一番。他往庄上走时，山谷很多地方给他留下了美好的印象。村庄本身所处的地段比乡舍高得多，周围的景色可以一览无余，使他为之心醉神迷。这是个玛丽安肯定感兴趣的话题，她开始叙说她自己对这些景色如何赞赏，同时详细询问哪些景物给他的印象最深。不料爱德华打断了她的话，说：“你不要细问，玛丽安——别忘记，我对风景一窍不通，要是谈得太具体了，我的无知和缺乏审美力一定会引起你们的反感。本来是险峻的山岭，我却称之为陡峭的山岭，本来是崎岖不平的地面，我却称之为奇形怪状的地面；在柔和的雾霭中，有些远景本来只是有些隐约不清，我却一概视而不见。不过，对于我的诚挚赞赏，你一定会感到满意的。我说这地方非常优美——山高坡陡，佳木成林，峡谷幽邃，景色宜人——丰美的草地，零零散散地点缀着几幢整洁的农舍。这正是我心目中的美景，因为它将优美和实用融为一体——这里大概还称得上是景色如画吧，因为连你也称赞它。不难相信，这里一定是怪石嶙峋，岬角密布，灰苔遍地，灌木丛生，不过这一切我概不欣赏。我对景色一窍不通。"

"这恐怕是千真万确的，"玛丽安说，"但你为什么要为之吹嘘呢？"

"我怀疑，"埃丽诺说，"爱德华为了避免一种形式的装模作样，结果陷入了另一种形式的装模作样。他认为，许多人喜欢虚情假意地赞赏大自然的美丽，不禁对这种装模作样产生了反感，于是便假装对自然景色毫无兴趣，毫无鉴赏力。他是个爱挑剔的人，要有自己的装模作样。"

"一点不错，"玛丽安说，"赞赏风景成了仅仅是讲些行话。人人都装作和第一个给景色如画下定义的人一样，无论是感受起来还是描绘起来，都情趣盎然，雅致不凡。我讨厌任何一种行话，有时候我把自己的感受闷在心里，因为除了那些毫无意义的陈词滥调之外，我找不到别的语言来形容。"

"你自称喜欢美丽的景色，"爱德华说，"我相信这是你的真实感受。然而，反过来，你姐姐必须允许我只具有我所声称的那种感受。我喜爱美丽的景色，但不是基于景色如画的原则。我不喜欢弯弯扭扭、枯萎干瘪的老树。它们要是高大挺拔、枝繁叶茂，我就更赞赏它们了。我不喜欢坍圮破败的乡舍，不喜欢荨麻、蓟花、石南花。我宁愿住在一座舒舒适适的农舍里，也不愿住在一间岗楼上——而即使天下最潇洒的歹徒也没有一伙整洁、快活的村民使我更喜爱。"

玛丽安惊异地望望爱德华，同情地瞧瞧姐姐。埃丽诺只是哈哈一笑。

这个话题没有继续谈论下去。玛丽安默默沉思着，直至一个新玩意儿突然攫住了她的注意力。她就坐在爱德华旁边，当爱德华伸手去接达什伍德太太递来的茶时，他的手恰好从她眼前伸过，只见他一根指头上戴着一只惹人注目的戒指，中间还夹着一绺头发。

“爱德华，我以前从没见你戴过戒指呀，”她惊叫道，“那是不是范妮的头发？我记得她答应送你一绺头发。不过，我想她的头发要黑一些。”

玛丽安无所顾忌地说出了心里话——可是，当她发现爱德华给她搞得不胜难堪时，她又对自己缺少心眼感到恼火，简直比爱德华还恼火。爱德华满脸涨得通红，不由得瞥了埃丽诺一眼，然后答道：“是的，是我姐姐的头发。你知道，由于戒指框子的投光，头发颜色的浓淡程度看起来总有变化。”

埃丽诺刚才触到了他的目光，同样显得很尴尬。霎时间，她和玛丽安都感到十分得意，因为这头发就是她埃丽诺的。她们的结论的唯一区别在于：玛丽安认为这是姐姐慷慨赠送的，而埃丽诺却意识到，这一定是爱德华暗中要弄什么诡计，偷偷摸摸搞到手的。不过，她无心把这看成一种冒犯，只管装作毫不介意的样子，立即转换了话题。但她暗中却下定决心，要抓住一切机会仔细瞧瞧，以便确信那绺头发和她的头发完全是一个颜色。

爱德华尴尬了好一阵工夫，最后变得越发心不在焉。整个上午，他都一本正经的。玛丽安严厉地责怪自己说了那番话。然而，假如她知道姐姐一点也没生气的话，她会马上原谅自己的。

还没到中午，约翰爵士和詹宁斯太太便听说乡舍里来了一位绅士，连忙赶来拜见。约翰爵士在岳母的帮助下，不久便发现：费拉斯这个姓的头一个字是“费”，这就为他们将来戏谑痴情的埃丽诺提供

了大量笑料。只因刚刚认识爱德华，才没敢立即造次行事。然而，事实上，埃丽诺从他们意味深长的神气中看得出来，他们根据玛格丽特所提供的线索，已经洞察内情了。

约翰爵士每次来访，不是请达什伍德母女次日到府第吃饭，就是请她们当晚去喝茶。这一次，为了盛情款待她们的客人，他觉得自己理应为客人的娱乐作出贡献，于是便想两道邀请一起下。

“你们今晚一定要同我们一起喝茶，”他说，“不然我们将会寂寥寡欢——明天你们务必要和我们一道吃晚饭，因为我们要有一大帮客人。”

詹宁斯太太进一步强调了这种必要性。“说不定你还会举行一次舞会呢！”她说，“这对你就有诱惑力啦，玛丽安小姐。”

“舞会！”玛丽安嚷道，“不可能！谁来跳舞？”

“谁！噢，当然是你们啦，还有凯里府上的小姐们，惠特克斯府上的小姐们。怎么！你认为某一个人（现在且不说出他的姓名）不在了，就没有人能跳舞啦！”

“我衷心希望，”约翰爵士嚷道，“威洛比能再回到我们中间。”

一听这话，再见到玛丽安羞红了脸，爱德华产生了新的怀疑。“威洛比是谁？”他低声向坐在旁边的埃丽诺问道。

埃丽诺简短地回答了一句。玛丽安的面部表情更能说明问题。爱德华看得真切，不仅可以领会别人的意思，而且还可以领会先前使他迷惑不解的玛丽安的面部表情。等客人散去后，他立即走到她跟前，悄声说道：“我一直在猜测。要不要告诉你我在猜什么？”

“你这是什么意思？”

“要我告诉你吗？”

“当然。”

“那好，我猜威洛比先生爱打猎。”

玛丽安吃了一惊，显得十分狼狈，然而一见到他那副不露声色的调皮相，她又忍不住笑了。沉默了一阵之后，她说：

“哦！爱德华！你怎么能这么说？不过，我希望那个时候会来到……我想你一定会喜欢他的。”

“对此我并不怀疑。”爱德华回答说，对玛丽安的诚挚和热情大为惊讶。他本来只是想根据威洛比先生和玛丽安之间可能存在、也可能不存在的关系，来开个玩笑，以便让大伙开开心，否则他是不会冒昧提起这件事的。

第十九章

爱德华在巴顿乡舍逗留了一个星期。达什伍德太太情真意切地挽留他多住几天。怎奈他好像一心想做苦行僧似的，偏偏在与朋友们相处得最愉快的时候，执意要走。最后两三天，他的情绪虽说依然时高时低，却有很大改观——他越来越喜爱这幢房子及其环境——每当提起要离开总要叹息一声——声称他的时间完全是空闲着的——甚至怀疑走后不知到何处去——但他还是要走。从来没有哪个星期过得这么快——他简直不敢相信已经过去了。他反反复复地这么说着，也还说了其他一些话，表明他感情上起了变化，先前的行动都是虚假的。他在诺兰并不感到愉快，他讨厌住在城里，但是他这一走，不是去诺兰，就是去伦敦。他无比珍惜她们的一片好心，他的最大幸福就是同她们待在一起。然而，一周过去他还是要走，尽管她们和他本人都不希望他走，尽管他没有任何时间限制。

埃丽诺把他这些令人惊讶的行动完全归咎于他的母亲。使她感到庆幸的是，他能有这样一位母亲，她的脾性她不甚了解，爱德华一有什么莫名其妙的事情，就可以到她那里找借口。不过，虽然她失望、苦恼，有时还为他待自己反复无常而生气，但是一般说来，她对他的行为总是坦率地加以开脱，宽宏大量地为之辩解。想当初，她母亲劝说她对威洛比采取同样的态度时，可就费劲多了。爱德华的情绪低落、不够坦率和反复无常，通常被归因于他的不能独立自主，归因于他深知费拉斯太太的脾气和心机。他才住了这么几天就执意坚持要走，其原因同样在于他不能随心所欲，在于他不得不顺从母亲的意志。意愿服从义务、子女服从父母的冤情古已有之，根深蒂固，实属万恶之源。她很想知道，这些苦难什么时候能结束，这种对抗什么时候能休止，费拉斯太太什么时候能改邪归正，她儿子什么时候能得到自由和幸福。不过，这都是些痴心妄想，为了安慰自己，她不得不转而重新相信爱德华对她一片钟情，回想起他在巴顿逗留期间，在神色和言谈上对她流露出来的任何一点爱慕之情，特别是他时时刻刻戴在手指上的那件信物，更加使她洋洋得意。

“我觉得，爱德华，”最后一个早晨，大家在一起吃早饭的时候，达什伍德太太说，“你若是有个职业干干，给你的计划和行动增添点兴味，那样你就会成为一个更加快乐的人儿。的确，这会给你的朋友们带来某些不便——你将不可能把很多时间花在他们身上。不过，”她含笑说，“这一点起码对你会大有裨益——就是你离开他们时能知道往哪里去。”

“说实在的，”爱德华回答说，“我在这个问题上就像你现在这样考虑了好久。我没有必要的事务缠身，没有什么职业可以从事，也不能使我获得一点自立，这无论在过去、现在还是将来，永远是我的一大不幸。遗憾的是，我自己的挑剔和朋友们的挑剔，使我落到现在这个样子，变成一个游手好闲、不能自立的人。我们在选择职业上从来达不成一致意见。我总是喜爱牧师这个职务，现在仍然如此。可是我家里的人觉得那不合时尚。他们建议我参加陆军，可那又太衣冠楚楚了，非我所能。做律师被认为是很体面的职业。不少年轻人在法学协会里设有办公室，经常在上流社会抛头露面，乘着十分时髦的双轮轻便马车在城里兜来兜去。但是我不想做律师，即使像我家里的人主张的那样不求深入地研究一下法律，我也不愿意。至于海军，倒挺时髦，可是当这件事第一次提到议事日程上时，我已经年龄太大。最后，因为没有必要让我非找个职业不可，因为我身上穿不穿红制服[①]都会同样神气，同样奢华，于是，整个来说，无所事事便被断定为最有利、最体面。一般说来，一个十八岁的年轻人不会一门心思就想忙忙碌碌，拒不接受朋友们叫他无所事事的规劝。于是我被送进牛津大学，从此便真正无所事事了。”

“我想，这就会带来一个后果，”达什伍德太太说，“既然游手好闲并没有促进你的幸福，你要培养你的儿子像科卢米拉[②]的儿子一样，能从事许多工作、许多职业和许多行业。”

“我将培养他们，”爱德华带着一本正经的口气说道，“尽量不像我——感情上、行动上、身份上，一切都不像我。”

“得啦，得啦，爱德华，这只不过是你目前意气消沉的流露。你心情抑郁，以为凡是和你不一样的人一定都很幸福。可是你别忘记，有时候与朋友离别的痛苦谁都感觉得到，不管他们的教养和地位如何。你要看到自己的幸福。你只需要有耐心——或者说得动听一些，把它称之为希望。你渴望独立，你母亲总有一天会成全你的。这是她的义务，现在是，将来还是。过不了多久，她就会把不让你忧郁不乐地虚度青春视为她的幸福。几个月的工夫会有多少事情办不成啊？”

“依我看，”爱德华回答，“再过多少个月也不会给我带来任何好处。”

---

① 穿红制服：指参加英国军队。

② 科卢米拉（Columella）：系英国小说家理查德·格雷夫斯所著小说《烦恼的隐士科卢米拉》中的主人公。

他的这种沮丧心情虽然难以向达什伍德太太言传，却在接踵而来的分别之际，给她们大家带来了更多的痛苦，特别是给埃丽诺留下的痛苦，需要付出很大努力，花费很长时间，才能加以克服。不过，她决心克制住这种感情，在爱德华走后不要显得比其他人更难过，因此她没有采取玛丽安在同样情况下采取的审慎办法：一个人闷声不响、无所事事地待着，结果搞得越来越伤心。她们的目标不同，方法各异，但都同样达到了各自的目的。

爱德华一走，埃丽诺便坐到画桌前，整天忙个不停，既不主动提起他的名字，也不有意避而不提，对于家里的日常事务几乎像以前一样关心。如果说她这样做并未减少她的痛苦，至少没有使痛苦无谓地增长起来，这就给母亲和妹妹们免除了不少忧虑。

玛丽安觉得，就如同她自己的行为不见得错到哪里一样，她姐姐的行为纵使与她的行为截然相反，也不见得值得称赞。如何看待自我克制，她觉得是再容易不过的：若是感情强烈的话，这是不可能的；要是心情镇定的话，也没有什么好称道的。她不敢否认她姐姐的心情确实是镇定的，虽然她羞于承认这一点。她自己感情之强烈，已表现得十分明显，因为她仍然喜爱和尊重她那位姐姐，尽管这事有些恼人。

埃丽诺虽然没有把自己同家里的人隔离开来，没有执意避开她们独自走出家门，也没有彻夜不眠地冥思苦想，但她每天都有些闲暇思念一番爱德华，回顾一下他的一举一动，而且在不同的时间，由于心境不同，采取的方式也不尽相同：有温柔，有怜惜，有赞同，有责怪，有疑虑，真是应有尽有。也有不少时候，如果不是因为母亲和妹妹们不在跟前，至少是因为她们在忙碌什么要紧事，大伙儿不能交谈，那么孤独的效果就要充分显现出来。她的思想必然要自由驰骋，不过她也不会往别处想。这是如此富有情趣的一个问题，其过去和未来的情景总要浮现在她的眼前，引起她的注意，激起她的回想、遐想和幻想。

爱德华离去不久的一天早晨，她正坐在画桌前出神，不料来了客人，打断了她的沉思。碰巧只她一个人在家，一听到屋前绿茵庭院入口处的小门给关上了，便抬眼向窗口望去，看见一大伙人朝房门口走来。来客中有约翰爵士、米德尔顿夫人和詹宁斯太太；此外还有两个人，一男一女，她从未见过。她坐在窗口附近，约翰爵士一发觉她，便让别人去敲门，他径自穿过草坪，埃丽诺只好打开窗子同他说话。其实门口与窗口之间距离很近，站在一处说话另一处不可能听不到。

“喂，”爵士说，“我给你们带来了两位稀客。你们喜欢他们吗？”

“嘘！他们会听见的。”

“听见也没关系。只是帕尔默夫妇。我可以告诉你，夏洛特很漂亮。你从这儿看去，能看见她。”

埃丽诺知道过一会儿就能看到她，便没有贸然行事，请他原谅。

“玛丽安哪儿去了？是不是见我们来了溜走啦？我看见她的钢琴还打开着。”

“想必是在散步。”

这时，詹宁斯太太凑了过来。她实在忍不住了，等不及开门后再叙说她的一肚子话，便走过来冲着窗口吆喝起来：“你好啊，亲爱的？达什伍德太太好吗？你两个妹妹哪儿去啦？什么！只你一个人！你一定欢迎有人陪你坐坐。我把我另一对女婿女儿领来看望你啦。你只要想想他们来得多么突然啊！昨晚喝茶的时候，我觉得听见了马车的声音，但我万万没有想到会是他俩。我只想到说不定是布兰登上校又回来了。于是我对约翰爵士说：‘我肯定听见了马车的声音，也许是布兰登上校又回来了——’”

听她讲到一半的时候，埃丽诺只好转身欢迎其他人。米德尔顿夫人介绍了两位稀客。这时，达什伍德太太和玛格丽特走下楼来，大家坐定，你看看我，我瞧瞧你。詹宁斯太太由约翰爵士陪伴，从走廊走进客厅，一边走一边继续絮叨她的故事。

帕尔默夫人比米德尔顿夫人小好几岁，各方面都和她截然不同。她又矮又胖，长着一副十分漂亮的面孔，喜气盈盈的，要多好看有多好看。她的仪态远远没有她姐姐来得优雅，不过却更有魅力。她笑吟吟地走了进来，整个拜访期间都是笑吟吟的，只有哈哈大笑的时候例外，离开的时候也是笑吟吟的。她丈夫是个不苟言笑的年轻人，二十五六岁，看那气派，比他妻子更入时、更有见识，但不像她那样爱讨好人，爱受人奉承。他带着妄自尊大的神气走进房来，一声不响地向女士们微微点了下头，然后迅速把众人和房间打量了一番，便拿起桌上的一张报纸，一直阅读到离开为止。

帕尔默夫人恰恰相反，天生的热烈性子，始终客客气气、快快活活的，屁股还没坐定就对客厅和里面的每件陈设啧啧称赞起来。

“哦！多惬意的屋子啊！我从没见过这么漂亮的房子！妈妈，你想想看，自我最后一次到这儿以来，变化有多大啊！我总认为这是一个宜人的地方，太太！”说着转向达什伍德太太，“你把它装点得这么漂亮！你看看，姐姐，一切布置得多么可人意啊！我多么希望自己能有这样一座房子！你难道不希望吗，帕尔默先生？”

帕尔默先生没有理睬她，甚至连视线都没离开报纸。

“帕尔默先生没听见我的话，”她一边说一边笑，“他有时候一点也听不见。真够滑稽的！”

这事在达什伍德太太看来还真够新鲜的。她以前从没发现什么人漫不经心时也能这么富有情趣，因此禁不住惊讶地看着他们俩。

与此同时，詹宁斯太太放开嗓门谈个不停，继续介绍他们头天晚上意外地见到他们的朋友的情景，直至点滴不漏地讲完了方才罢休。

帕尔默夫人一想起当时大家惊愕的样子，忍不住开心地哈哈大笑起来。大家一致表示了两三次：这的确令人喜出望外。

“你们可以相信，我们见到他俩有多高兴啊。”詹宁斯太太补充说。她向前朝埃丽诺探着身子，说话时声音放得很低，好像不想让别人听见似的，其实她俩分坐在房间的两边。“不过，我还是希望他们路上不要赶得这么急，不要跑这么远的路，因为他们有点事儿，经由伦敦绕道而来。你们知道，”她意味深长地点点头，拿手指着她女儿，“她身子不方便。我要她上午待在家里歇着，可她偏要跟我们一道来。她多么渴望见见你们一家人！”

帕尔默夫人哈哈一笑，说这并不碍事。

“她二月份就要分娩。”詹宁斯太太接着说。

米德尔顿夫人再也忍受不了这种谈话了，因此便硬着头皮问帕尔默先生：报上有没有什么消息。

“没有，一点没有。”他答道，然后又继续往下看。

“噢，玛丽安来了，”约翰爵士嚷道，“帕尔默，你要见到一位绝世佳人啦。”

他当即走进走廊，打开正门，亲自把玛丽安迎进房来。玛丽安一露面，詹宁斯太太就问她是不是去艾伦汉了。帕尔默夫人听到这句问话，禁不住纵情大笑起来，以表示她明白其中的奥妙。帕尔默先生见玛丽安走进屋里，便抬起头来凝视了一番，然后又回头看他的报纸。这时，四面墙上挂着的图画引起了帕尔默夫人的注意。她起身仔细观赏起来。

“哦！天哪，多美的画儿！嘿！多赏心悦目啊！快看呀，妈妈，多惹人喜欢啊！你们听我说吧，这些画儿可真迷人，真叫我百看不厌。”说罢又坐了下来，转眼间就把室内有画儿的事情忘得一干二净。

米德尔顿夫人起身告辞的时候，帕尔默先生也跟着站起来，搁下报纸，伸伸懒腰，然后环视了一下众人。

“我的宝贝，你睡着了吧？”他妻子边说边哈哈大笑。

做丈夫的没有理睬她，只是又审视这房间，说天花板很低，而且有点歪。然后点了下头，跟其他客人一起告辞而去。

约翰爵士一定要达什伍德母女次日到他家做客。达什伍德太太不愿意使自己到他们那儿吃饭的次数，超过他们来乡舍吃饭的次数，于是她自己断然谢绝了，女儿们去不去随她们的便。但是，女儿们并无兴致观看帕尔默夫妇如何吃饭，也不指望他们能带来任何别的乐趣，因此同样婉言谢绝了，说什么天气反复无常，不见得会晴朗。可是约翰爵士说什么也不依——他会派车来接的，一定要她们去。米德尔顿夫人虽然没有勉强达什伍德太太，却硬叫她的女儿们非去不可。詹宁斯太太和帕尔默夫人也跟着一起恳求，好似一个个都急切希望不要搞成一次家庭聚会，达什伍德家小姐们无可奈何，只好让步。

“他们为什么要邀请我们？”客人们一走，玛丽安便问道，“我们的房租据说比较低。不过，要是不管什么时候我们两家来了客人，我们都要到他家去吃饭的话，那么住在这里条件也够苛刻的。”

“和几周前我们接受他们的频繁邀请相比，”埃丽诺说，“现在，他们不见得有什么不客气、不友好的意图。要是他们的宴会变得越来越索然无味，那变化倒不在他们身上。我们必须到别处寻找变化。”

第二十章

第二天，当达什伍德家三位小姐从一道门走进巴顿庄园客厅时，帕尔默夫人从另一道门跑了进来，和以前一样兴高采烈。她不胜亲昵地抓住她们的手，对再次见到她们深表高兴。

“见到你们真高兴！”她说，一面在埃丽诺和玛丽安中间坐下，

“天气不好，我还真怕你们不来了呢，那样该有多糟糕啊，因为我们明天就要离开。我们一定要走，因为你们知道，韦斯顿夫妇下礼拜要来看我们。我们来得太突然，马车停到门口我还不知道呢，只听帕尔默先生问我：愿不愿意和他一道去巴顿。他真滑稽！干什么事都不告诉我！很抱歉，我们不能多待些日子。不过，我希望我们能很快在城里再见面。”

她们只得让她打消这个指望。

“不进城！”帕尔默夫人笑着嚷道，“你们若是不去，我可要大失所望啦。我可以在我们隔壁给你们找个天下最舒适的房子，就在汉诺佛广场。你们无论如何也要来。如果达什伍德太太不愿抛头露面的话，我一定乐于随时陪着你们，直到我分娩的时候为止。”

她们向她道谢，但是又不得不拒绝她的一再恳求。

“哦！我的宝贝，”帕尔默夫人对恰在这时走进房来的丈夫喊叫道，“你要帮我劝说几位达什伍德小姐今年冬天进城去。”

她的宝贝没有回答。他向小姐们微微点了点头，随即抱怨起天气来。

“真讨厌透顶！”他说，“这天气搞得每件事、每个人都那么令人厌恶。天一下雨，室内室外都一样单调乏味，使人对自己的相识全都厌恶起来。约翰爵士到底是什么意思，家里也不辟个弹子房？会享受的人怎么这么少！约翰爵士就像这天气一样无聊。”

转眼间，其他人也走进客厅。

“玛丽安，”约翰爵士说，“你恐怕今天没能照例去艾伦汉散步啊。”

玛丽安板着面孔，没有做声。

“嗨！别在我们面前躲躲闪闪的，”帕尔默夫人说，“说实在的，我们什么都知道了。我很钦佩你的眼光，我觉得他漂亮极了。你知道，我们乡下的住处离他家不很远，大概不超过十英里。”

“都快三十英里啦。”她丈夫说。

“哎！这没有多大差别。我从没去过他家，不过大家都说，那是个十分优美的地方。”

“是我生平见到的最糟糕的地方。”帕尔默先生说。

玛丽安仍然一声不响，虽然从她的面部表情可以看出，她对他们的谈话内容很感兴趣。

“非常糟糕吗？”帕尔默夫人接着说，“那么，那个十分优美的地方准是别的住宅啦。”

当大家在餐厅坐定以后，约翰爵士遗憾地说，他们总共只有八个人。

“我亲爱的，”他对他夫人说，“就这么几个人，太令人扫兴了。你怎么今天不请吉尔伯特夫妇来？”

“约翰爵士，你先前对我说起这件事的时候，难道我没告诉你不能再请他们了？他们上次刚同我们吃过饭。”

“约翰爵士，”詹宁斯太太说，“你我不要太拘泥礼节了。”

“那样你就太缺乏教养啦。”帕尔默先生嚷道。

“我的宝贝，你跟谁都过不去，”他妻子说，一面像通常那样哈哈一笑，“你知道你很鲁莽无礼吗？”

“我不知道说一声你母亲缺乏教养，就是跟谁过不去。”

“啊，你爱怎么骂我就怎么骂我好啦，”那位温厚的老太太说道，“你从我手里夺走了夏洛特，现在想退也退不了。所以，你已经被捏在我的掌心里啦。”

夏洛特一想到她丈夫摆脱不了她，不由得纵情笑了起来，然后自鸣得意地说：她并不在乎丈夫对她有多粗暴，因为他们总得生活在一起。谁也不可能像帕尔默夫人那样绝对和和气气，始终欢欢乐乐。她丈夫故意冷落她、傲视她、嫌弃她，都不曾给她带来任何痛苦；他申斥她、辱骂她的时候，她反而感到其乐无穷。

“帕尔默先生真滑稽！”她对埃丽诺小声说道，“他总是闷闷不乐。”

埃丽诺经过一段短暂的观察，并不相信帕尔默先生真像他想表露的那样脾气不好，缺乏教养。也许他像许多男人一样，由于对美貌抱有莫名其妙的偏爱，结果娶了一个愚不可及的女人，这就使他的脾气变得有点乖戾了，不过她知道，这种错误太司空见惯了，凡是有点理智的人都不会没完没了地痛苦下去。她以为，他大概是一心想出人头地，才那样鄙视一切人，非难眼前的一切事物。这是一心想表现得高人一等。这种动机十分普通，不足为怪。可是方法则不然，尽管可以使他在缺乏教养上高人一等，却不可能使任何人喜爱他，只有他的妻子例外。

“哦！亲爱的达什伍德小姐，”帕尔默夫人随后说道，“我要请你和妹妹赏光，今年圣诞节来克利夫兰住些日子好吗？真的，请赏光——趁韦斯顿夫妇在做客的时候来。你想象不到我会多高兴！那一定快乐极了！我的宝贝，”她求情于她丈夫，“难道你不希望达什伍德小姐们到克利夫兰来？”

“当然希望，”丈夫讪笑着说，“我来德文郡别无其他目的。”

“你瞧，”他的夫人说道，“帕尔默先生期待你们光临，你们可不能拒绝呀。”

她们两人急切而坚决地拒绝了她的邀请。

“说真的，你们无论如何也要来。你们肯定会喜欢得不得了。韦斯顿夫妇要来做客，快乐极了。你们想象不到克利夫兰是个多么迷人的地方。我们现在可开心啦，因为帕尔默先生总是四处奔走，为选举游说拉票，好多人我见都没见过，也来我们家吃饭，好开心啊！不过，可怜的家伙！真够让他心力交瘁的！因为他要取悦每一个人。”

埃丽诺对这项职责的艰巨性表示同意时，简直有点忍不住笑。

“他若是进了议会，”夏洛特说，“那该有多开心啊！是吧？我要笑开怀啦！看到寄给他的信上都盖着‘下院议员’的邮戳，那该有多滑稽啊！不过你知道，他说他绝不会给我签发免费信件的[①]。他宣布绝不这么干！是吧，帕尔默先生？”

帕尔默先生并不理睬她。

“你知道，让他写信他可受不了，”夏洛特接着说，“他说那太令人厌烦。”

“不，”帕尔默先生说，“我从没说过这么荒谬的话。不要把你那些带凌辱的语言都强加到我头上。”

“你瞧，他有多滑稽。他总是这个样子！有时候，他能一连半天不和我说话，然后突然蹦出几句滑稽话语来——天南海北的什么都有。”

一回到客厅，夏洛特便问埃丽诺是不是极其喜欢帕尔默先生，使埃丽诺大吃一惊。

“当然喜欢，”埃丽诺说，“他看上去非常谦和。”

“哦——你喜欢他，我真高兴，我知道你会喜欢他的，他是那样和气。我可以告诉你，帕尔默先生极其喜欢你和你两个妹妹。你想象不到，你们若是不去克利夫兰，他会多么失望。我无法想象你们怎么会拒绝。”

埃丽诺只好再次谢绝她的邀请，并且趁机转了话题，结束了她的恳求。她觉得，帕尔默夫人与威洛比既然是同乡，或许能具体地介绍一下他的整个为人，而不只是米德尔顿夫妇那点一鳞半爪的材料。她热切地希望有人来证实一番他的优点，以解除她对玛丽安的忧虑。她开头先

---

① 英国于 1763 年通过法案，议会议员可以免费邮寄信件，只需亲笔在信上写上姓名地址——1784 年后还要写上日期。

问他们是不是在克利夫兰常常见到威洛比，是不是与他交情很深。

“哦！亲爱的，是的，我极其了解他，”帕尔默夫人回答道，“说真的，我倒没同他说过话。不过我在城里总是见到他。不知道为什么，他去艾伦汉的时候，我一次也没赶上待在巴顿。我母亲过去在这里见过他一次，可我跟舅舅住在韦默思。不过我敢说，若不是因为我们不巧一次也没一起回乡的话，我们在萨默塞特郡一定会常见到他的。我想他很少去库姆。不过，即使他常去那里，我想帕尔默先生也不会去拜访他的，因为你知道他是反对党的，况且又离得那么远。我很清楚你为什么打听他，你妹妹要嫁给他。我高兴死了，因为你知道她要做我的邻居啦。”

“说老实话，”埃丽诺回答说，“你若是有把握期待这门婚事的话，那么你就比我更知情了。”

“不要故作不知啦，因为你知道这是大家都在纷纷议论的事情。说实在的，我是路过城里时听到的。”

“我亲爱的帕尔默夫人！”

“我以名誉担保，我的确听说了。星期一早晨，在邦德街，就在我们离城之前，我遇到了布兰登上校，他直截了当告诉我的。”

“你让我大吃一惊。布兰登上校会告诉你这种事儿！你准是搞错了。我不相信布兰登上校会把这种消息告诉一个与之无关的人，即使这消息是真实的。”

“尽管如此，我向你保证确有其事，我可以把事情的来龙去脉讲给你听听。我们遇见他的时候，他转回身和我们一道走着。我们谈起了我姐姐和我姐夫，一件件地谈论着。这时我对他说：‘对了，上校，我听说有一户人家新近住进了巴顿乡舍，我母亲来信说她们长得很漂亮，还说有一位就要嫁给库姆大厦的威洛比先生。请问，是不是真有其事？你当然应该知道啦，因为你不久前还待在德文郡。’”

“上校怎么说的?”

“噢!他没说多少话。不过看他那神气,他好像知道确有其事,于是从那时起,我就确信无疑了。我敢断言,这是件大喜事!什么时候办呀?”

“我希望,布兰登先生还好吧?”

“哦!是的,相当好。他对你推崇备至,一个劲儿称赞你。”

“受到他的赞扬,我感到荣幸。他似乎是个极好的人,我觉得他非常讨人喜欢。”

“我也这么觉得。他是个可爱的人,可惜太严肃、太刻板了。我母亲说,他也爱上了你妹妹。说实话,他若是真爱上你妹妹,那可是极大的面子,因为他难得爱上什么人。”

“在萨默塞特郡你们那一带,人们很熟悉威洛比先生吧?”埃丽诺问。

“哦!是的,极其熟悉。这并非说,我认为有许多人认识他,因为库姆大厦相距太远。不过我敢说,大家都认为他极其和悦。威洛比先生无论走到哪儿,谁也没有他那样讨人喜欢,你可以这样告诉你妹妹。我以名誉担保,你妹妹找到他真是天大的福气。这倒不是说他找到你妹妹就不算极其幸运,因为你妹妹太漂亮、太温柔了,谁都难以匹配。不过我向你保证,我并不觉得你妹妹比你漂亮。我认为你们两人都很漂亮。帕尔默先生肯定也是这样认为的,只是昨晚我们无法让他承认罢了。”

帕尔默夫人关于威洛比的情报并无什么实质性的内容,不过任何有利于他的证据,不管多么微不足道,都会使埃丽诺感到高兴。

“我很高兴,我们终于相识了,”夏洛特继续说,“我希望我们永远是好朋友。你想不到我多么渴望见到你呀!你能住在乡舍里,这实在太好了!毫无疑问,没有比这更好的了!我很高兴,你妹妹就要嫁个如意郎君！我希望你常去库姆大厦，大家都说，这是个迷人的地方。”

“你和布兰登上校认识好久了，是吗？”

“是的，好久了，从我姐姐出嫁的时候起。他是约翰爵士的挚友。我认为，”她放低声音补充说，“假若可能的话，他本来很想娶我做妻子。约翰爵士和米德尔顿夫人很希望如此。可是我母亲觉得这门亲事不够如意，不然约翰爵士就会向上校提亲，我们当即就能结婚。”

“约翰爵士向你母亲提议之前，布兰登上校知不知道？他有没有向你表过钟情？”

“哦！没有，不过，假如我母亲不反对的话，我敢说他是求之不得的。当时，他只不过见过我两次，因为我还在上学。不过，我现在幸福多了。帕尔默先生正是我喜爱的那种人。”

第二十一章

第二天，帕尔默夫妇回到克利夫兰，巴顿的两家人又可以礼尚往来地请来请去了。但是，埃丽诺始终没有忘掉她们上次的客人，她还在纳闷：夏洛特怎么能无缘无故地这么快乐，帕尔默先生凭着他的才智，怎么能这样简单从事，夫妻之间怎么会这样奇怪地不相般配。没过多久，一贯热心于交际的约翰爵士和詹宁斯太太向她引见了几位新交。

一天早晨，大伙儿去埃克塞特游览，恰巧遇见两位小姐。詹宁斯太太高兴地发现，这两人还是她的亲戚，这就足以使约翰爵士邀请她们在埃克塞特的约期一满，便马上去巴顿庄园。他这么一邀请，她们在埃克塞特的约期也就即将结束了。约翰爵士回家后，米德尔顿夫人闻知不久要接待两位小姐来访，不禁大为惊愕。她生平从未见过这两位小姐，无从证明她们是不是文雅，甚至无从证明她们算不算得上有相当教养，因此她丈夫和母亲在这方面的保证根本不能作数。她们还是她的亲戚，这就把事情搞得更不妙了。詹宁斯太太试图安慰她，劝说她别去计较她们过于时髦，因为她们都是表姐妹，总得互相包涵着点。其实，时到如今，要制止她们来是办不到了。米德尔顿夫人采取一个教养有素的女人的达观态度，对这事只好听之任之，每天和风细雨地责怪丈夫五六次也就足够了。

两位小姐到达了。从外观看，她们绝非有失文雅，绝非不入时。她们的穿着非常时髦，举止彬彬有礼，对房子十分中意，对房里的陈设喜爱得不得了。没想到她们会那样宠爱几个孩子，在巴顿庄园还没待上一个小时，就博得了米德尔顿夫人的好感。她当众宣布，她们的确是两位十分讨人喜欢的小姐。对于这位爵士夫人来说，这是很热烈的赞赏。约翰爵士听到这番热情的赞扬，对自己的眼力更加充满了自信，当即跑到乡舍，告诉达什伍德家小姐，两位斯蒂尔小姐来了，并且向她们保证，斯蒂尔姐妹是天下最可爱的小姐。不过，只听这样的夸奖，你也了解不到多少东西。埃丽诺心里明白：天下最可爱的小姐在英格兰到处都能碰见，她们在体态、脸蛋、脾气、智力上，可谓千差万别。约翰爵士要求达什伍德家全家出动，马上去巴顿庄园见见他的客人。真是个仁慈善良的人儿！即令是两个远房内表妹，不介绍给别人也会使他感到难受的。

“快去吧，”他说，“请走吧——你们一定要去——我说你们非去不可。你们想象不到，你们会多么喜欢她们。露西漂亮极了，既和蔼又可亲！孩子们已经在围着她转了，好像她是个老相识似的。她们两人都渴望见到你们，因为她们在埃克塞特就听说，你们是绝世佳人。我告诉她们一点不假，而且还远远不止于此。你们一定会喜欢她俩的。她们给孩子们带来满满一车玩具。你们怎么能一不高兴连个脸都不肯赏？你们知道，说起来，她俩还是你们的远房表亲呢。你们是我的表侄女，她们是我太太的表姐妹，因此你们也就有亲戚关系。”

但是，约翰爵士说服不了她们。他只能让她们答应一两天内去拜访，然后告辞回去，对她们如此无动于衷深感惊奇。他回到家，又把她们的妩媚多姿向两位斯蒂尔小姐吹嘘了一番，就像他刚才向她们吹嘘两位斯蒂尔小姐一样。

她们按照事先的许诺来到巴顿庄园，并被介绍给两位小姐。她们发现，那姐姐年近三十，脸蛋长得很一般，看上去就不明睿，一点也不值得称羡。可是那位妹妹，她们都觉得相当俏丽。她不过二十二三岁，面貌清秀，目光敏锐，神态机灵，纵使不觉得真正高雅俊秀，也够得上人品出众。姐妹俩的态度特别谦恭，埃丽诺见她们总是那么审慎周到地取悦米德尔顿夫人，不禁马上认识到她们还真懂点情理。她们一直都在同她的孩子嬉戏，称赞他们长得漂亮，逗引他们，满足他们种种奇怪的念头。在礼貌周到地与孩子们纠缠之余，不是赞许爵士夫人碰巧在忙碌什么事情，就是量取她头天穿的、曾使她们赞羡不已的新式艳服的图样。值得庆幸的是，对于阿谀成癖的人来说，溺爱子女的母亲虽然一味追求别人对自己子女的赞扬，贪婪之情无以复加，但又同样最容易轻信。这种人贪得无厌，轻信一切；因此，斯蒂尔姐妹对小家伙的过分溺爱和忍让，米德尔顿夫人丝毫不感到惊奇和猜疑。看到两位表姐妹受到小家伙的无礼冒犯和恶意捉弄，她这做母亲的反倒自鸣得意起来。她眼看着她们的腰带被解开，头发被抓乱，针线袋被搜遍，刀、剪被偷走，而毫不怀疑这仅仅是一种相互逗趣而已。令人诧异的是，埃丽诺和玛丽安居然能安之若素地坐在一旁，却不肯介入眼前的嬉闹。

“约翰今天这么高兴！”当约翰夺下斯蒂尔小姐的手帕，并且扔出窗外时，米德尔顿夫人说道，“他真是诡计多端。”

过了一会儿，老二又狠命地去拧斯蒂尔小姐的手指，她又带着爱抚的口吻说道："威廉真顽皮！"

"瞧这可爱的小安娜玛丽亚，"她一边说，一边爱怜地抚摩着三岁的小姑娘，这小家伙已有两分钟没吵闹了，"她总是这么文静——从没见过这么文静的小家伙！"

然而不幸的是，正当米德尔顿夫人亲热搂抱的时候，不料她头饰上的别针轻轻划了一下孩子的脖颈，惹得这位文静的小家伙尖叫不止，气势汹汹，简直连自称最能吵闹的小家伙也不可企及。孩子的母亲顿时张皇失措，但是还比不上斯蒂尔姐妹的惊恐之状。在这紧急关头，似乎只有千疼万爱才能减轻这位小受难者的痛苦，于是三人一个个忙得不可开交。做母亲的把小姑娘抱在膝上，亲个不停；一位斯蒂尔小姐双膝跪在地上，往伤口上涂洒薰衣草香水；另一位斯蒂尔小姐直往小家伙嘴里塞糖果。既然眼泪可以赢来这么多好处，这小机灵鬼索性没完没了地哭下去。她继续拼命地大哭大叫，两个哥哥要来摸摸她，她抬脚就踢。眼看大家同心合力都哄她不好，米德尔顿夫人侥幸地记起，上周发生过一起同样不幸的事件。那次，小家伙的太阳穴擦伤了，后来吃点杏子酱就好了。于是她赶忙提议采取同样办法治疗这不幸的擦伤。小姑娘听到后，尖叫声稍微中断了一会儿，这就给大家带来了希望，心想她是不会拒绝杏子酱的。因此，她母亲把她抱出房去，寻找这灵丹妙药。虽然母亲恳求两个男孩待在房里，他们却偏要跟着一起出来。于是留下四位小姐，几个小时以来，室内头一次安静下来。

"可怜的小家伙！"这娘儿几个一走出房去，斯蒂尔小姐便说，"差一点闹出一场大祸来。"

"我简直不知道这有什么大不了的，"玛丽安嚷道，"除非处在截然不同的情况下。不过，这是人们制造惊慌的一贯手法，实际上没有什么值得大惊小怪的。”

“米德尔顿夫人真是个可爱的女人。”露西·斯蒂尔说。玛丽安默不作声。不管处在多么无关紧要的场合，要她言不由衷地去捧场，那是办不到的；因此，出于礼貌上的需要而说说谎话的整个任务总是落在埃丽诺身上。既然有此需要，她便竭尽全力，谈论起米德尔顿夫人来，虽然远远不及露西小姐来得热烈，却比自己的真实感情热烈得多。

“还有约翰爵士，”斯蒂尔大小姐嚷道，“他是多么可爱的一个人啊！”

说到约翰爵士，达什伍德小姐的赞扬也很简单而有分寸，并无随声吹捧之意。她只是说：他十分和善，待人亲切。

“他们的小家庭多么美满啊！我生平从未见过这么好的孩子。对你们说吧，我真喜欢他们。说实话，我对孩子总是喜欢得要命。”

“从我今天早晨见到的情况看，”埃丽诺含笑说，“我认为确实是这样。”

“我认为，”露西说，“你觉得几个小米德尔顿娇惯得太厉害了，也许他们是有点过分。不过这在米德尔顿夫人却是很自然的。就我来说，我喜欢看到孩子们生龙活虎，兴高采烈。我不能容忍他们规规矩矩、死气沉沉的样子。”

“说心里话，”埃丽诺答道，“一来到巴顿庄园，我从未想到厌恶规规矩矩、死气沉沉的孩子。”

这句话过后，室内沉默了一阵，但很快这沉默又被斯蒂尔小姐打破。她似乎很健谈，这时突然说道：“你很喜欢德文郡吧，达什伍德小姐？我想你离开苏塞克斯一定很难过。”

这话问得太唐突了，起码问的方式过于唐突，埃丽诺惊奇之余，回答说她是很难过。

“诺兰是个极其美丽的地方，是吧？”斯蒂尔小姐接着问道。

“我们听说约翰爵士极其赞赏那个地方。”露西说。她似乎觉得，她姐姐有些放肆，需要打打圆场。

“我想谁见了那个地方，”埃丽诺答道，“都会赞赏的，只是不能说有谁能像我们那样评价它的美。”

“你们那里有不少风流小伙子吧？我看这一带倒不多。就我来说，我觉得有了他们，总是增光不少。”

“但你为什么认为，”露西说，似乎为她姐姐感到害臊，“德文郡的风流小伙子不及苏塞克斯的多？”

“不，亲爱的，我当然不是佯称这里的不多。埃克塞特的漂亮小伙子肯定很多。可你知道，我怎么说得上诺兰一带有什么样的漂亮小伙子？我只是担心，倘若达什伍德小姐们见不到像以前那么多的小伙子，会觉得巴顿索然寡味的。不过，也许你们年轻姑娘并不稀罕多情的小伙子，有他们没他们都一样。就我来说，只要他们穿戴美观，举止文雅，我总觉得他们十分可爱。但是，见到他们邋里邋遢、不三不四的，我却不能容忍。这不，埃克塞特有个罗斯先生，好一个漂亮的小伙子，真是女孩的意中人。你知道，他是辛普森先生的书记员，然而你若是哪天早晨碰见他，他还真不堪入目呢。达什伍德小姐，我想你哥哥结婚前也一定是女孩们的意中人，因为他很有钱呀。”

“说实在话，”埃丽诺回答，“我无法奉告，因为我并不完全明白这个字眼的意思。不过，有一点我可以告诉你：假若他结婚前果真是女孩们的意中人，那他现在还是如此，因为他身上没有一丝一毫的变化。”

“哦！天哪！人们从来不把结过婚的男人看作意中人——人家还有别的事情要做呢。”

“天呀！安妮，”她妹妹嚷道，“你张口闭口离不了意中人，真要叫达什伍德小姐以为你脑子里没有别的念头啦。”接着，她话锋一转，赞赏起房子和家具。

斯蒂尔姐妹还真够典型的。大小姐庸俗放肆，愚昧无知，没有什么好称道的。二小姐虽然样子很俊俏，看上去很机灵，埃丽诺却没有一叶障目，看出了她缺少真正的风雅，还有失纯朴。因此，她离别的时候，压根儿不希望进一步结识她们。

斯蒂尔姐妹并不这样想。她们从埃克塞特来的时候，早就对约翰爵士夫妇及其亲属的为人处世充满了倾慕之情，而这倾慕之情有很大成分是针对他的漂亮的表侄女的。她们公开声称：达什伍德姐妹是她们见过的最美丽、最优雅、最多才多艺、最和蔼可亲的小姐，迫切希望与她们建立深交。埃丽诺很快发现，建立深交乃是她们不可避免的命运，因为约翰爵士完全站在斯蒂尔姐妹一边，他们举行聚会非要请上她们，真是盛情难却，只好屈就。这就意味着几乎每天都要在同一间房里连续坐上一两个钟头。约翰爵士使不出更多的招数，也不知道需要有更多的招数。据他看来，待在一起就算关系密切，只要他能切实有效地安排她们经常聚会，他就不怀疑她们已成为牢靠的朋友。

说句公道话，他在竭尽全力促进她们坦诚相处。就他所知，将他表侄女们的情况向斯蒂尔姐妹做了极其精细具体的介绍。她们与埃丽诺不过见了两次面，斯蒂尔大小姐便向她恭喜，说她妹妹真够幸运，来到巴顿后竟征服了一位非常潇洒的如意郎君。

“她这么年轻就出嫁，这当然是件大好事，”她说，“听说他真是个如意郎君，长得英俊极啦。我希望你很快也会交上这样的好运。不过，也许你早就偷偷摸摸地交上朋友啦。”

埃丽诺觉得，约翰爵士当众宣布他怀疑她与爱德华相好，这并不会比他怀疑玛丽安时更注意分寸。事实上，两者比较起来，爵士更喜欢开埃丽诺的玩笑，因为这个玩笑更新鲜，更费揣测。自从爱德华来访后，每次在一起吃饭时，他总要意味深长地举杯祝她情场如意，一面频频点头眨眼，引起了众人的注目。那个“费”字也总是被一再端出来，逗引出不计其数的玩笑，以至于在埃丽诺心目中，早就被确立为天下最奇妙的一个字儿。

不出所料，斯蒂尔姐妹这下子可从这些玩笑里捞到了把柄。那位大小姐一时来了好奇心，一定要知道那位先生的尊姓大名。她的话虽然往往说得没轻没重，但是却跟她专爱打听她们家的闲事的举动，如出一辙。约翰爵士尽管十分乐于引逗别人的好奇心，但他没有长时间地引逗下去，因为正像斯蒂尔小姐很想听到那个名字一样，他也很想当众说出来。

“他姓费拉斯，”他说，声音不大，但却听得很清楚，“不过请别声张出去，这可是个绝大的秘密啊。”

“费拉斯！”斯蒂尔小姐重复了一声，“费拉斯先生是那幸福的人儿，是吗？什么！你嫂子的弟弟呀，达什伍德小姐？那自然是个非常可爱的小伙子，我可了解他啦。”

“你怎么能这么说，安妮？”露西嚷道，她总爱修正姐姐的话，“我们虽然在舅舅家见过他一两次，要说十分了解他可就有点过分。”

这一席话，埃丽诺听得仔细，也很诧异。“这位舅父是谁？他住在何处？他们是怎么认识的？”她很希望这话题能继续下去，虽然她自己不想介入。不料两人没有说下去，而埃丽诺生平第一次感到，詹宁斯太太对细节消息既不好打听，又不爱传播。斯蒂尔小姐说起爱德华时的那副神气，进一步激起了她的好奇心，因为她觉得那位小姐情绪不对头，怀疑她了解，或者自以为了解爱德华有什么不光彩的事情，但是她的好奇纯属枉然，因为约翰爵士暗示也好，明指也罢，斯蒂尔小姐都没再去理会费拉斯先生的名字。

第二十二章

玛丽安本来就不大容忍粗俗无礼、才疏学浅甚至同她志趣不投的人，目前再处于这种心情，自然越发不喜欢斯蒂尔姐妹。她们主动接近她，她都爱理不理的。她总是这么冷漠无情，不让她们同她亲近。埃丽诺认为，主要因为这个缘故，她们才对她自己产生了偏爱，而从她们两人的言谈举止来看，这种偏爱很快就变得明显起来。特别是露西，她从不放过任何机会找她攀谈，想通过自然而坦率的思想交流，改善相互之间的关系。

露西生性机敏，谈吐往往恰如其分，饶有风趣。埃丽诺才与她交往了半个小时，便一再发觉她为人谦和。但是，她的才能并未得助于受教育，她愚昧无知，是个文盲。尽管她总想显得非常优越，但她智力不够发达，缺乏最普通的常识。这些都瞒不过达什伍德小姐。埃丽诺看到本来通过受教育可以得到充分发挥的才干统统荒废了，不禁为她感到惋惜。但是，使她无法同情的是，从她在巴顿庄园大献殷勤和百般奉承可以看出，她实在太不体面，太不正直，太不诚实。和这样一个人交往，埃丽诺是不会长久感到满意的，因为她综合了虚假和无知，她的孤陋寡闻使她们无法平起平坐地进行交谈，而她对别人的所作所为使得她对埃丽诺的关心和尊重变得毫无价值。

“你一定会觉得我的问题有点蹊跷，”一天，她们一起从巴顿庄园向乡舍走去时，露西对她说，“不过还是请问一下：你真的认识你嫂嫂的母亲费拉斯太太吗？”

埃丽诺的确觉得这个问题问得非常蹊跷，当她回答说从未见过费拉斯太太时，她的脸上露出了这种神情。

“是啊！”露西应道，“我就感到奇怪嘛，因为我原来认为你一定在

诺兰庄园见过她。这么说来，你也许不能告诉我她是个什么样的人啦?”

“是的，”埃丽诺回答道，她在谈论她对爱德华母亲的真实看法时十分谨慎，同时也不想满足露西那唐突无礼的好奇心，“我对她一无所知。”

“我这样打听她的情况，你一定觉得我很奇怪，”露西说，一面仔细地打量着埃丽诺，“不过也许我有理由呢——但愿我可以冒昧地说出来。但我希望你能公道一些，相信我并非有意冒犯。”

埃丽诺客客气气地回答了一句，然后两人默不作声地又走了一阵。露西打破了沉默，又回到刚才的话题，犹犹豫豫地说道：

“我不能让你认为我唐突无礼，爱打听，我无论如何也不愿意让你这样看我。我相信，博得你的好评是非常值得的。我敢说，我可以放心大胆地信任你。的确，处在我这样尴尬的境地，我很想听听你的意见，告诉我该怎么办。不过，我也用不着麻烦你了。真遗憾，你居然不认识费拉斯太太。”

“假如你真需要了解我对她的看法的话，”埃丽诺大为惊讶地说，“那就很抱歉啦，我的确不认识她。不过说真的，我一直不知道你与那一家人还有什么牵连，因此，说心里话，看到你这么一本正经地打听她的为人，我真有点感到意外。”

“你肯定会感到意外，对此我当然也不觉得奇怪。不过我若是大胆地把事情说明白，你就不会这么吃惊。费拉斯太太目前当然与我毫无关系——不过以后我们的关系会很密切的——至于什么时候开始，那得取决于她自己。”

说罢，她低下头，神情和悦而羞涩。她只是斜视了埃丽诺一眼，看她有何反应。

“天啊！”埃丽诺嚷道，“你这是什么意思？难道你认识罗伯特·费拉斯先生？难道你——？”一想到将来有这么个妯娌，她不很中意。

“不，”露西答道，“不是认识罗伯特·费拉斯先生——我同他素昧平生。不过，”她两眼凝视着埃丽诺，“我认识他哥哥。”

此刻，埃丽诺会做何感想？她大吃一惊！她若不是当即对这话有所怀疑的话，心里说不定有多痛苦呢。惊愕之余，她默默转向露西，猜不透她凭什么说这话，目的何在。她虽说脸色都起了变化，但是心里却坚决不肯相信，因而并不存在歇斯底里大发作或是晕厥的危险。

“你是该吃惊，”露西继续说道，“因为你先前肯定一无所知。我敢说，他从未向你或你家里的人透露过一丁点口风，因为我们存心要绝对保守秘密，我敢说，直到目前为止，我一直是守口如瓶。除了安妮以外，我的亲属中没有一个知道这件事的。我若不是深信你会保守秘密的话，绝对不会告诉你的。我确实觉得，我提了这么多关于费拉斯太太的问题，似乎很是莫名其妙，应该解释一下。我想，费拉斯先生要是知道我向你透露了，也不会见怪的，因为我知道他很看得起你们一家人，总是把你和另外两位达什伍德小姐当亲妹妹看待。”说罢就停住了。

埃丽诺沉默了片刻。她初听到这些话，一时愕然无语，但最后还是硬逼着自己开了口。为了谨慎起见，她做出沉着镇定的样子，足以掩饰她的惊讶和焦虑，然后说：“请问你们是不是订婚很久了？”

“我们已经订婚四年啦。”

“四年！”

“是的。”

埃丽诺虽然极为震惊，但还是感到不可置信。

“直到那一天，”她说，“我才知道你们两个也认识。”

“可是我们已经认识多年了。你知道，他由我舅舅照料了好长时间。”

“你舅舅！”

“是的，普赖特先生。你从没听他说起普赖特先生？”

“我想听到过。”埃丽诺答道，感情一激动，又增添了几分精神。

“他四年前寄居在我舅舅家。我舅舅住在普利茅斯附近的郎斯特普尔。我们就在那儿开始认识的，因为我姐姐和我常待在舅舅家。我们也是在那儿订的婚，虽然是直到他退学一年后才订的。随后他几乎总是和我们待在一起。你可以想象，瞒着他母亲，得不到她的认可，我是不愿意和他订婚的。但是我太年轻，太喜爱他了，不可能采取应有的慎重态度。达什伍德小姐，虽说你不如我了解他，但是你常见到他，知道他很有魅力，能使一个女人真心地爱上他。”

“当然。”埃丽诺不知所云地答道。可是，沉吟片刻之后，她又对爱德华的信誉和钟情恢复了自信，认为她的伙伴一定是在撒谎，于是，便接着说：“同爱德华·费拉斯先生订婚！不瞒你说，你的话完全出乎我的意料，的确如此——请你原谅；不过，你一定闹错了人，搞错了名字，我们不可能指同一个费拉斯先生。”

“我们不可能指别人，”露西含笑叫道，“帕克街费拉斯太太的长子、你嫂嫂约翰·达什伍德夫人的弟弟爱德华·费拉斯先生，这就是我所指的那个人。你必须承认，我把全部幸福都寄托在他身上了，我才不会把他的名字搞错呢。”

“很奇怪，”埃丽诺带着揪心的悲怆和困窘说道，“我竟然从未听见他提起过你的名字。”

“是没有。考虑到我们的处境，这并不奇怪。我们首先关心的，是要保守秘密。你本来并不知道我和我家里的人，因而他没有必要向你提起我的名字。再说，他一向生怕他姐姐疑神疑鬼，这就构成足够的理由，使他不敢提及我的名字。”

她不做声了。埃丽诺的自信消失了，但她没有失去自制。

“你们订婚都四年啦。”她带着沉稳的口气说。

“是的。天知道我们还要等多久。可怜的爱德华！他给搞得垂头丧气的。”露西从衣袋里取出一幅小画像，然后接着说，“为了避免搞错，还是请你瞧瞧他的面孔。当然，画得不很像，不过，我想你总不会搞错画的是谁。这幅画像我都保存了三年多啦。”

她说着把画像递进埃丽诺的手里。埃丽诺一看，如果说她唯恐草草做出结论和希望发现对方在撒谎，因而还残存着这样那样的怀疑的话，那么她却无法怀疑这确是爱德华的面貌。她当即归还了画像，承认是像爱德华。

“我一直未能回赠他一张我的画像，”露西继续说，“为此我感到非常懊恼，因为他一直渴望得到一张！我决定一有机会就找人画一张。”

“你说得很对。”埃丽诺平静地回答道。随后她们默默地走了几步，还是露西先开了口。

“说真的，”她说，“我毫不怀疑你会切实保守秘密的，因为你肯定知道，不让事情传到他母亲耳朵里，这对我们来说有多重要。我敢说，她绝对不会同意这门婚事。我将来没有财产，我想她是个极其傲慢的女人。”

“当然，我可没有要你向我吐露真情，”埃丽诺说，“不过，你认为我可以信得过，却是再公道不过了。我会给你严守秘密的。不过恕我直言，我对你多此一举地向我吐露真情，委实有些诧异。你至少会觉得，我了解了这件事并不会使它变得更保险。”

她一边说，一边仔细地瞅着露西，希望从她的神色里发现点破绽，也许发现她所说的绝大部分都是假话。不料露西却面不改色。

“你恐怕会认为，”露西说，“我对你太随便了，告诉你这些事情。诚然，我认识你的时间不长，至少直接交往的时间不长，但是凭借别人的描述，我对你和你一家人了解很长时间了。我一见到你，就觉得几乎像旧友重逢一样。况且，碰到目前这件事，我向你这么详细地询问了爱德华母亲的情况，确实觉得该向你作些解释。我真够不幸的，连个征求意见的人都没有。安妮是唯一的知情人，可她压根儿没长心眼。她确确实实是成事不足，败事有余，总是害得我提心吊胆的，生怕她泄露出去。你一定看得出来，她的嘴巴不牢。我那天一听见约翰爵士提起爱德华的名字，的的确确吓得要命，唯恐她一股脑儿捅出来。你无法想象，这件事让我担惊受怕，吃了多少苦头。使我感到惊奇的是，这四年来我为爱德华受了这么多苦，如今居然还活着。一切都悬而未决，捉摸不定，同他难得见见面——一年顶多见上两次。我真不知道怎么搞的，我的心居然没有碎。”

说到这里，她掏出手帕，可是埃丽诺却不那么怜悯她。

“有些时候，”露西擦了擦眼睛，继续说，“我在想，我们是不是干脆吹了，对双方还好些。”说着，两眼直勾勾地盯着她的同伴。“然而，还有些时候，我又下不了这个狠心。我不忍心搞得他可怜巴巴的，因为我知道，一旦提出这个问题，定会搞得他痛不欲生。这也是替我自己着想——他是那样的可爱——我想我又和他断不了。在这种情况下，达什伍德小姐，你说我该怎么办？要是换成你会怎么办？”

“请原谅，”埃丽诺听到这个问题吃了一惊，只好答道，“在这种情况下，我也拿不出什么主意，还得由你自己做主。”

“毫无疑问，”双方沉默了一阵之后，露西继续说道，“他母亲迟早要供养他的。可怜的爱德华为此感到十分沮丧！他在巴顿时，你不觉得他垂头丧气吗？他离开朗斯特普尔到你们这儿来的时候哀伤极了，我真担心你们会以为他害了重病。”

“这么说，他是从你舅舅那儿来探望我们的？”

“哦！是的，他和我们一起待了两个星期。你还以为他直接从城里来的？”

“不，”埃丽诺答道，深有感触地认识到，一桩桩新的情况表明，露西没有说假话，“我记得他对我们说过，他同普利茅斯附近的一些朋友在一起待了两个星期。”她还记得她当时很惊奇，因为他没有再提到那些朋友，连他们的名字都绝口不提。

“难道你不觉得他抑郁不乐吗？”露西重复问道。

“确实是这样，特别是他刚到的时候。”

“我恳求他尽量克制自己，免得你们疑心出了什么事。可是他因为不能和我们在一起多待些日子，再加上看到我那么伤感，他也十分忧伤。可怜的家伙！我担心他现在还是那副样子，因为他写起信来语气还是那么沮丧。我就在离开埃克塞特前夕收到他的一封信。”说着从口袋里掏出信，漫不经心地让埃丽诺看了看姓名地址。“你想必是认得他的笔迹的，写得可漂亮啦。可是这封信写得不如平常工整。他大概是累了，只是凑合着写满了一页。”

埃丽诺一看，果然是爱德华的笔迹，也就无法再怀疑了。她原来认为，那个画像可能是她意外搞到的，而不见得是爱德华的礼物。可是他们之间的通信关系只有在明确订婚的情况下才可能建立起来，别无其他理由。转瞬间，她几乎为感情所压倒——情绪一落千丈，两条腿几乎站都站不住了。但是她千万要顶住，她竭力克制住自己的抑郁之感，结果立即见效，而且当时效果还很不错。

“在长期的分离中，”露西说，一面把信放回口袋里，“互相通通信成为我们唯一的安慰。是的，作为我，他的画像也是个安慰，然而可怜的爱德华连这也没有。他说他只要搞到我的画像，就会觉得宽慰多了。他上次去郎斯特普尔时，我送了他一绺头发，嵌在一只戒指上，他说那对他是个慰藉，但是顶不上画像。你见到他的时候，也许注意到那只戒指了吧？”

“注意到了。”埃丽诺说，在她那平静的语气后面，隐藏着她从未感到过的激动和忧伤。她感到屈辱、震惊和惶恐。

幸好，她们现在来到乡舍跟前，谈话不能继续下去了。斯蒂尔姐妹和她们一起坐了一会儿，便起身告辞回庄园去。这样一来，埃丽诺才得以纵情地去思索，去忍受痛苦了。

第二卷

第一章

尽管埃丽诺一般说来并不相信露西的话，可她经过认真考虑，却再也不能怀疑这件事情的真实性，因为没有什么东西可以诱使她编造出这种谎言。因此，露西称为事实的这些情况，埃丽诺无法再怀疑，而且也不敢再怀疑。这些情况都有充分的证据，这些证据或则大致属实，或则确凿无疑，除了她自己的主观愿望之外，无论如何也得不出相反的结论。他们在普赖特先生家的际遇是其他情况的依据，既无可置疑，又令人惊愕。爱德华在普利茅斯附近的访问，他的忧郁心情，他对自己前途的愤愤不满，他对她本人的反复无常，斯蒂尔姐妹对诺兰和她们的亲属了如指掌（这常使她感到惊奇），那幅画像，那封信，那枚戒指，这一切构成了一连串证据，打消了她怕冤枉他的一切顾虑，证明他亏待了她，这是任何偏爱也改变不了的事实。她憎恶他的这种行径，悔恨自己受了欺骗，一时间只知道自我怜悯。但她心里转瞬又涌起别的念头，别的考虑。难道爱德华一直在存心欺骗她？难道他是一片虚情假意？难道他与露西的订婚是真心实意的订婚？不，不管从前情况如何，她现在并不这么认为。他只喜欢她一个人，这一点她绝不会搞错。在诺兰，她的母亲、妹妹、范妮都知道他喜欢她；这并不是她的虚荣心引起的错觉。他当然是爱她的。这一信念使她心里得到了多大的安慰！有了这一点，她还有什么不可原谅他的！想当初，他已经开始感到她对他有着一股异乎寻常的诱惑力，却偏要继续待在诺兰，真该受到责备。在这一点上，他是无可辩白的；不过，如果说他伤害了她，那他更伤害了他自己；如果说她的情况是令人怜悯的，那他的情况则是无可挽回的。他的鲁莽行动给她带来了一时的痛苦；不过他自己似乎永远失去了幸福的机会。她迟早是会恢复平静的；可是他，如今还有什么盼头呢？他和露西·斯蒂尔在一起会感到幸福吗？像他那样诚实、文雅、见识广博的人，假使连她埃丽诺都不中意，能对露西这样一个无知、狡诈、自私自利的妻子感到满意吗？

爱德华当时只有十九岁，青年人的狂爱热恋自然使他陷入了盲目，除了露西的美貌和温顺之外，别的一概视而不见。但是以后的四年——如果合理地度过这四年，可以使人长智不少，他也该发现她教育上的缺欠。而在这同时，露西由于常和下等人交往，追求低级趣味，也许早就失去了昔日的天真，这种天真一度为她的美貌增添了几分情趣。

爱德华与埃丽诺成婚尚且要遇到他母亲设置的种种障碍，那么他选择一个门第比她低下、财产很可能不及她多的女人作配偶，岂不是更加困难重重。当然，他在感情上与露西还很疏远，这些困难还不至于使他忍耐不住。但是，这位本来对家庭的反对和刁难可以感到欣慰的人，他的心情却是抑郁的！

埃丽诺连续痛苦地思忖着，不禁为他（不是为她自己）黯然落泪。使她坚信不疑的是，她没有做出什么事情而活该遭受目前的不幸；同时使她感到欣慰的是，爱德华也没做出什么事情而不配受到她的器重。她觉得，即使现在，就在她忍受这沉重打击的头一阵剧痛之际，她也能尽量克制自己，以防母亲和妹妹们对事实真相产生怀疑。她是这么期望的，也是不折不扣地这么做的。就在她的美好希望破灭后仅仅两个小时，她就加入她们一道吃饭，结果从妹妹们的表情上看得出来，谁也没有想到埃丽诺正在为即将把她和她心爱的人永远隔离开的种种障碍而暗自悲伤；而玛丽安却在暗中眷念着一位十全十美的情人，认为他的心完全被她迷住了，每一辆马车驶近她们房舍时，她都期望着能见到他。

埃丽诺虽然不得不一忍再忍，把露西给她讲的私房话始终瞒着母亲和玛丽安，但这并未加深她的痛苦。相反，使她感到宽慰的是，她用不着告诉她们一些只会给她们带来痛苦的伤心事，因而省得听见她们指责爱德华。由于大家过于偏爱她，这种指责是很可能的，那将是她不堪忍受的。

她知道，她从她们的忠告或是谈话里得不到帮助，她们的温情和悲伤只能增加她的痛苦，而对于她的自我克制，她们既不会通过以身作则，又不会通过正面赞扬加以鼓励。她独自一个人的时候反倒更刚强些，她能非常理智地控制自己，尽管刚刚遇到如此痛心疾首的事情，她还是尽量表现得坚定不移，始终显得高高兴兴的。

尽管她与露西在这个问题上的头一次谈话让她吃尽了苦头，但是她转眼间又渴望和她重谈一次，而且理由不止一个。她想听她重新介绍有关他们订婚的许多详细情况，想更清楚地了解一下露西对爱德华的真实感情，看看她是不是真像她宣称的那样对他一往情深。她还特别想通过主动地、心平气和地再谈谈这件事，让露西相信：她只不过是以朋友的身份来关心此事的，而这一点从早晨的谈话来看，由于她不知不觉地变得十分焦灼不安，因而至少是令人怀疑的。看样子，露西很可能妒忌她。显而易见，爱德华总是在称赞她，这不仅从露西的话里听得出来，而且还表现在她才认识她这么短时间，就大胆地向她吐露了如此重大的一桩秘密。甚至连约翰爵士开玩笑的话，大概也起到一定作用。的确，埃丽诺既然深信爱德华真心喜爱自己，她也就不必去考虑别的可能性，便自然而然地认为露西在妒忌她。露西也确实在妒忌她，她的私房话就是个证明。露西透露这桩事，除了想告诉埃丽诺爱德华是属于她的，让她以后少同他接触之外，还会有什么别的动机呢？她不难理解她的情敌的这番用意，她决心切实按照真诚体面的原则来对待她，克制住她对爱德华的感情，尽量少同他见面。同时，她还要聊以自慰地向露西表明：她并不为此感到伤心，如今在这个问题上，她不会听到比已经听到的更使她痛苦的事了，因此她相信自己能够平心静气地听露西把详情重新叙说一遍。

虽然露西像她一样，也很想找个机会再谈谈，但是这样的机会并不是要来马上就来。本来一起出去散散步最容易甩开众人，谁料天公总不作美，容不得她们出去散步。虽说她们至少每隔一天晚上就有一次聚会，不是在庄园就是在乡舍（主要是在庄园），但那都不是为了聚谈，约翰爵士和米德尔顿夫人从未这样想过，因此大家很少有一起闲谈的时间，更没有个别交谈的机会。大家聚在一起就是为了吃喝嬉笑，打打牌，玩玩康西昆司[1]，或是搞些其他吵吵嚷嚷的游戏。

她们如此这般地聚会了一两次，但埃丽诺就是得不到机会同露西私下交谈。一天早晨，约翰爵士来到乡舍，以仁爱的名义，恳求达什伍德母女当晚能同米德尔顿夫人共进晚餐，因为他要前往埃克塞特俱乐部，米德尔顿夫人只有她母亲和两位斯蒂尔小姐做伴，她们母女若是不去，夫人将会感到十分孤寂。埃丽诺觉得，参加这样一次晚宴倒可能是她了却心愿的大好时机，因为在米德尔顿夫人安静而有素养的主持下，比她丈夫把大伙儿凑到一块大吵大闹来得自由自在，于是她当即接受了邀请。玛格丽特得到母亲的许可，同样满口应承，玛丽安

① 康西昆司（consequence）：一种连环问答式叙事游戏，参加游戏的人围成一圈，以一对男女的相会为题，一人虚构一个名字，或者一件事情，串成故事。

一向不愿参加他们的聚会，怎奈母亲不忍心让她错过任何娱乐机会，硬是说服她跟着一起去。

三位小姐前来赴约，差一点陷入可怕的孤寂之中的米德尔顿夫人终于幸运地得救了。恰似埃丽诺所料，这次聚会十分枯燥乏味。整个晚上没有出现一个新奇想法、一句新鲜辞令，整个谈话从餐厅到客厅，索然寡味到无以复加的地步。几个孩子陪着她们来到客厅，埃丽诺心里明白，只要他们待在那里，她就休想能有机会与露西交谈。茶具端走之后，孩子们才离开客厅。转而摆好了牌桌，埃丽诺开始纳闷，她怎么能指望在这里找到谈话的机会呢？这时，大家都纷纷起身，准备玩一番轮回牌戏①。

"我很高兴，"米德尔顿夫人对露西说，"你今晚不打算给可怜的小安娜玛丽亚织好小篮子，因为在烛光下做编织活一定很伤眼睛。让这可爱的小宝贝扫兴啦，我们明天再给她补偿吧。但愿她不要太不高兴。"

有这点暗示就足够了。露西立刻定下心来，回答说："其实，你完全搞错了，米德尔顿夫人，我只是在等着看看你们玩牌没我行不行，不然我早就动手织起来了。我无论如何也不能叫这小天使扫兴。你要是现在叫我打牌，我决计在晚饭后织好篮子。"

"你真好。我希望可别伤了你的眼睛——你是不是拉拉铃，再要些蜡烛来？我知道，假使那小篮子明天还织不好，我那可怜的小姑娘可要大失所望了，因为尽管我告诉她明天肯定织不好，她却准以为织得好。"

露西马上将编织桌往跟前一拉，欣然坐了下来，看她那兴致勃勃的样子，似乎什么事情也比不上给一个宠坏了的孩子编织篮子更使她

---

① 轮回牌戏（round game）：一种多人参加的、不要搭档而自决胜负的牌戏。

感到高兴。

米德尔顿夫人提议，来一局卡西诺。大家都不反对，唯独玛丽安因为平素就不拘礼节，这时大声嚷道："夫人行行好，就免了我吧——你知道我讨厌打牌。我想去弹弹钢琴。自从调过音以后，我还没碰过呢。"她也没再客气两句，便转身朝钢琴走去。

米德尔顿夫人那副神情，仿佛在谢天谢地：她可从来没说过如此冒昧无礼的话。

"你知道，夫人，玛丽安与那台钢琴结下了不解之缘，"埃丽诺说，极力想替妹妹的冒昧无礼打打圆场，"我并不感到奇怪，因为那是我所听到的音质最好的钢琴。"

剩下的五人就要抽牌。

"也许，"埃丽诺接着说，"我如果能不打牌，倒能给露西·斯蒂尔小姐帮帮忙，替她卷卷纸。我看那篮子还差得远呢，如果让她一个人来干，今晚肯定完不成。她若是肯让我插手的话，我非常喜欢干这个活。"

"你如果能帮忙，我倒真要感激不尽哩，"露西嚷道，"因为我发现，我原来算计错了，这要费不少工夫呢。万一让可爱的安娜玛丽亚失望了，那该多糟糕啊。"

"哦！那实在是太糟糕啦，"斯蒂尔小姐说，"可爱的小家伙，我多么喜爱她呀！"

"你真客气，"米德尔顿夫人对埃丽诺说，"你既然真喜欢这活，是不是请你到下一局再入桌，还是现在先试试手气？"

埃丽诺愉快地采纳了前一条建议，于是，她就凭着玛丽安一向不屑一试的委婉巧妙的几句话，既达到了自己的目的，又讨好了米德尔顿夫人。露西爽快地给她让了个地方，就这样，两位姿容美丽的情敌肩并肩地坐在同一张桌前，极其融洽地做着同一件活计。这时，玛丽安沉醉在乐曲和遐想之中，全然忘记室内还有别人，只顾埋头弹奏。侥幸的是，钢琴离两位情敌很近，达什伍德小姐断定，有这嘈杂的琴声做掩护，她尽可放心大胆地提出那个有趣的话题，牌桌上的人保险听不见。

第二章

埃丽诺以坚定而审慎的语气，开口说道：

“我有幸得到你的信任，若是不要求你继续说下去，不好奇地追根刨底，岂不辜负了你对我的信任。因此，我不揣冒昧，想再提出这个话题。”

“谢谢你打破了僵局，”露西激动地嚷道，“你这样讲就让我放心啦。不知怎么搞的，我总是担心星期一那天说话得罪了你。”

“得罪了我！你怎么能这么想？请相信我，”埃丽诺极其诚恳地说道，“我不愿意让你产生这样的看法。你对我这样推心置腹，难道还会抱有让我感到不体面、不愉快的动机？”

“不过，说实在的，”露西回答说，一双敏锐的小眼睛意味深长地望着她，“你当时的态度似乎很冷淡，很不高兴，搞得我十分尴尬。我想你准是生我的气了。此后我一直在怪罪自己，不该冒昧地拿我自己的事情打扰你。不过我很高兴地发现，这只不过是我的错觉，你并没真的责怪我，说实在话，你若是知道我向你倾吐一下我无时无刻不在思量的真心话，心里觉得有多么宽慰，你就会同情我，而不计较别的东西。”

“的确，我不难想象，你把你的处境告诉我，而且确信一辈子不用后悔，这对你真是个莫大的宽慰。你们的情况十分不幸，看来好像是困难重重，你们需要依靠相互的钟情坚持下去。我想，费拉斯先生完全依赖于他母亲。”

“他自己只有两千镑的收入，单靠这点钱结婚，那简直是发疯。不过就我自己来说，我可以毫无怨气地放弃更高的追求。我一直习惯于微薄的收入，为了他我可以与贫穷作斗争。但是我太爱他了，他若是娶个使他母亲中意的太太，也许会得到她的不少财产，我不想自私自利地让爱德华丧失掉这些财产。我们必须等待，也许要等许多年。对天下几乎所有的男人来说，这是个令人不寒而栗的前景。可是我知道，爱德华对我的一片深情和忠贞不渝是什么力量也剥夺不了的。”

“你有这个信念，这对你是至关紧要的。毫无疑问，他对你也抱有同样的信念。万一你们相互间情淡爱弛（这是在许多人之间，许多情况下，在四年订婚期间经常发生的现象），你的境况确实会是很可怜的。”

露西听到这儿抬起眼来。哪知埃丽诺十分谨慎，不露声色，让人觉察不出她的话里有什么可疑的意向。

“爱德华对我的爱情，”露西说，“自从我们订婚以来，经受了长期分离的严峻考验，我再去妄加怀疑，那是无法宽恕的。我可以万无一失地说：他从一开始，从未由于这个原因而给我带来一时一刻的惊扰。”

埃丽诺听到她这么说，简直不知道是应该付之一笑，还是应该为之叹息。

露西继续往下说：“我生性也好妒忌，因为我们的生活处境不同，他比我见的世面多得多，再加上我们又长期分离，我老爱疑神疑鬼。我们见面时，哪怕他对我的态度发生一点细微的变化，他的情绪出现莫名其妙的低落现象，他对某一个女人比对别的女人谈论得多了些，他在郎斯特普尔显得不像过去那么快乐，我马上就能觉察出来。我并不是说，我的观察力一般都很敏锐，眼睛一般都很尖，但是在这种情

况下，我肯定是不会受蒙骗的。”

“说得倒很动听，”埃丽诺心里在想，“可是我们两人谁也不会上当受骗。”

“不过，”她稍许沉默了一刻，然后说，“你的观点如何？还是你什么观点也没有，而只是采取一个令人忧伤而震惊的极端措施，就等着费拉斯太太一死了事？难道她儿子就甘心屈服，打定主意拖累着你，这么长年悬吊着，索然无味地生活下去，而不肯冒着惹她一时不快的风险，干脆向她说明事实真相？”

“我们若是能肯定她只是一时不快就好啦！可惜费拉斯太太是个刚愎自用、妄自尊大的女人，一听到这消息，发起怒来，很可能把所有财产都交给罗伯特。一想到这里，看在爱德华的分上，竟吓得我不敢草率行事。”

“也看在你自己的分上，不然你的自我牺牲就不可理解了。”

露西又瞅瞅埃丽诺，可是没有做声。

“你认识罗伯特·费拉斯先生吗？”埃丽诺问道。

“一点不认识——我从没见过他。不过，我想他与他哥哥大不一样——傻乎乎的，是个十足的花花公子。”

“十足的花花公子！”斯蒂尔小姐重复了一声，她是在玛丽安的琴声突然中断时，听到这几个词的。“噢！她们准是在议论她们的心上人。”

“不，姐姐，”露西嚷道，“你搞错啦，我们的心上人可不是十足的花花公子。”

“我敢担保，达什伍德小姐的心上人不是花花公子，”詹宁斯太太说着，纵情笑了，“他是我见过的最谦虚、最文雅的一个年轻人。不过，说到露西，她是个狡猾的小精怪，谁也不知道她喜欢谁。”

“噢！”斯蒂尔小姐嚷道，一面意味深长地望着她俩，“也许，露西的心上人和达什伍德小姐的心上人一样谦虚，一样文雅。”

埃丽诺不由得羞得满脸通红。露西咬咬嘴唇，愤怒地瞪着她姐姐。两人沉默了一阵。露西首先打破了沉默，虽然玛丽安弹起了一支极其优美的协奏曲，给她们提供了有效的掩护，但她说话的声音还是压得很低：

“我想坦率地告诉你，我最近想到了一个切实可行的好办法。的确，我有责任让你知道这个秘密，因为事情与你有关。你常见到爱德华，一定知道他最喜欢当牧师。我的想法是这样的：他尽快地接受圣职，然后希望你能出自对他的友情和对我的几分关心，利用你的影响，劝说你哥哥把诺兰的牧师职位赐给他。我听说这是个很不错的职务，而且现在的牧师也活不多久了。这可以保证我们先结婚，余下的事情就听天由命吧。”

“我一向乐于表示我对费拉斯先生的敬意和友情，”埃丽诺答道，“不过，难道你不觉得我在这种场合出面完全大可不必吗？他是约翰·达什伍德夫人的弟弟——就凭这一点，她丈夫也会提拔他的。”

“可是约翰·达什伍德夫人并不同意爱德华去当牧师。”

“这样的话，我觉得我去说更是无济于事。”

她们又沉默了好半天。最后，露西深深叹了口气，大声说道：“我认为，最明智的办法还是解除婚约，立即终止这门亲事。我们好像困难重重，四面受阻，虽然要痛苦一阵子，但是最终也许会更幸福些。不过，达什伍德小姐，难道你不肯给我出出主意吗？”

“不，”埃丽诺答道，她脸上的微笑掩饰着内心的忐忑不安，“在这个问题上，我当然不会给你出什么主意。你心里很有数，我的意见除非顺从你的意愿，不然对你是不起作用的。”

“说真的，你冤枉了我，”露西一本正经地答道，“在我认识的人中，我最尊重你的意见。我的确相信，假使你对我说：‘我劝你无论如何要取消同爱德华·费拉斯的婚约，这会使你们两个更幸福。’那我就会决定马上这样做。”

埃丽诺为爱德华未婚妻的虚情假意感到脸红，她回答说：“假如我在这个问题上真有什么意见可言的话，一听到你这番恭维，准给吓得不敢开口了。你把我的声威抬举得过高了。要把一对情深意切的恋人分开，对一个局外人来说，实在是无能为力的。”

“正因为你是个局外人，”露西有点生气地说道，特别加重了那后几个字，“你的意见才理所当然地受到我的重视。如果我觉得你带有任何偏见，就犯不着去征求你的意见。”

埃丽诺认为，最好对此不加辩解，以免相互间变得过于随随便便、无拘无束。她甚至在一定程度上下了决心，再也不提这个话题。因此，露西说完后，又沉寂了半天，还是露西先打破了沉默。

“你今年冬天去城里吗，达什伍德小姐？”她带着她惯常的自鸣得意的神气问道。

“当然不去。”

“真可惜，”露西回答说，其实她一听那话，眼里不禁露出了喜色，“我若是能在城里见到你，那该有多高兴啊！不过，尽管如此，你还是肯定会去的。毫无疑问，你哥嫂会请你去做客的。”

“他们即使邀请，我也不能接受。”

“这太不幸啦！我本来一直指望在城里见到你。一月底，安妮和我要去探访几个亲友，他们这几年总是叫我们去！不过，我只是为了去见见爱德华，他二月份到那儿去。不然的话，伦敦对我一点诱惑力也没有，我才没有兴致去那儿呢。”

过了不一会儿，牌桌上打完了第一局，埃丽诺也就被叫了过去，于是两位小姐的秘密交谈便告结束。不过结束得并不勉强，因为双方没有说上什么投机话，可以减少她们相互之间的厌恶之情。埃丽诺在牌桌前坐定，忧伤地判定，爱德华不仅不喜欢他这位未婚妻，而且他即使同她结了婚，也不会感到多么幸福，只有她埃丽诺的真挚爱情才能给他婚后带来幸福；因为只是凭着自私自利这一点，才能使得一个女人保持同男方的婚约，而这个女人似乎完全意识到，男方已经厌倦这种婚约了。

从此之后，埃丽诺再也没有重新提起这个话题。露西却很少错过旧话重提的机会，特别是当她收到爱德华的来信时，总要别有心计地向她的知己女友报报喜。每逢这种情况，埃丽诺都能泰然处之，谨慎对待，在礼貌允许的范围内尽快结束这种谈论。因为她觉得这种谈话对露西是一种不配享受的乐趣，对她自己却是危险的。

两位斯蒂尔小姐对巴顿庄园的访问一再延长，大大超过了最初邀请时双方认可的期限。她们越来越受人喜爱，想走也走不了。约翰爵士坚决不让她们走。虽然她们在埃克塞特有一大堆早就安排好的事情，急需她们马上回去处理，尤其是越到周末事情越繁忙，但她们还是被说服在巴顿庄园待了近两个月，并且协助主人家好好庆祝一下圣诞节，因为这个节日需要比一般节日举行更多的家庭舞会和大型晚宴，借以显示其重要性。

第三章

虽然詹宁斯太太有个习惯，一年中有大量时间住在女儿、朋友家里，但她并非没有自己的固定寓所。她丈夫原来在城里一个不大雅洁的街区做买卖，生意倒也不错。自他去世以后，她每逢冬天一直住在波特曼广场附近的一条街上的一幢房子里。眼看一月行将来临，她不禁又想起了这个家。一天，出乎达什伍德家两位小姐的意料，她突然邀请她们陪她一起回家去。听到这个邀请，玛丽安的脸色起了变化，那副活灵活现的神气表明她对这个主意并非无动于衷。埃丽诺没有注意到妹妹的表情变化，便即刻代表两人断然谢绝了。她满以为，她说出了她们两人的共同心愿。她提出的理由是，她们绝不能在那个时候离开自己的母亲。詹宁斯太太受到拒绝后不禁吃了一惊，当即把刚才的邀请重复说了一遍。

“哦！天哪，你们的母亲肯定会让你们去的，我恳请你们陪我一趟，我可是打定了主意。别以为你们会给我带来什么不便，因为我不会为你们而给自己增添任何麻烦。我只需要打发贝蒂乘公共马车先回去，我想这点钱我还是出得起的。这样我们三个人就可以舒舒服服地乘着我的马车走。到了城里以后，你们如果不愿随我去什么地方，那也好，你们可以随时跟着我哪个女儿一起出去。你们的母亲肯定不会反对。我非常幸运地把我的女儿都打发出去了，她知道由我来关照你们是再合适不过了。我若是到头来没有至少让你们其中一位嫁得个如意郎君，那可不是我的过错。我要向所有的年轻小伙子美言你们几句，你们尽管放心好啦。”

“我认为，”约翰爵士说，“玛丽安小姐不会反对这样一个计划，假使她姐姐答应去的话。她若是因为达什伍德小姐不愿去而享受不到一点乐趣，那可真是太委屈了。所以，你们如果在巴顿待腻了，我劝你们俩动身到城里去，一句话也别对达什伍德小姐说。”

“唔，当然，”詹宁斯太太嚷道，“不管达什伍德小姐愿不愿去，我都将非常高兴能有玛丽安小姐做伴。我只是说，人越多越热闹，而且我觉得，她们俩在一起会更愉快一些，因为她们一旦讨厌我了，可以一起说说话，在我背后嘲笑一下我的怪癖。不过，要是两人不可兼得，我总得有一个做伴的。我的天哪！你们想想看，直到今年冬天，我一直都是让夏洛特陪伴着，现在怎么能一个人闷在家里。得啦，玛丽安小姐，咱们拍板成交吧。若是达什伍德小姐到时候能改变主意，那就更好啦。”

“我感谢你，太太，真心诚意地感谢你，”玛丽安激动地说道，“我永远感谢你的邀请，若是能接受的话，它会给我带来莫大的幸福，几乎是我能够享受到的最大幸福。可是我母亲，我那最亲切、最慈祥的母亲，我觉得埃丽诺说得有理，万一我们不在，她给搞得不高兴，不愉快——噢！我说什么也不能离开她。这件事不应该勉强，也千万不能勉强。”

詹宁斯太太再次担保说：达什伍德太太完全放得开她们俩，埃丽诺现在明白了妹妹的心思，她一心急于同威洛比重新团聚，别的一切几乎都不顾了，于是她不再直接反对这项计划，只说由她母亲去决定。可是她也知道，尽管她不同意玛丽安去城里做客，尽管她自己有特殊理由避而不去，但是她若出面阻拦，却很难得到母亲的支持。玛丽安无论想干什么事，她母亲都会热切地加以成全——她并不指望能说服母亲谨慎从事，因为就在那件事情上，不管她怎么说，母亲仍然相信玛丽安和威洛比已经订婚。再说，她也不敢为她自己不愿去伦敦的动机作辩解。玛丽安虽然十分挑剔，而且她也完全了解詹宁斯太太的那副德行，总是觉得十分讨厌，却要不顾这一切不便，不顾这会给她那脆弱的情感带来多么巨大的痛苦，而硬要去追求一个目标，这就充分而有力地证明：这个目标对她何等重要。埃丽诺虽然目睹了这一切，但对妹妹把这件事看得如此重要，却丝毫没有思想准备。

达什伍德太太一听说这次邀请，便认为两个女儿出去走走也好，可以给她们带来很大乐趣。她看到玛丽安对自己如此温存体贴，又觉得她还是一心想去，于是她绝不同意她们因为她而拒绝这次邀请，非要她俩立即接受邀请不可。接着，她又显出往常的快活神气，开始预测她们大家可以从这次离别中获得的种种好处。

“我很喜欢这个计划，”她大声嚷道，“正合我的心意。玛格丽特和我将同你们一样，从中得到好处。你们和米德尔顿夫妇走后，我们可以安安静静、快快乐乐地读读书，唱唱歌！你们回来的时候，会发现玛格丽特大有长进！我还有个小小的计划，想把你们的卧室改修一下，现在可以动工了，不会给任何人带来不便。你们确实应该到城里走走。像你们这种家境的年轻女子都应该了解一下伦敦的生活方式和娱乐活动。你们将受到一个慈母般的好心太太的关照，我毫不怀疑她对你们是一片好意。而且，你们十有八九会看见你们的哥哥，不管他有些什么过错，不管他妻子有些什么过错，我一想到他是谁的儿子，也就不忍心看着你们完全疏远下去。”

“虽然你总是渴望我们快乐，”埃丽诺说，“想到目前这个计划还有一些弊病，便一直在想方设法加以克服，但是还有一个弊病，我以为是无法轻易克服的。”

玛丽安脸色一沉。

“我那亲爱的深谋远虑的埃丽诺，”达什伍德太太说，“又要发表什么高见呀？又要提出什么令人惧怕的弊病啊？可别告诉我这要破费多少钱。”

“我说的弊病是这样的：虽然我很佩服詹宁斯太太的好心肠，可是她这个人嘛，我们和她交往不会觉得很愉快，她的保护不会抬高我们的身价。”

“那倒确实如此，”她母亲回答说，“不过，你们不大会脱离众人而单独和她在一起，你们总是可以和米德尔顿夫人一起抛头露面嘛。”

“如果埃丽诺因为讨厌詹宁斯太太而不敢去，”玛丽安说，“那起码不必妨碍我接受她的邀请。我没有这么多顾虑，我相信，我可以毫不犯难地忍受这种种不愉快。”

埃丽诺见玛丽安对詹宁斯太太的习惯举止表示满不在乎，情不自禁地笑了，因为她以前往往很难说服她对老太太讲点礼貌。她心里打定主意，若是妹妹坚持要去，她也要一同前往，因为她觉得不应该由着玛丽安去自行其是，不应该使想在家里舒适度日的詹宁斯太太还要听任玛丽安恣意摆布。这个决心倒是比较好下，因为她记起了露西讲的话：爱德华·费拉斯在二月份以前不会进城，而她们的访问即使不无故缩短，也可以在这之前进行完毕。

“我要你们两个都去，”达什伍德太太说，“这些所谓弊病完全是无稽之谈。你们到了伦敦，特别又是一起去，会感到非常愉快的。如果埃丽诺愿意迁就，期待得到快乐的话，她在那儿可以从多方面享受到。也许她可以通过增进同嫂嫂家的相互了解，而得到一些快乐。”

埃丽诺经常想找个机会，给母亲泼泼冷水，不要叫她以为女儿和爱德华还一往情深，以便将来真相大白时，她可以少震惊一些。埃丽诺泼冷水虽说很难收到成效，但她还是硬着头皮开始了，只听她泰然自若地说道：“我很喜欢爱德华·费拉斯，总是很乐意见到他。但是，至于他家里的其他人是否认识我，我却毫不在乎。”

达什伍德太太笑了笑，没有做声。玛丽安惊愕地抬起眼来，埃丽诺在想，她还是不开口为好。

母女们也没怎么再议论，便最后决定，完全接受詹宁斯太太的邀请。詹宁斯太太获悉后大为高兴，一再保证要好好关照。其实，感到高兴的何止她一个人。约翰爵士也喜形于色，因为对于一个最怕孤单的人来说，能给伦敦的居民增添两个名额也颇为了不起。就连米德尔顿夫人也一反常态，尽力装出高高兴兴的样子。至于两位斯蒂尔小姐，特别是露西，一听说这个消息，生平从来没有这么高兴过。

埃丽诺违心地接受了这项安排，心里倒也不像原来想象的那样勉强。对于她自己来说，她去不去城里是无所谓的。当她看见母亲对这个计划极其满意，妹妹从神情到语气、到仪态都显得十分兴奋时，她也恢复了平常的快活劲头，而且变得比平常更加快活。她无法对事情的缘由表示不满，也几乎很难对事情的结果加以怀疑。

玛丽安欣喜若狂，只觉得心荡神迷，急不可待。她不愿离开母亲，这是她唯一的镇静剂。由于这个原因，她在分别之际感到极为悲伤。她母亲同样感到十分哀伤。母女三人中，似乎只有埃丽诺不认为这是永久的诀别。

她们是在一月份的第一周启程的。米德尔顿夫妇大约在一周后出发。两位斯蒂尔小姐暂且留在巴顿庄园，以后和府邸里的其他人一起离开。

第四章

埃丽诺姐妹与詹宁斯太太才认识这么几天，同她在年龄和性情上如此不相称，而且就在几天以前埃丽诺还对这一安排提出了种种异议，但现在她却和她同坐在一辆马车里，在她的保护下，作为她的客人，开始了去伦敦的旅程，这叫她怎么能对自己的处境不感到疑惑不解呢！由于玛丽安和母亲都同样富有青年人的兴致和热情，埃丽诺的异议不是被驳倒，就是被置若罔闻。尽管埃丽诺有时怀疑威洛比是否会忠贞不渝，但当她看到玛丽安的整个心灵都充满着一股欣喜若狂的期待感，两眼闪烁着期待的光芒，不由觉得自己的前景多么渺茫，自己的心情多么忧郁。她多么愿意沉浸于玛丽安那样的渴望之中，怀抱着同样激动人心的目标，怀抱着同样可能实现的希望。不过，威洛比究竟有什么意图，马上就会见分晓：他十有八九已经待在城里。玛丽安如此急着出发就表明，她相信能在城里见到威洛比。埃丽诺打定主意，不仅要根据自己的观察和别人的介绍，用新眼光来看待威洛比的人格，而且还要留神注意他对她妹妹的态度，以便不用多次见面，就能弄清他是何许人，用心何在。如果她观察的结果不妙，她无论如何也要帮助妹妹擦亮眼睛；假使结果并非如此，她将作出另外一种性质的努力——她要学会避免进行任何自私自利的对比，消除一切懊恼，免得她对玛丽安的幸福不能尽情感到满意。

她们在路上走了三天。玛丽安在旅途上的表现，可能是她将来讨好、接近詹宁斯太太的一个绝妙前奏。她几乎一路上都沉默不语，总是沉浸在冥思遐想之中。她很少主动启齿，即使看见绮丽的景色，也只是向姐姐惊喜地赞叹两声。因此，为了弥补妹妹行动上的不足，埃丽诺按照原先的设想，立即承担起讲究礼貌的任务。她对詹宁斯太太极为关注，同她有说有笑，尽量听她说话。而詹宁斯太太待她们也极为友好，时时刻刻把她俩的舒适快乐挂在心上。唯一使她感到惴惴不安的是，她在旅店无法让她们自己选择饭菜。尽管她一再追问，她们就是不肯表明是不是喜欢鲑鱼，不喜欢鳕鱼，是不是喜欢烧禽，不喜欢小牛肉片。第三天三点钟，她们来到城里。奔波了一路，终于高高兴兴地从马车的禁锢中解放出来，大家都准备在熊熊的炉火旁好好地享受一番。

詹宁斯太太的住宅非常美观，布置得十分讲究，两位小姐立即住进了一套十分舒适的房间。这套房间原来是夏洛特的，壁炉架上方还挂着她亲手制作的一幅彩绸风景画，以资证明她在城里一所了不起的学校里上过七年学，而且还颇有几分成绩。

因为晚饭在两小时之内还做不好，埃丽诺决定利用这个空隙给母亲写封信，于是便坐下动起笔来。过了一阵，玛丽安也跟着写了起来。“我在给家里写信，玛丽安，”埃丽诺说，“你是不是晚一两天再写？”

“我不是给母亲写信。”玛丽安急忙答道，好像要避开她的进一步追问似的。埃丽诺没有做声。她顿时意识到，妹妹准是在给威洛比写信。她随即得出这样的结论：不管他们俩想把事情搞得多么神秘，他们肯定是订了婚。这个结论虽然并非令人完全信服，但是使她感到高兴，于是她更加欢快地继续写信。玛丽安的信没一会工夫就写好了。从长度上看，那只不过是封短柬。接着，她急急忙忙地叠起来，封好，写上收信人的姓名地址。埃丽诺心想，从那姓名地址上，她准能辨出一个偌大的“威”字。信刚完成，玛丽安就连忙拉铃，等男仆闻声赶来，就请他替她把信送到两便士邮局[①]。顿时，这事便确定无疑了。

玛丽安的情绪依然十分高涨，但是她还有点心神不定，这就无法使她姐姐感到十分高兴。随着夜幕的降临，玛丽安越来越心神不定。她晚饭几乎什么东西也吃不下。饭后回到客厅，她似乎在焦灼不安地倾听着每一辆马车的声音。

使埃丽诺感到大为欣慰的是，詹宁斯太太正在自己房里忙这忙那，看不到这般情景。茶具端进来了，隔壁人家的敲门声已经使玛丽安失望了不止一次。蓦地，又听到一阵响亮的叩门声，这次可不会被错当成是敲别人家的门了。埃丽诺心想，准是传报威洛比到了。玛丽安倏地立起身，朝门口走去。房里静悄悄的，她实在忍不住了，赶紧打开门，朝楼梯口走了几步，听了听，又回到房里，那个激动不安的样子，定是确信听见威洛比脚步声的自然反应。当时，她在欣喜若狂之中，情不自禁地大声嚷道：“哦！埃丽诺，是威洛比，真是他！”她似乎刚要向他怀里扑去，不料进来的却是布兰登上校。

这场震惊非同小可，搞得玛丽安失魂落魄，当即走出了房间。埃丽诺也很失望，但因一向敬重布兰登上校，还是欢迎他的到来。使她感到特别痛苦的是，如此厚爱她妹妹的一个人，竟然发觉她妹妹一见到他，感到的只是悲伤和失望。她当即发现，上校并非没有察觉，他甚至眼睁睁地瞅着玛丽安走出房去，惊讶焦虑之余，连对埃丽诺的必

① 1801 年，英国一便士邮局将邮资提至两便士。因此可以断定，奥斯丁在此处对本小说初稿作过修订。

要客套都顾不得了。

“你妹妹是不是不舒服？”他问。

埃丽诺有些为难地回答说，她是不舒服。接着，她提到了她的头痛、情绪低沉、过度疲劳，以及可以体面地为妹妹的举动开脱的种种托词。

上校全神贯注地听她说着，似乎恢复了镇静，在这个话题上没再说什么，便马上说起他能在伦敦见到她们感到非常高兴，客套地问起了她们一路上的情况，问起了留在家里的亲友们的情况。

他们就这样平静地、乏味地交谈着，两人都郁郁不乐，都在想着别的心事，埃丽诺真想问问威洛比在不在城里，但她又怕打听他的情敌会引起他的痛苦。最后，为了没话找话说，她问他自从上次见面以来，是不是一直待在伦敦。“是的，”上校有些尴尬地回答说，“差不多一直待在伦敦。有那么几天，到德拉福去过一两次，但是一直回不了巴顿。”

他这句话，以及他说这句话的那副神态，顿时使埃丽诺想起了他当初离开巴顿时的情景，想起了这些情景给詹宁斯太太带来的不安和怀疑。埃丽诺有点担心：她的提问会让人觉得她对这个问题过于好奇，实际上她并没有那么好奇。

不久，詹宁斯太太进来了。“哦！上校，”她像往常一样，兴高采烈地大声嚷道，“我见到你高兴极啦——对不起，我不能早来一步——请你原谅，我不得不到各处看看，料理料理一些事情。我离家好些日子啦，你知道，人一离开家，不管离开多长时间，回来后总有一大堆杂七杂八的事情要办。随后还要同卡特赖特清账——天哪，我晚饭后一直忙碌得像只蜜蜂！不过，请问上校，你怎么猜到我今天回城了？”

“我是有幸在帕尔默先生家听说的，我在他家吃晚饭。”

“哦！是这么回事。那么，他们一家人都好吗？夏洛特好吗？我敢担保，她现在一定腰圆体胖了。”

“帕尔默夫人看上去挺好，她托我告诉你，她明天一定来看望你。”

“啊，没有问题，我早就料到了。你瞧，上校，我带来了两位年轻小姐——这就是说，你现在见到的只是其中的一位，还有一位不在这儿。那就是你的朋友玛丽安小姐——你听到这话不会感到遗憾吧。我不知道你和威洛比先生准备怎么处理她。啊，人长得年轻漂亮是桩好事儿。唉！我曾经年轻过，但是从来没有很漂亮过——我的运气真糟。不过，我有个非常好的丈夫，我真不知道天字第一号的美人能比我好到哪儿。啊！可怜的人儿！他已经去世八年多啦。不过，上校，你和我们分手后到哪儿去啦？你的事情办得怎么样啦？得了，得了，咱们朋友间不要保什么密啦。”

上校以他惯有的委婉口气，一一回答了她的询问，可是没有一个回答叫她感到满意。埃丽诺开始动手泡茶，玛丽安迫不得已又回来了。

见她一进屋，布兰登上校变得比先前更加沉思不语，詹宁斯太太想劝他多待一会儿，但无济于事。当晚没来别的客人，太太小姐们一致同意早点就寝。

玛丽安翌日早晨起床后，恢复了往常的精神状态，神色欢快。看样子，她对当天满怀希望，因而忘记了头天晚上令人扫兴的事情。大家吃完早饭不久，就听到帕尔默夫人的四轮马车停在门前。过了不一会儿，只见她笑哈哈地走进房来。她见到大伙儿高兴极了，而且你很难说她见到谁最高兴，是她母亲，还是两位达什伍德小姐。达什伍德家的两位小姐来到城里，这虽说是她的一贯期望，却实在使她感到大为惊讶。而她们居然在拒绝她的邀请之后接受了她母亲的邀请，这又真叫她感到气愤，虽然她们倘若索性不来的话，她更是永远不会宽恕她们！

“帕尔默先生将非常高兴看到你们，”她说，“他听说你们二位和我母亲一起来到时，你们知道他说了什么话吗？我现在记不清了，不过那话说得真滑稽啊！”

大伙儿在一起谈论了一两个钟头，用她母亲的话说，这叫作快乐的聊天，换句话说，一方面是詹宁斯太太对各位的相识提出种种询问，一方面是帕尔默夫人无缘无故地笑个不停。谈笑过后，帕尔默夫人提议，她们大伙儿当天上午一起陪她去商店办点事儿。詹宁斯太太和埃丽诺欣然同意，因为她们自己也要去采购点东西。玛丽安虽然起初不肯去，后来还是被说服一起去了。

无论她们走到哪里，她显然总是十分留神。特别是到了众人要进行大量采购的邦德街，她的眼睛无时无刻不在东张西望，大伙儿不管走到哪个商店，她对眼前的一切东西，对别人关心、忙活的一切事情，一概心不在焉，她走到哪里都显得心神不安，不能满意，姐姐买东西时征求她的意见，尽管这可能是她俩都要买的物品，她也不予理睬。她对什么都不感兴趣，就是巴不得马上回去。她看到帕尔默夫人唠唠叨叨，没完没了，简直压抑不住内心的懊恼。那位夫人的目光总是被那些漂亮、昂贵、时髦的物品吸引住，她恨不得样样都买，可是一样也下不了决心，整个时间就在如醉如痴和犹豫不决中虚度过去。

临近中午的时候，她们回到家里。刚一进门，玛丽安便急切地飞身上楼。埃丽诺跟在后面追上去，发现她满脸沮丧地从桌前往回走，说明威洛比没有来。

“我们出去以后，没有人给我来信吗？”她对恰在这时进来送邮包的男仆说道。她得到的回答是没有。“你十分肯定吗？”她问道，“你敢肯定用人、脚夫都没进来送过信或是便条？”

男仆回答说，谁也没来送信。

“好怪呀！”玛丽安带着低沉、失望的语气说道，一面扭身向窗口走去。

“真怪呀！”埃丽诺自言自语地重复道，局促不安地打量着妹妹。“假使她不知道他在城里，她绝不会给他写信，而只会往库姆大厦写信。他要是在城里，却既不来人又不写信，岂非咄咄怪事！噢！亲爱的母亲，你真不该允许这么年轻的一个女儿跟这么毫不了解的一个男人订婚，而且搞得这么捉摸不定，神秘莫测！我倒真想追问追问，可是人家怎么能容忍我多管闲事啊！”

她经过考虑后决定，如果情况再这么令人不愉快地持续许多日，她就要以最强烈的措辞写信禀告母亲，要她认真追问这件事。

帕尔默夫人，还有詹宁斯太太上午遇见时邀请的两位关系密切的上了年纪的太太，同她们一道吃饭。帕尔默夫人茶后不久便起身告辞，去履行晚上的约会。埃丽诺好心好意地帮助大伙摆惠斯特牌桌①。在这种情况下，玛丽安插不上手，因为她说什么也不肯学打牌。不过，虽说她因此可以自由支配自己的时间，但她整个晚上绝不比埃丽诺过得更快活，因为她一直在忍受着期待的焦虑和失望的痛苦。她有时硬着头皮读几分钟书，但是很快又把书抛开，比较有趣的，还是重新在室内踱来踱去，每当走到窗口总要停一阵，希望能听到期盼已久的敲门声。

第五章

“如果这天能持续不下霜，”第二天早晨，大家凑到一起吃早饭时，詹宁斯太太说道，“约翰爵士到下周也不愿离开巴顿。那些游猎

---

① 惠斯特（whist）：类似桥牌的一种牌戏。

家哪怕失去一天的娱乐机会，也要难受得不得了。可怜的家伙们！他们一难受我就可怜他们，他们似乎也太认真了。”

“确实是这样，”玛丽安带着快活的语气说道，一边朝窗口走去，察看一下天气，“我还没想到这一点呢。遇到这样的天气，好多游猎家都要待在乡下不走的。”

幸亏想到这一点，她重新变得兴高采烈起来。“这天气对他们确实富有魅力。”她接着说道，一面带着快活的神气，在饭桌前坐好。“他们有多开心啊！不过，”她的忧虑又有些恢复，“这是不可能持久的。碰上这个时节，又一连下了好几场雨，当然不会再接着下了。霜冻马上就要开始，十有八九还很厉害，也许就在这一两天。这种极端温和的天气怕是持续不下去了——唔，说不定今天夜里就要上冻！”

玛丽安在想什么，埃丽诺了解得一清二楚，她不想让詹宁斯太太看透妹妹的心事，于是说道：“无论如何，到下周末，我们肯定能把约翰爵士和米德尔顿夫人迎到城里。”

“啊，亲爱的，我敢担保没问题。玛丽安总要别人听她的。”

“瞧吧，”埃丽诺心里猜想，“她要往库姆写信啦，赶在今天发走。”

但是，即使玛丽安真的这样做了，那也是秘密写好，秘密发走的，埃丽诺无论怎么留神观察，还是没有发现真情。无论事实真相如何，尽管埃丽诺对此远非十分满意，然而一见到玛丽安兴高采烈，她自己也不能太别别扭扭的。玛丽安确实兴高采烈，她为温和的天气感到高兴，更为霜冻即将来临感到高兴。

这天上午，主要用来给詹宁斯太太的熟人家里送送名片，告诉他们太太已经回城。玛丽安始终在观察风向，注视着天空的种种变化，设想着就要变天。

“埃丽诺，你难道不觉得天气比早晨冷吗？我似乎觉得大不一样。

我甚至戴着皮手筒，都不能把手暖和过来。我想昨天并不是这样。云彩也在散开，太阳一会儿就要出来，下午准是个晴天。”

埃丽诺心里时喜时悲，倒是玛丽安能够始终如一，她每天晚上见到通明的炉火，每天早晨看到天象，都认定是霜冻即将来临的确凿征兆。

詹宁斯太太对两位达什伍德小姐总是非常和善，使她们俩没有理由感到不满意。同样，她们也没有理由对太太的生活派头和那帮朋友感到不满。她安排家中大小事务总是极其宽怀大度，除了城里的几位老朋友，她从不去拜访别的人，唯恐引起她的年轻伙伴心绪不安。而使米德尔顿夫人感到遗憾的是，她母亲就是不肯舍弃那几位老朋友。埃丽诺高兴地发现，她在这方面的处境比原先想象的要好，于是她宁愿不再去计较那些实在没有意思的晚会。这些晚会不管在自己家里开，还是在别人家里开，充其量只是打打牌，对此她没有多大兴趣。

布兰登上校是詹宁斯家的常客，几乎每天都和她们待在一起。他来这里，一是看看玛丽安，二是与埃丽诺说说话。埃丽诺和他交谈，往往比从其他日常事件中得到更大的满足。但她同时也十分关切地注意到，上校对她妹妹依然一片深情。她担心这种感情正在与日俱增。她伤心地发现，上校经常以情真意切的目光望着玛丽安，他的情绪显然比在巴顿时更加低沉。

她们进城后过了一周左右，方才确知威洛比也已来到城里。那天上午她们乘车出游回来，看到桌上有他的名片。

“天啊！”玛丽安惊叫道，“我们出去的时候他来过这儿。”埃丽诺得知威洛比就在伦敦，不禁喜上心头，便放心大胆地说道：“你放心好啦，他明日还会来的。”玛丽安仿佛没听见她的话，等詹宁斯太太一进屋，便拿着那张珍贵的名片溜走了。

这件事一方面提高了埃丽诺的情绪，一方面使她妹妹的情绪变得像以前一样激动不安，甚至比以前更加激动不安。自此刻起，她的心情压根儿没有平静过，她无时无刻不在期待见到他，以至于什么事情都不能干。第二天早晨，大家出去的时候，她执意要留在家里。

埃丽诺出来后，一门心思想着伯克利街可能出现的情况。她们回来后，她只朝妹妹瞥了一眼，便知道威洛比没来第二趟。恰在这时，仆人送来一封短柬，搁在桌子上。

"给我的吗？"玛丽安嚷道，急忙抢上前去。

"不，小姐，是给太太的。"

可玛丽安硬是不信，马上拿起信来。

"确实是给詹宁斯太太的，真叫人恼火！"

"那你是在等信啦？"埃丽诺问道，她再也沉不住气了。

"是的，有一点——但不完全是。"

略停了片刻，埃丽诺又说："玛丽安，你不信任我。"

"得了吧，埃丽诺，你还有脸责怪我——你对谁都不信任！"

"我！"埃丽诺有些窘迫地应道，"玛丽安，我的确没有什么好说的。"

"我也没有，"玛丽安语气强硬地回答道，"那么，我们的情况是一样啦。我们都没有什么好说的：你是因为啥也不肯说，我是因为啥也没隐瞒。"

埃丽诺自己被指责为不坦率，而她又无法消除这种指责，心里很烦恼。在这种情况下，她不知如何能促使玛丽安坦率一些。

詹宁斯太太很快回来了，一接到信便大声读了起来。信是米德尔顿夫人写来的，报告说他们已在头天晚上来到康迪特街，请她母亲和两位表姐妹明天晚上去做客。约翰爵士因为有事在身，她自己又患了重感冒，不能来伯克利街拜访。邀请被接受了，当践约时刻临近的时候，虽然出自对詹宁斯太太的通常礼貌，她们姐妹俩按说有必要陪她一同前往，不料埃丽诺很难说服妹妹跟着一起去，因为她连威洛比的影子都没见到，当然不愿冒着让他再扑个空的危险，而去自寻开心。

到了夜里，埃丽诺发现：人的性情不因环境改变而发生很大变化，因为约翰爵士刚来到城里，就设法聚集了将近二十个年轻人，欢欢乐乐地开了个舞会。然而，米德尔顿夫人并不同意他这么做。在乡下，未经过预先安排而举行舞会是完全可以的，但在伦敦，更重要、更难得的是要赚个风雅体面的好名声。如今，为了让几位小姐遂心如意，便贸然行事，让人知道米德尔顿夫人开了个小舞会，八九对舞伴，两把小提琴，只能从餐具柜里拿出点小吃。

帕尔默夫妇也来参加舞会。几位女士自进城以来，一直没有见到帕尔默先生，因为他总是尽量避免引起他岳母的注意，从不接近她。女士们进来时，他连点相识的表示都没有。他略微望了她们一眼，从房间另一端朝詹宁斯太太点了下头。玛丽安进门后向室内环视了一下；看这一眼就足够了，他不在场——她坐下来，既不想自寻欢乐，又不想取悦他人。相聚了大约一个钟头之后，帕尔默先生款步向两位达什伍德小姐走去，说是真想不到会在城里见到她们。其实，布兰登上校最早是在他家听说她们来到城里的，而他自己一听说她们要来，还说了几句莫名其妙的话。

“我还以为你们都在德文郡呢。”他说。

“真的吗？”埃丽诺应道。

“你们什么时候回去？”

“我也不晓得。”就这样，他们的谈话结束了。

玛丽安有生以来从没像当晚那样不愿跳舞，也从没跳得那样精疲力竭。一回到伯克利街，她就抱怨起来。

“是哟，”詹宁斯太太说，“这原因嘛，我们是一清二楚的。假使来了那个咱们不指名道姓的人，你就一点也不累了。说实在话，我们邀请他，他都不来见你一面，这未免不大像话。”

“邀请！”玛丽安嚷道。

“我女儿米德尔顿夫人这样告诉我的。今天早晨，约翰爵士似乎在街上碰见过他。”玛丽安没再说什么，但看上去极为生气。埃丽诺见此情景非常焦急，便想设法解除妹妹的痛苦。她决定次日上午给母亲写封信，希望通过唤起她对玛丽安的健康的忧虑，对她进行拖延已久的询问。次日早晨吃过早饭，她发觉玛丽安又在给威洛比写信（她认为她不会给别人写信），便更加急切地要给母亲写信。

大约正午时分，詹宁斯太太有事独自出去了，埃丽诺马上动手写信。此刻，玛丽安烦得无心做事，急得无意谈话，时而从一个窗口走到另一个窗口，时而坐在炉前垂头沉思。埃丽诺向母亲苦苦求告，讲述了这里发生的全部情况，说明她怀疑威洛比用情不专，恳请她务必尽到做母亲的本分和情意，要求玛丽安说明她同威洛比的真实关系。

她刚写好信，传来了敲门声，一听便知道有客人。随即有人传报，来客是布兰登上校。玛丽安早从窗口望见了他，因为什么客人也不想见，便在他进来之前走出房去。上校看上去神情比以往还要凝重，看见只有埃丽诺一个人，虽然嘴里说很高兴，仿佛有什么要紧事要告诉她似的，但却一声不响地坐了好一阵。埃丽诺确信他有话要说，而且分明与她妹妹有关，便急切地等他开口。她有这样的感觉，已经不是第一次了。在这之前，上校曾不止一次地说过“你妹妹今天似乎不舒服”“你妹妹似乎不很高兴”之类的话，好像他要透露或是打听她的什么特别情况。过了好一阵，他终于打破了沉默，带着几分焦灼不安的语气问她：他什么时候能恭喜她得到个妹夫？埃丽诺没防备他会提出这么个问题，一时又找不到现成的答复，便只好采取简单常见的权宜之计，问他这是什么意思？他强作笑颜地答道：“你妹妹与威洛比订婚已是尽人皆知了。”

“不可能尽人皆知，”埃丽诺回答说，“因为她自己家里人还不知道。”

上校似乎吃了一惊，然后说：“请你原谅，我的问题怕是有点唐突无礼。不过，既然他们公开通信，我没想到还会有什么秘密可言。人们都在议论他们要结婚了。”

“那怎么可能呢？你是听谁说起的？”

“许多人——有些人你根本不认识，有些人和你极其密切：詹宁斯太太、帕尔默夫人和米德尔顿夫人。不过尽管如此，要不是仆人今天引我进门时，我无意中看见他手里拿着一封给威洛比的信，是你妹妹的笔迹，我也许还不敢相信呢，因为心里不愿相信的事情，总会找到一点怀疑的依据。我本来是来问个明白的，但是还没发问就确信无疑了。难道一切都最后敲定了？难道不可能——？可是，我没有权利、也没有可能获得成功。请原谅我，达什伍德小姐。我知道我不该说这么多，不过我简直不知道该怎么办。你办事谨慎，这我完全信得过。告诉我，事情已经百分之百地敲定了，剩下的问题就是：若有可能的话，争取多少隐瞒一段时间。”

在埃丽诺听来，这一席话公开表白了他对她妹妹的眷恋，因而使她大为感动。她一下子说不出话，即使心情平静之后，心里还嘀咕了一阵，到底如何回答是好。威洛比和她妹妹之间的真实关系，她自己也是一无所知，勉强解释吧，可能不是说不到点子上，就是说过头。然而她又确信，玛丽安对威洛比的钟情无论结局如何，布兰登上校可能是没有希望成功的。与此同时，她还很想保护妹妹的行动不受指责，她经过再三考虑，觉得最明智、最宽厚的做法，还是不管她是否真的了解，真的信以为真，尽量多说点。因此她承认，虽然她从未听他们自己说过他们是什么关系，但是她对他们的相互钟爱并不怀疑，对他们相互通信并不感到惊讶。

上校一声不响、聚精会神地听她说着。等她话音一落，他立即从椅子上立起身来，带着激动的口吻说道："我祝愿你妹妹万事如意，祝愿威洛比尽力争取配得上她。"说罢，辞别而去。

埃丽诺从这次谈话中并没得到宽慰，借以减轻她在别的问题上的忐忑不安。相反，布兰登上校的不幸给她留下了一种忧郁感，因为一心等着让事实来加以印证，她甚至无法希望消除这种忧郁感。

第六章

随后三四天里没有发生什么情况，好让埃丽诺后悔不该向母亲求告；因为威洛比既没来人，也没来信。那几天快结束的时候，她们应邀陪米德尔顿夫人去参加一次晚会，詹宁斯太太因为小女儿身体不适，不能前往。玛丽安由于过于沮丧，也不着意打扮，似乎去与不去都无所谓，不过她还是准备去，尽管没有要去的样子和愉快的表示。茶后，直至米德尔顿夫人到来之前，她就坐在客厅的壁炉前，一动也不动，只顾想她的心事，不知道她姐姐也在房里。最后听说米德尔顿夫人在门口等候她们，她倏地站起身，好像忘了她在等人似的。

她们按时到达目的地。前面的一串马车刚让开路，她们便走下车，登上楼梯，只听见仆人从一节节楼梯平台上传报着她们的姓名。她们走进一间灯火辉煌的客厅，里面宾客满堂，闷热难熬。她们彬彬有礼地向女主人行过屈膝礼，随后就来到众人之间。她们这一来，室内必然显得更热，更拥挤不堪，而她们也只好跟着一起活受罪。大家少言寡语、无所事事地待了一阵之后，米德尔顿夫人便坐下玩卡西诺。玛丽安因无心走来走去，幸好又有空椅子，就和埃丽诺在离牌桌不远的地方坐了下来。

两人没坐多久，埃丽诺一下子发现了威洛比，只见他站在离她们儿码处，正和一个非常时髦的年轻女子热切交谈。转眼间威洛比也看见了她，当即向她点点头，但是并不想同她搭话，也不想去接近玛丽安，虽说他不可能看不见她。随后，他又继续同那位女士交谈。埃丽诺不由自主地转向玛丽安，看她会不会没有注意到这一切。恰在此刻，玛丽安先望见了威洛比，心里突然一高兴，整个面孔都红了。她迫不及待地就想朝他那儿奔去，不料让姐姐一把拽住了。

"天啊！"玛丽安惊叫道，"他在那儿——他在那儿。哦！他怎么不看我？我为什么不能和他说话？"

"我求你安静一些，"埃丽诺叫道，"别把你的心思暴露给在场的每个人。也许他还没有发现你。"

可是，这话连她自己也不相信。在这种时刻安静下来，玛丽安不仅做不到，而且也不想这么做。她焦灼不安地坐在那里，整个面孔都变了。

最后，威洛比终于又回过脸来，瞧着她们两人。玛丽安忽地立起身，亲昵地喊了一声他的名字，就势向他伸出了手。威洛比走过来，偏偏要找埃丽诺搭话，而不和玛丽安攀谈，好像一心想避开她的目光，决计不注意她的态度似的。他匆匆忙忙地询问达什伍德太太的情况，问起她们来城里多久了。埃丽诺看见他这样说话，一时搞得心慌意乱，结果一句话也说不出来。但是她妹妹却一股脑儿地把心里话都倒出来了。她满脸绯红，带着万分激动的语气嚷道："天哪！威洛比，你这是什么意思？你难道没收到我的信？你难道不想和我握握手？"

不握手是不行啦，但是触到玛丽安似乎又使他感到痛苦。他抓住她的手只握了一下。在此期间，他显然在设法让自己镇定下来。埃丽诺瞧瞧他的脸色，发觉他的神情变得平静些了。停了一刻，只听他心平气和地说道：

"上星期二我荣幸地到伯克利街登门拜访，十分遗憾的是，很不凑巧，你们和詹宁斯太太都不在家。我想你们见到我的名片了。"

“难道你没收到我的信？”玛丽安焦急万分地嚷道，“这里面肯定出差错了——十分可怕的差错。这到底是怎么回事？告诉我，威洛比，看在上帝的分上，告诉我，这是怎么回事？”

威洛比没有回答，他的脸色变了，又现出一副窘态。但是，他一瞧见刚才与他谈话的那个年轻女士的目光，便感到需要马上克制住自己。他重新恢复了镇静，随后说：“是的，你一番好意寄给我的、通知我你们已经进城的信件，我荣幸地收到了。”说罢微微点了下头，急忙返身回到他的朋友跟前。

玛丽安的脸色看上去白得吓人，两腿站也站不住，一屁股坐到椅子上。埃丽诺随时都怕她昏厥过去，一边挡住她不让别人看见，一边用薰衣草香水给她定定神。

“你去找他，埃丽诺，”玛丽安一旦能讲话，便说道，“逼着他到我这儿来。告诉他我还要见他——马上有话对他说。我安不下心来——他不解释清楚，我一时一刻也安不下心来。一定发生了什么可怕的误会。哦，你马上去找他。”

“那怎么行呢？不，我亲爱的玛丽安，你要等待。这不是作解释的地方。等到明天再说吧。”

她好不容易才拦住妹妹，没让她亲自去找威洛比。但要劝她不要激动，至少表面上要镇静些，劝她等到可以与他私下交谈的时候再谈，效果会更好些，这在玛丽安是做不到的。玛丽安一直在长吁短叹，低声倾吐着内心的悲伤。不一会儿，埃丽诺看到威洛比离开客厅朝楼梯口走去，便告诉玛丽安他已经走了，今晚说什么也同他谈不成了，进一步开导她要镇静。玛丽安当即请姐姐去求米德尔顿夫人带她们回家，因为她太难过了，一分钟也待不下去啦。

米德尔顿夫人一局牌正好打到一半，听说玛丽安不舒服，想回去，客客气气地没显出一丝半点的不高兴，把牌交给了一位朋友，马车一准备好便连忙告辞回家。在返回伯克利街的途中，大家几乎一言未发。玛丽安过于伤心，连眼泪都流不出来，只好默默地忍受着。幸亏詹宁斯太太还没回家，她们径直走回自己房里，玛丽安闻了闻鹿角精[①]，稍许镇定了些。她即刻脱下衣服，上了床，似乎想一个人待着，姐姐就走了出去。埃丽诺在等候詹宁斯太太回来的时候，有空仔细考虑了往事。

无可怀疑，威洛比和玛丽安曾订过婚；而同样明白无疑的是，威洛比对此厌倦了，因为不管玛丽安还在如何痴心妄想，她埃丽诺总不能把这种行径归咎于什么误解和误会吧。唯一的解释是他完全变了心。埃丽诺若不是亲眼见到他那副窘态，她还要更加义愤填膺。那副窘态仿佛表明他知道自己做了错事，使她不愿相信他会那么品行不端，竟然从一开始就心怀叵测，一直在玩弄她妹妹的感情。不在一起可能削弱了他的感情，而贪图物质享受可能使他彻底抛弃了这种感情，但是他以前确实爱过玛丽安，这无论如何无可置疑。

至于说到玛丽安，这次不幸的会面已经给她带来了极大的痛苦，以后的结局可能还会使她更加痛苦不堪。埃丽诺前思后想，不能不感到忧虑重重。相比之下，她自己的处境还算好的；因为她能一如既往地敬重爱德华，不管他们将来如何人分两地，她心里总有个精神依托。但是，可能招致不幸的种种现象似乎凑合到一起来了，正在加剧玛丽安的悲痛，与威洛比最终分离的悲痛——无可调和地与他马上决裂。

第七章

第二天一早，正当一月的清晨还是寒气袭人、一片昏暗的时候，玛丽安既不等女仆进来生火，也不等太阳送来光和热，衣服还未穿

① 鹿角精：氨水或碳酸氨的俗称，遇有昏厥、头痛等症状，可用作恢复剂。

好，便跪伏在窗口，借助外面透进来的一丝亮光，一边泪如泉涌，一边奋笔疾书。埃丽诺被她急剧的啜泣声惊醒，才发现她处于这般状态。她惶惶不安地静静观察了她好一阵，然后带着体贴入微、温柔之至的口气说：

“玛丽安，可不可以问一下？”

“不，埃丽诺，”玛丽安回答说，“什么也别问，你很快都会明白的。”

纵使是绝望，这话说得颇为镇定。然而好景不长，她话音刚落，便又马上感到悲痛欲绝。过了好一阵，才继续动笔写信，由于一阵阵的失声痛哭，她又只好不时地停下笔来，这就充分证明了埃丽诺的一种预感：玛丽安一定在给威洛比写最后一封信。

埃丽诺默默注视着玛丽安，不敢造次行事。她本想好好安慰安慰她，不料她神经质地苦苦哀求她千万别和她说话。在这种情况下，两人最好还是不要在一起久待。玛丽安因为心神不定，穿好衣服后在房里一刻也待不下去，就想独自清静一下，于是她避开众人，绕着房屋徘徊，直走到吃早饭为止。

早饭时，她什么也不吃，甚至连吃的意思都没有。此时可真够埃丽诺糟心的，不过她不是在劝解她，怜悯她，看样子也不像在关注她，而是竭力把詹宁斯太太的注意力完全吸引到自己身上。

因为这是詹宁斯太太很中意的一顿饭，所以前前后后持续了好长时间。饭后，大家刚在针线桌前坐定，仆人递给玛丽安一封信。玛丽安迫不及待地一把夺过来，只见她脸色变得煞白，转眼跑出房去。埃丽诺一见这种情景，仿佛见到了信封上的姓名地址一样，知道这信准是威洛比写来的。顿时，她心里泛起一股厌恶感，难受得几乎连头都抬不起来了。她坐在那里浑身直打战，生怕难以逃脱詹宁斯太太的注意。谁知，那位好心的太太只看到玛丽安收到威洛比的一封信，这在她看来又是一份绝妙的笑料，因此她也就打起趣来，只听她扑哧一笑，说是希望这封信能让玛丽安称心如意。她因为正忙着为织地毯量绒线，埃丽诺的那副伤心样子，她根本没有察觉。等玛丽安一跑出去，她便安然自得地继续谈了起来：

“说实在话，我这一辈子还没见过哪个年轻女人这么痴心相恋的！我的女儿可比不上她，不过她们过去也够傻的。说起玛丽安小姐，她可是大变样了。我从心底里希望，威洛比别让她等得太久了。看见她面带病容，可怜巴巴的，真叫人伤心。请问：他们什么时候办喜事？”

埃丽诺虽说从没像现在这么懒怠说话，但面对这种挑衅，她又不得不回敬一下，于是强颜欢笑地答道：“太太，你真的嘴里这么一说，心里就相信我妹妹和威洛比先生订婚啦？我原以为你只是开开玩笑而已，可你问得这么一本正经，问题似乎就不那么简单了，因此，我要奉劝你不要再自欺欺人了。我对你说实话吧，听说他们两人要结婚，没有什么话比这更叫我吃惊的了。”

“真丢脸，真丢脸啊，达什伍德小姐！亏你说得出口！他们从一见面就卿卿我我地打得火热，难道我们大伙儿不知道他们要结婚？难道我在德文郡没见到他们天天从早到晚泡在一起？难道我不知道你妹妹跟我进城来特意置办婚服？得啦，得啦，别来这一套。你自己诡秘，就以为别人没有头脑；但是，我可以告诉你，根本不是这码事儿，其实，这件事儿早已闹得满城风雨了。我是逢人就说，夏洛特也是这样。”

“的确，太太，”埃丽诺十分严肃地说道，“你搞错了。你到处传播这消息，实在太不厚道了。虽然你现在不会相信我的话，你将来总会发现自己实在不厚道。”

詹宁斯太太又哈哈一笑，可是埃丽诺已经无心再费口舌。她急切地想知道威洛比写了些什么内容，便匆匆忙忙地赶回自己房里。打开门一看，只见玛丽安直挺挺地趴在床上，伤心得泣不成声，手里抓着一封信，身旁还放着两三封。埃丽诺走到她跟前，但是一声没响。她坐到床上，抓住妹妹的手，亲热地吻了几下，随即失声痛哭起来，那个伤心劲儿，起初简直不亚于玛丽安。玛丽安虽然说不出话，却似乎觉得姐姐这一举动情深意切，于是两人同声悲泣了一阵之后，她便把几封信都递进埃丽诺手里，然后用手帕捂住脸，悲痛得差一点尖叫起来。埃丽诺见她如此悲恸，实在令人惊骇，知道这里面定有缘故，便在一旁守望着，直到这场极度的悲痛略为平息下去。随即，她急忙打开威洛比的信，读了起来：

邦德街，一月

亲爱的小姐：

适才有幸接读来函，为此请允许我向你致以诚挚的谢意。我颇感不安地发现，我昨晚的举止不尽令你满意。我虽然不知道在哪一点上不幸有所冒犯，但还是恳请你原谅，我敢担保那纯属无意。每当我想起先前与尊府在德文郡的交往，心头不禁浮起感激欢悦之情，因而便自不量力地以为，即使我行动上出点差错，或者引起点误会，也不至于破坏这种友情，我对你们全家充满了真诚的敬意。但是，倘若不幸让你认为我抱有别的念头或者别的意思的话，那我只好责备自己在表达这种敬意时有失谨慎，你只要了解以下情况，就会知道我不可能含有别的意思：我早就与别人定了情，而且我认为不出几个星期，我们就将完婚。我不胜遗憾地奉命寄还我荣幸地收到的惠书和惠赠给我的那绺头发。

您的谦卑恭顺的仆人

约翰·威洛比

可以想象，达什伍德小姐读到这样一封信，一定会义愤填膺。虽然她没读之前就知道，这准是他用情不专的一份自白，证实他俩将永远不得结合，但是她不知道如何容忍这样的语言！她也无法想象威洛比怎么能这样寡廉鲜耻，这样不顾绅士的体面，竟然寄来如此无耻、如此恶毒的一封信！在这封信里，他既想解除婚约，又不表示任何歉意，不承认自己背信弃义，矢口否认自己有过任何特殊的感情——在这封信里，字字行行都是谗言恶语，表明写信人已经深深陷进了邪恶的泥坑而不能自拔。

埃丽诺又气又惊地沉思了一阵，接着又读了几遍，每读一遍，就越发痛恨威洛比。因为对他太深恶痛绝了，她连话都不敢说，唯恐出言不逊让玛丽安更加伤心。在她看来，他们解除婚约对妹妹并没有任何坏处，而是使她逃脱了一场最不幸、最可怕的灾难，逃脱了跟一个无耻之徒的终身苟合，这是真正的得救，实属万幸。

埃丽诺一门心思在考虑那封信的内容，考虑写信人的卑鄙无耻，甚至可能在考虑另一个人的另一种心肠，这个人与这件事本来没有关系，她只是主观上把他和方才发生的一切联系到一起了。想着想着，她忘记了妹妹目前的痛苦，忘记膝上还放着三封信没有看，完全忘记了她在房里待了多长时间。恰在这时，她听见有一辆马车驶到门前，便起身走到窗口，看看是谁不近人情地来得这么早。一看是詹宁斯太太的马车，她不禁大吃一惊，因为她知道主人直到一点钟才吩咐套车的。她现在虽然无法劝慰玛丽安，但她还是不想抛下她不管，于是她赶忙跑出去禀告詹宁斯太太：因为妹妹身体不舒服，自己只好失陪。詹宁斯太太正赶在兴头上，十分关心玛丽安的情况，便欣然同意了。埃丽诺把她送走后，又回去照看玛丽安，只见她撑着身子想从床上爬起来，因为长时间缺吃少睡而晕晕乎乎的，差一点摔到地板上，幸亏埃丽诺及时赶上去将她扶住。多少天来，她白日不思茶饭，夜晚睡不好觉，现在心里一旦失去了原来的焦灼不安的期待，顿时感到头痛胃虚，整个神经脆弱不堪。埃丽诺立刻给她倒了一杯葡萄酒，她喝下去觉得好受了些。最后，她总算对埃丽诺的一片好心领了点情，说道：

“可怜的埃丽诺！我把你连累得好苦啊！”

“我只希望，”姐姐应道，“我能有什么法子可以安慰安慰你。”

这话和别的话一样，实在叫玛丽安受不了。她心里忍着极大的痛苦，只能发出一声悲叹：“噢！埃丽诺，我好苦啊！”说罢又泣不成声。

埃丽诺见她如此悲戚，再也沉不住气了。

“玛丽安，你若是不想把你自己和所有爱你的人都折磨死的话，”她大声说道，“就请你克制一下。想想母亲，你忍受痛苦的时候，也想想她的痛苦。为了她，你必须克制自己。”

“我做不到，我做不到，”玛丽安嚷道，“我要是惹你苦恼了，就请你离开我，离开我；你尽管离开我，痛恨我，忘掉我！但是不要这么折磨我。哼！自己没有伤心事，说起克制来当然轻巧！快快乐乐的埃丽诺，你是无法知道我有多么痛苦的。”

“你居然说我快乐，玛丽安？唉！你若是知道就好啦！我眼看着你这么悲痛，你倒认为我是快乐的！”

“请原谅我，请原谅我，”她说着将手臂搂住了姐姐的脖子，“我知道你为我伤心，我知道你心肠好。不过，你还是——你一定是快乐的。爱德华爱你——什么事情，哦！什么事情能抵消掉这样的幸福？”

“很多很多情况。”埃丽诺郑重其事地说。

“不，不，不，”玛丽安狂叫道，“他爱你，而且只爱你一个人。你不可能有什么痛苦。”

“看到你弄成这副样子，我不可能有什么快乐。”

“你永远也看不到我变成另外一副样子。我的痛苦无论怎样也无法解除。”

“你不能这么说，玛丽安。你难道没有可以感到安慰的事情？没有朋友？你的损失就那么大，连安慰的余地都没有啦？尽管你现在感到很痛苦，可是你想想看，假使你到后来才发现他的为人——假使你们订婚好多个月以后才提出退婚，那你会遭受多大的痛苦？你要是不幸地每与他多接近一天，你就感到这打击越发可怕。”

“订婚！”玛丽安嚷道，“我们没有订婚呀。”

“没有订婚！”

“没有，他不像你想象的那样卑鄙无耻。他没有对我背信弃义。”

“但他对你说过他爱你吧？”

“是的——不——绝对没有。他每天都含有这个意思，但是从来没有明说过。有时我以为他说了——其实他从没说过。”

“但你给他写过信吧？”

“是的——事情到了那个地步，难道写信也有错？不过我也没法说啦。”

埃丽诺没再做声。此时，那三封信比先前引起了她的更大兴趣，于是她马上把信的内容匆匆看一遍。第一封信是她妹妹刚进城时写给威洛比的，内容如下：

伯克利街，一月

威洛比，你收到这封信会感到十分惊奇。我想，你若是知道我在城里，可能还不只是惊奇呢。有机会来这里（虽说与詹宁斯太太一起来的），对我们具有难以克制的诱惑力。我希望你能及时收到此信，今晚就来到这里，不过我想你未必能来。无论如何，我明天等你。再见。

玛·达

第二封信是参加了米德尔顿家的舞会后的第二天上午写的，内容如下：

前天没有见到你，我说不出有多么失望。还有，我一个多星期前写给你一封信，至今不见回音，也使我感到惊讶。我一天到晚无时无刻不在期待你的来信，更期待见到你。请你尽快再来一趟，解释一下为什么叫我空盼一场。你下次最好来得早一点，因为我们通常在一点钟以前出去。昨晚米德尔顿夫人家举行舞会，我们都去参加了。我听说你也受到邀请。但这可能吗？如果情况果真如此，而你又没去，那自从我们分手以来，你可是判若两人了。不过我认为这是不可能的，希望立即得到你的亲自保证：情况并非如此。

玛·达

玛丽安最后一封信的内容是这样的：

威洛比，你叫我怎么想象你昨晚的举动？我再次要求你作出解释。我本来准备和你高高兴兴、亲亲热热地见上一面，因为我们久别重逢自然会产生一种喜幸感，而我们在巴顿的亲密关系似乎理所当然地会带来一种亲切感。不想我遭到了冷落！我痛苦了一个晚上，总想为你那简直是侮辱性的行为寻找个理由。虽然我尚未替你找到合乎情理的辩解之词，我倒很想听听你自己的辩护。也许你在关系到我的什么事情上听到了什么误传，或是上了别有用心的人的当，从而降低了我在你心目中的地位。告诉我这是怎么回事，解释一下你为什么要这样做，那么，我将为能消除你的疑虑而感到满足。的确，假如我不得不把你想得很坏的话，我是会非常痛苦的。不过，如果我真需要这样做，如果我真知道你已经不像我们迄今想象的那样，你对我们大家的关心只是一片虚情假意，你对我的所作所为只是为了欺骗我，那你就趁早实说。现在，我心里正处于一种十分可怕的犹豫不决的状态。我希望宣告你是无辜的，然而不管是哪种情况，只要说个确实，都会减轻我目前的痛苦。如果你的感情起了变化，就请你退还我的信件和你保存的我那绺头发。

玛·达

埃丽诺简直不敢相信，对这些写得这么情意绵绵、推心置腹的信，威洛比竟然作出这种答复。但是，她对威洛比的责怪并未使她无视玛丽安的有失体统，因为这些信根本就不该写。她默默地沉思着，使她感到痛心的是，玛丽安竟然这样冒冒失失地向人家诉说衷肠，平白无故地给人家提供把柄，结果受到事实的无情嘲弄。正在这时，玛丽安发觉埃丽诺读完了信，便对她说：这些信其实也没啥，任何人处在同样情况下都会这么写的。

“我自以为和他是正经订了婚的，”她补充说，“就像受到极其严格的法律条款的约束一样。”

“这我相信，”埃丽诺说，“但不幸的是，他却不这样以为。”

“埃丽诺，他以前也是这么想的——他有好多个星期都是这么想的。我知道他是这么想的。不管他为什么会变成现在这个样子（只有什么人对我施展了最恶毒的诡计，才会使他变成这样），他一度对我要多亲有多亲。就说那绺头发吧，他现在说不要就不要了，想当初可是向我苦苦哀求讨去的。你当时如果见到他那副神态，听听他那个腔调，那就好了！你有没有忘记我们一起在巴顿的最后一个晚上？还有分手的那天早上！他对我说，我们还要过好多个星期才能再见面——他那个悲伤劲呀，我怎么能忘得了！”

她一时间再也说不下去了。等这阵激动过去后，便带着更坚定的口气，补充说道：

“埃丽诺，我受到了无情的虐待，但不是让威洛比造成的。”

“亲爱的玛丽安，不是他又是谁呢？他能受谁唆使呢？”

“受天下所有人的唆使，而不是凭他自己的心愿。我宁可相信我所认识的所有人串通起来诋毁了我在他心目中的形象，也不相信他禀性会这么残忍。他信里提到的那个女人——不管她是谁——总而言之，除了亲爱的你、母亲和爱德华以外，任何人都会冷酷无情地讲我的坏话。除你们三人之外，天下人我哪个不能怀疑心术不正，偏偏去怀疑威洛比，而我又那么了解他的心？”

埃丽诺不想争辩，只是回答说：“亲爱的妹妹，不管什么人会这么可恶地与你为敌，你就笃信自己清白无辜、一片好心，摆出一副高姿态让他们瞧瞧，叫他们想幸灾乐祸也乐不成。这是一种合情合理、值得称赞的自豪感，可以顶得住邪恶的攻击。”

“不，不，”玛丽安嚷道，“像我这样痛苦是没有自豪感的。我不在乎谁知道我在痛苦。天下人谁见到我这副样子都可以幸灾乐祸。埃丽诺，埃丽诺，没有遭受什么痛苦的人尽可以感到骄傲，感到自豪——还可以不受侮辱，甚至以牙还牙——但是我不行。我是一定要感到——我是一定要感到痛苦的——人们得知后愿意高兴就尽管高兴去吧。”

“可是，看在母亲和我的分上——”

“我愿意多为你们着想。不过，要我在悲痛的时候装出高兴的样子——噢！谁会这样要求呢？”

两人又陷入了沉默。埃丽诺若有所思地从炉前踱到窗口，又从窗口踱到炉前，既没感到火炉的温暖，也没察觉窗外的景物。玛丽安坐在床角，头靠在床架杆上，伸手又拿起威洛比的信，战战兢兢地把每句话又读了一遍，然后惊叫道：

“太不像话了！哦！威洛比呀，威洛比，这难道是你写的信！狠心啊，狠心——你说什么也逃脱不了这个罪责。埃丽诺，他说什么也逃脱不了。他不管听到了有关我的什么坏话——他难道不该先画个问号？他难道不该告诉我，给我个洗刷自己的机会？‘你惠赠’（读信里的话）‘给我的那绺头发’——这是无法宽恕的。威洛比，你写这话的时候良心何在？哼！真是蛮横无理！埃丽诺，他有道理吗？”

“不，玛丽安，绝对没有。”

“再说这个女人——谁知道她施展了什么诡计——预谋了多长时间，精心策划到何种程度！她是谁呢？她能是谁呢？在他认识的女人中，我听他谈过谁又年轻又迷人呢？哦！没人，没人——他对我只谈论我自己呀。”

又是一阵沉默。玛丽安激动不已，最后这样说道：

“埃丽诺，我要回家。我要去安慰母亲。难道我们不能明天就走吗？”

“明天，玛丽安！”

“是的，我为什么要待在这儿呢？我来这儿只是为了威洛比——现在谁还关心我？谁还喜欢我？”

“明天就走是办不到的。詹宁斯太太待我们这么好，我们对她要有礼貌。即使按照常礼，也不能这么匆匆忙忙地走掉啊。”

“那好，也许可以宽限一两天。但是我不能在这儿久留，我不能待在这儿任凭这些人问这问那，说长道短。米德尔顿夫妇、帕尔默夫妇——我岂能忍受他们的怜悯？米德尔顿夫人那种女人的怜悯！哦！她会怎么说啊！”

埃丽诺劝她再躺下，她果真躺了一会儿。但是怎么个躺法都感到不舒服，只觉得心里烦躁不安，身上疼痛不止，不由得一个劲地辗转反侧。后来越来越歇斯底里了。姐姐眼看她在床上待不住了，一度担心需要喊人来。谁知，最后好说歹说，她服了几滴薰衣草药水，倒很有效果。从那时起到詹宁斯太太回来，她一直安安静静、一动不动地躺在床上。

第八章

詹宁斯太太一回家，就来到她俩的房间，敲敲门，还没等听到回音，便推开门走了进去，脸上显出真心关切的神情。

“你好吗，亲爱的?”她带着极为同情的口吻对玛丽安说，不料玛丽安背过脸去，并不理她。

“她怎么样啦，达什伍德小姐?可怜的人儿！她脸色很不好。这也难怪。唉，这事儿一点也不假。威洛比马上就要结婚了——没出息的家伙！真叫我不能容忍。泰勒太太半个钟头以前告诉我的，而她又是从格雷小姐的一个好朋友那儿听说的，不然我肯定不会相信。我简直快给气昏了。唉，我说，我只能这样说：如果真有其事，那他就可恶透顶地亏待了与我相识的一位小姐，我真心希望他老婆搅得他心神不宁。亲爱的，你尽管放心，我要永远这么说。我不知道男人还有这么胡作非为的。我若是再见到他，非狠狠训他一顿不可，这许多天来倒轻松了他。不过，玛丽安小姐，有一点是令人宽慰的：天下值得追求的年轻人不止他一个，就凭着你那张漂亮的脸蛋，爱慕你的人绝对少不了。好了，可怜的人儿！我不再打扰她啦，最好叫她马上痛痛快快地哭上一场，然后这件事儿就算了结啦。你知道，帕里夫妇和桑德森夫妇幸好今晚要来，可以让玛丽安高兴高兴啦。”

她说罢便扭过身，踮着脚尖走出房去，好像她的年轻朋友一听到响声会更加痛苦似的。

出乎姐姐的意料之外，玛丽安定要和大伙儿一道吃饭。埃丽诺劝她不要这样做，但是她不肯，非要下楼去。她完全能受得了，大伙儿也好少围着她忙来忙去。埃丽诺见她一时间能有意克制自己，不由得高兴起来。虽然她觉得她在饭桌上难以善始善终，她还是没有做声。趁玛丽安还躺在床上的时候，就尽心地给她整整衣服，想等下面一叫，便扶着她走进餐厅。

到了餐厅，她虽然看上去万分沮丧，但是比姐姐想象的吃得多，也镇定得多。她假若开口说说话，或者对詹宁斯太太那些本意良好但不合时宜的殷勤款待稍许敏感一些的话，她不可能保持镇定。谁知她嘴里没吐一个字，而且由于心不在焉，对眼前发生的事情全然不知。

詹宁斯太太的一片好心，虽然往往表现得令人烦恼，有时简直荒谬可笑，但是埃丽诺还比较公道，屡次向她表示感谢，显得礼貌十分周全，这是妹妹绝对做不到的。且说她们姐妹俩的这位好朋友发现玛丽安愁眉苦脸的，觉得她责无旁贷地要帮助她减少痛苦。因此，她像长辈对待自己的掌上明珠一样，在孩子回家度假的最后一天，一个劲地娇惯溺爱她。她要把玛丽安安排在炉前的最好位置，要用家里的种种佳肴诱她吃饱吃好，要拿当天的所有新闻逗她喜笑颜开。埃丽诺若不是见妹妹神色不好，不敢嬉笑的话，她真要被詹宁斯太太逗乐了：她居然想用五花八门的蜜饯、橄榄以及暖烘烘的火炉，来医治情场失意的创伤。不料，她翻来覆去地这么搞，终于被玛丽安察觉了意图，于是她再也待不下去了。她急忙哀叹了一声，向姐姐做了个手势，示意她不要跟着她走，然后便立起身来，匆匆走出房去。

“可怜的人儿！”玛丽安一走出去，詹宁斯太太便大声叫了起来，“看见她真叫我伤心啊，真没想到，她连酒也没喝完就走了！还有那樱桃脯也没吃完！天哪！好像什么东西也不对她的胃口。我敢说，我假使知道她爱吃什么东西，我一定打发人跑遍全城去找。唉，有人竟然如此亏待这么漂亮的一个姑娘，真是不可思议！不过，在一方有的是钱、另一方钱很少的情况下（愿上帝保佑！），人们也就不在乎这些东西啦！”

“这么说来，那位小姐——我想你管她叫格雷小姐——非常有钱啦？”

“五万镑啊，亲爱的。你见过她吗？听说是个风流时髦的小姐，但是并不漂亮。我还清清楚楚地记得她的姑妈比迪·亨肖，她嫁给了一个大财主。她一家人都跟着发了财。五万镑！据大家说，这笔钱来得很及时，因为据说威洛比破产了。这也难怪，谁叫他乘着马车、带着猎犬东奔西颠的！唉，说这些有什么用，不过一个年轻小伙子，不管他是什么人，既然向一位漂亮的姑娘求了爱，而且答应娶她，不能仅仅因为自己越来越穷，有一位阔小姐愿意嫁给他，就突然变了卦。在这种情况下，他为什么不卖掉马，出租房子，辞退用人，马上来个彻底的改过自新？我向你担保，玛丽安小姐本来会愿意等到景况有所好转的。不过没有用，如今的年轻人什么时候也不会放弃追求享乐的。”

“你知道格雷小姐是个什么样的姑娘吗？是不是说她挺温顺的？”

“我从没听说她有什么不好。的确，我几乎从没听见有人提起她，只是今天早晨听泰勒夫人说，华克小姐有一天向她暗示，她认为埃利森夫妇很愿意把格雷小姐嫁出去，因为她和埃利森夫人总是合不来。”

“埃利森夫妇是什么人？”

“她的保护人呀，亲爱的。不过她现在成年了，可以自己选择了，她已经作出了一个奇妙的选择！对啦，”詹宁斯太太顿了顿，然后说，“你可怜的妹妹回自己房间了，想必是一个人伤心去了。我们大家就想不出个办法安慰安慰她？可怜的好孩子，叫她孤苦伶仃地一个人待着，这似乎太冷酷无情了。对了，过一会儿要来几个客人，可能会引她高兴一点。我们玩什么呢？我知道她讨厌惠斯特。不过，难道没有一种打法她喜欢？”

“亲爱的太太，你大可不必费这个心。玛丽安今晚绝不会再离开她的房间。如果可能的话，我倒要劝她早点上床睡觉，她实在需要休息。”

“啊，我看那对她最好不过了。夜宵吃什么让她自己点，吃好就去睡觉。天哪！难怪她这一两个星期总是神色不好，垂头丧气的，我想她这些日子一直在悬念着这件事儿。谁想今天接到一封信，事情全吹了！可怜的人儿！我若是早知道的话，绝不会拿她开玩笑。可你知道，这样的事儿我怎么猜得着呢？我还一心以为这只不过是一封普普通通的情书呢。而且你也知道，年轻人总喜欢别人开开他们的玩笑。天哪！约翰爵士和我的两个女儿听到这个消息，会有多么担忧啊！我若是有点头脑的话，刚才在回家的路上该到康迪特街去一趟，给他们捎个信儿。不过我明天会见到他们的。”

“我相信，帕尔默夫人和约翰爵士用不着你提醒，也会留神别在我妹妹面前提起威洛比先生，或者拐弯抹角地提起这件事。他们都是善良人，知道在她面前露出知情的样子会让她多么痛苦。还有一点你这位亲爱的太太不难置信，别人在这件事上对我谈得越少，我心里就会越少难受些。”

“哦！天哪！我当然相信。你听见别人谈论这件事，一定非常难过。至于你妹妹嘛，我敢肯定，我绝对不会向她提起这件事儿。你都看见了，我整个晚饭期间只字未提呀。约翰爵士和我两个女儿也不会贸然提起，因为他们心眼都很细，很会体贴人——特别是我向他们一暗示的话，那更不成问题，当然我是一定要暗示的。就我来说，我想这种事情说得越少越好，遗忘得也越快。你知道，说来说去有什么好处呢？”

“对这件事，谈来谈去只有害处——害处之大，也许超过许多同类事件，因为看在每个当事人的分上，有些情况是不适于当众谈论的。我必须替威洛比先生说这么一句公道话——他与我妹妹没有明确订婚，因而无所谓解除婚约。”

“啊，天哪！你别装模作样地替他辩护啦。好一个没有明确订婚！谁不知道他带着你妹妹把艾伦汉宅第都逛遍了，还把他们以后要住哪些房间都说定了！”

埃丽诺看在妹妹的面上，不好继续纠缠这件事。况且，看在威洛比的面上，她认为也没有必要再纠缠下去。因为她若是硬要争个青红皂白，玛丽安固然要大受其害，威洛比也将无利可得。两人沉默了一会儿，詹宁斯太太毕竟是个热性子人，突然又嚷嚷起来：

“好啦，亲爱的，这里倒真正用得上‘恶风不尽恶，此失而彼得’那句俗语，因为布兰登上校就要从中捞到好处了。他最终要得到她啦。是的，他会得到她的。你听我说，到了夏至，他们不结婚才怪呢。天哪！上校听到这消息会多么开心啊！我希望他今晚就来。他与你妹妹绝对更匹配。一年两千镑，既无债务，又无拖累——只是确实有个小私生女。对啦，我把她给忘了。不过花不了几个钱，就能打发她去当学徒，这样一来有什么要紧？我可以告诉你，德拉福是个好地方，完全像我说的那样，是个老式的好地方，条件舒适，设施便利，四周围着园墙，大花园里种植着乡下最优良的果树。有个角落长着一棵好棒的桑树！天哪！我和夏洛特就去过那儿一次，可把肚子撑坏了！此外还有一座鸽棚，几口可爱的鱼塘，和一条很美的河流。总之，只要人们想得到的，应有尽有。何况，又挨近教堂，离收税路只有四分之一英里，什么时候也不会觉得单调无聊，因为屋后有一块老紫杉树阴地，只要往里面一坐，来往的车辆一览无余。哦！真是个好地方！就在村庄上不远的地方住着个屠户，距离牧师公馆只有一箭之地。依我看，准比巴顿庄园强上一千倍。在巴顿庄园，买肉要跑三英里路，没有一家邻居比你母亲再近的了。好啦，我要尽快给上校鼓鼓气。你知道，羊肩肉味道好，吃着这一块就忘了前一块。我们只要能让她忘掉威洛比就好啦！”

“啊，太太，只要能做到这一点，”埃丽诺说，“以后有没有布兰登上校都好办。”说罢站起身，找玛丽安去了。不出她所料，玛丽安就在房里，闷闷不乐地坐在奄奄一息的炉火前。直到埃丽诺进来为止，室内就这么一点亮光。

“你最好离开我。”做姐姐的就听她说了这么一句话。

“你要是上床睡觉，”埃丽诺说，“我就离开你。”但是，玛丽安实在悲痛难忍，凭着一时任性，先是拒不答应。然而，经不住姐姐苦口婆心地好言相劝，她很快又乖乖地顺从了。埃丽诺见她把疼痛的脑袋枕到枕头上，真像她希望的那样要安安稳稳地休息一下，便走出房去。

她随后来到客厅，过不一会儿，詹宁斯太太也来了，手里端着一只酒杯，斟得满满的。

“亲爱的，”她说着走了进来，“我刚刚想起，我家里还有点人们所品尝到的最好的康斯坦雪[①]陈酒，就给你妹妹带来一杯。我那可怜的丈夫！他多么喜欢这酒啊！他那胆酸痛风症的老毛病一发作，就说天下没有什么东西比这老酒对他更有效。快端给你妹妹吧。”

“亲爱的太太，”埃丽诺答道，听说这酒可以医治如此截然不同的疾病，不由得微微一笑，“你真是太好啦！但我刚才来的时候，玛丽

---

① 康斯坦雪（Constantia）：南非开普敦附近的康斯坦雪农场生产的一种葡萄酒。

安已经上床了，差不多都睡着啦。我想，对她最有益的还是睡眠，你要是允许的话，这酒就让我喝了吧。”

詹宁斯太太虽然懊悔自己没有早来五分钟，可是对这折中办法倒也满意。埃丽诺咕嘟咕嘟地喝掉大半杯，一面心里在想：虽然这酒对胆酸痛风症的疗效如何目前对她无关紧要，不过它既然能治好失恋的心灵创伤，让她试用与让她妹妹试用岂不同样有意义。

正当大伙儿用茶的时候，布兰登上校进来了。根据他在室内东张西望寻觅玛丽安的神态，埃丽诺当即断定：他既不期待也不希望见到她，总而言之，他已经晓得了造成她缺席的缘由。詹宁斯太太不是这么想的，因为一见他走进门，她就来到对面埃丽诺主持的茶桌前，悄声说道：“你瞧，上校看样子和以往一样沉重。他还一点不知道呢，快告诉他吧，亲爱的。”

随后不久，上校拉出一张椅子挨近埃丽诺坐下，然后便问起了玛丽安的情况，他那神气越发使她确信：他已经掌握了确切的消息。

“玛丽安情况不大好，”埃丽诺说，“她一整天都不舒服，我们劝她睡觉去了。”

“那么，也许，”上校吞吞吐吐地说，“我今天早晨听到的消息是真实的——我起初不敢相信，看来可能真有其事。”

“你听到什么啦？”

“听说有个男子，我有理由认为——简单地说，有个人，我早就知道他订了婚——我怎么跟你说呢？你若是已经知道了，而且你谅必一定是知道的，就用不着我再说啦。”

“你的意思是说，”埃丽诺故作镇定地应道，“威洛比先生要与格雷小姐结婚吧？是的，这我们确实知道。今天似乎是个真相大白的日子，因为直到今天上午我们才知道这件事。威洛比先生真是令人莫测高深！你是在哪儿听说的？”

“在帕尔美尔街一家文具店里，我到那儿有事儿。有两个女士正在等马车，其中一个向另一个叙说起这桩计划中的婚事，听声音并不怕别人听到，因此我可以听得一字不漏。首先引起我注意的，是她一再提到威洛比的名字：约翰·威洛比。接着她十分肯定地说：他与格雷小姐的婚事已经最后敲定——不需要再保密了——甚至不出几周就要办喜事，还具体地谈到了许多准备情况和其他事宜。有一件事我记得尤为清楚，因为它有助于进一步鉴别那个人。婚礼一完结，他们就计划去库姆大厦，也就是威洛比在萨默塞特郡的宅第。真叫我吃惊啊！不过我当时的心情是莫可名状的。我在文具店里待到她们走，当场一打听，才知道那个藏不住话的是埃利森太太，后来又听人说，那是格雷小姐的保护人的名字。”

“是这样。你是不是也听说格雷小姐有五万镑，如果我们在什么地方可以找到解释的话，这或许就是一个。”

“这有可能，不过威洛比可能——至少我认为——”上校略停了片刻，然后用一种似乎缺乏自信的语气补充说，“再说你妹妹——她怎么——”

“她非常痛苦。我只能希望痛苦的时间相对短一些。她一直到现在，悲痛极了。我想直到昨天，她还从未怀疑过威洛比的情意。甚至现在，也许——不过，我倒几乎确信，他从未真正爱过她。他一向很不老实！从某些事情上看，他似乎心肠挺冷酷。”

“嗐！”布兰登上校说，“确实如此：可是你妹妹不——我想你说过——她不像你这样认为的吧？”

“你了解她的脾气，尽可相信：要是可能的话，她现在还急着替威洛比辩护呢。”

上校没有应声。过不一会儿，茶具端走了，牌桌安排妥当，人们必然也就不再谈论这个话题。詹宁斯太太本来一直在兴致勃勃地瞅着他们两个谈话，心想只要达什伍德小姐一露口风，布兰登上校马上就会笑逐颜开，就如同一个人进入青年时期，充满了希望和幸福一样。不料她惊奇地发现：上校整个晚上比往常还要不苟言笑，心事重重。

第九章

玛丽安夜里比她料想的睡得要多，然而第二天早晨一觉醒来，却依然觉得像先前合眼时一样痛苦。

埃丽诺尽量鼓励她多谈谈自己的感受，没等早饭准备好，她们已经反反复复地谈论了好几遍。每次谈起来，埃丽诺总是抱着坚定不移的信念，满怀深情地开导她，而玛丽安却总像以前那样容易冲动，没有定见。她有时认为威洛比和她自己一样无辜、不幸，有时又绝望地感到不能宽恕他。她时而毫不在乎全世界的人怎么说，时而又想永远与世隔绝，时而又想与世奋力抗争。不过有一件事她倒是始终如一：一谈到这件事，只要可能，她总是避开詹宁斯太太，若是万一摆脱不了，那就坚决一声不响。她已经铁了心，不相信詹宁斯太太会体谅她的痛苦。

“不，不，不，这不可能，”她大声嚷道，“她不会体谅我。她的仁慈不是同情，她的和蔼不是体贴。她所需要的只是说说闲话，而她现在所以喜欢我，只是因为我给她提供了话柄。”

埃丽诺即便不听这话，也早知妹妹由于自己思想敏感精细，过分强调人要多情善感，举止娴雅，因而看待别人往往有失公道。如果说世界上有一多半人是聪慧善良的，那么，具有卓越才能和良好性情的玛丽安却如同其他一小半人一样，既不通情达理，又有失坦诚。她期望别人和她怀有同样的情感和见解，她判断别人的动机如何，就看他们的行为对她自己产生什么样的直接效果。一天早饭后，正当姐妹俩一起待在房里的时候，就发生了这样一件事，进一步降低了玛丽安对詹宁斯太太心地的看法。原来，都怪她自己不好，这件事意外地给她带来了新的痛苦，而詹宁斯太太则完全出自一番好意，情不自禁地给卷了进去。

她手里拿着一封信，认为一定会给玛丽安带来欣慰，便老远伸出手，喜笑颜开地走进房来，一面说道：

“喂，亲爱的，我给你带来一样东西，管保叫你高兴。”

玛丽安听得真切。霎时间，她想象中见到威洛比的一封来信，写得情意缠绵，悔恨交加，把过往之事一五一十地作了解释，令人满意而信服。转瞬间，威洛比又急匆匆地跑进房来，拜倒在她的脚下，两眼脉脉含情地望着她，一再保证他信里说的句句都是实话。谁想，这一切顷刻间便化为泡影。呈现在她面前的，是她以前从未讨厌过的母亲的手迹；在那欣喜若狂的幻景破灭之后，接踵而来的是极度的失望，她不由得感到，仿佛到了那个时刻才真正遭受到痛苦似的。

詹宁斯太太的冷酷无情，即令玛丽安处在最能说会道的时刻，也无法用言语加以形容。现在她只能用涌流不止的泪水来谴责她——然而这种谴责完全不为对方所领悟，她又说了许多表示同情的话，然后便走了出去，还劝导她读读信，宽慰宽慰自己。但是，等玛丽安安静下来读信的时候，她从中并未得到什么安慰。威洛比的名字充斥着每一页信纸。母亲仍然确信女儿订了婚，一如既往地坚信威洛比忠贞不渝，因为只是受到埃丽诺的求告，才来信恳请玛丽安对她们俩坦率一些。字里行间充满了对女儿的温情，对威洛比的厚爱，对他们未来幸福的深信不疑，玛丽安边读边痛哭不止。

现在玛丽安又产生了回家的迫切愿望。母亲对她来说比以往任何时候都倍感亲切——由于她过于误信威洛比，才显得倍加亲切。玛丽安迫不及待地要走，埃丽诺自己也拿不定主意，不知玛丽安究竟待在伦敦好，还是回到巴顿好，因此没有发表自己的意见，只是劝她要有耐心，等着听听母亲的心意。最后，她终于说服了妹妹，同意听候母亲怎么说。

詹宁斯太太比通常早些离开了她们。因为不让米德尔顿夫妇和帕尔默夫妇像她一样感伤一番，她总是于心不安。埃丽诺提出要陪她一起去，被她断然拒绝了，她一个人出去了，一上午都在外边。埃丽诺忧心忡忡，知道她是去传播这些伤心事的，同时从玛丽安收到的信中可以看出，她对此事没能让母亲作好任何思想准备，于是，便坐下来着手给母亲写信，把发生的情况告诉她，请求她对将来怎么办作出吩咐。与此同时，玛丽安等詹宁斯太太一走，也来到客厅，现在正一动不动地坐在埃丽诺伏案写信的桌前，盯着她刷刷舞动的笔，不仅为她吃这苦头感到忧伤，而且更为母亲会做出何等反应而感到忧愁不安。

这种局面大约持续了一刻来钟。这时，玛丽安的神经已经紧张得无法承受任何突如其来的声响，不料偏偏被一阵敲门声吓了一跳。

“这是谁呀？”埃丽诺嚷道，“来得这么早！我还以为不会有人来打扰呢。”

玛丽安走到窗口。

“是布兰登上校！”她恼怒地说道，“我们什么时候也摆脱不了他！”

“詹宁斯太太不在家，他不会进来的。”

“我才不信你这话呢，”她说着就往自己房里走去，“一个人自己无所事事，总要厚着脸皮来侵占别人的时间。”

尽管玛丽安的猜测是建立在不公和错误的基础上，但是事实证明她还是猜对了，因为布兰登上校确实进来了。埃丽诺深知他是由于挂念玛丽安才到这里来的，而且从他那忧郁不安的神情里确实发现了这种挂念，便无法宽恕妹妹竟然如此小看他。

“我在邦德街遇见了詹宁斯太太，”寒暄之后，上校说道，“她怂恿我来一趟，而我也容易受怂恿，因为我想八成只会见到你一个人，这是我求之不得的。我要单独见见你的目的——愿望——我唯一的愿望——我希望，我认为是——是给你妹妹带来点安慰——不，我不该说安慰——不是带来安慰——而是信念，持久的信念。我对她、对你、对你母亲的尊敬——请允许我摆出一些情况加以证明，这完全是极其诚恳的尊重——只是诚挚地希望帮帮忙——我想我有理由这样做——虽然我费了好几个小时说服自己这样做是正确的，我还是在担心自己是不是可能犯错误？”他顿住了。

“我明白你的意思，”埃丽诺说，“你想向我谈谈威洛比的情况，好进一步揭示一下他的人格。你说说这个，将是对玛丽安最重大的友好举动。若是你提供的消息有助于达到这一目的，我将马上对你表示感激不尽，玛丽安有朝一日也一定会感激你的。请吧，快说给我听听。”

“你会听到的，简单地说，去年十月，我离开巴顿的时候——不过这样说会让你摸不着头脑。我必须再往前说起。达什伍德小姐，你会发现我笨嘴拙舌的，简直不知道从何说起。我想有必要简短地叙说一下我自己，而且一定很简短。在这个问题上，”说着深深叹了口气，“我没有什么值得啰唆的。”

他停下，略思片刻，接着又叹口气，继续说了下去。“你大概全然忘记了一次谈话——这本来也不可能给你留下什么印象——那是一天晚上，我们在巴顿庄园进行的一次谈话——那天晚上有个舞会——我提到我过去认识一位小姐，长得有些像你妹妹玛丽安。”

“不错，”埃丽诺答道，“我没有忘记。”一听说她还记得，上校显得很高兴，便接着说道：

“如果我在令人伤感的回忆中没有被捉摸不定的现象和偏见所蒙

骗的话，她们两人在容貌和性情上都十分相似——一样的热情奔放，一样的想入非非、兴致勃勃。这位小姐是我的一个近亲，从小就失去了父母，我父亲就成了她的保护人。我俩几乎同年，从小青梅竹马。我不记得我还有不爱伊丽莎的时候。我们长大以后，我对她一往情深，不过从我目前孤苦无告和闷闷不乐的情况来看，也许你会认为我不可能有过这种感情。她对我的一片深情，我想就像你妹妹对威洛比一样炽烈。可是我们的爱情同样是不幸的，虽然原因不一样。她十七岁那年，我永远失去了她。她嫁人了——违心地嫁给了我哥哥。她有一大笔财产，而我的庄园却负债累累。这恐怕是我对她的舅父和保护人的行为所能作出的全部说明。我哥哥配不上她。他甚至也不爱她。我本来希望，她对我的爱会激励她度过任何困难，而在一段时间里也确实是这样。可到后来，她受到了无情的虐待，悲惨的处境动摇了她的决心，虽然她答应我不会——瞧，我真是乱说一气！我还从没告诉你这是怎么引起来的。我们准备再过几个小时就一起私奔到苏格兰，不料我表妹的女仆背信弃义，或是办事不牢，把我们出卖了。我被赶到一个远方的亲戚家里，她失去了自由，不许交际和娱乐，直到我父亲达到了他的目的为止。我过于相信她的刚正不阿，因而受到了严厉的打击——不过，她的婚姻假若幸福的话，我当时尽管很年轻，过几个月也就死心了，至少现在不用为之悲伤。然而，情况并非如此。我哥哥对她没有感情，追求的是不正当的快乐，从一开始就待她不好。对于像布兰登夫人这样一个年轻、活泼、缺乏经验的女性来说，由此而造成的后果是极其自然的。起初，对于这种悲惨的处境她听天由命。她若是后来没有消除由于怀念我而产生的懊恼，事情倒也好办些。但是，说来难怪的是，她有那样的丈夫逗引她用情不专，又没有亲戚朋友开导她，遏制她（因为我父亲在他们婚后只活了几个月，而我又随我的团驻扎在东印度群岛），她堕落了。我若是待在英国的话，也许——不过我是想促成他们两人的幸福，才一走好几年的，并且特意和人换了防。她结婚给我带来的震惊，”上校声音颤抖地继续说道，“同我大约两年后听说她离了婚的感觉相比，实在是微不足道。正是这件事引起了我的满腹忧愁，直至现在，一想起我那时的痛苦——”

他再也叙说不下去了，只见他急忙立起身，在房里踯躅了一阵。埃丽诺听着他的叙说，特别是看到他那样痛苦，感动得也说不出话来。上校见她如此关切，便走过来，抓住她的手紧紧握住，感激而又恭敬地吻了一下。他又沉默了一阵，费了好大的劲才平静下来，得以继续往下叙说。

“这段悲苦的日子过去了将近三年，我回到英国。我刚一到，头一件事当然是寻找她。但是真叫人伤心，找来找去毫无结果。我查到第一个诱她下水的人，再也追查不下去了。我有充分理由担心，她离开他进一步陷入了堕落的深渊。她的法定津贴既不足以使她富有起来，也不够维持她的舒适生活。哥哥告诉我，几个月以前，她的津贴接受权被转让给另一个人。他设想，而且可以安然自得地设想，生活的奢侈以及由此引起的拮据，迫使她不得不转让财产，以应付某种当务之急。最后，我回到英国六个月之后，我还真找到了她。我以前有个仆人，后来遭到不幸，因为负债而被关进拘留所，我出于对他的关心，到拘留所看望他。在那儿，就在同一幢房子里，由于同样的原因，还关着我那不幸的表妹。她完全变了样——变得病弱不堪——被种种艰难困苦折磨垮了！面对着这个形容憔悴、神志萎靡的人儿，我简直不敢相信，我曾经心爱过的那个如花似玉、健美可爱的姑娘，居然落到如此悲惨的境地。我这么望着她，真是心如刀绞——但是我没有权利细说给你听，伤你的心——我已经太使你伤心了。看来，她处在结核病的后期，这倒是——是的，在这种情况下，这对我倒是个莫大的安慰。生命对她来说，除了给点时间为死亡作好充分的准备之外，别无其他意义。而这点准备时间还是给了她的。我看见她被放置在舒适的房间里，受到妥善的护理。在她逝世前的一段时间，我每天都去看望她。在她生命的最后时刻，我守在她身旁。”

上校又停下来，想镇定一下。埃丽诺不由得发出一声哀叹，表示了对他朋友的不幸遭遇的深切同情。

“我认为你妹妹和我那可怜的丢人现眼的表妹十分相似，”上校说，“我希望你妹妹不要生气。她们的命运不可能是一样的。我表妹天生的温柔性情，假若意志坚强一些，或者婚事如意一些，她就可能和你将来要看到的你妹妹的情况一模一样。但是，我说这些干什么？我似乎一直在无缘无故地惹你烦恼。嘻！达什伍德小姐——这样一个话题——已经有十四年没有提起了——一旦说起来还真有点危险呢！我还是冷静点——说得简洁点。她把她唯一的小孩托付于我。那是个女孩，是她同第一个非法男人生下的，当时只有三岁左右。她很爱这孩子，总是把她带在身边。这是对我难能可贵的莫大信任。假如条件许可的话，我将会很乐于严格履行我的职责，亲自抓抓她的教育。但是我没有妻室，没有家，因此我的小伊丽莎只好放在学校里。我一旦有空，就去学校看望她，我哥哥死后（那大约是五年前的事情，我因此而继承了家业），她就常来德拉福看我。我称她为远房亲戚，但是我心里很清楚，人们都怀疑我和她是至亲骨肉。那是三年前，她刚满十四岁的时候，我把她从学校里领出来，交给居住在多塞特郡[①]的一个非常体面的女人照料。她还照看着四五个年龄大致相仿的别的小女孩。在头两年里，我完全有理由对她的情况感到满意。但是去年二月，也就是将近一年以前，她突然失踪了。由于她迫切恳求，我曾允

① 多塞特郡（Dorsetshire）：英格兰西南部郡名。

许她（后来证明，这是很轻率的）与一位青年朋友一起去巴思[1]，这位朋友是去那儿护理她父亲的。我知道这父亲是个大好人，我对他女儿印象也很好——可实际上她没有那么好，因为她一味地胡来，非要固执地保守秘密。她肯定了解全部真情，但她什么也不说，连点线索都不肯提供。她父亲倒是个好心人，但是目力迟钝，我想他确实提供不出任何情况；因为他一般闭门不出，由着两个姑娘在城里东游西逛，随心所欲地结交朋友。他想让我相信，他女儿与此事毫不相干，确实他自己也完全是这么认为的。总而言之，我什么情况也听不到，只知道小伊丽莎跑了，整整八个月，其他的情况只好凭空猜测。我当时的心情和忧虑可想而知，我当时的痛苦也可想而知。”

“天哪！”埃丽诺叫了起来，“难道是——难道能是威洛比——”

“关于小伊丽莎的最早消息，”上校继续说道，“我是从她去年十月写来的一封信里得知的。这封信从德拉福转来，我是恰好在大家准备去惠特韦尔游玩的那天早晨收到的。这就是我突然离开巴顿的原因。我知道，大家当时肯定觉得很奇怪，而且我相信还得罪了几个人。威洛比见我不礼貌地破坏了游览，只顾向我投来责难的目光，可是我认为他决然没有想到，我被叫去搭救一个被他搞得穷困潦倒的姑娘。不过，即便让他知道了，那会有什么用呢？面对着你妹妹的满脸笑容，他会变得少欢寡乐吗？不，他已经做下了凡是对别人有点同情心的人都做不出来的事情。他勾引了一个天真无邪的少女，然后又抛弃了她，使她陷入极端悲惨的境地，无家可归，孤苦无援，举目无亲，连他的地址都不知道！他离开伊丽莎的时候，答应还要回来，但他既不回来，也不写信，又不接济她。”

“真是可恶透顶！”埃丽诺大声嚷道。

---

① 巴思（Bath）：英格兰东南部城市，著名的温泉疗养地。

“现在我已向你摆明了他的人格——挥霍无度，放荡不羁，而且比这更糟。你了解了这一切（而我已经了解了好多个星期啦），就请设想一下：我见到你妹妹依然那么迷恋他，还说要嫁给他，我心里该是什么滋味。请设想一下：我多么为你们担忧。我上星期到这儿来，看到只你一个人，便决定问明事实真相，虽然等真的问明真相以后又怎么办，我心里一点没谱。我当时的行为一定会使你感到奇怪，不过现在你该明白啦。任凭你们大家如此上当受骗，眼看着你妹妹——可我能有什么办法？我的干预是不可能奏效的。有时我想，你妹妹也许能把他感化过来。然而时到如今，他竟干出了这么不光彩的事情，谁知道他对你妹妹安的是什么心？不过，不管他用心如何，你妹妹只要把自己的情况与伊丽莎的情况加以比较，考虑一下这位可怜少女的凄惨而绝望的处境，设想一下她还像她自己一样对威洛比一片痴情，而内心却要毕生忍受自责的痛苦，那么，你妹妹现在和将来都无疑会对自己的情况感到庆幸。确实，这种比较对她一定会有好处。她会感到，她自己的痛苦是微不足道的。这些痛苦不是起因于行为不端，因而不会招致耻辱。相反，每个朋友都会因此而更加亲近她。对她不幸遭遇的关切，对她刚强精神的敬佩，定会进一步增强对她的喜爱之情。不过，你可以自行决定如何把我告诉你的情况转告给她。这会产生什么效果，你应该知道得最清楚。不过，我若不是真心实意地认为这会对她有益，会减少她的悔恨，我绝不会容忍自己搬出家里的不幸来烦扰你，滔滔不绝的好像是为了抬高自己、贬低别人似的。”

听了这一席话，埃丽诺感激不尽，恳切地向他道谢，而且向他保证：她若是把过往之事告诉玛丽安，对她一定会大有裨益。

“别的事情都好说，”埃丽诺说道，“最让我痛心的是，玛丽安一直在设法为威洛比开脱罪责，因为这样做比确信他卑鄙无耻还使她感到烦恼。她一开头是会非常痛苦的，不过我相信她很快就会平静下来。你，”她沉默了片刻，然后接着说，“自从在巴顿离开威洛比以后，有没有再见到他？”

“见过，”上校郑重地答道，“见过一次。一场决斗是不可避免的。”

埃丽诺被他那副神态吓了一跳，她焦灼不安地望着他，一面说道：“什么？你是找他——”

“我不会以别的方式见他。伊丽莎虽说极其勉强，但还是向我坦白了她的情人的姓名。威洛比在我回城之后不到两周也回到城里，这时我就约他相见，他为自己的行为自卫，我来惩罚他。我们谁也没有受伤，因此这场决斗从未宣扬出去。”

真想得出，这也犯得着，埃丽诺不禁发出了一声叹息，但是，对于一位具有大丈夫气概的军人，她不敢贸然指责。

布兰登上校停顿了一下，然后说道：“她们母女俩的悲惨命运何其相似！我没有很好地尽到我的责任！”

“伊丽莎还在城里吗？”

“不在。我见到她时，她快要分娩了。产期刚满，我就连她带孩子一起送到了乡下，她现在还待在那儿。”

过了一阵，上校想起自己可能将埃丽诺和她妹妹分离得太久了，便终止了这次访问。当他离开时，埃丽诺再次对他表示感谢，并且对他充满了同情和敬意。

第十章

达什伍德小姐很快就把这次谈话的详细内容讲给妹妹听了，但是效果却不完全像她期待的那样明显。看样子，玛丽安并不是怀疑其中有任何不真实的成分，因为她一直都在竖着耳朵乖乖地听着，既不提出异议，又不发表议论，也不为威洛比进行申辩，仿佛只是用眼泪表明，她觉得怎么会有这样的事儿。不过，虽然她的这一举动使埃丽诺确信她的确认识到威洛比是有罪的；虽然她满意地看到她的话生效了，布兰登上校来访时，玛丽安不再回避他了，反而跟他说话，甚至主动搭话，而且对他怀有几分同情和尊敬；虽然她发现她不像以前那样喜怒无常；但是，却不见她的沮丧情绪有所好转。她的心倒是平静下来了，但依然是那样悲观失意。她觉得，发现威洛比完全失去了人格，比失去他的心更令人难以忍受。威洛比对威廉斯小姐的勾引和遗弃，那位可怜的姑娘的悲惨遭遇，以及对他一度可能对她自己抱有不良企图的怀疑，这一切加到一起，使她内心感到极其痛苦，甚至不敢向姐姐倾诉心曲。但她把悲伤闷在心里，比明言直语地及时吐露出来，更使姐姐感到痛苦。

要叙说达什伍德太太在收到和回复埃丽诺来信时的心情和言语，那就只消重述一遍她的女儿们先前的心情和言语：失望的痛苦不亚于玛丽安，愤慨之心甚至胜过埃丽诺。她接二连三地写来一封封长信，告诉她们她的痛苦心情和种种想法，表示她对玛丽安的百般忧虑，恳求她在不幸之中要有坚韧不拔的精神。做母亲的都劝她要坚强，可见玛丽安悲痛到何种地步！连母亲都希望女儿不要过于悔恨，可见造成这些悔恨的事端是多么不光彩！

达什伍德太太置个人的慰藉于不顾，断然决定：玛丽安目前在哪儿都可以，就是别回巴顿。一回巴顿，她无论见到什么，都会想起过去，时时刻刻想着过去时常与威洛比相见的情景，结果会引起极大的悲痛，因而她劝说两位女儿千万不要缩短对詹宁斯太太的访问。她们访问的期限虽然从来没有明确说定，不过大家都期待她们至少待上五六个星期。在巴顿，一切都很单调，而在詹宁斯太太那里，却必然要遇上各种各样的活动，各种各样的事物，各种各样的朋友，她希望这有时能逗得玛丽安异乎寻常地发生几分兴趣，甚至感到几分乐趣，尽管这种想法现在可能遭到她的摈弃。

为了避免再次遇见威洛比，她母亲认为她待在城里至少与待在乡下一样保险，因为凡是自称是她的朋友的那些人，现在一定都断绝了与威洛比的来往。他们绝不会再有意相逢了，即使出于疏忽，也绝不会不期而遇。相比之下，伦敦熙熙攘攘的，相遇的可能性更小，而巴顿由于比较僻静，说不定在他婚后乘车走访艾伦汉的时候，硬是让玛丽安撞见呢。母亲开头预见这事很有可能，后来干脆认为这是笃定无疑的。

她希望女儿们待在原地不动，也还有另外一个原因：约翰·达什伍德来信说，他和妻子二月中旬以前要进城，因此她觉得还是让她们有时间见见哥哥为好。

玛丽安早就答应按照母亲的意见行事，于是便老老实实地服从了，尽管这意见与她期望的大相径庭。她认为，这意见是建立在错误的基础上，实属大错特错。让她在伦敦继续待下去，那就使她失去了减轻痛苦的唯一可能性，失去了母亲的直接同情，使她注定置身于这样的环境，专跟这种人打交道，叫她一时一刻不得安宁。

不过，使她感到大为欣慰的是，给她带来不幸的事情，却将给姐姐带来好处。但埃丽诺呢，她分明觉得无法完全避开爱德华，心里却在这样安慰自己：虽然在这里多待下去会妨碍她自己的幸福，但对玛丽安说来，这比马上回德文郡要好。

她小心翼翼地保护着妹妹，不让她听见别人提起威洛比的名字，结果她的努力没有白费。玛丽安虽说对此全然不知，却从中受益匪浅；因为不论詹宁斯太太也好，约翰爵士也好，甚至帕尔默夫人也好，从未在她面前说起过威洛比。埃丽诺真巴不得他们对她自己也有这般涵养功夫，然而这是不可能的，她不得不日复一日地听着他们一个个义愤填膺地声讨威洛比。

约翰爵士简直不敢相信会有这种事。“一个我一向看得起的人！一个如此温厚的人！我还以为英国没有一个比他更勇敢的骑手！这事真叫人莫名其妙。我真心希望他滚得远远的。我说什么也不会再跟他说一句话，见一次面，无论在哪儿！不，即使在巴顿树林旁边一起待上两个小时，我也不跟他说一句话。他竟是这么一个恶棍！这么不老实的一个无赖！我们上次见面时，我还提出送他一只富利小狗呢！现在只好不了了之！”

帕尔默夫人以她特有的方式，同样表示很气愤。“我决计马上和他断绝来往。谢天谢地，我其实从来没有和他结交过。我真心希望库姆大厦离克利夫兰别那么近，不过这也毫无关系，因为要去走访还嫌太远了些。我恨透他了，决心永远不再提起他的名字。我要逢人就说，我看他是个废物。”

帕尔默夫人的同情还表现在，尽力搜集有关那门即将操办的婚事的详细情况，然后转告给埃丽诺。她很快就能说出，新马车在哪一家马车铺建造，威洛比的画像由哪位画师绘制，格雷小姐的衣服在哪家衣料店里可以见到。

埃丽诺经常被人们吵吵嚷嚷的好意关怀搅得心烦意乱，这时，唯有米德尔顿夫人不闻不问、客客气气的，倒使她心里感到一些慰藉。在这帮朋友中，她尽可肯定至少有一个人对她不感兴趣，这个人见到她既不想打听那些细枝末节，又不担心她妹妹的健康状况，这对她委实是个莫大的安慰。

有时，不管什么品质，都会受到当时条件的作用，而被提到不应有的高度。埃丽诺有时实在难以忍受那种过于殷勤的劝慰，于是便认为：要安慰人，上好的教养比上好的性情更加必不可少。

如果这件事经常被人提起，米德尔顿夫人每天也要表示一两次看

法，说上一声："真叫人震惊！"通过这种持续而文雅的表态，她不仅看到达什伍德家两位小姐从开头起就无动于衷，而且很快发现她们也只字不再提起此事。她如此这般地维护了她们女性的尊严，毫不含糊地指责了男性的过失之后，便觉得自己可以关心一下她的聚会了，于是决定（虽说违背了约翰爵士的意愿）：既然威洛比夫人马上要成为一个高雅阔绰的女人，她要等她一结婚，就向她送去名片。

布兰登上校体贴而谨慎的问候从不使达什伍德小姐感到厌烦。他一心一意地想减轻她妹妹的沮丧情绪，因而充分赢得了与她亲切交谈此事的特权，两人谈起来总是那样推心置腹。他沉痛地倾吐了他自己的旧怨新耻，得到的最重要的回报，是玛丽安有时拿同情的目光望着他，而且每当（虽然并不常见）她被迫或主动同他说话时，语气总是那样温和。这些举动使他确信，他的努力增加了玛丽安对他的好感，而且给埃丽诺带来了希望，认为这好感今后还会进一步加深。然而詹宁斯太太对此一无所知，她只晓得上校仍然像以往那样郁郁寡欢，只晓得她绝对无法劝说他亲自出面求婚，他也绝对不会委托她代为说合。因此过了两天便开始琢磨：他们在夏至前是结不了婚啦，非得到米迦勒节不可。但过了一周之后，她又在思谋：这门婚事压根儿就办不成。上校和达什伍德小姐之间的情投意合似乎表明，享受那桑树、河渠和老紫杉树阴地的荣光要让给她了。一时间，詹宁斯太太竟然把费拉斯先生忘得一干二净。

二月初，就在玛丽安收到威洛比来信不到两个星期，埃丽诺不得不沉痛地告诉她，威洛比结婚了。她事先作了关照，让人一知道婚事办完了，就把消息转告给她，因为她看到玛丽安每天早晨都在焦虑不安地查看报纸，她不愿让她首先从报纸上得到这个消息。

玛丽安听到这一消息极其镇静，没说一句话，起初也没掉眼泪。可是过了一会儿，她又突然哭了起来，整个后半天，一直可怜巴巴的，那副形态简直不亚于她最初听说他们要结婚时的样子。

威洛比夫妇一结婚就离开了城里。埃丽诺见妹妹自从刚受到打击以来一直没出过门，而现在她又没有再见到威洛比夫妇的危险，便想动员她像以前那样，再逐渐到外面走走。

大约在这当儿，不久前才来到霍尔本巴特利特大楼表姐妹家做客的两位斯蒂尔小姐，又一次来到康迪特街和伯克利街拜访两门较为尊贵的亲戚，受到主人十分热情的欢迎。

唯独埃丽诺不愿见到她们。她们一出现，总要给她带来痛苦。露西见她还在城里，不由得喜不自禁，而埃丽诺简直无法作出礼貌周全的回应。

"我若是没有发现你还在这里，定会大失所望，"露西反复说道，把个"还"字咬得很重，"不过我总在想，我会见到你的，我几乎可以肯定，你一时半刻不会离开伦敦。你知道，你在巴顿对我说过，你在城里待不过一个月。但是，我当时就在想，你到时候很可能改变主意。不等你哥嫂来就走，那太遗憾啦。现在嘛，你肯定不会急于要走啦。你没信守你的诺言，真叫我又惊又喜。"

埃丽诺完全明白她的意思，不得不尽力克制自己，装作像是全然不理解她这番话的含意似的。

"喂，亲爱的，"詹宁斯太太说，"你们是怎么来的？"

"老实对你说吧，我们没乘公共马车，"斯蒂尔小姐马上洋洋得意地答道，"我们一路上都是乘驿车来的，有个非常漂亮的小伙子照顾我们。戴维斯博士要进城，于是我们就想同他乘驿车一道来。他还真够体面的，比我们多付了十到十二先令。"

"唷哟！"詹宁斯太太嚷道，"真了不起！我向你担保，他还是个单身汉呢。"

"你们瞧，"斯蒂尔小姐装模作样地痴笑着说道，"每个人都这么

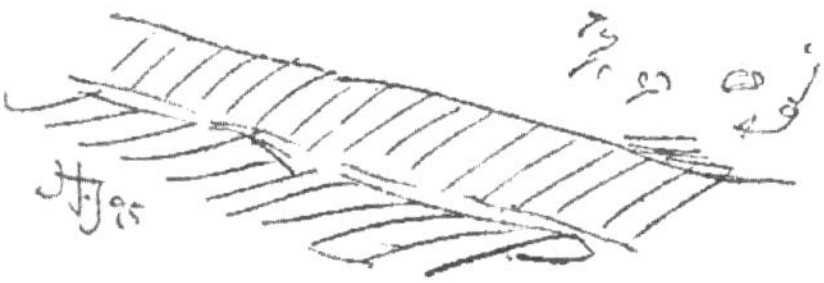

拿博士跟我开玩笑，我想不出这是为什么。我的表妹们都说，我准是把他给征服了。不过，我要当众宣布：我可不是时时刻刻都在想着他。那天，表姨看见他穿过街道朝她家里走来，便对我说：‘天哪！你的意中人来了，南希。’我说：‘我的意中人，真的吗！我想不出你指谁。博士可不是我的意中人。’”

“哎呀，说得好听——不过没有用——我看他就是你的意中人。”

“不，的确不是！”表侄女装出认真的样子答道，“你要是再听人这么议论，我求你给我辟辟谣。”

詹宁斯太太为了投合她的心意，当即向她保证说：她当然不会辟谣。斯蒂尔小姐听了心里简直乐开了花。

“达什伍德小姐，你哥嫂进城后，你们想必要去和他们团聚啦。”双方影射式的斗嘴中断了一阵之后，露西又发起了攻击。

“不，我想我们不会的。”

“哦，我敢说你们会的。”

埃丽诺不想迎合她再争执下去。

“真开心呀，达什伍德太太能让你们两个离开这么长时间！”

“时间哪儿长了，真是的！”詹宁斯太太插嘴说道，“怎么，她们的访问才刚刚开始呢！”

露西给说得哑口无言。

“很遗憾，达什伍德小姐，我们见不到你妹妹，”斯蒂尔小姐说，“很遗憾，她身体不舒服。”原来，她们一来，玛丽安便走出房去。

“你真客气。我妹妹错过同你们的幸会，同样会感到很遗憾，不过她近来脑神经痛得厉害，不宜于会客说话。”

“噢，天哪，真是遗憾！不过露西和我都是老朋友啦！我想她会见我们的。我们管保不说一句话。”

埃丽诺非常客气地拒绝了这一建议。“我妹妹也许躺在床上，也许还穿着晨衣，因此不能来见你们。”

“喔，如果就是这些，”斯蒂尔小姐嚷道，“我们还是可以去看看她的。”

埃丽诺觉得这也太唐突无礼了，实在有点忍不住性子，不过，多亏露西厉声训斥了她姐姐一句，省得埃丽诺亲自出面制止。露西的这次训斥和在许多场合一样，虽然没给她的仪态带来多少可爱的感觉，却有效地遏制住了她姐姐的举动。

第十一章

玛丽安执拗了一阵之后，还是向姐姐的一再恳求屈从了，同意陪她和詹宁斯太太上午出去溜达半个小时。不过，她规定了明确的条件：不准走亲访友，而且顶多陪她们走到塞克维尔街格雷珠宝店，因为埃丽诺正在同店家洽谈，想替母亲交换几件旧式珠宝。

大家来到店门口，詹宁斯太太想起街那头有位太太，她应该去拜访一下。因为她到格雷珠宝店无事可办，于是双方说定，趁两位年轻朋友办事的工夫，她去串个门，然后再回来找她们。两位达什伍德小姐上楼梯时，只见有不少人早来了，店里没人顾得上应酬她们，于是只好等候。最好的办法是坐到柜台一端，看来这样可能轮起来最快。这里只站着一位先生，埃丽诺大有希望让他讲点礼貌，办事利索点。谁知这人特别挑剔，也很有眼力，顾不上讲究礼貌。他要订购一只牙签盒，为了确定大小、式样和图案，他把店里的所有牙签盒都拿来端详、盘算，每只都要捉摸一刻钟，最后凭着他那别出心裁的想象力终于定了下来。在此期间，他无暇顾及两位小姐，只是粗略地瞟了她们三四眼。不过他这一回顾，倒使他那副外貌和嘴脸深深铭刻在埃丽诺的脑海里：他纵使打扮得时髦绝顶，也是个十足的、天生的、绝妙的卑微小人。

玛丽安倒免于产生这种令人烦恼的轻蔑憎恶之感，那人傲慢无礼地打量她俩的面庞也好，神态自负地鉴定送他查看的种种牙签盒的种种缺陷也好，她都不曾觉察。因为她在格雷珠宝店和在自己卧室里一样，总是聚精会神地想心思，对周围发生的事情全然不知。

最后，事情终于定下来了，连上面的牙饰、金饰、珠饰都定妥了。那人又定了个日期，好像到那天拿不到牙签盒，他就活不下去似的。他从容小心地戴上手套，又向两位达什伍德小姐瞟了一眼，不过这一瞥似乎不是表示艳羡对方，而是想让对方艳羡自己。接着，他故意摆出一副傲气十足、怡然自得的架势走开了。

埃丽诺赶忙提出了自己的买卖，正要成交的时候，又有一个男子出现在她身旁。她转眼朝他脸部望去，意外地发现，原来是她哥哥。

他们见面时的那个喜幸亲热劲儿，在格雷珠宝店里看上去还真像回事儿似的。约翰·达什伍德能再见到妹妹，确实一点也不感到遗憾。相反，大家都很高兴。他对母亲的问候是恭敬的，关切的。

埃丽诺发现，他和范妮进城两天了。

“我昨天就很想去拜望你们，”他说，“可是去不了，因为我们得带着哈里去埃克塞特交易场看野兽，剩下的时间就陪陪费拉斯太太。哈里高兴极了。今天早晨哪怕能有半小时的空闲工夫，我也决计要来看望你们的，哪知人刚进城，总有一大堆事情要办。我来这里给范妮订一枚图章。不过，我想明天一定能去伯克利街，拜见一下你们的朋友詹宁斯太太。我听说，她是个十分有钱的女人。米德尔顿夫妇也很有钱，你一定要把我引见给他们。他们既然是我继母的亲戚，我很乐于表示我对他们的万般敬意。我听说，他们是你们的好乡邻。”

“的确是好。他们关心我们的安适，处处友好相待，好得我无法形容。”

“说老实话，听你这么说，我高兴极啦，实在是高兴极啦。不过，这是理所当然的，他们都是有钱人，和你们又沾亲带故的，按理是该对你们客客气气的，提供种种方便，使得你们过得舒舒适适。这么一来，你们住在小乡舍里过得非常舒适，什么都不缺！有关那房子，爱德华向我们做过引人入胜的描绘。他说，在同类房子中，它是历来最完美无缺的了，还说你们好像喜欢得不得了。说实话，我们听了也大为高兴。”

埃丽诺有点替她哥哥感到羞耻，因而当詹宁斯太太的仆人跑来报告太太已在门口等候，省得她再回哥哥的话时，她一点也不感到遗憾。

达什伍德先生陪着她俩下了楼，来到詹宁斯太太的马车门口，被介绍给这位太太。他再次表示，希望第二天能去拜访她们，说罢告辞而去。

他如期来拜访了，而且还为她们的嫂嫂未能一同前来，假意道歉一番：“她要陪伴她母亲，确实没有工夫走开。”不过，詹宁斯太太当即让他放心，叫做嫂嫂的不用客气，因为她们也都算得上是表亲嘛。她还说，她一定尽快去拜访约翰·达什伍德夫人，带着她的小姑去看望她。约翰对妹妹虽然处之泰然，却也十分客气，而对詹宁斯太太，尤为毕恭毕敬，礼貌周全。他进屋不久，布兰登上校也接踵而来。约翰好奇地打量着他，好像在说：他只消知道他是个有钱人，对他也会同样客客气气的。

在这里逗留了半个小时之后，约翰让埃丽诺陪他走到康迪特街，把他介绍给约翰爵士和米德尔顿夫人。那天天气异常之好，埃丽诺便欣然同意了。两人一走出屋，约翰便张口询问开了。

“布兰登上校是谁？他是个有钱人吗？”

“是的，他在多塞特郡有一大笔资产。”

“我听了很高兴，他看上去是个极有绅士风度的人。埃丽诺，我

想我该恭喜你，你这一辈子可以指望有个十分体面的归宿了。”

“我，哥哥！你这是什么意思？”

“他喜欢你。我仔细观察过他，对此确信不疑。他有多少财产？”

“我想一年大约两千镑。”

“一年两千镑，”他说着，心里激起一股热烈慷慨的豪情，接下去说道，“埃丽诺，看在你的分上，我真心希望他有两倍这么多。”

“我的确相信你的话，”埃丽诺答道，“但是我敢肯定，布兰登上校丝毫没有想娶我的意思。”

“你搞错了，埃丽诺，大错特错了。你只要略作努力，就能把他抓到手。也许他目前会犹豫不决，你的那点微薄的财产会使他畏缩不前。他的朋友们还会从中作梗。不过，稍稍献点殷勤，略微加以引逗，就能让他不由自主地就范，这在女人是很容易做到的。你没有什么理由不去争取他。不要以为你以前的那种恋爱——总而言之，你知道那种恋爱是绝对不可能了，你有着不可逾越的障碍——你是个有理性的人，不会不明白这个道理。布兰登上校蛮不错啦，我一定对他客客气气的，让他对你和你的家庭感到满意。这真是一门皆大欢喜的亲事。总而言之，”他压低声音，神气活现地悄悄说道，“这一定会受到各方面的热烈欢迎。”接着又想起了什么，补充说：“我的意思是——你的朋友们都真诚渴望你能找个好人家，特别是范妮，老实说，她十分关心你的事。还有她母亲费拉斯太太，是个非常温厚的女人，我想她肯定会感到十分高兴的。她前几天就这么说过。”

埃丽诺不屑一答。

“倘若范妮有个弟弟、我有个妹妹能在同时解决终身大事，”约翰继续说道，“那真是件了不起的事情，妙不可言的事情。然而，这也并非绝对不可能啊。”

“爱德华·费拉斯先生要结婚啦？”埃丽诺果断地问道。

“还没真正定下来，不过正在筹划这件事。他有个极好的母亲。费拉斯太太极其慷慨，如果婚事办成了，她将主动提出，一年给他一千镑。女方是尊贵的莫顿小姐，是已故莫顿勋爵的独生女，有三万镑财产。这门亲事双方都很称心如意，我毫不怀疑婚事会如期操办。一年一千镑，一个做母亲的能给这么一大笔钱，而且要给一辈子；不过费拉斯太太具有崇高的精神。再给你说个她为人慷慨大方的例子。那天，我们刚一进城，她知道我们手头一时不很宽裕，就往范妮手里塞了二百镑钞票。真是求之不得呀，因为我们在这儿的花销一定很大。”

他顿了顿，想听埃丽诺说句赞同和同情的话，只听她勉强说道：

“你们在城里和乡下的花销肯定都相当可观，但是你们的收入也很高啊。”

“我说呀，可不像许多人想象的那么高。不过，我倒不想叹穷叫苦。我们的收入无疑是相当不错的，我希望有朝一日会更上一层楼。正在进行的诺兰公地的圈地耗资巨大。另外，我这半年里还置了点地产：东金汉农场，你一定记得那地方，老吉布森以前住在那儿。那块地无论从哪个方面来看，对我都十分理想，紧挨着我自己的房地产，因此我觉得我有义务把它买下来。假如让它落到别人手里，我将会受到良心的责备。人要为自己的便利付出代价，我已经花费了一笔巨款。”

“你是不是认为实在值不了那么多钱？”

“噢，我希望并非如此。我买后的第二天本来可以再卖掉的，还能赚钱。可是说起买价，我倒可能真是很不幸，因为当时股票的价值很低，我若不是碰巧把这笔必要的钱存在我的银行家手里，那我就得大蚀其本卖掉全部股票。”

埃丽诺只能付之一笑。

“我们刚到诺兰时，还难免要有一些别的大笔开支。你很清楚，我们敬爱的父亲把保留在诺兰的斯坦希尔的财产（这些财产还很值钱呢），全部送给了你母亲。我绝不是埋怨他不该这么做。他毋庸置疑有权随意处理自己的财产。不过，这样一来，我们不得不购置大量的亚麻织品、瓷器之类的东西，用来弥补家里被取走的那些玩意。你可以猜想到，这番开销之后，我们一定是大伤元气，费拉斯太太的恩赐真是求之不得。”

“的确是那样，”埃丽诺说道，“你们得到她的慷慨资助，希望你们能过上优裕的生活。”

“再过一两年可能差不多了，”约翰一本正经地答道，“不过现在还差得远。范妮的温室一块石头也没砌，花园只不过才画出个图样。”

“温室建在哪儿？”

“屋后的小山上。为了腾地方，那些老核桃树全给砍掉了。这座温室从庄园的每个部位看去都很漂亮，花园就在温室前面的斜坡上，漂亮极了。我们已经清除了山顶上的荆棘丛。”

埃丽诺把忧虑和责难闷在心里，使她感到欣慰的是，幸亏玛丽安不在场，省得和她一起受这窝囊气。

达什伍德先生哭穷哭够了，下次再去格雷珠宝店也用不着给她妹妹一人买一副耳环，心里不禁又变得快活起来，便转而恭喜埃丽诺能有詹宁斯太太这样一位朋友。

“看来她真是个极其难得的女人。她的住宅和生活派头都表明她有极高的收入，有这么个熟人不光目前对你大有好处，最终还可能给你带来洪福呢。她邀请你到城里来，这当然是赏给你的很大面子，确实表明她非常器重你，她去世的时候，十有八九忘不了你。她一定会留下一大笔遗产。”

“我看什么也不会有，她只有点寡妇所得产，将来要传给她的女儿。”

“那你很难想象她会进多少花多少。只要是注意节俭的人，谁也不会那样干。而她积攒下来的钱，总得想法处理掉吧。”

“那么，你难道不认为她可能宁肯留给她女儿，而不留给我们吗？”

“她两个女儿都嫁给了大富大贵人家，我看她没有必要再给她们遗产。我倒是觉得，她这么赏识你们，如此这般地厚待你们，那她将来就应该考虑到你们的正当要求，对于一个谨慎的女人来说，这是忽略不得的。她心地最善良不过了，她的这一切举动会惹人产生期望，这她不可能不知道。”

“不过，她还没有惹得那些切身有关的人产生期望呢。说真的，哥哥，你为我们的安乐幸福操心，也操得太远了。”

“噢，当然如此，”约翰说，仿佛想镇定一下，“人的能力是有限的，非常有限。不过，亲爱的埃丽诺，玛丽安怎么啦？她看样子很不舒服，脸色苍白，人也变得非常消瘦。她是不是有病啊？”

“她是不舒服，最近几个星期老说神经痛。”

“真不幸。在她这个年纪，不管生一场什么病，都会永远毁掉青春的娇艳！她的青春太短暂了！去年九月，她还和我见过的任何女人一样漂亮，一样惹男人动心。她的美貌有一种特别讨男人喜爱的资质。我记得范妮过去常说，她要比你早结婚，而且对象也比你的好。其实她是极其喜欢你的，她只是偶尔产生了这么个念头。不过，她想错了。我怀疑，玛丽安现在是不是能嫁给一个每年充其量不过五六百镑的男人。你要是不超过她，那才怪呢。多塞特郡！我对多塞特郡不很了解，不过，亲爱的埃丽诺，我极其乐于多了解了解它。我想你一定会允许范妮和我成为你们第一批、也是最幸运的客人。”

埃丽诺非常严肃地对他说，她不可能嫁给布兰登上校。然而，他一心期待这门亲事能给他带来无比巨大的喜悦，因而不肯善罢甘休。他打定主意，千方百计地密切同那位先生的关系，尽心竭力地促成这门婚事。他对妹妹一向没有尽过力，感到有点歉疚，因此便渴望别人能多出点力。让布兰登上校向她求婚，或者让詹宁斯太太给她留下一笔遗产，将是他弥补自己过失的最简便的途径。

他们还算幸运，正好赶上米德尔顿夫人在家，约翰爵士也在他们访问结束之前回到家里。大家都很有礼貌。约翰爵士随便对谁都很喜爱，达什伍德先生虽说不大懂得马，但很快就把他看作一个厚道人。米德尔顿夫人见他仪表堂堂，便也觉得他很值得结识。达什伍德先生告辞时，对这两人都很中意。

"我要向范妮报告一下这次美好的会见，"他和妹妹一边往回走，一边说道，"米德尔顿夫人确实是个极其优雅的女人！我知道范妮就喜欢结识这样的女人。还有詹宁斯太太，她是个极懂规矩的女人，虽然不像她女儿那样优雅。你嫂嫂甚至可以毫无顾忌地来拜访她。说老实话，她原来有点顾忌，这是很自然的。因为我们先前只知道詹宁斯太太是个寡妇，她丈夫靠卑劣的手段发了财，于是范妮和费拉斯太太便抱有强烈的偏见，认为她和她女儿都不是范妮应该与之交往的那种女人。现在，我要回去向她好好地美言一番。"

第十二章

约翰·达什伍德夫人非常相信她丈夫的眼力，第二天就去拜访詹宁斯太太和她女儿。她没有白相信她丈夫，因为她甚至发现前者，也就是她两位小姑与之待在一起的那位太太，决非不值得结交。至于米德尔顿夫人，她觉得她是天下最迷人的一位女人！

米德尔顿夫人同样喜欢达什伍德夫人。这两人都有点冷漠自私，这就促使她们相互吸引。她们的举止得体而乏趣，她们的智力总的来说比较贫乏，这就促使她们同病相怜。

不过，约翰·达什伍德夫人的这般举止虽说博得了米德尔顿夫人的欢心，却不能使詹宁斯太太感到称心如意。在她看来，她不过是个言谈冷漠、神气傲慢的小女人，见到她丈夫的妹妹毫无亲切之感，几乎连句话都不跟她们说。她在伯克利街逗留了一刻钟，其中至少有七分半钟坐在那里默不作声。

埃丽诺虽然嘴里不想问，心里却很想知道爱德华当时在不在城里。但是，范妮说什么也不肯随意当着埃丽诺的面提起他的名字，除非她能够告诉埃丽诺：爱德华和莫顿小姐的婚事已经谈妥，或者除非她丈夫对布兰登上校的期望已付诸实现。因为她相信爱德华与埃丽诺之间仍然感情很深，在任何场合都要促使他们在言行上尽量保持隔阂。然而，她不肯提供的消息，倒从另一渠道得到了。过不多久，露西跑来，想要赢得埃丽诺的同情，因为爱德华和达什伍德夫妇一道来到城里，但她却见不到他。爱德华不敢去巴特利特大楼，唯恐被人发现。虽然两人说不出多么急于相见，但目前只能无可奈何地通通信。

时隔不久，爱德华本人两次亲临伯克利街，证明他确实就在城里。她们上午出去践约回来，两次发现他的名片摆在桌上。埃丽诺对他的来访感到高兴，而且对自己没有见到他感到更加高兴。

达什伍德夫妇极其喜爱米德尔顿夫妇，他们虽说素来没有请客的习惯，但还是决定举行一次晚宴，于是大家刚认识不久，便邀请他们到哈利街吃饭。他们在这里租了一栋上好的房子，为期三个月。他们还邀请了两个妹妹和詹宁斯太太，约翰·达什伍德又特意拉上布兰登上校。布兰登上校总是乐于同达什伍德家小姐待在一起，受到这番热切邀请，不免感到几分惊奇，但更多的是感到欣喜。席间将见到费拉斯太太，但埃丽诺搞不清楚她的两位儿子是否也会在场。不过，一想到能见到她，倒使她对这次宴请发生了兴趣；因为虽说她现在不像以前那样，需要带着焦灼不安的心情去拜见爱德华的母亲，虽然她现在可以抱着全然无所谓的态度去见她，毫不在乎她对自己的看法，但她仍然一如既往地渴望结识一下费拉斯太太，了解一下她是什么样的人。

此后不久，她听说两位斯蒂尔小姐也要参加这次宴请，尽管心里不很高兴，可是期待赴宴的兴致却骤然大增。

米德尔顿夫人十分喜爱两位斯蒂尔小姐，她们对她百般殷勤，博得了她的极大欢心。虽说露西确实不够娴雅，她姐姐甚至还不斯文，可她还是像约翰爵士一样，立刻要求她们在康迪特街住上一两个星期。事有凑巧，这样做对斯蒂尔姐妹特别方便，因为后来从达什伍德夫妇的请柬中得知，她俩要在设宴的前几天就去做客。

这姐妹俩之所以能在约翰·达什伍德夫人的宴席上赢得两个席位，倒不是因为她们是曾经关照过她弟弟多年的那位先生的外甥女，而是因为她们作为米德尔顿夫人的客人，必须同样受到欢迎。露西很久以来就想亲自结识一下这家人，仔细观察一下他们的人品和她自己的困难所在，并且趁机尽力讨好他们一番，如今一接到约翰·达什伍德夫人的请帖，简直有生以来从没这么高兴过。

埃丽诺的反应截然不同。她当即断定，爱德华既然和他母亲住在一起，那就一定会像他母亲一样，应邀参加他姐姐的晚宴，发生了这一切之后，头一次和露西一起去见爱德华！她简直不知道她如何忍受得了！

她的这些忧虑并非完全建立在理智的基础上，当然也根本不是建立在实事求是的基础上。不过她后来还是消除了忧虑，这倒不是因为她自己镇静下来了，而是多亏露西的一番好意。原来，露西满以为会让埃丽诺大失所望，便告诉她爱德华星期二肯定不会去哈利街。她甚至还想进一步加深她的痛苦，便又对她说："他之所以避而不来，就是因为他爱她爱得太深，怕碰到一起掩饰不住。"

至关紧要的星期二来临了，两位年轻小姐就要见到那位令人望而生畏的婆母啦。

"可怜可怜我吧，亲爱的达什伍德小姐！"大家一起上楼时，露西说道。原来詹宁斯太太一到，米德尔顿夫妇也接踵而来，于是大家同时跟着仆人朝楼上走去。"这里只有你能同情我。我告诉你吧，我简直站不住啦。天哪！我马上就要见到能决定我终身幸福的那个人了——我未来的婆婆！"

埃丽诺本来可以提醒她一句：她们就要见到的可能是莫顿小姐的婆婆，而不是她露西的婆婆，从而立即解除她的紧张心理，但她没有这么做，只是情真意切地对她说，她的确同情她。这使露西大为惊奇，因为她虽说很不自在，却至少希望自己是埃丽诺妒羡不已的对象。

费拉斯太太是个瘦小的女人，身板笔直，甚至达到拘谨的程度；仪态端庄，甚至达到迂腐的地步。她脸色灰黄，小鼻子小眼，一点也不俏丽，自然也毫无表情。不过，她眉头一皱，给面部增添了傲慢和暴戾的强烈色彩，因而使她幸免于落得一个面部表情单调乏味的恶名。她是个话语不多的女人，因为她和一般人不同，总是有多少想法说多少话。而就在情不自禁地说出的片言只语里，没有一丁点是说给达什伍德小姐听的，她对她算是铁了心啦，说什么也不会喜欢她。

现在，这种态度并不会给埃丽诺带来不快。几个月以前，她还会感到痛苦不堪，可是时到如今，费拉斯太太已经没有能力让她苦恼了。她对两位斯蒂尔小姐迥然不同的态度——这似乎是在有意地进一步贬抑她——只能使她觉得十分滑稽。她看到她们母女二人对同一个人亲切谦和的样子，不禁感到好笑——因为露西变得特别尊贵起

来——其实，她们若是像她一样了解她，那她们一定会迫不及待地羞辱她。而她自己呢，虽然相对来说不可能给她们带来危害，却遭到了她们两人毫不掩饰的冷落。但是，当她冷笑那母女俩乱献殷勤的时候，她怀疑这是由卑鄙而愚蠢的动机造成的。她还看到斯蒂尔姐妹也在蓄意大献殷勤，使这种局面得以继续下去，于是，她不由得对她们四个人鄙视极了。

露西受到这般青睐，禁不住欣喜若狂。而斯蒂尔小姐只要别人拿她和戴维斯博士开开玩笑，便也感到喜不自胜。

晚宴办得非常丰盛，仆人多得不计其数，一切都表明女主人有心要炫耀一番，而男主人也有能力供她炫耀。尽管诺兰庄园正在进行改修和扩建，尽管庄园的主人一度只要再缺几千镑就得蚀本卖空，但是却看不到他试图由此而使人推论出他贫穷的迹象。在这里没有出现别的贫乏，只有谈话是贫乏的——而谈话确实相当贫乏。约翰·达什伍德自己没有多少值得一听的话要说，他夫人要说的就更少。不过这也没有什么特别不光彩的，因为他们的大多数客人也是如此。他们由于没有条件让人感到愉快而几乎伤透了脑筋——他们有的缺乏理智（包括先天的和后天的），有的缺乏雅趣，有的缺乏兴致，有的缺乏气质。

女士们吃完饭回到客厅时，这种贫乏表现得尤其明显，因为男士们先前还变换花样提供了点谈话资料——什么政治啦，圈地啦，驯马啦——可是现在这一切都谈完了，直到咖啡端进来为止，太太小姐们一直在谈论着一个话题：年龄相仿的哈里·达什伍德和米德尔顿夫人的老二威廉究竟谁高谁矮。

假如两个孩子都在那里，问题倒也很容易解决，马上量一下就能分出高矮，但只有哈里在场，双方只好全靠猜测和推断。不过，每人都有权利发表明确的看法，而且可以再三再四的，爱怎么重复就怎么重复。

各人的观点如下：

两位母亲虽然都深信自己的儿子高，但是为了礼貌起见，还是断言对方高。

两位外祖母虽然和做母亲的一样偏心，但是却比她们来得坦率，都在一个劲地说自己的外孙高。

露西一心想取悦两位母亲，认为两个孩子年龄虽小，个子却都高得出奇，她看不出有丝毫差别。斯蒂尔小姐还要老练，伶牙俐齿地把两个孩子都美言了一番。

埃丽诺先前曾发表过看法，认为还是威廉高些，结果得罪了费拉斯太太，也更得罪了范妮，现在觉得没有必要固执己见再表一次。玛丽安听说让她表态，便当众宣布：她从未考虑过这个问题，说不出有什么看法，因而惹得大家都不快活。

埃丽诺离开诺兰之前，曾给嫂嫂绘制了一对非常漂亮的画屏，这画屏送去裱褙刚刚取回家，就摆放在嫂嫂现在的客厅里。约翰·达什伍德跟着男宾们走进来，一眼瞧见了这对画屏，便殷勤备至地递给布兰登上校欣赏。

“这是我大妹妹的画作，”他说，“你是个很有鉴赏力的人，肯定会喜欢这两幅画儿。我不知道你以前有没有见过她的作品，不过人们普遍认为她画得极其出色。”

上校虽然矢口否认自己很有鉴赏力，但是一见到这两幅画屏，就像见到达什伍德小姐别的画作一样，大为赞赏。当然，这些画屏也引起了其他人的好奇心，于是大家便争相传看。费拉斯太太不知道这是埃丽诺的作品，特意要求拿来看看。待米德尔顿夫人令人满意地赞赏过之后，范妮便把它递给了她母亲，同时好心好意地告诉她，这是达什伍德小姐画的。

“哼，”费拉斯太太说，“挺漂亮。”说完连看都不看一眼，便又递还给她女儿。

也许范妮当时觉得母亲太鲁莽了，只见她脸上稍稍泛红，然后马上说道：

“这画屏很漂亮，是吧，母亲？”但是另一方面，她大概又担心自己过于客气，过于推崇，便当即补充说道：

“母亲，你不觉得这画有点像莫顿小姐的绘画风格吗？她确实画得好极了！她最后一幅风景画画得多美啊！”

“的确画得美！不过她样样事情都干得好。”

这真叫玛丽安忍无可忍。她早已对费拉斯太太大为不满了，再一听她这么不合时宜地赞赏另一个人，贬低埃丽诺，她虽说不晓得对方有什么主要意图，却顿时冒火了，只听她气冲冲地说道：

“我们在赞赏一种异乎寻常的绘画艺术！莫顿小姐算老几？谁晓得她？谁稀罕她？我们考虑和谈论的是埃丽诺。”

说着，她从嫂子手中夺过画屏，煞有介事地赞赏起来。费拉斯太太看上去气急败坏，她的身子比以往挺得更直了，恶狠狠地反驳说：“莫顿小姐是莫顿勋爵的女儿。”

范妮看样子也很气愤，而她丈夫却被他妹妹的胆大妄为吓了一跳。玛丽安的发火给埃丽诺造成了更大的痛苦，刚才耳闻目睹那些导致玛丽安发作的事情，她还没有这么痛苦呢。不过布兰登上校一直拿眼睛盯着玛丽安，他的目光表明，他只注意到事情好的一面：玛丽安有颗火热的心，使她无法容忍自己的姐姐受到丝毫的蔑视。

玛丽安的激愤没有到此为止。费拉斯太太如此冷酷无情、蛮横无理地对待她姐姐，使她感到震惊和痛心，她似乎觉得，费拉斯太太的整个态度预示着埃丽诺的多灾多难。转眼间，她在一股深情厚谊的强烈驱使下，走到姐姐的坐椅前，一只手臂搂住她的脖子，脸腮紧贴着她的脸，声音低微而急切地说道：

“我最最亲爱的埃丽诺，不要介意。不要让她们搞得你不高兴。”

她再也说不下去了，实在顶不住了，便一头扑到埃丽诺肩上，哇的一声哭了起来。她的哭声引起了每个人的注意，而且几乎引起了每个人的关切。布兰登上校立起身，不由自主地朝她们走去。詹宁斯太太十分机灵地喊了声：“啊！可怜的宝贝。”当即拿出她的嗅盐让她闻了闻。约翰爵士对这场精神痛苦的肇事人极为愤慨，他马上换了个位置，坐到露西·斯蒂尔小姐身旁，把这起骇人听闻的事情低声对她简要叙说了一番。

过了一会儿之后，玛丽安恢复了正常，这场骚动便告结束，她又坐到众人当中。不过整个晚上出了这些事，她情绪总是受到了影响。

“可怜的玛丽安！”她哥哥一抓住空子，便轻声对布兰登上校说道，“她的身体不像她姐姐那样好——她真有些神经质——她没有埃丽诺那样的体质。人们必须承认，对于一个年轻姑娘来说，本来倒是个美人，一下子失去了自身的魅力，这也真够痛苦的。也许说来你不会相信，玛丽安几个月以前确实非常漂亮——简直和埃丽诺一样漂亮。可现在你瞧，一切都完了。”

第十三章

埃丽诺想见见费拉斯太太的好奇心得到了满足。她从她身上处处发现，她们两家再去结亲是不可取的。她看清了她的傲慢、自私和对她自己的顽固偏见，因而可以理解：即使爱德华不受约束地同她订了婚，那也一定会遇到重重困难，使他们迟迟不能结婚。她看得真切，几乎在为自己感到庆幸：由于遇到了一个较大的障碍，她可以免于遭遇费拉斯太太设置的任何其他障碍，可以免于忍受她那反复无常的脾性，免于费尽心机地去赢得她的好感。或者，如果说她对爱德华迷上露西还不能感到十分高兴的话，她至少可以断定：假如露西和蔼一些，她本应感到高兴的。

使她感到惊奇的是，费拉斯太太一客气，居然使露西变得飘飘然起来。她利令智昏，自视甚高，殊不知费拉斯太太只不过因为她不是埃丽诺才对她青眼相加，而她却认为这是对她自己的赏识——本来费拉斯太太只因不了解她的真实底细才偏爱她，而她却从中大受鼓舞。露西的这种心情不仅从她当时的眼神里看得出来，而且第二天早晨还毫不隐讳地说了出来。原来，经她特意要求，米德尔顿夫人同意让她在伯克利街下车，也许会单独见见埃丽诺，告诉她她有多么高兴。

事情还真凑巧，她刚到不久，帕尔默夫人那里便来了封信，把詹宁斯太太请走了。

“我亲爱的朋友，”她们一剩下两个人，露西便嚷了起来，“我来跟你谈谈我的喜幸心情。费拉斯太太昨天那样厚待我，有什么事比这更令人愉快的呢？她多么和蔼可亲啊！你知道我原来多么害怕见到她，可是一当我被介绍给她，她的态度是那样和蔼可亲，似乎确实表明：她非常喜欢我。难道不是如此吗？你全都看见了，难道你不为之大受震动？”

“她当然对你非常客气。”

“客气！你只发现她很客气？我看远远不止于此。除我之外，她对谁也没这么亲切啊！一不骄，二不傲，你嫂嫂也是如此——和蔼可亲极啦！”

埃丽诺很想谈点别的，可是露西硬要逼着她承认，她有理由感到幸福，于是埃丽诺不得不继续讲下去。

“毫无疑问，她们要是知道你俩订了婚，”她说，“再这样厚待你，那当然是再愉快不过啦！然而，情况并非如此——”

“我早就猜到你会这么说，”露西急忙应答，“费拉斯太太若是不知道，她就绝不会无缘无故地喜欢我。有她喜欢我，这比什么都重要。你休想劝说我转喜为悲。我知道事情一定会有个圆满的结局，我原先还顾虑重重，其实压根儿不会有什么困难。费拉斯太太是个可爱的女人，你嫂子也是如此。她们两人的确都很讨人喜欢！我很奇怪，怎么从没听你说过达什伍德夫人如何惹人爱呀！”

对此，埃丽诺无言可答，也不想回答。

“你有病吧，达什伍德小姐？你似乎情绪不高——连话都不说。你一定不舒服。”

“我从来没有这么健康过。”

“我从心里感到高兴，不过你的脸色的确不好。你若是真有病，我会感到很难过的，因为你给我带来了最大的安慰！要不是多亏了你的友情，天晓得我会怎么样。”

埃丽诺本想给她个客气的回答，可又怀疑自己是否做得到。不过，露西倒似乎颇为得意，因为她又立即说道：

“的确，我完全相信你对我的深情厚谊。除了爱德华的爱，你的深情厚谊是我最大的安慰。可怜的爱德华！不过现在好了，我们能够见面啦，而且要经常见面，因为米德尔顿夫人很喜欢达什伍德夫人，这样一来，我们也许可以常去哈利街，爱德华可以有一半时间待在他姐姐那儿——再说，米德尔顿夫人和费拉斯太太也可以进行互访。费拉斯太太和你嫂嫂真好，她们不止一次地说过：什么时候都乐于见到我，她们多讨人喜欢啊！我相信，你若是告诉你嫂嫂我对她如何评价，那你再怎么称赞都不会过分。”

但是，埃丽诺不想让她存有任何希望，认为她真会告诉她嫂嫂。露西接着说道：

“我知道，费拉斯太太若是真不喜欢我的话，我准能马上看得出来。比方说，假如她一声不吭，只是刻刻板板地给我鞠个躬，此后再也不理睬我，再也不和颜悦色地看我一眼——你知道我这是什么意思——假如我遭到如此可怕的冷遇，我早就死了这条心啦。那会叫我无法忍受的。我知道，她若是真的讨厌起谁来，那就是深恶痛绝啦。”

听了这席客客气气的得意之言，埃丽诺还没来得及作出回答，不料房门被推开了，只见仆人传报费拉斯先生到了，随即爱德华便走了进来。

这是个令人非常尴尬的时刻，每个人的脸色表明，情况确实如此。一个个看上去呆痴痴的，爱德华似乎又想往里进，又想往外退。这种难堪的局面本是他们极力想避免的，现在却在所难逃了——他们不仅三个人都碰到一起了，而且没有任何其他人帮助打圆场。两位小姐先恢复了镇定。露西不敢上前表示亲热，他们表面上还要保守秘密。因此，她只能用眼神传送柔情蜜意，嘴里刚与他寒暄了两句，便不再做声了。

不过，埃丽诺倒想做得周到些，而且为了爱德华和她自己，还一心要处理得妥当些。她稍许定了定神，硬是装出一副近乎坦率大方的神态，对他的到来表示欢迎，再经过一番努力，则显得更加神态自若了。尽管露西在场，尽管她知道自己受到了亏待，但她还是对他说：见到他很高兴，他上次来伯克利街时，她很遗憾不在家。虽然她马上察觉露西那双锐利的眼睛正在直溜溜地盯着她，她却没有畏怯，本来就是朋友嘛，还多少算个亲戚，他理应受到这样的礼遇。

她的这般举止使爱德华消释了几分顾虑，鼓起勇气坐了下来。不过，他还是比两位小姐显得窘迫些，这种情形对男子汉来说虽不多见，但具体到他，倒也合乎情理。因为他既不像露西那样毫不在乎，也不像埃丽诺那样心安理得。

露西故意装出一副娴静自得的样子，好像决计不想给他们增添安慰似的，一句话也不肯说。真正说话的，几乎只有埃丽诺一个人。什么她母亲的身体状况啊，她们如何来到城里啊，诸如这些情况爱德华本该主动问起的，但他并没这样做，埃丽诺只好主动介绍。

埃丽诺的一番苦心没有到此结束，不一会儿，她心里产生了一股豪情，便决定借口去喊玛丽安，将他们两人留在房里。她果真这么做了而且做得极其大方，因为她怀着无比高尚的刚毅精神，在楼梯口盘桓了半天之后，才去叫她妹妹。可是一旦把妹妹请来，爱德华那种欣喜若狂的劲头也就得结束了。原来，玛丽安听说爱德华来了非常高兴，马上急急忙忙地跑到客厅。她一见到他高兴极了，就像她往常一样，感情充沛，言词热烈。她走上前去，伸出一只手让他握，说话声流露出做小姨子的深情厚谊。

“亲爱的爱德华！”她大声嚷道，“这是大喜大庆的时刻！简直可以补偿一切损失！”

爱德华见玛丽安这么亲切，本想作出亲切的回应，但是面对着那两位目击者，他根本不敢说真心话。大家又重新坐下，默默无语地待了一阵。这时，玛丽安脉脉含情地时而望望爱德华，时而瞧瞧埃丽诺，唯一感到遗憾的是，本来是皆大欢喜的事情，却让露西讨厌地夹在中间给搅黄了。爱德华第一个开口，他说玛丽安变样了，表示担心她过不惯伦敦的生活。

“噢！不要为我担心！”玛丽安兴奋而诚恳地应道，说话间，泪水涌进了眼眶。“不要担心我的身体。你瞧，埃丽诺不是好好的嘛。这就够使我们俩知足的了。”

这话不可能让爱德华和埃丽诺感到好受，也不可能博得露西的好感，只见她带着不很友好的表情，抬眼瞅着玛丽安。

“你喜欢伦敦吗？”爱德华说，他心想随便说点什么，把话头岔开。

“一点也不喜欢。我原想来这里会其乐无穷的，结果什么乐趣也没有。现在见到你，爱德华，是伦敦给我带来的唯一的欣慰。谢天谢地！你还是老样子！”

她顿了顿——没有人做声。

“我看，埃丽诺，”她接着又说，“我们应该责成爱德华把我们送回巴顿。我想再过一两周，我们就该走了，我相信，爱德华不会不愿意接受这一托付吧。”

可怜的爱德华嘴里咕哝了一下，不过咕哝了什么，谁也不知道，就连他自己也不知道。玛丽安见他有些激动不安，很容易牵扯到最使她得意的原因上去，因而感到心满意足，马上就谈起了别的事情。

“爱德华，我们昨天在哈利街过得好窝囊啊！真没意思，无聊至极！不过，我在这一点上有好多话要对你说，只是现在不能说。”

她采取了如此令人钦佩的审慎态度，目前还不想告诉他：他们双方的那几位亲戚比以往任何时候都讨人嫌，特别是他的那位母亲尤其令人作呕。这些话只好等到他们单独在一起的时候再说。

“爱德华，你昨天为什么不在那儿？你为什么不来呀？”

“我在别处有约会。”

“约会！有这样的朋友来相聚，你还会有什么约会呢？”

“也许，玛丽安小姐，”露西大声嚷道，她急切地想报复她一下，“你以为年轻人遇到大大小小的约会，一旦不对心思，就从不信守啊。”

埃丽诺顿感怒不可遏，然而玛丽安似乎全然觉不出她话里有刺，只见她心平气和地答道：

“我确实不这样认为。说正经的，我敢肯定，爱德华只是依照良心办事，才没去哈利街的。我确实认为，他是天下最有良心的人，每逢有约会，不管多么微不足道，不管多么违背他的兴致和乐趣，他总是谨慎小心地践约。在我见过的人中，就数他最怕给人带来痛苦，最怕使人感到失望，而又最不自私自利。爱德华，事实就是如此，我就

是要这么说。什么！你不想听人表扬自己！那你一定不是我的朋友，因为凡是愿意接受我的友爱和敬意的人，必须接受我的公开赞扬。”

不过，听了她的这番赞扬，她的三分之二的听众心里觉得特别不是滋味，而爱德华更是大为不快，马上起身往外走去。

“这么快就走！”玛丽安说，“我亲爱的爱德华，这可不行。”

她把他拉到旁边一点，低声对他说：露西不会待得很久。但是，她甚至这样鼓励也无济于事，因为他执意要走。本来，即使他待上两个钟头，露西也会奉陪到底的，现在见他走了，随后也接踵而去。

“她为什么老到这儿来？”她一走，玛丽安便说道，“她难道看不出来我们要她走！真让爱德华哭笑不得！”

“这为什么？我们大家都是他的朋友，露西认识他的时间比谁都长，他想见见我们，自然也想见见她。”

玛丽安目不转睛地望着她，然后说：“你知道，埃丽诺，你这样说话真叫我受不了。我看你说这话是存心想叫别人反驳你，要真是这样的话，你应该记得，我是绝不会这么干的。我不能上你的当，下作地说些毫无意义的废话。”

她说罢走出房去。埃丽诺不敢跟着她再说什么，因为她向露西保证过要保守秘密，她无法说出让玛丽安信服的情况。尽管这将错就错的后果是痛苦的，但她只得恪守诺言。她只能希望，爱德华不要让她或他自己经常听见玛丽安信口开河地瞎说一通，也不要重新引起他们最近这次会见所招致的其他痛苦——而这是她有充分理由加以期待的。

第十四章

就在这次会面后不几天，报上登出了这样一条消息：托马斯·帕尔默先生的太太平安生下一个儿子兼继承人。这是一条令人感兴趣的、令人满意的新闻，至少那些事先了解情况的至亲都是这么认为的。

这件事意义重大，关系到詹宁斯太太的幸福，因而促使她暂时改变了她的时间安排，同样也影响到她的年轻朋友们的活动安排。这位太太希望尽可能地同夏洛特待在一起，因此每天早晨一穿好衣服便过去了，晚上直到很晚才回来。达什伍德家两位小姐经米德尔顿夫妇特意要求，只好整日整日地在康迪特街度过。就舒适而言，她们还是宁愿待在詹宁斯太太家里，至少愿意整个上午能够如此。但是她们又不便违背众人的愿望，硬是提出这样的要求。因此，她俩的时间就转而泡在米德尔顿夫人和斯蒂尔姐妹身上。其实，她们虽然嘴上说要找她俩做伴，实际上并不欢迎她们。

达什伍德家小姐都是很有头脑的人，不可能成为米德尔顿夫人的理想伙伴。而两位斯蒂尔小姐更以嫉妒的目光看待她们，认为她俩闯入了她们的地盘，分享着她们本想独享的盛情厚谊。虽说米德尔顿夫人对待埃丽诺和玛丽安是再客气不过了，但她绝非真正喜欢她们。正因为她们既不阿谀她本人，又不奉承她的孩子，她便无法认为她们和蔼可亲。又因为她们喜欢看书，她便认为她们爱挖苦人。也许她并不知道挖苦是什么意思，不过那不要紧。这是大家动不动就搬出来的常用的指责语。

她们的出现对她和露西都是约束，既限制了一方的游手好闲，又限制了另一方的极尽所能。米德尔顿夫人当着她们的面什么事情也不干，未免觉得有些羞愧。而露西在别的时候，无论在思想上还是行动上都以阿谀奉承为能事，现在却担心她们因此而瞧不起她。这三个人中，对达什伍德家小姐的到来最不感到烦恼的，是斯蒂尔小姐。她们完全有能力与她和睦相处。晚饭后，一见她们进来，她就把火炉前的最好位置让了出来。她们两人只要有一位能向她详细介绍一下玛丽安与威洛比先生之间的整个恋爱史，她便会觉得这位置没有白让，得到了充分的报偿。但是，这种和睦现象并非毫无问题；虽然她经常向埃丽诺表示对她妹妹的同情，并且不止一次地在玛丽安面前流露过对于男人反复无常的责难，但是这除了惹得埃丽诺露出漠然的神情，玛丽安露出憎恶的神色之外，别无其他效果。她们哪怕稍微作出一点努力，她也会成为她们的朋友。她们只要拿博士开开她的玩笑就足够啦！谁想她们与别人一样，根本不想满足她的愿望。因此，如果约翰爵士外出，不在家吃饭，那她整天都听不到别人用这件事戏弄她，她只好进行自我嘲弄。

不过，这些妒忌和不满全然没有引起詹宁斯太太的猜疑，她只觉得姑娘们待在一块是件令人愉快的事情。每天晚上都要祝贺她的年轻朋友们能避开她这傻老婆子，清闲了这么长时间。她有时到约翰爵士家，有时在自己家里，跟她们待在一起。然而不管在哪儿，她总是精神焕发，兴高采烈，神气十足。她把夏洛特的顺利恢复归功于她自己的精心照料，她很想详细准确地叙说一下她的情况，可惜愿意听的只有斯蒂尔小姐一个人。有一桩事确实引起了她的不安，为此她天天都要抱怨几句。帕尔默先生坚持他们男人的一个共同观点，认为所有的婴儿都是一个样，真不像个做父亲的。虽然詹宁斯太太在不同时候能觉察这小家伙同他父母双方的个个亲戚都酷似，她却无法让他父亲接受这一看法。她无法使他相信，这小家伙和同他一般大小的其他小孩不尽相同；甚至也无法叫他认可这样一个简单的意见，即这小家伙是天下最漂亮的孩子。

大约就在这个时候，约翰·达什伍德夫人遇到了一件不幸的事情，我现在要来叙述一下。原来，就在她的两个小姑伙同詹宁斯太太头一次来哈利街拜访她时，又有一个朋友也顺便来访——这件事情本身倒不见得会给她带来不幸。但是有人会想入非非地对别人的行为得出错误的看法，凭着一鳞半爪的现象来判断是非。这样一来，人们的幸福在一定程度上总是要听任命运的摆布。且说目前，最后到来的这位太太，她的想象完全超出事实和可能的界限，刚一听到两位达什伍德小姐的名字，知道他们是达什伍德夫人的小姑，便立即断定她们眼下住在哈利街。由于有这样的误解，她一两天后便发来请帖，邀请她俩及其哥嫂到她府上参加一个小型音乐会。其结果，不仅给约翰·达什伍德夫人带来了极大的不便，只得派车去接达什伍德家两姐妹，而且更糟糕的是，她还必须显得对她们关心备至，真叫她满肚子不高兴。谁敢说她们就不期待第二次同她一道出去活动？确实，她随时都有权利拒绝她们。但是那还不够，因为人们一旦认定了一种他们明知不对的行动方式，你再想让他们采取正确的行动，那他们会恼羞成怒的。

对于每天出去践约，玛丽安已经渐渐习以为常了，因而她是不是出去也就无所谓了。她默默而机械地为每天晚上赴约做着准备工作，虽然她并不期望从中得到一丝一毫的乐趣，而且往往是直到最后时刻才知道要被带到哪里去。

玛丽安对自己的衣着打扮已经变得满不在乎了，随随便便地梳妆一下，等斯蒂尔小姐进来，难免引起她的注意。相比之下，玛丽安整个梳妆时间花费的精力，还顶不上斯蒂尔小姐进来后五分钟里斟酌玛丽安的衣着所付出精力的一半。她观察得细致入微，对什么都很好奇，无所不见，无所不问，不弄清玛丽安每件衣服的价钱，绝不罢休。她可以猜出玛丽安总共有多少件外衣，而且比玛丽安自己判断得还准确。分手前，她甚至还有希望发现玛丽安每周洗衣服要花多少钱，每年在自己身上耗费多少钱。另外，她发出这种不礼貌的盘问，最后还总要奉承两句。虽说她是一番好意，但玛丽安却认为这比什么都不礼貌；因为她仔细调查了她外衣的价格和式样、鞋子的颜色和发式之后，近乎肯定地对她说：“说实话，你看上去漂亮极了，肯定会征服不少男人。”

听了这番鼓励，玛丽安便辞别斯蒂尔小姐，下去乘坐她哥哥的马车。马车停到门口才五分钟，她们便已准备就绪。其实，她们的嫂嫂并不喜欢她们这么守时，因为她赶在她们前头先来到朋友家里，一心希望她们能耽搁一下。这也许会给马车夫带来些不便；但准时赶到却会给她自己带来不便。

晚上的活动并不十分精彩。同其他音乐会一样，到会的有不少人对演出确有欣赏能力，还有不少人根本是一窍不通。而那些表演者却像往常一样，被他们自己和他们的亲友视为英国第一流的民间表演家。

埃丽诺不喜欢音乐，也不假装喜欢，她的目光可以毫无顾忌地随意离开大钢琴，即使竖琴和大提琴，对她也毫无约束，室内的目标她爱看什么就看什么。她东张西望的时候，从那伙年轻小伙子里发现了一个人，就是他，曾经在格雷珠宝店向她们讲解过牙签盒。转眼间，埃丽诺察觉他正在望着自己，而且正在亲切地同她哥哥说话。她刚想问问哥哥他叫什么名字，不料他俩一齐朝她走来。达什伍德先生向她介绍说：他是罗伯特·费拉斯先生。

他同埃丽诺说话的时候，显得既客气又随便，脑袋一歪鞠了个躬，像言语一样清楚地向她表明：他就是露西对她描绘过的那个花花公子。她当初喜欢爱德华假如不是看他人品好，而是看在他至亲的分上，那她该大为庆幸了！本来他母亲和姐姐的乖戾脾气已经引起了她的反感，现在他弟弟的这一鞠躬却把这种反感推向了顶点。然而，当她对这两位年轻人的如此不同感到诧异时，她并没有因为一方的愚昧自负，而失去对另一方的谦逊高尚的好感。他俩为什么会如此迥然不同，罗伯特在一次一刻钟的攀谈中亲自向她作了解释。他一说

起他哥哥，便对他的极端不善交际感到惋惜，认为这确实妨碍了他与上层社会的交往。他还坦率大方地将这一点归咎于不幸的私人教育，而不是归咎于天赋之不足。至于他自己，虽说天赋不见得特别优越，但是由于沾了上公学的便宜，结果与人交往起来比任何人都得心应手。

“说实在话，”他接着说道，“我认为这也没有什么大不了的。我母亲为此难过的时候，我常对她这么说。‘我亲爱的母亲，’我总是这么对她说，‘你要放宽心。这种不幸是无可挽回的，而且都怪你自己不好。你为什么不坚持自己的意见，却偏要听信我舅舅罗伯特爵士的话，让爱德华在他一生最关键的时候去接受私人教育？你当初只要把他像我一样送进威斯敏斯特公学[①]，而不是送到普赖特先生家里，那么这一切都可以避免。’这就是我对这件事的一贯看法，我母亲已经完全认识了她的过错。”

埃丽诺不想同他分辩，因为不管她对公学的优越性有些什么看法，她一想到爱德华住在普赖特家里，终究很难感到满意。

“我想你是住在德文郡，”罗伯特接下去说道，“道利希附近的一幢乡舍里。”

埃丽诺纠正了他说的位置，这似乎使他感到很奇怪：有人居然住在德文郡而不靠近道利希。不过，他对她们的那种房子还是大加赞赏的。

“就我本人来说，”他说，“我极其喜欢乡舍。这种房子总是那样舒适，那样幽雅。我担保，假如我有多余的钱，我就在离伦敦不远的地方买块地皮，自己造座乡舍，随时可以乘车出城，找几个朋友娱乐一番。我劝那些要盖房子的人都盖座乡舍。那天，我的朋友考特兰

① 威斯敏斯特公学（Wesminster School）：伦敦有名的贵族子弟学校，创建于 1560 年。

勋爵特意跑来征求我的意见，将博诺米[1]给他画的三份图样摆在我面前，要我确定哪一份最好。我一把将那些设计图全都抛进了火里，然后说道：‘我亲爱的考特兰，你哪一份也别用，无论如何要建座乡舍。’我想事情就是这么个结局。

“有些人认为乡舍地方小，条件差，这就大错特错啦。上个月，我住在我的朋友爱略特家里，就在达特福德附近。爱略特夫人想举行一次舞会。‘可是怎么办呢？’她说。‘我亲爱的费拉斯，请你告诉我该怎么办呀。这座乡舍里没有一个房间能容得下十对舞伴，夜宵又在哪儿吃？’我倒马上发现这没有什么难处，于是便说：‘我亲爱的爱略特夫人，你不用犯难。餐厅能宽宽裕裕地容得下十八对舞伴；牌桌可以摆在客厅里；书房可以用来吃茶点；夜宵就在客厅里吃。’爱略特夫人听了这个意见非常高兴。我们量了一下餐厅，发现恰好能容纳十八对舞伴，事情完全按照我的设想作了安排。所以嘛，你瞧，只要人们知道如何筹划，住在乡舍里同住在最宽敞的住宅里一样，什么舒适条件都能享受得到。”

埃丽诺对此一概表示同意，她认为她犯不着去据理反驳，罗伯特不配受到这样的抬举。

约翰·达什伍德同他大妹妹一样不喜爱音乐，因而思想也在随意开小差。他晚会期间想到一个主意，回到家里说给妻子听，征求她的同意。鉴于丹尼森太太误以为他妹妹在他家里做客，他应该趁詹宁斯太太出去忙碌的时候，确实请她们来家做客。花销微乎其微，也不会带来什么不便；他是个很有良心的人，为了彻底履行他对先父的承诺，完全有必要关照她们。范妮听到这个建议，不禁大吃一惊。

“我真不知道，”她说，“你这样做怎么能不使米德尔顿夫人难堪，

---

① 博诺米（Joseph Bonomi，1739—1808）：当时著名的建筑师。

因为她们天天都跟她待在一起。不然的话，我也会很乐意这么办的。你知道，我总是愿意尽力关照她们，正像我今天晚上带她们出去所表明的那样。不过，她们是米德尔顿夫人的客人，我怎么能把她们从她身边抢走呢？”

她丈夫看不出她的反对意见有什么说服力，不过对她还是十分谦恭。“她们已经在康迪特街住了一个星期，再到我们这样的近亲家住上同样的天数，米德尔顿夫人不会不高兴的。”

范妮停顿了一会儿，然后又重新打起精神，说：

“亲爱的，要是办得到的话，我一定诚心诚意地请她们来。可是，我心里刚刚打定主意，想让两位斯蒂尔小姐来住几天。她们是规规矩矩的好姑娘。再说她们的舅舅待爱德华那么好，我觉得也该款待款待她们。你知道，我们可以改年再请你妹妹来。而斯蒂尔姐妹俩可能不会再进城了。你一定会喜欢她们的。其实，你知道，你已经非常喜欢她们了，我母亲也很喜欢她们，而且哈里又那样特别喜爱她们！”

达什伍德先生被说服了。他觉得有必要马上邀请两位斯蒂尔小姐，而改年再邀请他妹妹的决定则使他的良心得到了安慰。不过在这同时，他又暗中怀疑：再过一年就没有必要去邀请她们进城了，因为到那时候埃丽诺已经成了布兰登上校的夫人，玛丽安成了他们的座上客。达什伍德夫人为自己避开了这场麻烦而感到欣喜，她还为自己的急中生智感到自豪。第二天早晨，她给露西写信，要求她和她姐姐在米德尔顿夫人肯放手的时候，马上来哈利街住上几天。这理所当然地使露西感到十分高兴。达什伍德夫人似乎在亲自为她操心，真是急她所急，想她所想！能有这样的机会同爱德华及其家人待在一起，这对她比什么事情都至关紧要，这样的邀请比什么都使她感到心满意足！这真是一件叫她感激不尽、急不可待的大好事。却说她在米德尔顿夫人家做客本来并没有明确的期限，现在却突然发现，她早就打算住上两天就走似的。

露西收到信不过十分钟，就拿来给埃丽诺看。看完后，埃丽诺第一次感到露西还真有几分希望。才相识这么几天，就得到如此异乎寻常的厚爱。这似乎表明：对她的这番好意并非完全起源于对她自己的恶意，时间一久，说话投契了，露西就能万事如意。她的阿谀奉承已经征服了米德尔顿夫人的傲慢，打通了约翰·达什伍德夫人紧锁的心房。这些成果揭开了取得更大成功的序幕。

两位斯蒂尔小姐搬到了哈利街，她们在那里非常吃香。消息传到埃丽诺耳朵里，进一步增强了她对事情的期待感。约翰爵士不止一次地去拜访过斯蒂尔姐妹，回到家里详细描绘了她们如何受宠的情况，谁听了都觉得了不起。达什伍德夫人平生从来没有像喜欢她们那样喜欢过任何年轻女子。她送给她们一人一只针线盒，那是一位移民制作的。她直接称呼露西的教名。不知道她将来能不能舍得放她们走。

第三卷

第一章

帕尔默夫人产后已满两周，身体状况很好，她母亲认为没有必要再把全部时间都泡在她身上，每天来探视一两次也就足够了。于是，结束了前一段的护理，回到家里，恢复了以前的生活习惯。她发现，达什伍德家两位小姐很想再度分享先前的乐趣。

她们姐妹回到伯克利街过了三四天的一个上午，詹宁斯太太去看望帕尔默夫人刚回来，见埃丽诺独自坐在客厅里，便急急匆匆、神气十足地走了进去，好让她觉得又要听到什么奇闻了。她只给她转出这个念头的时间，接着马上证实说：

"天哪！亲爱的达什伍德小姐！你听到这消息啦！"

"没有啊，太太。什么消息？"

"好奇怪的事情！不过我会全告诉你的。我刚才到帕尔默先生家里，发现夏洛特为孩子急坏了。她一口咬定孩子病得厉害——孩子哭呀，闹呀，浑身都是丘疹。我当即一瞧，就说：'天哪！亲爱的，这不是丘疹性荨麻疹才怪呢！'护士也是这么说的，可是夏洛特不肯相信，于是去请多纳万先生。幸亏他刚从哈利街回来，马上就赶来了。他一见到孩子，说的和我们说的一模一样，就是丘疹性荨麻疹，夏洛特这才放心。多纳万先生刚想走，我也不知道怎么搞的，居然想起来问他有没有什么消息。他听了得意地傻笑了，然后摆出一副一本正经的神气，看样子像是了解什么秘密似的。最后他小声说道：‘由于担心你们照应的两位小姐得知嫂嫂身体欠安的消息会感到难过，我最好这么说：我认为没有理由大惊小怪，希望达什伍德夫人平安无事。’”

“什么！范妮病了？”

“我当时也是这么说的，亲爱的。‘天哪！’我说，‘达什伍德夫人病了？’接着，全都真相大白了。据我了解，事情大概是这样的：爱德华·费拉斯先生，也就是我常常拿来取笑你的那位少爷（不过我很高兴，事实证明这些玩笑毫无根据），看来，这位爱德华·费拉斯先生与我表侄女露西订婚已经一年多了！亲爱的，你的机会来啦！除了南希，别人居然一无所知！你能相信会有这种事吗？他们两人相爱，这倒不奇怪。但是事情闹到这个地步，竟然没有引起任何人的猜疑，这也就怪啦！我从来没有看见他们在一起过，不然我肯定马上就能看出苗头。你瞧，他们由于害怕费拉斯太太，就绝对保守秘密，一直没有引起他母亲和你哥嫂的丝毫怀疑。直到今天早晨，可怜的南希，你知道她本是个好心人，可就是没长心眼，一股脑儿全给捅出来了。‘天哪！’她自言自语地说，‘她们都这么喜欢露西，将来肯定不会从中刁难啦。’说罢，赶忙跑到你嫂子跟前。你嫂子正独自一个人坐在那儿织地毯，压根儿没想到会出什么事——她五分钟前还在对你哥哥说，她想让爱德华和某某勋爵的女儿配成一对，我忘了是哪位勋爵。因此你可以想象，这对你嫂子的虚荣心和自尊心是多么沉重的打击。她顿时歇斯底里大发作，一个劲地尖声叫喊。你哥哥坐在楼下梳妆室里，想给他乡下的管家写封信。听到尖叫声，飞身上楼，随即发生了一个可怕的情景，因为当时露西正好来了，她一点也不知道出了什么事。可怜的人儿！我真可怜她。应该说，我认为她受到了十分无情的对待；因为你嫂子发狂似的破口大骂，露西当即昏厥过去。南希跪在地

上，失声痛哭。你哥哥在房里踱来踱去，说他不知道该怎么办。达什伍德夫人宣称，她们想在她家多待一分钟也不行，你哥哥被迫也跪倒在地，求她允许她们收拾好衣物再走。于是，你嫂子歇斯底里又发作起来，你哥哥吓坏了，派人去请多纳万先生。多纳万先生发现他家简直闹翻了天。马车停在门口，准备送走我那可怜的表侄女。她们正上车的时候，多纳万先生正好下车。他说可怜的露西处于这种状况，哪里还走得了路；还有南希，情况几乎一样糟。跟你明说吧，我无法容忍你嫂子，衷心希望，他们能不顾她的反对，结成良缘。天哪！可怜的爱德华先生要是听说了，他会多么焦虑不安啊！自己心爱的人竟然受到如此的虐待！人们都说他极其喜欢露西，这倒是很可能的。他要是勃然大怒起来，我才不会感到奇怪呢！多纳万先生也有同感。他和我对这件事谈论了很多。好在他又回到了哈利街，等费拉斯太太得知了这件事，他也好随叫随到。原来，我表侄女一走，他们就派人去叫费拉斯太太，你嫂子认为她肯定也会歇斯底里发作。她也许会吧，不过不关我事，她们两人我一个也不可怜，我真不知道人会为金钱和门第而这样大吵大闹。根本没有理由不让爱德华先生娶露西。我想费拉斯太太对她儿子一定会尽到做母亲的责任。露西虽说没有多少财产，但是她比谁都善于勤俭持家。费拉斯太太哪怕一年只给儿子五百镑，露西也许能像别人拿八百镑搞得一样体面。天呀！他们可以舒舒服服地住在你们那样的乡舍里——或许稍大一点——雇两个女仆、两个男仆。我想我还可以帮助他们物色一个女仆，因为我的贝蒂有个妹妹没事干，去当个女仆正合适。”

詹宁斯太太说到这里停住了。埃丽诺也就有了足够的时间定定心，因而还能像人们预料中这种事通常会引起的反应那样，作出了寻常的回答，谈了点寻常的看法。她高兴地发现，詹宁斯太太并没怀疑她对此事特别感兴趣。而且像她最近常常希望的那样，这位太太不再认为她还眷恋着爱德华。而最使她感到高兴的是，因为玛丽安不在场，她觉得自己完全可以不露窘态地谈论这件事，并且认为，对于与此事有关的每个人的行为，完全可以不抱任何偏见地作出判断。

到底如何预期事情的结局，她简直捉摸不定，虽然她千方百计地想打消这样的念头，即事情不是以爱德华和露西的结婚告终，而可能出现别的结局。她急切地想知道费拉斯太太会怎么说，怎么办，尽管这本是无可怀疑的事情。她还更加急切地想知道爱德华会如何表现。对于他，她深感同情；对于露西，她只有一点点同情——而这一点点同情还是她好不容易从心窝里挤出来的；对于有关的其他人，她丝毫也不同情。

由于詹宁斯太太没有别的事情好谈，埃丽诺很快意识到，有必要使玛丽安做好谈论这件事的思想准备。不能再蒙骗她了，要立即向她说明事实真相，尽力使她在听别人谈论的时候，不要露出为姐姐担忧、对爱德华不满的神情。

埃丽诺要做的是件痛苦的事情。她将搞掉的，她确信是她妹妹的主要精神慰藉；详细叙说一下爱德华的情况，这恐怕会永远毁坏她对他的良好印象。另外，在玛丽安看来，她们姐妹俩的遭遇极其相似，这也会重新勾起她自己的失望情绪。但是，尽管事情令人不快，还得照办不误，于是埃丽诺赶忙执行任务去了。

她绝不想多谈她自己的情感，不想多谈她自己如何痛苦，因为她从第一次获悉爱德华订婚以来所采取的克制态度，可以启迪玛丽安怎么办才比较现实。她说得简单明了，虽说没法做到不动感情，她还是没有过于激动，过于悲伤。做此反应的倒是听的人，因为玛丽安惊骇地听着，痛哭不止。埃丽诺反倒成了别人的安慰者：妹妹痛苦的时候她要安慰她，她自己痛苦的时候她还得安慰她。她甘愿主动地安慰她，一再保证说她心里很坦然，并且苦口婆心地替爱德华开脱罪责，只承认他有些轻率。

但是，玛丽安眼下不肯相信那两个人。爱德华好像是第二个威洛比。她像埃丽诺一样，明知她曾经真心实意地爱过他，这怎么能叫她心里感到好受呢！至于露西·斯蒂尔，她认为她一点也不和蔼可亲，根本不可能让哪个有头脑的男人爱上她。因此，爱德华先前倾心于她，她始而说什么也不肯相信，继而又说什么也无法谅解。她甚至不愿承认这本是很自然的事情。埃丽诺只好让她通过对世人的进一步了解，来认识事情的必然性，只有这样才能使她信服。

埃丽诺在第一次交谈中，只谈到订婚这件事以及订婚了多长时间。这时玛丽安心里实在忍受不了，打断了姐姐有条不紊的详细叙述。一时间，埃丽诺只能设法减轻她的痛苦，使她不要那么大惊小怪，满腹怨恨。玛丽安提出的第一个问题又引出了更多的细枝末节：

“埃丽诺，这个情况你知道有多久了？他给你写过信没有？”

“我知道有四个月了。露西去年十一月初次来巴顿庄园时，私下告诉我她订婚了。”

听了这话，玛丽安嘴里没说，目光里却流露出十分惊讶的神气。她诧异地顿了顿，然后惊叹道：

“四个月！这事你已知道四个月啦？”

埃丽诺肯定了这一点。

“什么！我遭到不幸你来照料我的时候，原来自己也有这种伤心事儿？而我还责备你快活呢！”

“当时还不便于让你知道实际情况恰恰相反！”

“四个月！”玛丽安又一次嚷道，“这么镇定！这么乐观！你怎么忍得住啊？”

“我觉得我在尽我的本分。我向露西许过诺，一定要保守秘密。因此，我要向她负责，不能透露一点风声；我还要向我的亲友负责，不让他们为我担忧，我无法告诉他们事实真相。”

玛丽安似乎大为感动。

“我常想别再让你和母亲蒙在鼓里，”埃丽诺接着说，“我试过一两次，但是，要想让你们相信，我势必要违背自己的诺言。”

“四个月！而你还爱着他！”

“是的。当时，我不单单爱他，还生怕引起亲友的不安，宁愿不让大家知道我有多么难过。现在，无论想起这件事，还是谈起这件事，我都可以做到无动于衷。我不想让你们为我受苦，我可以向你保证，我已经不再过于悲痛了。我有很多可以聊以自慰的地方。我知道，这次失意绝不是由于我自己的轻率引起的，而且我一直尽量忍着，没有宣扬出去。我还替爱德华开脱，认为他没有什么大不了的过错。我希望他非常幸福，确信他一贯很尽职，现在虽说可能有点悔恨，最终一定会幸福的。露西并不缺乏理智，这是造成美满姻缘的基础。无论如何，玛丽安，尽管有关对象专一、始终不渝的爱情的概念十分迷惑人，尽管人们可以说一个人的幸福完全依赖于某一个人，但是这并不意味应该如此——那是不恰当，不可能的。爱德华要娶露西。他要娶一个才貌胜过半数女性的女人。随着时间的推移、习性的改变，他以后会忘记，他曾经认为有人比她强。”

“如果你这样思考问题，”玛丽安说，“如果失去最珍贵的东西可以如此轻易地用别的东西加以弥补，那么你的坚韧不拔和自我克制也许就不足为怪了。这就让我更容易理解了。”

“我明白你的意思。你以为我一直无所谓似的。玛丽安，这四个月以来，这桩事一直压在我的心头，我不能随意向任何一个人倾诉。我知道，一旦向你和母亲作解释，非但不会让你们做好任何思想准备，反而会引起你们的极大痛苦。告诉我这件事的——而且是强迫我听的，就是先前同爱德华订过婚，毁了我一生前程的那个人。我觉得，她是带着洋洋得意的神气告诉我的。这人对我有疑心，我只好和她对着来，当她讲到我最感兴趣的地方，我偏偏装出似听非听的样子。这事还不止发生过一次，我要三番五次地听她叙说她如何满怀希望，如何欣喜若狂。我知道我与爱德华永远分手了，但是我没听到一桩事情使我觉得和他结合有什么不理想的，没有任何情况证明他不值得钟情，也没有任何情况表明他对我冷漠无情。我要顶住他姐姐的冷酷无情、他母亲的蛮横无理，吃尽了痴情的苦头，却没尝到什么甜头。而且你知道得一清二楚，这一切发生的时候，我还不单单遇到这一件不幸呢。如果你认为我还有感情的话，你现在当然会想象得到，我一直很痛苦。我现在考虑问题之所以头脑比较冷静，我也愿意承认自己得到了安慰，不过那都是一直拼命克制的结果。那不是自发自生的，而且一开始也没有使我精神上感到宽慰。没有的，玛丽安。当时，我若不是必须保持缄默，也许无论什么事情——即使我对最亲密的朋友所承担的义务——也不可能阻止我公开表明我非常不幸。"

玛丽安被彻底说服了。

"噢！埃丽诺，"她嚷道，"你使我要痛恨自己一辈子。我对你太残忍啦！一向只有你在安慰我，我悲痛的时候你和我患难与共，就好像只是为我忍受痛苦似的！可我就这样感激你嘛！难道这是我对你的唯一回报？你的好品格表现得如此明显，我却一直不当一回事。"

话音一落，接着便是一阵热烈的亲吻。她现在处于这种心情，任凭埃丽诺提出什么要求，她都会满口答应的。经姐姐要求，玛丽安保证绝不带着丝毫苦相跟任何人谈论这件事；见到露西绝不露出丝毫更加厌恶的神色；即使偶然见到爱德华本人，也要一如既往地热诚相待，绝不能有任何怠慢。这是很了不起的退让，不过玛丽安一旦感到自己冤枉了别人，只要能弥补过失，叫她做什么她都在所不辞。

她恪守诺言，果然谨慎可嘉。詹宁斯太太在这个问题上不管怎么

唠叨，她都不动声色地倾听着，从不表示一点异议，并且三次说道："是的，太太。"她听她赞扬露西，只是身不由己地从一张椅子挪到另一张椅子上。詹宁斯太太谈到爱德华的一片深情时，她只不过喉头痉挛了一下。眼见妹妹表现得如此坚强，埃丽诺觉得自己也能经得起任何考验。

第二天早晨，她们的哥哥来访，给她们带来了进一步的考验。他带着极其严肃的表情，谈起了这桩可怕的事情，并且带来了他太太的消息。

"我想你们都听说了吧，"他刚刚坐定，便一本正经地说道，"我们家里昨天有个十分惊人的发现。"

她们看样子都表示同意。这似乎是个非常可怕的时刻，大家都噤若寒蝉。

"你们的嫂嫂，"他接着说，"痛苦极了。费拉斯太太也是如此——总之一句话，一幅十分悲惨的情景——不过，我希望这起风暴就会过去，别把我们任何人搞得狼狈不堪。可怜的范妮！她昨天歇斯底里了一整天。不过，我不想过于惊吓你们。多纳万说，没有什么大不了的，不必担忧，她体质好，又有毅力，怎么也顶得住。她以天使般的坚毅精神硬挺下来了！她说，她绝不会再瞧得起任何人。这也难怪，她受了骗啊！她是那样厚待她们，那样信任她们，她们却这样忘恩负义。她是出自一片好心，才把这两位年轻小姐请到家里的。她之所以这样做，只是因为她觉得她们值得器重，都是天真无邪、规规矩矩的姑娘，可以成为愉快的伙伴。要不然，在你那位好心的朋友侍候女儿期间，我俩倒很想邀请你和玛丽安来家做客。现在可好，受到这种报答！可怜的范妮情深意切地说：'我打心眼里希望，我们当初请的是你妹妹，而不是她们。'"

他说到这里停住了，等着对方道谢。接受谢意之后，他又继续说下去。

“费拉斯太太真可怜，范妮第一次向她透露这个消息时，她那个痛苦劲儿，简直没法形容。本来，她怀着赤诚的慈爱之心，一直想给儿子安排一门最合适的婚事，哪想到他居然早就同另一个人秘密订了婚！她万万想不到会出这种事！假使她怀疑他已早有对象，那也不可能是那个人。她说：‘对那个人，我本认为自己可以大胆放心的。’她痛心极啦。不过，我们一起商量了该怎么办，最后她决定把爱德华叫来，他来是来了，但是说起后来的事情，真叫人遗憾。费拉斯太太苦口婆心地动员他终止婚约，而且你完全可以想象，我和范妮也在帮着动员，我以理相劝，范妮一再恳求，可是徒劳无益。什么义务啊，感情啊，全被置之度外，我以前从没想到爱德华这么固执，这么无情。他假若娶了莫顿小姐，他母亲可有些慷慨的打算，并且都向他交了底。她说她要把诺福克的地产传给他，这宗地产用不着缴纳土地税，每年足有一千镑的进益。后来，眼看事情严重了，她甚至提出加到一千二百镑。与此相反，她还向他说明：如果他依然坚持要和那位出身低贱的女人结婚，那么婚后必然会陷入贫穷。她断言说：他自己的两千镑将是他的全部财产；她永远不要再见到他；她绝不会给他一丝一毫的帮助，假如他捞到一个可望成为更好经济来源的职业，那她也要千方百计地阻止他飞黄腾达。”

玛丽安听到这里，顿时怒不可遏，两手啪地一拍，大声嚷道：“天哪！这可能吗？”

“玛丽安，”她哥哥回答道，“你完全有理由对他的顽固不化表示惊异，他母亲如此讲道理他都不听。你的惊叹是很自然的。”

玛丽安正要反驳，但又想起了自己的承诺，只好忍住。

“然而，”约翰继续说道，“一切规劝都没有效果。爱德华很少说话，说了几句，态度很坚决。别人怎么劝说，他也不肯放弃婚约。不管付出多大代价，他也要坚持到底。”

“这么说，”詹宁斯太太再也无法保持缄默了，便带着直率而诚挚的口气嚷道，“他这样做倒像个老实人。请恕我直言，达什伍德先生，他假若采取另外一套做法的话，我倒要把他看作无赖了。我和你一样，跟这件事多少有点关系，因为露西·斯蒂尔是我的表侄女。我相信天下没有比她更好的姑娘啦，谁也没有她更配嫁个好丈夫了。”

约翰·达什伍德大为惊讶。不过他性情文静，很少发火，从不愿意得罪任何人，特别是有钱人。因此，他丝毫不显气恼地答道：

“太太，我绝不会有失敬重地议论你的哪位亲戚。露西·斯蒂尔小姐也许是个非常令人器重的年轻女子，但是你知道，目前这门亲事是不可能的。也许，能和她舅舅照应下的年轻人秘密订婚，而这位年轻人又是费拉斯太太这样一位特别有钱的女人的儿子，这总归有点异乎寻常。总而言之，詹宁斯太太，我并不想非难你所宠爱的任何人的行为。我们大家都祝她无比幸福。费拉斯太太的行为自始至终都不过分，每个认真负责的慈母在同样情况下，都会采取同样的处置办法。她表现得体面大方。爱德华已经作出了命运的抉择，我担心这是个错误的抉择。”

玛丽安发出一声叹息，表示了同样的担心。埃丽诺替爱德华感到痛心，他不顾母亲的威胁，硬要娶一个不会给他带来报偿的女人。

“先生，”詹宁斯太太说，“后来怎么样啦？”

“说起来真遗憾，太太，后来发生了极其不幸的决裂：爱德华被撵走了，他母亲永远不想再见到他。他昨天离开家，可是到哪儿去了，现在是否还在城里，我一概不得而知，因为我们当然不好打听啦。”

“可怜的年轻人！他将怎么办啊？”

“真的，怎么办啊，太太！想起来真叫人伤心。生来本是个享福

的命！我无法想象还有比这更悲惨的境况。靠两千镑得到点利息——一个人怎么能靠这点钱生活！除此之外，他若不是因为自己傻，本来三个月后还可以每年享有两千五百镑的收入（因为莫顿小姐有三万镑的财产），考虑到这一点，我无法想象还有比这更悲惨的境况。我们大家都为他担心，加之我们完全没有能力帮助他，也就更为他担心。”

“可怜的年轻人！”詹宁斯太太嚷道，“我真欢迎他来我家吃住。我要是能见到他，就这么对他说。他现在还不该自食其力，住公寓，住旅馆。”

埃丽诺打心眼里感谢她如此关心爱德华，虽然关心的方式使她不禁感到好笑。

“朋友们都愿意帮助他，”约翰·达什伍德说，“他只要自己争气一些，现在也就会处于良好的境况，真是什么也不缺了。但在事实上，谁也帮不了他的忙。而且还有一个对他不利的情况，大概比什么都糟糕——他母亲怀着一种自然而然的心情，决定把那份地产立即传给罗伯特。本来，爱德华要是接受合理的条件，这份地产就是他的了。我今天早晨离开费拉斯太太时，她正在和她的律师商量这件事。”

“哎呀！”詹宁斯太太说，“那是她的报复。每个人都有自己的做法。不过我想，我不会因为一个儿子惹恼了我，就让另一个儿子坐享其成。”

玛丽安立起身，在房里踱来踱去。

“一个人眼看着本该属于自己的地产却被弟弟捞去，”约翰继续说道，“还有什么事情比这更叫人懊恼的？可怜的爱德华！我真心实意地同情他。”

就这么慷慨激昂地又说了一阵之后，约翰的访问便结束了。他一再向妹妹保证说，他确信范妮的病情没有什么大危险，因此她们不必过于担忧，说罢便走了出去，留下的三位太太小姐对当前这个问题倒取得了一致的看法，至少对费拉斯太太、达什伍德夫妇和爱德华的行为，看法是一致的。

约翰·达什伍德一走出房，玛丽安便气得大发雷霆，而她的发作又使埃丽诺不可能保持缄默，使詹宁斯太太没必要保持缄默，于是她们三人联合起来，把那伙人狠批了一通。

第二章

詹宁斯太太对爱德华的行为大加赞扬，然而只有埃丽诺和玛丽安懂得这种行为的真正价值。只有她们知道，爱德华实在没有什么东西可以诱使他违抗母命，到头来失去了朋友，丢掉了财产，除了觉得自己做得对之外，别无其他安慰。埃丽诺为他的刚直不阿感到自豪；玛丽安因他受到了惩罚而怜悯他，宽恕了他的过失。不过，这件事情公开之后，姐妹俩虽说又成了知己，但她们单独在一起时，谁也不愿细谈这件事。埃丽诺原则上尽量避而不谈，因为玛丽安说话太偏激，太武断，总认为爱德华仍然钟情于她。埃丽诺本来希望打消这个念头，可是玛丽安越说她考虑得越多。不久，玛丽安也失去了勇气，她抓住一个话题力争谈下去，但是拿埃丽诺的行为和她自己的一比较，总是对自己越来越不满意。

她感到了这种比较的效力，但是并非像姐姐希望的那样，促使她克制自己。她感到不断自责的百般痛苦，懊恼自己以前从没克制过自己。然而，这仅仅带来悔过的痛苦，并没带来改过自新的希望。她的意志变得如此脆弱，以致仍然认为现在克制自己是不可能的，因此只落得越发沮丧。

尔后一两天，她们没听说哈利街和巴特利特大楼有什么新的动静。不过，虽说大家已经掌握了不少情况，詹宁斯太太不用进一步了解也足够传播一阵子了，但她从一开始就决定尽早去看看她的表侄女，安慰安慰她们，同时问问情况。不巧，这两天客人比往常都多，使她脱不了身。

她们获悉详情后的第三天，是个晴朗明丽的星期日，虽然才到三月份的第二周，却为肯辛顿花园招来了许多游客。詹宁斯太太和埃丽诺也夹在其中。但是玛丽安知道威洛比夫妇又来到城里，一直都怕碰见他们，因而宁肯待在家里，也不闯进这种公共场所。

走进花园不久，詹宁斯太太的一位好友也夹进来凑热闹，对此，埃丽诺并不感到遗憾，因为有她和她们待在一起，不停地同詹宁斯太太交谈，她自己倒可以清静地想想心事。她没见到威洛比夫妇，也没见到爱德华，而且有一阵连个凑巧使她感兴趣的人都见不到。无论愉快的还是不愉快的机遇都没有。可是最后，她无意中发现斯蒂尔小姐来到她跟前，带着颇为腼腆的神气，表示见到她们十分高兴。经詹宁斯太太盛情邀请，她暂时离开她的同伙，来到她们之间。詹宁斯太太当即对埃丽诺低声说道：

“亲爱的，让她通通说出来。你只要一问，她什么都会告诉你。你看，我不能离开克拉克太太。”

幸好，詹宁斯太太和埃丽诺的好奇并非徒然，斯蒂尔小姐根本不用问，什么话都愿意说。不然的话，她们从别人嘴里是听不到这些话的。

“我很高兴见到你，”斯蒂尔小姐说，一边亲昵地抓住埃丽诺的手臂，“因为我最要紧的就是想见到你。”接着放低声音说，“我想詹宁斯太太都听说了。她生气了吧？”

“我想她一点也不生你的气。”

“这就好。米德尔顿夫人呢，她生气了吗？”

“我认为她不可能生气。”

“我太高兴啦。天哪！我心里是什么滋味啊！我从没见过露西这样勃然大怒。她一开始就发誓，她一生一世也不给我装饰一顶新帽子，也不再给我做任何别的事情。不过她现在已经完全消了气，我们又依然如故地成了好朋友。瞧，她为我的帽子打了这个蝴蝶结，昨天晚上还给装饰了羽毛。好啦，你也要嘲笑我了。不过，我为什么就不能扎粉红丝带？我倒不在乎这是不是博士最喜爱的颜色。当然，他若没有亲口说过，我绝不会知道他最喜欢这个颜色。我的表妹们真叫我烦恼！我有时候就说，我在她们面前眼睛都不知道往哪里看。”

她说着说着便扯到了另一个话题上，埃丽诺对此无话可说，因而她觉得最好还是回到第一个话题上。

“不过，达什伍德小姐，”斯蒂尔小姐洋洋得意地说，“人们说费拉斯太太曾当众宣布爱德华不要露西了，他们爱怎么说就怎么说，不过说实在的，没有那回事。到处散布这种流言蜚语，真是厚颜无耻。不管露西自己怎么看，别人没有权利信以为真。”

“说真话，我以前从没听人流露过这种意思。”埃丽诺说。

“噢！真的吗？但是我很清楚，确实有人说过，而且不止一个人。戈德比小姐就对斯帕克斯小姐说过：凡是头脑正常的人，谁也不会认为费拉斯先生肯放弃像莫顿小姐这样一位有三万镑财产的女子，而去娶一个一无所有的露西·斯蒂尔。我是亲耳听见斯帕克斯小姐这么说的。况且，我表兄理查德还亲口说过，到了节骨眼上，他担心费拉斯先生会变卦。爱德华有三天没接近我们了，我也说不出自己该怎么想。我从心底里相信，露西已经认定没有希望了，因为我们星期三离开你哥哥家，星期四、五、六整整三天都没见到他，也不知道爱德华怎么样啦。露西一度想给他写信，随即又打消了这个念头。不过，我们今天上午刚从教堂回到家，他就来了，于是事情全搞清楚了：他如何在星期三被叫到哈利街，他母亲一伙找他谈话，他如何当着她们大

家公开宣布：他是非露西不爱，非露西不娶；他如何被这些事情搞得心烦意乱，一跨出他母亲的门槛便骑上马，跑到了乡下什么地方；星期四、五两天，他如何待在一家客栈里，以求事情有个好的结果。经过再三考虑，他说他现在没有财产，什么都没有，再和露西继续保持婚约，似乎太不人道，那要让她跟着受苦了，因为他只有两千镑，没有希望得到别的收入。他曾想过去做牧师，即使这样，也只能捞个副牧师的职位，他们怎么能靠此维持生活呢？一想到露西不能生活得更好些，他就难以忍受，因此他恳求说：露西只要愿意，可以马上终止婚约，让他去独自谋生。这一切我听他说得清清楚楚。他提到解除婚约的事，那完全是看在露西的分上，完全是为露西好，而不是为他自己。我愿发誓，他从没说过厌烦露西，没说过想娶莫顿小姐，诸如此类的话他一句也没说过。不过，露西当然不愿听他那样说，因此她马上对他说（你知道，又把那表示柔情蜜意的话说了一大堆——天哪！这种话你知道是没法重复的）——她马上对他说，她绝对不想解除婚约，只要有点微薄的收入，她就能和他生活下去。不管他只有多么少的一点点钱，她愿意全部掌管起来，反正就是这一类话。这一来，爱德华高兴极了，谈论了一会儿他们该怎么办，最后商定：爱德华应该马上去做牧师，等他得到一份牧师俸禄的时候，他们再结婚。恰在这时，我再也听不见了，因为我表兄在楼下叫我，说是理查森夫人乘马车到了，要带我们中的一个人去肯辛顿花园。因此，我不得不走进房去打断他们，问露西想不想去。结果，她不愿意离开爱德华。于是我就跑上楼，穿上一双丝袜，随理查森夫妇走了。”

“我不懂你说的‘打断他们’是什么意思，”埃丽诺说，“你们不是一起待在一个房间里吗？”

“当然不！我们不在一个房间里。哎呀！达什伍德小姐，你以为人们当着别人的面谈情说爱吗？唉，别丢脸啦！你当然知道不是那么回事。（假装痴笑。）不，不，他们一起给关在客厅里，那些话我全是在门口听到的。”

“怎么！”埃丽诺嚷道，“你说来说去，原来只是在门口听到的？很遗憾，我事先不知道，不然我不会让你来细说这次谈话内容的，因为你自己都是不该知道的嘛。你怎么能对妹妹采取如此不正当的行为？”

“啊呀！那没什么。我不过站在门口，能听多少就听多少。我相信，要是换成露西，她准会采取同样的办法对待我。在过去一两年里，我和玛莎·夏普经常有许多私房话要说，她总是毫不顾忌地藏在壁橱里、壁炉板后面，偷听我们说话。”

埃丽诺试图谈点别的，但是斯蒂尔小姐一心想着这件事，让她抛开两三分钟都不可能。

“爱德华说他不久要去牛津，”她说，“不过他现在寄住在帕尔美尔街某号。他母亲真是个性情乖戾的女人，不是吗？你兄嫂也不大厚道！不过，我不能对你说他们的坏话；当然，他们打发自己的马车把我们送回家，这是我没料到的。我当时吓得要命，就怕你嫂嫂向我们要还她头两天送给我们的针线盒。不过，她没说起这件事，我小心翼翼地把我的针线盒藏了起来。爱德华说他在牛津有点事，要去一段时间。在那之后，一碰到那位主教，就接受圣职，我真不知道他会得到什么样的圣职！天哪！（边说边吃吃发笑。）我敢以性命打赌，我知道我的表妹们听到后会说什么。她们会对我说，我该给博士写封信，叫他在他新近工作的教区给爱德华找个牧师职位。我知道她们会这么说，不过我当然绝不会干这种事。‘哎呀！’我马上会说，‘我不知道你们怎么会想到这种事。还真让我给博士写信啊！’”

“好啊，”埃丽诺说，“有备无患嘛。你把答话都准备好了。”

斯蒂尔小姐刚要对同一话题作出回答，不想她的同伙们来了，她

只好换个话题。

“啊呀！理查森夫妇来了，我本来还有许多话要对你说，可是又不能离开他们太久了。老实跟你说吧，他们是很体面的人。那男的挣好多好多的钱，他们有自己的马车。我没有时间亲自和詹宁斯太太谈论这件事，不过请你转告她，听说她不生我们的气，还有米德尔顿夫人也是如此，我感到非常高兴。万一你和你妹妹有事要走，我们一定愿意来同她做伴，她要我们待多久，我们就待多久。我想，米德尔顿夫人这次不会再叫我们去了。再见。很遗憾，玛丽安小姐不在这儿。请代我向她问好。啊呀！你不该穿上这件花斑细洋纱衣服。真奇怪，你也不怕给撕破了。”

这就是她临别时所表示的担心。说完这话，她刚向詹宁斯太太最后恭维了几句，便被理查森夫人叫走了。埃丽诺从她那儿了解到一些情况，虽说都是她早已预想得到的，倒可以促使她再冥思遐想一阵子。同她推断的情况一样，爱德华要同露西结婚，这是确定无疑的，至于何时举行婚礼，却是绝对不确定的。正如她所料，一切取决于他获得那个牧师职位，但这在当前是没有丝毫指望的。

她们一回到马车里，詹宁斯太太就迫不及待地打听消息。但是埃丽诺觉得那些消息起先是通过不正当途径窃取的，还是尽量少传播为好，因而她只是敷衍了事地重复了几个简单的情况。她确信，露西为了抬高自己的身价，也愿意让人知道这些情况。他们还继续保持着婚约，以及采取什么办法来达到目的，这是她叙说的全部内容。詹宁斯太太听了之后，自然而然地发出了以下的议论：

“等他得到一份牧师俸禄！哎，我们都知道那会是个什么结局。他们等上一年，发现一无所获，到头来只好依赖一年五十镑的牧师俸禄，还有那两千镑所得到的利息，以及斯蒂尔先生和普赖特先生的一点点布施。而且，他们每年要生一个孩子！老天保佑！他们将穷到什么地步！我要看看能送她们点什么，帮他们布置布置家庭。我那天说过，他们当真还能雇用两个女仆、两个男仆！不，不，他们必须雇用一个身强力壮的姑娘，什么活儿都能干。贝蒂的妹妹现在绝对不合适。”

第二天上午，两便士邮局给埃丽诺送来一封信，信是露西写来的，内容如下：

巴特利特大楼，三月

希望亲爱的达什伍德小姐原谅我冒昧地给你写来这封信。不过我知道你对我非常友好，在我们最近遭到这些不幸之后，你一定很愿意听我好好讲讲我自己和我亲爱的爱德华。因此，我不想过多地表示歉意，而倒想这样说：谢天谢地！我们虽然吃尽了苦头，但是现在却都很好，我们相亲相爱，永远都是那样幸福。我们遭受了巨大的磨难和巨大的迫害，但是在这同时，我们又非常感激许多朋友们，其中特别是你。我将永远铭记你的深情厚谊，我还转告了爱德华，他也将对你铭感终身。我相信，你和亲爱的詹宁斯太太听到下面的情况一定会很高兴：昨天下午，我和他幸福地在一起度过了两个小时。我觉得自己有义务劝说他，便敦促他为了谨慎起见，还是与我断绝关系，假使他同意的话，我愿意当即同他永远分手。尽管我说得语重心长，可他怎么也不同意。他说我们绝不分离，只要我爱他，他就不在乎他母亲发不发火。当然，我们的前景不很光明，但是我们必须等待，要从最好的方面着想。他不久就想去当牧师，你若是有门路的话，能把他举荐给什么人，赐给他个牧师的职位，我知道你准忘不了我们。还有亲爱的詹宁斯太太，我相信她会向约翰爵士、帕尔默先生等一伙能够帮忙的朋友美言我们几句。可怜的安妮真不该说那些话，不过她是出于一片好心，所以我也就不再赘述。希望詹宁斯太太哪天上午路过此地时，能劳驾她光临寒舍。这将是莫大的盛情厚谊，我表姐妹将会很荣幸地结识她。信纸不够了，提醒我就此搁笔[1]。你若有机会见到詹宁斯太太、约翰爵士、米德尔顿夫人以及那些可爱的孩子，请代我向他们问好，向他们转告我的谢忱和敬意，代问玛丽安小姐好。

你的露西

埃丽诺一看完信，就遵照她推想的写信人的真实意图，把信交给了詹宁斯太太。詹宁斯太太一边朗读，一边洋洋得意地赞不绝口。

"真是好极了！她写得多动人啊！啊！爱德华假如愿意的话，让他解除婚约倒十分恰当。真不愧是露西呀。可怜的人儿！我衷心地希望，我能替他搞到个牧师的职位。你瞧，她称我为亲爱的詹宁斯太太。她真是天底下心肠最好的姑娘。一点不假，千真万确。那句话写得好极了。是的，是的，我肯定要去看她。她考虑得多么周到，把每个人都想到了！亲爱的，谢谢你把信拿给我看。这是我见到的写得最动人的一封信，说明露西很有理智，很有情感。"

第三章

两位达什伍德小姐如今已在城里待了两个多月，玛丽安渴望回家的急切心情与日俱增。她眷恋乡下的空气、清闲和静谧，她心想，要是有什么地方使她感到舒心的话，那就是巴顿。埃丽诺几乎和她一样归心似箭，只是不想马上就走，因为她知道路途遥远，困难重重，而

---

① 当时写信不用信封，而只用一张信纸，折叠成"四页"，人们通常在一两页上写信，用最后一页写姓名地址。

这是玛丽安所无法认同的。不过，她开始认真考虑回家的问题，已经向和蔼的女主人提起了她们的愿望。女主人好心好意地极力挽留，并且提出了一个解决方案。根据这个方案，她们虽说还要待上几个星期才能回家，但是埃丽诺似乎觉得比别的方案更加切实可行。三月底，帕尔默夫妇要到克利夫兰过复活节，詹宁斯太太和她的两位朋友受到夏洛特的热情邀请，要她们一同前往。达什伍德小姐处事谨慎，本来是不会接受这样的邀请的，然而自从妹妹遇到不幸以来，帕尔默先生对待她的态度发生了很大变化，这次又是他亲自客客气气地提出邀请，她只好愉快地接受了。

不过，当她把这件事告诉玛丽安时，玛丽安最初的回答却并不痛快。

“克利夫兰！”她大为激动地嚷道，“不，我不能去克利夫兰。”

“你忘了，”埃丽诺心平气和地说，“克利夫兰不在……不靠近……”

“但它在萨默塞特郡。我不能去萨默塞特郡。我曾经盼望过去那儿……不，埃丽诺，你现在不要指望我会去那儿。”

埃丽诺并不想劝说妹妹克制这种情感。她只想通过激起她的别的情感，来抵消这种情感。因此，她告诉妹妹：她不是很想见到亲爱的母亲吗，其实去克利夫兰是个再好不过的安排，可以使她们以最切实可行、最舒适的方式，回到母亲身边，也许用不了多久就能定下一个归期。克利夫兰距离布里斯托尔只有几英里远，从那里去巴顿不过一天的旅程，尽管是整整的一天，母亲的仆人可以很方便地去那里把她们接回家。因为不必在克利夫兰待到一个星期以上，所以再过三个星期就回到家了。玛丽安对母亲情真意切，这就使她很容易地消除了最初设想的可怕念头。

詹宁斯太太对于她的客人没有丝毫厌烦之感，非常诚恳地劝说她们和她一起从克利夫兰回到城里。埃丽诺感谢她的好意，但却不能改变她们的计划。这计划得到了母亲的欣然同意，她们回家的一切事宜都已尽可能地做好了安排。玛丽安为回巴顿前的这段时间记了个流水账，心里感到了几分欣慰。

达什伍德家小姐确定要走之后，布兰登上校第一次来访时，詹宁斯太太便对他说："唉！上校，我真不知道，两位达什伍德小姐走后，我们俩该怎么办。她们非要从帕尔默夫妇那儿回家不可。我回来以后，我们将感到多么孤寂啊！天哪！我们俩坐在那里，目瞪口呆地对视着，像两只猫儿一样无聊。"

詹宁斯太太如此危言耸听地说起将来的无聊，也许是挑逗上校提出求婚，以使他自己摆脱这种无聊的生活——如果是这样的话，她马上就有充分的理由相信，她的目的达到了。原来，埃丽诺正要替她的朋友临摹一幅画，为了尽快量好尺寸，她移身到窗前，这时上校也带着一种特别的神气跟到窗前，同她在那儿交谈了一会儿。这次谈话对那位小姐产生的作用，逃不过詹宁斯太太的目光。她虽说是个体面人，不愿偷听别人说话，甚至为了有意使自己听不见，还把位子挪到玛丽安正在弹奏的钢琴跟前。但是，她情不自禁地发现，埃丽诺脸色变了，同时显得很激动，只顾得听上校说话，手上的活儿也停了下来。而更能印证她的希望的是，在玛丽安从一支曲子转到另一支曲子的间歇，上校有些话不可避免地传到了她的耳朵里，听起来，他像是在为自己的房子不好表示歉意。这就使事情毋庸置疑了。她确实感到奇怪，他为什么要这样做。不过，她猜想这或许是正常的礼节。埃丽诺回答了些什么，她听不清楚，但是从她嘴唇的翕动可以断定，她认为那没有多大关系。詹宁斯太太打心里称赞她如此诚实。随后他们俩又谈了一会儿，可惜她一个字也没听见。恰在这时，玛丽安的琴声碰巧又停住了，只听上校带着平静的语气说道：

“我恐怕这事一时办不成。”

詹宁斯太太一听他说出这种没有人情味的话来，不禁大为震惊，差一点嚷出声来：“天啊！还有什么办不成的？”不过她忍耐住了，只是悄声说道：“这倒真怪！他总不至于等到再老下去吧。”

然而，上校提出的延期似乎丝毫没使他那位漂亮的朋友感到生气或窘迫；因为他们不久就结束了谈话，两人分手的时候，詹宁斯太太清清楚楚地听见埃丽诺带着真挚的语气说道：

“我将永远对你感激不尽。”

詹宁斯太太听她表示感谢，不由得喜上心头，只是有些奇怪：上校听到这样一句话之后，居然还能安之若素地立即告辞而去，也不答复她一声！她没有想到，她的这位老朋友求起婚来会这么漫不经心。

其实，他们之间谈论的是这么回事：

“我听说，”上校满怀同情地说，“你的朋友费拉斯先生受到家庭的亏待。我若是理解得不错的话，他因为坚持不肯放弃同一位非常可爱的年轻小姐的婚约，而被家人完全抛弃了。我没有听错吧？情况是这样吗？”

埃丽诺告诉他，情况是这样。

“把两个长期相爱的年轻人拆开，”上校大为动情地说道，“或者试图把他们拆开，这太冷酷无情，太蛮横无理了。费拉斯太太不知道她会造成什么后果——她会把她儿子逼到何种地步。我在哈利街见过费拉斯先生两三回，对他非常喜欢。他不是一个你在短期内就能与之相熟的年轻人，不过我总算见过他几面，祝他幸运。况且，作为你的朋友，我更要祝愿他。我听说他打算去做牧师。劳驾你告诉他，我从今天的来信里得知，德拉福的牧师职位目前正空着，他若是愿意接受的话，可以给他。不过，他目前处于如此不幸的境地，再去怀疑他是否愿意，也许是无稽之谈。我只是希望钱能再多一些。拿的是教区长的俸禄，但是钱很少。我想，已故牧师每年不过能挣二百镑，虽说肯定还会增加，不过怕是达不到足以使他过上舒适日子的程度。尽管如此，我还是万分高兴地推举他接任此职。请你让他放心。”

埃丽诺听到这一委托，不禁大为吃惊，即使上校真的向她求婚，她也不会感到比这更为惊讶。仅仅两天前，她还认为爱德华没有希望得到提携，现在居然举荐他了，他可以结婚啦。而天下这么多人，又偏偏让她去奉告！她心里有这样的感触，不料被詹宁斯太太归之于一个迥然不同的原因。然而，尽管她心里夹杂着一些不很纯洁、不很愉快的次要因素，但是她钦佩布兰登上校对任何人都很慈善，感谢他对她自己的特殊情谊。正是这两方面的因素，促使他采取了这一举动。她不仅心里这样想，嘴里还做了热情的表示。她诚心诚意地向他道谢，而且带着她认为爱德华受之无愧的赞美口吻，谈起了他的为人准则和性情。她还答应，假如他的确希望有人转告这样一件美差的话，那她很乐意担当此任。尽管如此，她仍然不得不认为，还是上校自己去说最为妥当。简单地说，她不想让爱德华痛苦地感到他受到她的恩惠，因此她宁愿推掉这个差事。不想布兰登上校也是基于同样微妙的动机，而不肯亲自去说。他似乎仍然希望埃丽诺去转告，请她无论如何不要再推辞。埃丽诺相信爱德华还在城里，而且幸运的是，她从斯蒂尔小姐那儿打听到了他的地址。因此，她可以保证在当天就告诉他。此事谈妥之后，布兰登上校说起他有这么一位体面谦和的邻居，定将受益匪浅。接着，他遗憾地提到，那幢房子比较小，不怎么好。对于这一缺陷，埃丽诺就像詹宁斯太太猜想的那样，一点也不在乎，至少对房子的大小是这样。

“房子小，”她说，“我想不会给他们带来任何不便，因为这同他们的家口和收入正相称。”

一听这话，上校吃了一惊。他发现，埃丽诺已经把他们的结婚看成是这次举荐的必然结果。在他看来，德拉福的牧师俸禄收入有限，凡是习惯了爱德华那种生活方式的人，谁也不敢靠着这点收入就能成家立业——于是，他照实这么说了：

“这点牧师俸禄只能使费拉斯先生过上比较舒适的单身生活，不能保证他可以结婚。说来遗憾，我只能帮到这一步，我对他的关心也只能到此为止。不过，万一将来我有能力进一步帮忙，那时我一定像现在真诚希望的一样尽心尽力，只要我没有彻底改变我现在对他的看法。我现在的所作所为真是毫无价值，因为这很难促使他获得他主要的也是唯一的幸福目标。他的婚事依然是一场遥遥无期的美梦。至少，我恐怕这事一时办不成。”

正是这句话，因为被多愁善感的詹宁斯太太误解了，理所当然地要引起她的烦恼。不过，我们如实地叙述了布兰登上校和埃丽诺站在窗口进行的一席谈话之后，埃丽诺在分手表示谢意时，总的来说，那副激动不已、言辞恳切的神情，也许不亚于接受求婚的样子。

第四章

布兰登上校一走，詹宁斯太太便狡黠地笑笑说：“达什伍德小姐，我也不问你上校在跟你说什么来着。我以名誉担保，虽说我尽量躲到听不见的地方，但我还是听到一些，知道他在谈论什么事儿。老实对你说吧，我生平从来没有这么高兴过，我衷心地祝你快乐。”

“谢谢你，太太，”埃丽诺说，“这确实是一件使我感到十分快乐的事情。我切实感到布兰登上校为人善良。能像他那样办事的人实在不多。很少有人像他那样富于同情心！我生平从没这样惊奇过。”

“天哪！亲爱的，你过于谦虚啦！我丝毫也不感到惊奇，因为我近来常想，没有什么事情比这更合乎情理啦。”

“你这样认为，是因为你知道上校心肠慈善。可你至少预见不到，这机会居然会来得这么快。”

“机会！”詹宁斯太太重复了一声。“啊！说到这点，男人一旦下定这样的决心，他无论如何总会很快找到机会的。好啦，亲爱的，我再三再四地祝你快乐。要是说世界上真有美满夫妻的话，我想我很快就会知道到哪儿去找啦。”

“我想，你打算到德拉福去找啦。”埃丽诺淡然一笑地说。

“啊，亲爱的，我的确是这个意思。至于说房子不好，我不知道上校用意何在，因为那是我见到的最好的房子。”

“他谈到房子失修了。”

“唉，那怪谁？他为什么不修理？他自己不修让谁修？”

仆人进来打断了她们的谈话，传报马车停在门口。詹宁斯太太马上准备出发，便说：

“好啦，亲爱的，我的话还没说完一半就要走啦。不过，我们晚上可以仔细谈谈，因为我们将单独在一起。我就不难为你跟我一起去了，你大概一心想着这件事，不会愿意陪我去的。何况，你还急着告诉你妹妹呢。”

原来，她们的谈话还没开始，玛丽安就走出房去了。

“当然，太太，我是要告诉玛丽安的。但是，当前我还不想告诉其他任何人。”

“啊！好，”詹宁斯太太颇为失望地说道，“那你就不让我告诉露西啦，我今天还想跑到霍尔本呢。”

“是的，太太，请你连露西也别告诉。推迟一天不会有多大关系。在我写信给费拉斯先生之前，我想还是不要向任何人提起这件事。这信我马上就写。要紧的是不能耽搁他的时间，因为他要接受圣职，当然有很多事情要办。”

这几句话起初使詹宁斯太太大惑不解。为什么一定要急急忙忙地写信告诉费拉斯先生呢？这真叫她一下子无法理解。不过，沉思片刻之后，她心里不禁乐了起来，便大声嚷道：

“哦嗬！我明白你的意思了。费拉斯先生要做主事人。嗯，这对他再好不过了。是的，他当然要准备接受圣职。我真高兴，你们之间已经进展到这一步了。不过，亲爱的，这由你写是否不大合适呀？上校难道不该亲自写信？的确，由他写才合适。”

詹宁斯太太这番话的开头两句，埃丽诺听了不太明白。不过，她觉得也犯不着追问，于是，她只回答了最后的问题：

“布兰登上校是个谨慎人，他有什么事要找费拉斯先生，宁愿让别人代言，也不肯亲自出面。”

“所以，你就只好代言啦。嘿，这倒真是一种古怪的谨慎！不过，我不打扰你啦。”见她准备写信。“你自己的事情你知道得最清楚。再见，亲爱的。自从夏洛特临产以来，我还没有听到使我这么高兴的消息呢。”

詹宁斯太太说罢走了出去，可是转眼间又返回来了。

“亲爱的，我刚才想起了贝蒂的妹妹。我很愿意给她找一个这么好心的女主人。不过，她是否能做女主人的贴身女侍，我实在说不上来。她是个出色的女用，擅长做针线活。不过，这些事情你有闲空的时候再考虑吧。”

“当然，太太。”埃丽诺答道。其实，詹宁斯太太说的话，她并没听进多少，一心渴望她快点走，不要把她当作女主人说来说去。

现在，她一心考虑的是该如何动笔——她给爱德华的这封信该如何表达。由于他们之间有过特殊的关系，本来别人感到轻而易举的事情，要她来写可就犯难了。不过，她同样害怕自己或则说得过多，或则说得过少，因而只见她手里捏着笔，坐在那里对着信纸出神。恰在这时，爱德华走了进来，打断了她的沉思。

原来，詹宁斯太太刚才下楼乘车时，爱德华正好来送告别名片，两人在门口碰见了。詹宁斯太太因为不能回屋，向他表示了歉意，随后又叫他进去，说达什伍德小姐在楼上，正有要紧事要同他说。

埃丽诺在迷茫中刚刚感到有点庆幸，觉得写信不管多么难以确切地表达自己，但总比当面告诉来得好办。正当她自我庆幸的时候，她的客人偏偏走了进来，迫使她不得不接受这项极其艰巨的任务。爱德华的突然出现使她大吃一惊，十分慌张。爱德华的订婚消息公开以后，他知道她是了解的，从那以来，他们一直没有见过面，而且自从他知道她了解实情以来，他们也一直没有见过面。鉴于这个情况，再加上埃丽诺自知有些想法，还有事要对他说，因而有好一阵感到特别不自在。爱德华也感到很痛苦。他们一道坐下，样子显得十分尴尬，爱德华刚进屋时有没有求埃丽诺原谅他不期而至，他也记不清了。不过为了保险起见，等他坐定以后，一俟能说出话来，便按照礼仪道了歉。

“詹宁斯太太告诉我，”他说，“你想同我谈谈，至少我理解她是这个意思——不然我肯定不会如此这般地来打扰你。不过，我若是不见一下你和令妹就离开伦敦，将会感到万分遗憾。特别是，我很可能离开不少时间——大概一时半刻不会有幸再见到你们。我明天要去牛津。”

“不过，”埃丽诺恢复了镇静，决定尽快完成这项可怕的差事，于是说道，“你总不会不接受一下我们的良好祝愿就走吧，即使我们未能亲自向你表示祝愿。詹宁斯太太说得一点不错。我有件要紧事要告诉你，我刚才正要写信通知你呢。我受人委托，接受了一项极其愉快的任务。”说着说着，呼吸变得急促起来。“布兰登上校十分钟前还在这儿，他要我告诉你，他知道你打算去做牧师，很愿意把现在空缺的德拉福牧师职位送给你，只可惜俸禄不高。请允许我祝贺你有一位如此可敬、如此知心的朋友，我和他都希望这份俸禄能比现在的一年大约二百镑高得多，以便使你更有条件——不光是解决你自己的临时膳宿问题——总而言之，可以实现你全部的幸福愿望。”

爱德华的苦衷，他自己是说不出口的，也无法期望别人会替他说出来。听到这条意想不到的消息，他看样子大为震惊。不过他只说了这么几个字：

“布兰登上校！”

“是的，”因为最难堪的时刻已经有些过去了，埃丽诺进一步鼓起勇气，继续说道，“布兰登上校是想表示一下他对最近发生的事情的关切——你家人的无理行径把你推进了痛苦的境地——当然，玛丽安和我，以及你的所有朋友，都和他一样关切。同样，他的行动也表明他对你整个人格的高度敬重，对你目前所作所为的特别赞许。”

“布兰登上校送我一个牧师职位！这可能吗？”

“你受尽了家人的亏待，遇到旁人的好意也感到惊奇。”

“不，”爱德华恍然省悟过来，回答说，“我得到你的好意就不会感到惊奇。因为我不可能不知道，这一切都亏了你，亏了你的一片好心。我从心里感激你——要是做得到的话，我一定向你表示这种感激之情——但是你知道得很清楚，我是个不善言辞的人。”

“你搞错了。实话对你说吧，这事完全归功于，至少是几乎完全归功于你自己的美德和布兰登上校对你这种美德的赏识。我根本没有插手。我了解了他的意图之后，才知道那个牧师职位空着。我根本没有想到，他还会有个牧师职位可以相赠。他作为我和我一家人的朋友，也许会——我的确知道他还真的十分乐于赠给你。不过，说老实话，你不用感激我，这不是我求情的结果。”

为了实事求是，埃丽诺不得不承认自己稍许起了一点作用。但是她不愿意显示自己是爱德华的恩人，因而承认得很不爽快。大概正是由于这个缘故，爱德华进一步加深了他心里最近产生的那个猜疑。埃丽诺说完之后，他坐在那里沉思了一会。最后，他像是费了很大劲儿，终于说道：

“布兰登上校似乎是个德高望重的人。我总是听见人们这样议论他，而且我知道，你哥哥非常敬佩他。毫无疑问，他是个聪明人，大有绅士风度。”

“的确如此，”埃丽诺答道，“我相信，经过进一步了解你会发现，他和你听说的一模一样，既然你们要成为近邻（我听说牧师公馆就在他的大宅附近），他具有这样的人格也就特别重要。”

爱德华没有做声。不过，当埃丽诺扭过头去，他趁机对她望了一眼。他的眼神那样严肃，那样认真，那样忧郁，仿佛在说：他以后或许会希望牧师公馆离大宅远一点。

“我想，布兰登上校住在圣詹姆斯街吧。”他随后说道，一面从椅子上立起身。

埃丽诺告诉了他门牌号码。

“那我要赶快走啦，既然你不让我感谢你，我只好去感谢上校。告诉他，他使我成为一个非常——一个无比幸福的人。”

埃丽诺没有阻拦他。他们分手时，埃丽诺诚挚地表示，不管他的处境发生什么变化，永远祝他幸福。爱德华虽说很想表示同样的祝愿，怎奈表达不出来。

“我再见到他的时候，”爱德华一走出门去，埃丽诺便自言自语地说道，“他就是露西的丈夫了。”

埃丽诺带着这种快慰的期待心情，坐下来重新考虑过去，回想着爱德华说过的话，设法去领会他的全部情感。当然，也考虑一下她自己的委屈。

且说詹宁斯太太回到家里，虽然回来前见到了一些过去从未见过的人，因而本该大谈特谈一番这些人的，但是由于她一心想着她掌握

的那件重要秘密，所以一见到埃丽诺，便又重新扯起那件事。

“哦，亲爱的，”她嚷道，“我叫那小伙子上来找你的。难道我做得不对？我想你没遇到多大困难——你没发现他很不愿意接受你的建议吧？”

“没有，太太。那还不至于。”

“嗯，他多久能准备好？看来一切取决于此啦。”

“说真的，”埃丽诺说，“我对这些形式一窍不通，说不准要多长时间，要做什么准备。不过，我想有两三个月，就能完成他的授职仪式吧。”

“两三个月？”詹宁斯太太嚷道，“天哪！亲爱的，你说得倒轻巧！难道上校能等两三个月！上帝保佑！这真要叫我无法忍耐了。虽然人们很乐意让可怜的费拉斯先生来主事，但是不值得为他等两三个月啊。肯定可以找到别人，一样能办嘛——找个已经有圣职的人。”

“亲爱的太太，”埃丽诺说，“你想到哪儿去了？你听我说，布兰登上校的唯一目的是想帮帮费拉斯先生的忙。”

“上帝保佑你，亲爱的！你总不至于想让我相信，上校娶你只是为了要送给费拉斯先生十个几尼的缘故吧！”

这样一来，这场假戏再也演不下去了。双方不免要立即解释一番，一时间都对此极感兴趣，并不觉得扫兴，因为詹宁斯太太只不过用一种乐趣取代了另一种乐趣，而且还没有放弃对前一种乐趣的期待。

“当然，牧师公馆房子很小，”第一阵惊喜过后，她说，“很可能年久失修了。不过，我当时以为他在为另一幢房子表示歉意呢。据我了解，那幢房子底层有六间起居室，我想管家对我说过，屋里能安十五张床！而且他还向你表示歉意，因为你住惯了巴顿乡舍！这似乎十分滑稽可笑。不过，亲爱的，我们得撺掇上校赶在露西过门以前，帮助修缮一下牧师公馆，好叫他们住得舒适一些。”

“不过布兰登上校似乎认为，牧师俸禄太低，他们无法结婚。”

“亲爱的，上校是个傻瓜。他因为自己每年有两千镑的收入，就以为别人钱少了不能结婚。请你相信我的话，只要我还活着，我就要在米迦勒节以前去拜访一下德拉福牧师公馆。当然，要是露西不在那儿，我是不会去的。”

埃丽诺很同意她的看法：他们很可能什么也不等了。

第五章

爱德华先到布兰登上校那里道谢，随后又高高兴兴地去找露西。到了巴特利特大楼，他实在太高兴了，詹宁斯太太第二天来道喜时，露西对她说，她生平从未见过他如此兴高采烈。

露西自己无疑也是喜气洋洋、兴高采烈。她同詹宁斯太太一起，由衷地期望他们大家能在米迦勒节之前舒舒适适地聚会在德拉福牧师公馆。与此同时，听到爱德华称赞埃丽诺，她也不甘落后，一说起她对他们两人的友情，总是感激不尽，激动不已，立刻承认她对他们恩重如山。她公开宣称，无论现在还是将来，达什伍德小姐再怎么对他们尽心尽力，她都不会感到惊讶，因为她为她真正器重的人办事，总是竭尽全力。至于布兰登上校，她不仅愿意把他尊为圣人，而且真诚地渴望在一切世俗事务中，确实把他当作圣人对待；渴望他能把他向教区缴纳的什一税[①]提高到最大限度。她还暗暗下定决心，到了德拉福，她要尽可能充分利用他的仆人、马车、奶牛和家禽。

---

① 什一税（tithes）：系指向教会缴纳的农作物、牲畜等税，其税率约为年产额的十分之一，故名“什一”。

自从约翰·达什伍德走访伯克利街，已有一个多星期了。从那以后，大家除了口头上询问过一次以外，再也没有理会他妻子的病情，因而埃丽诺觉得有必要去探望她一次。然而，履行这种义务不仅违背她自己的心愿，而且也得不到她同伴的鼓励。玛丽安自己断然不肯去不说，还要拼命阻止姐姐去。詹宁斯太太虽然允许埃丽诺随时可以使用她的马车，但是她太厌恶约翰·达什伍德夫人了。即使很想看看她最近发现她弟弟的隐情之后是个什么样子，即使很想冲着她替爱德华打打抱不平，却无论如何也不愿意再去见她。结果，埃丽诺只好单独前往，去进行一次她最不心甘情愿的走访，而且还冒着同一个女人私下对峙的危险，对于这个女人，其他两位女士都不像她那样有充分的理由感到深恶痛绝。

马车驶到屋前，仆人说达什伍德夫人不在家；但是没等马车驶开，她丈夫碰巧走了出来。他表示见到埃丽诺非常高兴，告诉她他刚准备去伯克利街拜访，还说范妮见到她定会十分高兴，邀请她快进屋去。

他们走上楼，来到客厅。里面没有人。

“我想范妮在她自己房里，”约翰说，“我就去叫她，我想她绝不会不愿意见你——绝对不会。特别是现在，不会有什么——不过，我们一向最喜欢你和玛丽安。玛丽安怎么没来？”

埃丽诺尽量给妹妹找了个借口。

“我想单独见见你也好，”约翰回答说，“因为我有许多话要对你说。布兰登上校的这个牧师职位——这能是真的吗？他真的赠给了爱德华？我是昨天偶然听说的，正想去你那儿再打听一下。”

“这是千真万确的。布兰登上校把德拉福的牧师职位送给了爱德华。”

“真的！哦，真叫人吃惊！他们既不沾亲带故，又没有什么交往！再加上牧师的薪俸又那么高！给他多少钱？”

“一年大约二百镑。”

“不错嘛——至于给继任牧师那个数额的俸禄——假定在已故牧师年老多病，牧师职位马上就要出现空缺的时候就推举，那他也许能得到一千四百镑。但他为什么不在老牧师去世前就把这桩事料理好呢？现在嘛，确实为时太晚了，再推销就难办了，可是布兰登上校是个聪明人啊！我感到奇怪，在这么平平常常的一件事情上，他竟然这么没有远见！不过我相信，几乎每个人的性情都是变化无常的。经过考虑，我觉得情况很可能是这样的：爱德华只是暂时担任这个职务，等上校把圣职卖给的那个人长大了，再正式交给他。是的，是的，就是这么回事，请相信我好啦。”

可是，埃丽诺断然对此加以反驳。她说她受布兰登上校的委托，负责向爱德华转告这项举荐，因而应该是了解赠送条件的。她哥哥见她说得有根有据，只好折服。

“这事确实令人惊讶！”约翰听了她的话后嚷道，“上校的用心何在呢？”

“用心很简单——想帮助费拉斯先生。”

“好啦，好啦，不管布兰登上校怎么样，爱德华还是个非常幸运的人！不过，你别向范妮提起这件事。虽然我已经向她透露过，她也能泰然处之，但她总是不喜欢听人说来说去的。”

埃丽诺听到这里，好不容易才忍住没说出这话：她认为范妮若是真的听说她弟弟发了财，倒会泰然处之，因为这样一来，她和她的孩子便不会受穷了。

“现在，”约翰接着说，声音压得很低，以便适宜于这样一个重要话题，“费拉斯太太还不知道这件事，我想最好彻底瞒着她，能瞒多久就瞒多久。他们一结婚，恐怕她就全知道了。”

“可是为什么要这么小心谨慎呢？本来，谁也不认为费拉斯太太会对她儿子有足够的钱维持生活感到满意，因为那根本不可能。鉴于她最近的所作所为，为什么还要期望她会有什么感情呢？她已经和她儿子断绝了关系，永远抛弃了他，还迫使她可以左右的那些人也都抛弃了他。的确，她做出这种事情之后，你就不能设想她会为爱德华而感到悲伤或喜悦——她不可能对爱德华遇到的任何事情发生兴趣。她并不是个精神脆弱的人，连孩子的安适都不顾了，还会感到做母亲的不安！”

“啊！埃丽诺，”约翰说，“你这个道理讲得很好，但那是建立在不懂人类天性的基础上。等到爱德华举办他那不幸的婚事的时候，保险他母亲会觉得像是从没抛弃他似的。因此，可能促进那起可怕事件的每个情况，都得尽量瞒着她。费拉斯太太绝不会忘记爱德华是她的儿子。”

“你真使我吃惊。我倒是认为，到这时候，她一定忘得差不多一干二净了。”

“你完全冤枉了她。费拉斯太太是天下最慈爱的一位母亲。”

埃丽诺默然不语。

“我们现在正在考虑，”达什伍德先生停了片刻，然后说，“让罗伯特娶莫顿小姐。”埃丽诺听到她哥哥那一本正经、果断自负的口气，不禁微微一笑，一面镇静地答道：

“我想，这位小姐在这件事上是没有选择权的。”

“选择权！你这是什么意思？”

“照你的说法推想，莫顿小姐不管嫁给爱德华还是嫁给罗伯特，反正都是一个样，我就是这个意思。”

“当然，是没有什么区别，因为罗伯特实际上要被视为长子了。至于说到别的方面，他们都是很讨人喜欢的年轻人——我也说不上一

个就比另一个强。”

埃丽诺没再说话，约翰也沉默了一会儿。他最后谈出了这样的看法：

“有一件事，亲爱的妹妹，”他亲切地握住她的手，悄声低语地说道，“我可以告诉你，而且我也愿意告诉你，因为我知道这一定会使你感到高兴。我有充分的理由认为——的确，我是从最可靠的来源得到的消息，不然我就不会再重复了，因为否则的话，就什么也不该说——不过我是从最可靠的来源得到的消息——我倒不是确确实实地听见费拉斯太太亲口说过——但是她女儿听到了，我是从她那儿听来的——总而言之，有那么一门亲事——你明白我的意思，不管它有什么缺陷，却会更合费拉斯太太的心意，也远远不会像这门亲事那样给她带来这么多的烦恼。我很高兴地听说费拉斯太太用这种观点考虑问题——你知道，这对我们大家是一个十分可喜的情况。‘两害相权取其轻，’她说，‘这本来是无法比较的，我现在绝不肯弃轻取重。’然而，那事是根本不可能的——想也不要想，提也不要提。至于说到感情，你知道——那绝不可能——已经全部付诸东流了。但是，我想还是告诉你，我知道这一定会使你感到非常高兴。亲爱的埃丽诺，你没有任何理由感到懊悔。你无疑是极其走运的——通盘考虑一下，简直同样理想，也许更加理想。布兰登上校最近和你在一起过吗？”

埃丽诺听到这些话，既没有满足她的虚荣心，也没有激起她的自负感，反而搞得她神经紧张，头脑发胀。因此，一见罗伯特·费拉斯先生进来，她感到非常高兴，这样她就不用回答她哥哥，也不用听他再说三道四了。大家闲谈了一会儿，约翰·达什伍德想起范妮还不知道他妹妹来了，便走出房去找她，留下埃丽诺可以进一步增进对罗伯特的了解。此人举止轻浮，无忧无虑，沾沾自喜，想不到只是因为生活放荡，便得到了他母亲的过分宠爱和厚待，而他哥哥却因为为人正直，招来了偏见，反被逐出了家门。这一切进一步坚定了她对他的头脑和心地的反感。

他们在一起刚刚待了两分钟，罗伯特就谈起了爱德华，因为他也听说了那个牧师职位，很想打听打听。埃丽诺就像刚才给约翰介绍的那样，把事情的来龙去脉又细说了一遍。罗伯特的反应虽然大不相同，但却和约翰的反应一样惹人注意。他肆无忌惮地纵声大笑。一想到爱德华要当牧师，住在一幢小小的牧师公馆里，真叫他乐不可支。再加上异想天开地想到爱德华穿着白色法衣念祈祷文，发布约翰·史密斯和玛丽·布朗即将结婚的公告，这更使他感到滑稽透顶。

埃丽诺一面沉默不语、肃然不动地等着他停止这种愚蠢的举动，一面又情不自禁地凝视着他，目光里流露出极为蔑视的神气。然而，这股神气表现得恰到好处，既解了心头之恨，又叫对方浑然不觉。罗伯特凭借自己的情感，而不是由于受到她的指责的缘故，逐渐从嬉笑中恢复了理智。

"我们可以把这当作玩笑。"他终于止住了笑声，说道。其实，真没有那么多好乐的，不过他那矫揉造作的嗤笑倒是大大延长了真正的可笑时刻。"不过，说句真心话，这是一件极其严肃的事情。可怜的爱德华！他永远给毁了。我感到万分惋惜——因为我知道他是个好心人，也许是个心肠比谁都好的人。达什伍德小姐，你不能凭着你和他的泛泛之交，就对他妄下结论。可怜的爱德华！他的言谈举止当然不是最讨人喜欢的。不过你知道，我们人并非一生下来就样样能力一般齐——谈吐也不尽一致。可怜的家伙！你若是见他和一伙生人在一起，那可真够可怜的！不过，说句良心话，我相信他有一副好心肠，好得不亚于王国的任何人。说实在的，这事猛然一出来，我生平从没那么震惊过。我简直不敢相信。我母亲第一个把这件事告诉了我，我觉得她是求我采取果断行动，于是我立即对她说：'亲爱的母亲，我不知道你在这个关头会打算怎么办，但是就我而论，我要说，如果爱德华真的娶了这个年轻女人，那我可绝不要再见到他。'这就是我当时说的话。的确，我这一惊吃得非同小可！可怜的爱德华！他完全把自己葬送了！永远把自己排除在上流社会之外！不过，正如我立即向我母亲说的，我对此一点也不感到惊讶。从他所受的教育方式看，他总要出这种事的。我可怜的母亲简直有点发疯了。”

“你见过那位小姐吗？”

“是的。有一次，她就待在这座房子里，我偶然进来逗留了十分钟，把她好好看了看。只不过是个别别扭扭的乡下姑娘，既没风采，又不优雅，还不怎么漂亮。我还清清楚楚地记得她。我想她就是可以迷住可怜的爱德华的那种姑娘。我母亲把事情对我一说，我就立即提出要亲自和他谈谈，劝他放弃这门婚事。但是我发现，当时已经为时过晚，无法挽救了。因为不幸的是，我一开始不在家，直到关系破裂之后，我才知道这件事，不过你知道，这时候我已经无法干预了。我若是早得知几个小时的话，我想十有八九是可以想出办法来的。我势必会极力向爱德华陈说的。‘我的好伙计，’我会说，‘考虑一下你这是在做什么。你在谋求一桩极不体面的婚事，遭到了你一家人的一致反对。’总之一句话，我认为当时是有办法的。但是现在太晚了。你知道，他肯定要挨饿，这是确定无疑的，绝对要挨饿。”

罗伯特刚刚泰然自若地说完这一点，约翰·达什伍德夫人走了进来，打断了这个话题。不过，虽然她从不跟外人谈论这件事，可埃丽诺还是看得出来这件事给她思想上带来的影响：她才进来时，神情就有点慌乱，后来又试图对埃丽诺表现得热诚些。当她发现埃丽诺和她妹妹很快就要离开城里时，她甚至还表示关切，好像她一直希望能多见见她们。她一边在说，陪她一起进来的丈夫一边在洗耳恭听，好像哪里说得最富有感情，哪里说得最温文尔雅，他都能辨别得一清二楚。

第六章

埃丽诺又到哈利街做了一次短暂的探访，约翰·达什伍德恭喜她们不费分文就能朝巴顿方向做这么远的旅行，而且布兰登上校过一两天也要跟到克利夫兰。这次探访结束了他们兄妹之间在城里的来往。范妮含糊其词地邀请她们一旦方便就去诺兰，这恰恰是最不可能的事情。约翰较为热情而不那么坦诚地对埃丽诺说，他很快就去德拉福看望她。这就是可以预期他们在乡下会面的全部表示。

使埃丽诺感到有趣的是，她发现似乎所有的朋友都决计把她发落到德拉福，而那个地方如今偏偏成了她最不愿走访、最不想居住的地方；因为那里不仅被她哥哥和詹宁斯太太视为她未来的归宿，而且就连露西在分手时也一再恳请她去那里看望她。

四月初一个不算太早的清晨，汉诺佛广场和伯克利街的两帮人分头从家里出发，相约在路上碰头。为了照顾夏洛特母子，她们计划在路上走两天，帕尔默先生和布兰登上校走得快些，女眷们到达克利夫兰不久，他们就能赶到。

玛丽安虽说在伦敦没有多少舒心的时候，一直急着想早点离开，但是真到临走的时刻，她又不能不怀着巨大的痛苦，向那幢房子告别；就在这幢房子里，她最后一次享受到对威洛比满怀希望和以情相归的快乐，可如今这样的情感已经永远破灭了。威洛比还待在这里，忙于新的约会、新的筹划，而这一切她却与之无缘了，现在要离开，怎么能不叫她潸然泪下呢。

相比之下，埃丽诺离别时倒确实感到高兴。她没有那样值得留恋的对象，没有抛下永远不能分离的人儿，因而不会感到一时一刻的遗憾。她庆幸自己摆脱了露西的友情所带来的困扰，庆幸自己能把妹妹带走，而使威洛比自从结婚以来，一直未能见到她。她盼望回到巴顿安安静静地住上几个月，可以使玛丽安的心情恢复平静，也可以使她自己的心情变得更加平静。

路上一帆风顺，第二天便进入萨默塞特郡，在玛丽安的想象中，这里时而是个心仪之地，时而又成了禁区。第三天午前，她们就抵达了克利夫兰。

克利夫兰是栋宽敞的现代建筑，坐落在一片倾斜的草坪上。四周没有花园，但是娱乐场地倒颇为宽阔。与同样显要的其他地方一样，这里有开阔的灌木丛和纵横交错的林间小径。一条环绕种植园的光滑的砾石路，直通到屋前。草坪上，点缀着零散的树木。房子为树木所环护，冷杉、花楸、刺槐，密密层层的，间或点缀着几棵伦巴第参天杨，把那些下房遮得严严实实。

玛丽安走进屋里，因为意识到距离巴顿只有八十英里，距离库姆大厦不到三十英里，心情不禁激动起来。她在屋里还没待上五分钟，便趁众人帮助夏洛特给女管家瞧看小宝宝的当儿，又退了出来，偷偷穿过刚刚开始显露其姿容之美的蜿蜒伸展的灌木丛林，向远处的高地上爬去。她立在希腊式的神殿前面，目光掠过宽阔的乡野向东南方向眺望，深情地落在地平线尽处的山脊上。她想，站在这些山顶上，也许能望见库姆大厦。

她来到了克利夫兰，在这极其难得又无比痛苦的时刻，她不禁悲喜交集，热泪夺眶而出。当她绕着另一条路回到屋里时，她感受到了乡下的逍遥自在，可以随心所欲地单独行动，不受约束地到处闲逛。因此她决定，在帕尔默夫妇家里逗留期间，她每日每时都要沉迷于这样的独自漫步之中。

她回屋的时候，正赶上众人往外走，想到房前屋后就近逛逛，她便一道跟了出来。大家来到菜园，一面观赏墙上的花朵，一面听着园

丁抱怨种种病虫害。接着走进暖房，因为霜冻结束得晚，再加上管理不慎，夏洛特最喜爱的几种花草被冻死了，逗得她哈哈大笑。最后来到家禽饲养场，只听饲养员失望地说起老母鸡不是弃巢而去，就是被狐狸叼走，一窝小鸡本来很有希望，不想纷纷死光，于是夏洛特又发现了新的笑料。就这样，上午余下的时间很快便消磨过去了。

整个上午，天气晴朗而干燥，玛丽安计划户外活动时，并没考虑她们在克利夫兰逗留期间，天气会发生什么变化。因此，她万万没有料到，晚饭后一场连绵大雨竟然使她再也出不去了。本来，她想趁着黄昏时刻，到希腊式神殿去散散步，也许能在庭园里好好逛逛。如果天气仅仅是寒冷、潮湿一些，那还不至于阻挡得住她。但是，遇上这样的连绵大雨，即使是她也不会当作干燥适意的好天气而去散步的。

她们人数不多，平平静静地消磨着时光。帕尔默夫人抱着孩子，詹宁斯太太在织地毯。大伙谈论着留在城里的朋友，猜想米德尔顿夫人有何交际应酬，帕尔默先生和布兰登上校当晚能否赶过雷丁。埃丽诺虽然对此毫不关心，却也跟着众人一起谈论。玛丽安不管到了谁家，不管主人们如何防范，总有本事找到书房，不久就捞来了一本书。

帕尔默夫人素性和悦，与人为善，不可能使客人们感到不受欢迎。她那坦率热忱的态度大大弥补了她记忆和风度上的欠缺，这种欠缺往往使她有失风雅。她的和蔼可亲被那张漂亮的面孔一衬托，显得非常迷人。她的缺陷虽说很明显，但并不令人厌恶，因为她并不自负。除了她的笑声之外，别的东西埃丽诺都能宽容。

第二天，两位绅士终于到达了，赶上了一顿迟开的晚餐。屋里一下子增加了两个人，着实令人高兴。他们带来的趣事乐闻为大家的谈话增添了异彩。本来，整整下了一上午的雨，大家的谈话兴致早已变得十分低落。

埃丽诺以前很少见到帕尔默先生，而就在那不多的接触中，她发现他对她妹妹和她自己的态度变化莫测，不知道他到了自己家里会如何表现。不过她发现，他对所有的客人都非常斯文，只是偶尔对他妻子和岳母有点粗野。她觉得，他本来大可成为一个可爱的伙伴，如今所以不能始终如一地做到这一点，只是因为他太自信了，总以为自己比一般人都高明，就像他认为自己比詹宁斯太太和夏洛特都高明一样。至于他个性和习性的其他方面，埃丽诺觉得，就他的性别和年纪而论，丝毫看不出有任何异乎寻常的地方。他饮食比较讲究，起居没有定时；喜爱孩子，但又假装怠慢；本该用来务正业的时间，他却一个个上午消磨在打弹子上。不过，总的来说，埃丽诺对他比她原来预料的要喜欢得多，可她并不因为不能更加喜欢他而打心里感到遗憾。她瞧瞧他的贪图享乐、自私自利和骄傲自大，想起爱德华的宽宏大量、朴实无华和虚怀若谷，不由得自鸣得意起来，对此她也不感到遗憾。

布兰登上校最近去了一趟多塞特郡，埃丽诺从他那儿听到了爱德华的消息，至少是关于他部分情况的消息。布兰登上校既把她看作费拉斯先生的无私朋友，又把她看作他自己的知心朋友。他向她谈起了德拉福牧师公馆的大量情况，叙说了它的种种缺陷。他在这个以及其他许多具体问题上对她的态度，他在离别十天之后重新见到她时的那股毫不掩饰的高兴劲儿，加之他愿意和她交谈，尊重她的意见，这一切都大可证明詹宁斯太太关于他有情于她的说法很有道理，假如埃丽诺不像一开始那样仍然认定玛丽安才是他真正的心上人，那么她或许也会跟着对此产生怀疑。但在事实上，除了詹宁斯太太向她提到过以外，她几乎从没动过这样的念头。她不得不认为，她们两个比较起来，还是她自己观察得更细心：她注意他的眼睛，而詹宁斯太太只考虑到他的行为。当玛丽安觉得头昏喉痛，开始得了重伤风，布兰登上校显出焦虑不安的神情时，因为没有用言语加以表示，这副神情完全没有被詹宁斯太太所察觉，而埃丽诺却从这副神情中发现了炽热的情感和情人那种不必要的惊慌。

玛丽安来到这里的第三天和第四天傍晚，又两次愉快地出去散步，不仅漫步在灌木丛间的干碎石地上，而且踏遍了四周的庭园，特别是庭园的边缘地带，这里比别处更加荒凉，树木最老，草最高最潮湿。这还不算，玛丽安居然冒冒失失地穿着湿鞋湿袜子席地而坐，结果患了重感冒，头一两天虽说满不在乎，甚至矢口否认，无奈病情越来越严重，不能不引起众人的关切和她自己的重视。从四面八方源源不断地开来了处方，但通常都被谢绝。虽说她身子沉重，温度很高，四肢酸痛，咳得喉咙也痛，但是好好休息一夜就能彻底复原。她上床后，埃丽诺好不容易才说服她试用一两种最简单的处方。

第七章

第二天早晨，玛丽安还是按通常时刻起身，不管谁来问安，她都说好些了。而且为了证实自己确有好转，又忙起她惯常的事情。但是，一天里，不是哆哆嗦嗦地坐在炉前，手里拿着本书又不能读，就是有气无力、没精打采地躺在沙发上，这都远远不能表明她确有好转。后来，实在越来越不舒服，便早早上床睡觉去了。这时，布兰登上校只是对她姐姐的镇定自若感到吃惊。埃丽诺虽说不顾妹妹的反对，整天在护理她，夜里逼着她吃点合适的药，但是她和玛丽安一样，相信睡眠肯定有效，因而并不感到真正可怕。

但是，玛丽安浑身发烧，折腾了一夜之后，两人的期望便落了空。玛丽安硬撑着爬下床，后来自认坐不住，便又自动回到床上。埃丽诺立即采纳了詹宁斯太太的意见，派人去请帕尔默夫妇的医生。

医生来了，诊察了病人，虽然一面鼓励达什伍德小姐说，她妹妹过不几天就能康复，一面却又断言她得的是病毒性感冒，并且漏出了“传染”二字。帕尔默夫人一听吓了一跳，很替自己的孩子担忧。詹宁斯太太对玛丽安的病，从一开始就比埃丽诺看得严重，现在听到哈里斯先生的诊断报告，面孔紧紧绷了起来。她认为夏洛特是该担忧，是该小心，催促她马上带着孩子离开家里。帕尔默先生虽然认为她们的忧虑毫无根据，但他又觉得妻子那副忧心如焚、纠缠不休的样子，实在叫他无法忍受，便决定让她离开。就在哈里斯先生到来后还不足一个小时，夏洛特就带着小家伙及其保姆，向住在巴思对面几英里处的帕尔默先生的一个近亲家出发了。在她的热切恳求下，她丈夫答应一两天后就去那里与她做伴。她几乎同样热切地恳求她母亲也去那里陪伴她。不过，詹宁斯太太是个好心肠的人，她因此而受到埃丽诺的真心喜爱。她当众宣布：只要玛丽安还在生病，她就绝不离开克利夫兰。既然是她把玛丽安从她母亲身边带走的，那她就要通过自己的悉心照料，尽力代行母亲的职责。埃丽诺发觉，她任何时候都是个最乐于助人的热心人，一心想要分担她的辛劳，而且经常凭借她丰富的护理经验，给埃丽诺以很大的帮助。

可怜的玛丽安被这场病折磨得虚弱无力、无精打采，总觉得自己浑身病痛，再也无法希望明天可以复原了。一想到明天的计划全毁在这倒霉的病上，她的病势不觉变得越发严重。原来，她们明天要踏上归家的旅途，一路上有詹宁斯太太的一位仆人关照，后天下午就能让母亲出其不意地见到她们。她很少开口，但是一开口便是为这次不可避免的耽搁而哀叹。不过，埃丽诺试图帮她打起精神，让她相信被推迟的时日将是非常短暂的，而她自己当时确实是这么认为的。

第二天，病人的情况几乎没有发生什么变化。病势当然不见好转，但也不显得有所加重。现在，宾主的人数进一步减少了，因为帕尔默先生尽管很不愿走（这一方面是出自真正的仁爱与温厚，一方面是不想显得让妻子吓得不敢不去），但最后终于被布兰登上校说服，准备履行他对妻子的承诺。当他准备动身的时候，布兰登上校更是费尽很大劲儿，才启齿说起自己也想走。不过，好心的詹宁斯太太这时又令人心悦诚服地出面干预了。她认为，上校的情人正为她的妹妹感到焦虑不安，这时候就把他打发走，岂不是叫他们两人都不得安适。因而她立即对上校说，她需要他待在克利夫兰，逢到晚上达什伍德小姐在楼上陪伴她妹妹时，她要让他和她一起玩皮克牌[1]什么的。她极力挽留他，而他一旦依从就能满足他自己的最高心愿，于是只能装模作样地推托两句。特别是，詹宁斯太太的恳求得到了帕尔默先生的热烈支持，他似乎觉得，他走后留下一个人，碰到紧急情况能帮帮达什伍德小姐的忙，或者替她出出主意，他也就感到放心了。

这一切安排当然都是背着玛丽安进行的。她不知道，正是因为她的缘故，克利夫兰的主人们才在大家到来大约七天之后，便相继离家而走。她见不到帕尔默夫人并不感到诧异，而且见不到也不用担心，因而从不提起她的名字。

帕尔默先生走了两天，玛丽安的病情依旧没有什么变化。哈里斯先生每天都来护理她，仍然一口咬定她很快就会复原，达什伍德小姐同样很乐观，但是其他人却丝毫乐观不起来。詹宁斯太太早在玛丽安刚开始发病不久，就断定她绝对好不了。布兰登上校对詹宁斯太太的可怕预言基本上只能听之任之，对其影响并无抵制能力。他试图说服自己消除忧虑，医生对病情的不同论断似乎使这种忧虑显得非常荒诞。但是他每天都要孤单单地待上好多时间，这非常适于他滋生种种伤心的念头，他也就无法消除再也见不到玛丽安的忧念。

---

① 皮克牌（Piquet）：两人对玩的一种纸牌游戏。

然而到了第三天早晨，两人差一点打掉这种悲观心理。原来，哈里斯先生来后宣布：病人的情况大有好转。她的脉搏跳动得有力多了，所有症状都比他上次来诊时要好。埃丽诺进一步证实了她的乐观想法，不禁欣喜若狂。使她感到高兴的是，她在写给母亲的信里，一直坚持自己的观点，而没有接受她朋友的判断，对于把她们耽搁在克利夫兰的那点小病完全等闲视之。她几乎确定了玛丽安可以上路的时间。

但是，这一天到最后并不像开始时那么吉利，临近傍晚时分，玛丽安又发病了，比以前更加沉重，更加烦躁，更加不舒服。不过她姐姐仍然很乐观，认为所以出现这种变化，不过是因为给她铺床的时候，让她坐起来坐累了。她悉心照料妹妹服了医生开的镇静剂，满意地看着她终于睡着了，她认为这会产生最有益的效果。玛丽安虽然不像埃丽诺期望的睡得那么安稳，但是却睡了相当长的时间。埃丽诺一心想要亲自观察效果如何，便决定自始至终守着她，詹宁斯太太眼见病人没有什么变化，便早早地上床睡觉去了，她的女仆也是一个主要的看护，却躲进了女管家房里，剩下埃丽诺一个人守着玛丽安。

玛丽安的睡眠变得越来越惊扰不安。她姐姐目不转睛地望着她不停地辗转反侧，听见她嘴里不住地发出一些模糊不清的呓语，简直想把她从这痛苦的睡眠中唤醒。不料玛丽安忽然被屋里的什么意外动静惊醒了，急忙爬起来，激动若狂地大声嚷道：

“妈妈来啦？”

“还没有，”埃丽诺答道。她掩饰着自己的恐惧，一面扶着玛丽安重新躺下，“不过，我想她很快就会到达。你知道，从这里到巴顿路途遥远。”

“她千万不要绕道由伦敦来，”玛丽安带着同样焦急的神情嚷道，“她若是去伦敦，那我永远也不要见她啦。”

埃丽诺惊愕地察觉，她有些不大正常了。她一面尽力安抚她，一面急切地为她诊脉。脉搏比以前跳得更弱更急促！玛丽安仍然发狂似的叨念着妈妈，埃丽诺越来越惶恐不安，因此决计立刻叫人把哈里斯先生请来，同时派使者去巴顿把母亲叫来。如何最为妥当地实现这后一目标，决心刚下定，她就想到要找布兰登上校商量商量。她拉铃叫仆人来替她看守妹妹，然后马上跑下楼，匆匆来到客厅。她知道，她一般是在比现在晚得多的时刻，也能在客厅里见到布兰登上校。

事不宜迟。她当即向他摆明了她的忧虑和困难。对于她的忧虑，上校没有勇气、没有信心帮她解除，只能颓然不语地听她说着。但是，她的困难却立即迎刃而解，因为上校自告奋勇要当使者，去把达什伍德太太请来，那个爽快劲儿仿佛表明，他对眼前这次帮忙，心里预先做好了安排似的。埃丽诺起先不同意，但是很容易便被说服了。她用简短而热情的语言向他表示感谢。当上校打发仆人快去给哈里斯先生送信，并且马上去租用驿马的时候，埃丽诺给母亲写了封短信。

此时此刻，能得到布兰登上校这样的朋友的安慰——母亲能有这样的人做伴，怎么能不令人感到庆幸：母亲有他做伴，他的精明能给她以指点，他的关照能消除她的忧虑，他的友情能给她带来慰藉！只要这种传唤所引起的震惊可以减轻的话，那么凭着他的言谈举止，有他出面帮忙，就一定能起到这样的作用。

这当儿，上校不管有什么感受，行动起来还是踏踏实实，有条不紊。他雷厉风行地进行每一项必要的准备，精确计算埃丽诺可能期待他回来的时间。前前后后，一分一秒也不耽搁。驿马甚至没到时候就牵来了，布兰登上校只是带着严肃的神气握了握埃丽诺的手，嘀咕了几句，她也没听清说的什么，便匆匆钻进了马车。此时约摸十二点光景，埃丽诺回到妹妹房里，等候医生到来，同时接着看护病人。这是一个两人几乎同样痛苦的夜晚。玛丽安痛苦得睡不安稳，尽说胡话，埃丽诺则忧心如焚，一个小时又一个小时过去了，哈里斯先生还不见踪影。埃丽诺先前并不忧惧，现在一旦忧惧起来，倍觉痛苦不堪。因为她不愿叫醒詹宁斯太太，便让仆人陪着她熬夜，不过她只能使埃丽诺格外苦恼，因为她向她透露了女主人的一贯想法。

玛丽安仍然不时语无伦次地叨念着母亲。每当她提起母亲的名字，可怜的埃丽诺心里就像刀割一般。她责备自己没有把妹妹病了那么多天当作一回事，满心以为能立即给她解除痛苦。但是现在却觉得，解除痛苦的全部努力很可能马上化为乌有，一切都耽搁得太久了，她设想她那苦难的母亲来得太迟了，已经见不到这个宝贝孩子，或者说在她还省人事的时候见不到她了。

埃丽诺刚想再打发人去喊哈里斯先生，或者，如果他不能来，就去另请别人，不料哈里斯先生到了——不过那是五点过后才到。然而，他的意见多少弥补了一下他的耽搁，因为他虽然承认病人发生了意想不到的可怕变化，但是并不认为有多大危险。他满怀信心地谈到，用一种新的疗法可以解除病人的痛苦，而这种信心也多少传给埃丽诺几分。哈里斯先生答应过三四个小时再来看看。他离开的时候，病人和她那焦虑的看护人都比他刚见到时镇静多了。

到了早晨，詹宁斯太太听说了夜里的情形，不禁大为关切，一再责备她们不该不叫她来帮忙。她先前就感到忧惧，现在更有理由重新感到忧惧，因而对昨晚的事情毫不怀疑，她虽然尽量拿话安慰埃丽诺，但是她深信玛丽安病情危险，安慰中并不夹带着希望。她的心情确实十分悲痛。像玛丽安这么年轻、这么可爱的一个姑娘，居然会迅速垮掉，早早死去，这即使让无关的人见了，也会感到痛惜的。玛丽安还有别的理由得到詹宁斯太太的怜悯。她做了她三个月的同伴，现在仍然受她照顾。大家都知道她受了很大的冤屈，一直不快活。另外，她还眼看着她的姐姐（也是她最宠幸的人）痛苦难熬。至于她们的母亲，詹宁斯太太一想到玛丽安对她大概就像夏洛特对她自己一样，她对她的痛苦的同情就变得非常诚挚了。

哈里斯先生第二次来得很准时。他指望上次开的药方能产生些效果，但这次来一看，希望落了空。他的药没起作用，烧没有退，玛丽安只是更安静了——没有恢复意识——一直昏迷不醒。埃丽诺见他害怕了，自己也当即跟着害怕起来，而且害怕得比哈里斯先生有过之而无不及，于是便建议另请医生。可是哈里斯先生认为没有必要，他还有点药可以试试。这是一种新药，他相信一定会有效，几乎像他相信前一种药物有效一样。最后，他又做了一番鼓舞人心的保证，可是对于这些保证，达什伍德小姐只是听在耳朵里，心里可不相信。她是镇静的，除了想起她母亲的时候。但是她几乎绝望了，直到中午，她始终处于这种状态，守在妹妹床边几乎一动不动，脑际浮现出一个个悲哀的形象、一个个痛楚的朋友。詹宁斯太太的谈话使她的情绪低沉到极点。这位太太毫无顾忌地把这次剧烈而危险的发作，归咎于玛丽安由于失恋而引起的历时数星期的身体不适。埃丽诺觉得她说得很有道理，因而精神上又增加了新的痛苦。

约摸正午时分，埃丽诺开始想象，觉得妹妹的脉搏可望略有好转。但是她非常谨慎，因为害怕希望落空，甚至都没向她的朋友说出。她等待着，观察着，一次次地诊脉，最后，外表的镇静实在掩饰不住内心的激动，简直比先前的痛苦还难以掩饰，她便冒昧地说出了自己的希望。詹宁斯太太虽然被逼着诊了诊脉，承认暂时是有好转，但她极力想让她的年轻朋友不要奢望这种现象可以持续下去。埃丽诺仔细揣摸了一切可疑现象，也告诫自己不要抱有希望。但是，这已为时过晚，她心里已经浮现出希望。希望中只感到焦灼不安，便俯身对着妹妹观察——她也不知道观察什么。半个小时过去了，但她幸运地见到那个可喜的征候仍旧存在，甚至还出现别的朕兆，进一步证实了这个征候。从她的呼吸、皮肤和嘴唇上，她都欣喜地见到了病势好转的迹象。玛丽安带着清醒而倦怠的神情凝视着她。现在，忧虑和希望同样使她感到沉重，心里一时一刻不得安宁，直到哈里斯先生四点钟到来为止。这时，哈里斯对她说，她妹妹的病情好转得这么快实在出乎他的意料，便一再向她表示祝贺，这不由得给她带来了信心和安慰，眼里闪烁着喜悦的泪花。

玛丽安在各方面都大有好转，哈里斯先生宣称：她已完全脱离危险。詹宁斯太太也许对自己的预感在上次病危之际被部分证实而感到有些得意，便毅然相信了他的看法。她带着真挚的、继而是毫不含糊的喜悦承认，玛丽安很可能完全康复。

但是埃丽诺却高兴不起来。她的喜悦属于另一种形式，并没使她表现得兴高采烈。一想到玛丽安重新获得了生命，恢复了健康，可以回到朋友中间，回到溺爱她的母亲身边，她不由得感到无比欣慰，充满了炽烈的感激之情。但是，她的喜悦没有外露，既无言语，也无笑容。她的喜悦全部藏在心底，嘴里不说，心里却很强烈。

整个下午，她继续不间断地守在妹妹身边，安抚她的每一种忧惧，回答她那孱弱的心灵提出的每一次询问，提供她所需求的每一样东西，甚至几乎注视着她的每一个眼神、每一次呼吸。当然，有时候，旧病复发的可能性又会促使她回想起焦灼不安的滋味——但是，她经过反复仔细的检查，发现所有的复原的征候都在继续发展，到六点钟，只见玛丽安平静安稳地，而且显然是舒舒服服地睡着了，便消除了一切疑虑。

布兰登上校回来的期限快到了。埃丽诺相信，母亲一路上一定提心吊胆的，但到十点钟，或者顶多再迟一点，她就会如释重负了。还有那上校！也许是个同样可怜的人儿！噢！时间过得太慢了，还把他们给蒙在鼓里！

七点钟，埃丽诺见玛丽安还在熟睡，便来到客厅和詹宁斯太太一起用茶。她早饭因为担惊受怕，午饭因为觉得有了希望，都没吃多少。现在她带着满意的心情而来，这顿茶点就觉得特别可口。茶点用完，詹宁斯太太想动员她在母亲到来之前休息一下，让她替她守候玛丽安。谁想埃丽诺并不感觉疲劳，此刻也没有睡意，如无必要，一时一刻也不想离开妹妹。于是，詹宁斯太太陪着她上了楼，走进病人房里，满意地看到一切都很正常，便让她留在那儿照料妹妹，想她的心事，而她回到自己房里，写写信，然后睡觉。

这天夜里，天气寒冷，暴风雨大作。风绕着房子怒号，雨冲着窗户拍打。可是埃丽诺只知道心里高兴，对此全然不顾。尽管狂风阵阵，玛丽安照样在酣睡，而正在赶路的人儿——他们虽然目前遇到种种不便，但是等待他们的是丰厚的报偿。

时钟敲了八点。假如是十点的话，埃丽诺定会确信她听见有马车驶到屋前。她太自信了，尽管赶路的人还几乎不可能到来，但她确信听到了马车声。她走进毗邻的梳妆室，打开一扇百叶窗，想证实一下她听得不错。她当即发现，她的耳朵没有听错，一辆马车的闪烁的车灯立即映入眼帘。她想，从车灯那摇曳不定的光亮可以看出，马车由四匹马拉着。这除了表明她可怜的母亲过于惊慌之外，还可以说明他们为什么到得这么快。

埃丽诺的心情从来没有像当时那样难以平静。一见马车停在门口，她就意识到母亲心里会是个什么滋味，疑虑呀——恐惧呀——也许还有绝望！而她也知道她要说些什么！她一想到这一切，心里哪能平静！现在唯一需要的是快。因此，她刚把妹妹交给詹宁斯太太的仆人关照，就匆匆跑下楼。

她走过一道内廊的时候，听到门厅那里一片忙乱，便知道他们已经进到屋里，她朝客厅奔去——走进去，不想只见到威洛比。

第八章

埃丽诺一见到他顿时惊慌失色，情不自禁地扭身往外就走。她手抓住锁柄刚想开门，不想被威洛比抢上前一把拦住，只听他带着命令而不是恳求的口气说道：

“达什伍德小姐，请你留一下——半个小时——十分钟。”

“不，先生，”埃丽诺毅然答道，“我不想留下。你不会有事找我的。我想仆人忘了告诉你，帕尔默先生不在家。”

“即使他们告诉我，”威洛比激动地嚷道，“帕尔默先生及其亲属都见鬼去了，也休想把我赶出门。我是来找你的，只找你一个人。”

“找我！”埃丽诺极其惊愕地说，“好吧，先生——快说吧——如果可以的话——不要那么激动。”

“请你坐下，这两点我都能做到。”

埃丽诺踌躇了一下，有些茫然不知所措。她忽然想到，说不定布兰登上校会来这里撞见他。不过，她答应听他说下去，她不仅要讲信用，而且她的好奇心也给勾起来了。她思忖了片刻，觉得为了谨慎起见，还是让他快说快完，而要快说快完，她最好顺从他的意思，于是便悄悄走到桌边坐下。威洛比坐到对面的椅子上，足足有半分钟工夫，两人都没吭声。

“请快说吧，先生，”埃丽诺不耐烦地说，“我没有闲工夫。”

威洛比坐在那儿像是在沉思，似乎没有听见她的话。

停了一刻，他突然说道：“你妹妹已经脱离危险。我是从仆人那儿听说的。感谢上帝！可这是真的吗？的确是真的吗？”

埃丽诺不肯吱声。威洛比更加急切地又问了一次：

“看在上帝的分上，告诉我她脱离危险了没有？”

“我们希望她脱离危险了。”

威洛比立起身，走到房间对面。

“我若是半个小时以前得知这个情况——可是既然我已经来了，”他又回到座位上，装作快活的样子说道，“这又有什么意义呢？就一次，达什伍德小姐——也许是最后一次——就让我们快快乐乐地见这一次吧。我现在倒挺有兴致的，可以乐一乐。老实告诉我，”他两颊刷地变得通红，“你认为我是个坏人，还是个蠢人？”

埃丽诺越发惊讶地看着他。她在想，他一定是喝醉了。不然，就很难解释他这奇怪的来访、奇怪的举止。因为有这样的印象，她立即站起身，说道：

“威洛比先生，我劝你马上回到库姆。我没有闲工夫应酬你。不管你找我有什么事，最好还是等到明天，可以想得更周到，解释得更清楚。”

“我明白你的意思，”威洛比意味深长地微微一笑，带着极其镇定的语气说道，“是的，我喝得醉醺醺的。我在马尔博罗吃了点冷牛肉，喝上一品脱黑啤酒，就醉倒了。”

“在马尔博罗！”埃丽诺嚷道，越来越不明白他要干什么。

“是的——我今天早晨八点离开伦敦，从那之后，我只走出马车十分钟，在马尔博罗吃了点饭。”

威洛比说话的时候，态度稳重，两眼炯炯有神，这就使埃丽诺认识到，不管他会抱有什么不可宽恕的愚蠢动机，但他不是由于喝醉酒才来到克利夫兰的。埃丽诺考虑了片刻，然后说道：

“威洛比先生，你应该明白，而我当然是明白的——出了这些事情之后——你再如此这般地来到这里，硬要找我谈话，那你一定有什么特殊理由啦。你来这里究竟是什么意思？”

“我的意思是，”威洛比郑重有力地说道，“如果可能的话，使你比现在少恨我一点。我想为过去作点解释，表示点歉意——把全部的心里话说给你听听，让你相信：我虽说一直是个傻瓜蛋，但并非一直都是个坏蛋——以此能取得玛——你妹妹的谅解什么的。”

“这是你来这儿的真实原因？”

“的的确确是这样。”威洛比答道，语气非常热切，使埃丽诺顿时想起了过去的威洛比。她情不自禁地觉得他是诚恳的。

“如果就为这个，那你早就可以满意了，因为玛丽安已经宽恕了你——她早就宽恕你了。”

“真的呀！”威洛比带着同样急切的语气嚷道，“那么她是没到时候就宽恕了我。不过她会再次宽恕我的，而且理由更加充分。现在你可以听我说了吧？”

埃丽诺点点头表示同意。

“我不知道，”两人先是顿了顿，一方在期待，一方在思索，随后威洛比说道，“你是如何解释我对你妹妹的行为的，把什么邪恶的动机归罪到我身上。也许你不大会瞧得起我了，不过还是值得听我说说，我要原原本本地说给你听听。我最初与你一家人结识的时候，并没有别的用心、别的意图，只想使我在德文郡的日子过得愉快些，比以往过得都愉快。你妹妹那可爱的姿容和有趣的举止不可能不引起我的喜爱。而她对我，几乎从一开始就有点——仔细想想她当时的情况，想想她那副样子，简直令人吃惊，我的心竟然那么麻木不仁！不过应该承认，我起先只是被激起了虚荣心。我不顾她的幸福，只想到自己的快活，任凭我过去一贯沉溺其中的那种感情在心里兴风作浪，于是便千方百计地去讨好她，而并不想报答她的钟情。”

听到这里，达什伍德小姐向他投去极其愤怒、极其鄙夷的目光，打断了他的话，对他说道：

“威洛比先生，你没有必要再说下去，我也没有必要再听下去。

像这样的话头不会导致任何结果，不要让我痛苦地听你说下去。”

“我一定要你听完，”威洛比答道，“我的财产历来不多，可我一贯大手大脚，一贯爱同比自己收入多的人交往。我成年以后，甚至我想是在成年以前，欠债逐年增多。虽然我的表姑史密斯太太一去世我就会获救，但那靠不住，很可能遥遥无期，于是我一直想娶个有钱的女人，以便重振家业。因此，让我去爱你妹妹，那是不可思议的。我是这样的卑鄙、自私、残忍——对此，达什伍德小姐，即便是你，不管用多么愤慨、多么鄙夷的目光加以谴责，都不会过分——我就是采取这样的行为，一方面想赢得她的喜爱，另一方面又不想去爱她。不过，有一点可以说明一下，即使在充满自私和虚荣的可怕情况下，我也不知道我造成了多大的危害，因为我当时还不懂得什么是爱情。但是我后来懂得了吗？这很值得怀疑，因为假若我真的爱她，我会牺牲感情而去追求虚荣和贪婪吗？再说，我会牺牲她的感情吗？可是我偏偏这样做了。我一心想避免陷入相对的贫穷，其实，有了她的恩爱和友谊，贫穷一点也不可怕。如今我虽然发了财，但是我失去了可以使财富带来幸福的一切东西。”

“这么说来，”埃丽诺有点心软地说道，“你确实认为你一度爱过她啦。”

“遇见这样的风姿美貌，这样的柔情蜜意而不动心！天下有哪个男人做得到啊！是的，我不知不觉地渐渐发现我从心里喜欢她。我生平最幸福的时刻，就是同她在一起度过的。那时，我觉得自己的用心正大光明，感情无可指责。不过，即便在当时，虽说我下定决心向她求爱，但是由于我不愿意在极其窘迫的境况下与她订婚，因此便极不恰当地一天天拖延下去。在这里，我不想进行争辩——也不想停下来让你数落我多么荒唐。本来是义不容辞的事情，我却迟迟疑疑地不讲情义，真比荒唐还糟糕。事实证明，我是个狡猾的傻瓜，谨小慎微地制造机会，使自己永远成为一个不齿于人类的可怜虫。不过，我最后终于拿定主意，一有机会与她单独相会，就向她表明我一直在追求她，公开对她说我爱她。事实上，我早已在尽力设法表露这种爱。但是，在这当口——就在随后的几个钟头里，我还没能找到机会私下同她交谈——却出现了一个情况——一个不幸的情况，使得我的决心、我的幸福毁于一旦。我的事情败露了，”一说到这里，他有些犹豫，不禁垂下了头，“史密斯太太不知道怎么听说了，我想是哪个远房亲戚告的密，这个亲戚一心想使我失宠于史密斯太太，便告发了我的私情，我与别人的瓜葛——但是我不需要亲自再作解释，”他补充说，面孔涨得通红，直拿探询的目光望着埃丽诺，“你和布兰登上校的关系特别亲密——你大概早就听说了事情的来龙去脉。”

“是的，”埃丽诺答道，脸色同样变得通红，但她重新狠了狠心，决定不再怜悯他，“我全都听说了。坦白地说，我无法理解，在这起可怕的事件中，你有哪一点能给自己开脱罪责。”

“请你不要忘记，”威洛比嚷道，“你是听谁说的。那会是公正的吗？我承认，她的身份和人格应该受到我的尊重。我并不想替自己辩解，但是也不能让你认为：我就无可辩解了，而她因为受了损害就无可指责了，好像因为我是个浪荡子，她就一定是个圣徒。如果她那强烈的感情和贫乏的理智——然而，我并非有意为自己辩护。她对我的一片深情，应该受到更好的对待，我经常怀着自咎的心情，缅怀她的柔情蜜意，而这股柔情蜜意在一个短时期里不能不引起我的反响。我但愿——我由衷地但愿，要是没有这码事就好了。我不仅伤害了她本人，而且还伤害了另一个人，此人对我的一片深情（我可以这样说吗？）简直不亚于那个姑娘的，此人的心地——哦！真是高尚无比！”

“然而，你对那个不幸姑娘的冷漠无情——尽管我很不愿意谈论这件事，但我还是一定要说——你的冷漠无情并不能为你对她残酷的弃置不顾作辩解。你不要以为借口她脆弱，天生缺乏理智，就可以为你自己的蛮横残忍作辩解。你应该知道，当你在德文郡尽情享乐，欢天喜地地追求新欢的时候，她却陷入了穷困潦倒的深渊。”

“我以名誉担保，我并不知道这个情况，”威洛比急切地答道，“我不记得忘了告诉她我的地址。况且，普通常识就能告诉她如何查到。”

“好啦，先生，史密斯太太是怎么说的？”

“她一见到我就责备我的过失，我的窘态可想而知。她这个人一向洁身自好、思想正统、不晓世故——这一切都对我不利。事情本身我无法否认，企图大事化小也是徒劳无益的。我相信，她事前就大体上对我的行为准则发生了怀疑，而且对我这次来访期间对她不够关心、很少把时间花在她身上，感到不满。总之一句话，最后导致了彻底决裂。也许，我有一个办法可以挽救自己。在她最崇尚道德的时候（慈善的女人！），她表示如果我愿意娶伊丽莎，她就原谅我的过去。这是不可能的——于是她正式宣布不再喜爱我，把我赶出了家门。就在事情发生之后的那天夜里——我第二天早晨就得离开——我一直在反复考虑将来怎么办。思想斗争是激烈的——但结束得太突兀。我爱玛丽安，而且我深信她也爱我——可是这都不足以克服我对贫穷的恐惧心理，不足以克服我贪财爱富的错误思想。我本来就有这种自然倾向，再加上尽跟些大手大脚的人混在一起，进一步助长了这些错误思想。我当时有理由认为，我有把握能娶目前这个人为妻，只要我愿意向她求婚就行，我自以为谨慎考虑一下也没有别的选择。可是我还没来得及离开德文郡，便遇到一个令人苦恼的场面。就在那天，我约定同你们一道吃饭，因而必须对我不能践约表示道歉。但是，究竟是写信，还是当面陈说，我一直举棋不定。去见玛丽安吧，我感到这很可怕。我甚至怀疑我再见到她能否不动摇自己的决心。可是事实证明，我在这点

上低估了自己的气量；因为我去了，见到了她，发现她很痛苦，我离开她时她仍然很痛苦——我离开了她，希望永远别再见到她。”

“威洛比先生，你为什么要去呢？”埃丽诺用责备的口吻说道，“写一封信就足够了，为什么一定要去呢？”

“这对我的自尊心是必要的。我不忍心就这样离开乡下，让你们和左邻右舍怀疑我与史密斯太太之间真的出了什么事，因此，我决定在去霍尼顿的途中，顺便到乡舍看看。见到你亲爱的妹妹确实很可怕。而且更糟糕的是，我只见到她一个人。你们都不在，不晓得到哪儿去了。我头天夜里才离开她，当时我心里暗暗下定决心，一定要对得起她！只要再多几个小时，她就永远属于我的了。我记得，我从乡舍往艾伦汉走去时，不知有多高兴，多快活，自鸣得意的，逢人便乐！但是，在我们友好相处的这最后一次会见中，我怀着一种内疚的感觉来到她的跟前，简直连掩饰感情的能力都没有了。当我告诉她我必须马上离开德文郡时，她是那样悲伤，那样失望，那样懊悔——我永远不会忘怀。另外，她还那样信赖我，那样跟我以情相归！哦，上帝！我是个多么狠心的无赖！”

两人沉默了一阵。埃丽诺首先开口。

“你告诉她你不久就会回来？”

“我也不知道告诉了她些什么，”威洛比不耐烦地答道，“毫无疑问，这与其说是由于过去的缘故，不如说是由于后来的缘故。我想不起来说了些什么——想也没用。接着，你亲爱的母亲进来了，她那样和蔼可亲，那样推心置腹，使我愈加痛苦。谢天谢地！这确实使我感到痛苦。我当时很悲伤。达什伍德小姐，你不可能知道，回想过去的悲伤对我是一种宽慰。我憎恨自己太愚蠢，太卑鄙，过去忍受的一切痛苦如今反倒使我感到洋洋得意，欣喜万分。你瞧，我走了，离开了我喜爱的人，去找那些我并不感兴趣的人。我进城的途中——我是骑自己的马走的，路上也没人做伴，因而无聊得很——没有个人可以说说话——心里却是多么愉快——展望未来，一切都那么引人入胜！回顾巴顿，多么令人宽慰的情景！哦！那是一次多么愉快的旅行！”

他停住了。

“嗯，先生，”埃丽诺说，她虽然怜悯他，但是又急于想让他快走，“就这些？”

“就这些！不，难道你忘了城里发生的事情？那封卑鄙的信——她没给你看？”

“看过，来往的信件我都看过。”

“我收到她第一封信的时候（因为我一直待在城里，信马上就收到了），我当时的心情——用常言说，不可名状。用更简单的话来说——也许简单得令人无动于衷——我的心情非常、非常痛苦。那一字字、一行行，用个陈腐的比喻来说——假使那亲爱的写信人在这儿的话，她会禁止使用这个比喻——犹如一把利剑刺进我的心窝。听说玛丽安就在城里，用同样陈腐的比喻说—— 如同晴天霹雳。晴天霹雳，利剑钻心！她会狠狠责备我的！她的情趣、她的见解——我相信我比对自己的情趣和见解更了解，当然也更亲切。”

埃丽诺的心在这次异乎寻常的谈话过程中经历了多次变化，这时不觉又软了下来。然而，她觉得自己有义务制止她的同伴抱有最后的那种想法。

“这是不正常的，威洛比先生。别忘了你是有妇之夫。你只要说些你凭良心认为我的确要听的内容。”

“玛丽安在信中对我说，她仍然像以前那样爱我——尽管我们分离了许多个星期，她的感情始终不渝，她也深信我的感情始终不渝。这些话唤起了我的悔恨之心。我说唤起了，那是因为久居伦敦，忙于事务也好，到处放荡也好，我渐渐心安理得了，变成了一个十足的冷酷无情的恶棍。我自以为对她情淡爱弛，便硬是认为她对我也一定情淡爱弛。我对自己说，我们过去的倾心相爱只不过是一桩无聊的区区小事，而且还要耸耸肩膀，证明事情确实如此。为了堵住一切责难，消除一切顾忌，我时常暗自说道：‘要是听说她嫁给了个好人家，我会感到由衷的高兴。’可是这封信使我进一步认清了自己。我感到，她对我比天下任何女人都无比可亲，而我却无耻地利用了她。但是，我和格雷小姐的事情刚刚定下来，退却是不可能的。我唯一的办法就是避开你们两个人。我没有给玛丽安回信，想以此避开她的进一步注意。我一度甚至决定不去伯克利街。但是我最后断定，最明智的办法还是装成一个普通的朋友，摆出一副冷漠的神气，于是有天早晨，我眼瞅着你们都出了门，走远了，便进去留下了我的名片。”

“眼瞅着我们出了门？”

“正是如此。你若是听说我经常在注视你们，多次差一点撞见你们，你准会感到惊讶。你们的马车驶过的时候，我钻过好多商店，为的是不让你们看见。我既然住在邦德街，几乎每天都能瞧见你们中的某一位。只有坚持不懈地加以提防，只有始终不渝地想要避开你们，才能使我们分离这么久。我尽量避开米德尔顿夫妇，以及我们双方都可能认识的其他任何人。但是，我不知道他们来到城里，我想就在约翰爵士进城的第一天，还有我去詹宁斯太太家的第二天，我两次撞见了他。他邀请我晚上到他府上参加舞会。若不是他为了引诱我，对我说你们姐妹俩都要光临，我肯定会放心大胆地前往助兴。第二天早晨，我又接到玛丽安寄来的一封短信——仍然那样情深意长，开诚布公，朴实无华，推心置腹——一切都使我的行为显得可恶透顶。我无法回信。我试了试，但是一句话也写不出来。不过我相信，我那天时时刻刻都在想着她。达什伍德小姐，如果你能可怜我，就请可怜可怜我当时的处境吧。我一门心思想着你妹妹，又不得不向另一位女人扮

演一个愉快的情人的角色！那三四个星期是再糟糕不过了，最后，这就不用我说啦，我硬是碰上了你们。我表现了好一副妙不可言的丑态！那是个好不痛苦的夜晚！一方面，玛丽安美丽得像个天使，用那样的语气在喊我！哦，上帝！她向我伸出手，一双迷人的眼睛带着深沉急切的神情盯着我的面孔，要我向她作解释！另一方面，索菲娅像个醋坛子似的，看样子完全——好了，这无关紧要，反正事情都过去了。那天晚上真够我受的！我一有机会就从你们那儿溜走了，但那只是在见到玛丽安的漂亮面孔变得煞白之后。那是我见到她的最后一眼——她出现在我面前的最后一副形象。那是一副极其可怕的形象！然而，当我想到她今天真的要死去，我感到可以聊以自慰的是，我完全知道那些最终见到她去世的人们会发现她是个什么样子。我走在路上，她出现在我眼前的，自始至终出现在我眼前的，就是这副形象、这副脸色。”

接着，两人沉思了一会儿。威洛比首先从沉思中醒来，随即说道：

“好啦，让我赶快说完走吧。你妹妹肯定有所好转，肯定脱离危险了吗？”

“我们对此确信无疑。”

“你那可怜的母亲也确信无疑？她可溺爱玛丽安啦。”

“可是那封信，威洛比，你的那封信。对此你还有什么话要说吗？”

“是的，是的，这要特别说说。你知道，就在第二天早晨，你妹妹又给我写了封信。你见到她写了些什么内容。我当时正在埃利森府上吃早饭，有人从我住所给我带来了她的那封信，还有其他几封。不巧，索菲娅比我眼快，先看见了这封信——一见到那么大的一封信，纸张那么精致，还有那娟秀的笔迹，这一切立即引起了她的疑心。本来，她早就听人模模糊糊地传说，我爱上了德文郡的一位年轻小姐，而她头天夜里见到的情况表明，准是这位年轻小姐，于是，她变得比以往更加妒忌。因此，她装出一副开玩笑的神气（一个被你爱上的女人作出这番举动，那是很讨人喜欢的），马上拆开信，读了起来。她的无礼行径大有收获。她读到了使她感到沮丧的内容。她的沮丧我倒可以忍受，但是她的那种感情——她的那股恶意——却无论如何也得平息下去。总而言之，你对我妻子的写信风格有何看法？细腻，温存，地地道道的女人气——难道不是吗？”

“你妻子！可信上是你自己的笔迹呀。”

“是的，不过我的功劳只在于，我奴隶般地抄写了一些我都没脸署名的语句。原信全是她写的，她的巧妙构思，她的文雅措词。可我有什么办法？我们订了婚，一切都在筹办之中，几乎连日子都择定了——不过我说起话来像个傻瓜。什么筹办呀！日子呀！说老实话，我需要她的钱。处在我这样的境地，为了避免引起关系破裂，那是什么事情都做得出来的。说到底，我用什么样的语言写回信，这会使我的人格在玛丽安和她的亲友们的心目中产生什么结果呢？只能产生一个结果。我这事等于宣布我自己是个恶棍，至于做起来是点头哈腰还是吹胡子瞪眼，那是无关紧要的。‘照她们看来，我是永远毁灭了，’我对自己说，‘我永远同她们绝缘了。她们已经把我看成了无耻之徒，这封信只会使她们把我看成恶棍。’我一边这样推想，一边无所顾忌地抄写我妻子的话，退回了玛丽安的最后几件信物。她的三封信——不巧都放在我的小本子里，不然我会否认有这些信，并把它们珍藏起来。可我不得不把信拿出来，连吻一下都做不到。还有那绺头发——也放在那同一个小本子里，我随时带在身边，不想让夫人半讨好半使坏地给搜查了——那绺心爱的头发——每一件信物都给夺走了。”

“你这样说很没道理，威洛比先生，你有很大责任，”埃丽诺说，语气中情不自禁地流露出怜悯之情，“你不该这样谈论威洛比夫人，或者我妹妹。那是你自己作出的抉择，不是别人强加给你的。你妻子有权利要求你待她客气些，至少得尊重她。她一定很爱你，否则不会嫁给你。你这么不客气地对待她，这么不尊重地议论她，这对玛丽安并不是什么补偿——我认为也不可能使你的良心得到安慰。”

“不要对我谈起我妻子，”威洛比说着，重重叹了口气，“她不值得你怜悯。我们结婚的时候，她知道我不爱她。就这样，我们结了婚，来到库姆大厦度蜜月，后来又回城寻欢作乐。达什伍德小姐，现在你是可怜我了呢，还是我这些话都白说了？我是不是——哪怕只是一丁点——依你看来，我的罪过是不是比以前少了点呢？我的用心并非总是不好。我的罪过解释掉一点没有呢？”

“不错，你当然解释掉一点——一点点。总的来说，你证明了你的过失没有我想象的那么大。你证明了你的心不是那么坏，远远没有那么坏。但是我简直不知道——你使别人遭受这么大的痛苦——我简直不知道，怎么会有比这更恶劣的事情。”

“你妹妹痊愈之后，你能不能把我对你说的话向她重复说说？让我在她的心目中像在你的心目中一样，也能减少一点罪过。你说她已经宽恕了我。让我这样设想：她若是更好地了解我的心，了解我当前的心情，她就会更加自然、更加本能、更加温和，而不是那么一本正经地宽恕我。告诉她我的痛苦、我的忏悔——告诉她我的心从没对她朝三暮四过。如果你愿意的话，请告诉她我此刻比以往任何时候都爱她。”

“我会把那些相对来说可以为你开脱的话都告诉她。但是你还没向我说明你今天来这里究竟有什么特殊缘故，也没说明你是怎么听说她生病了？”

“昨天夜晚，我在德鲁里巷剧院[①]的门厅里碰见了约翰·米德尔

① 伦敦西区的德鲁里巷是著名的王家剧院所在地，该剧院最初建于 1663 年。奥斯丁在此指的是被烧毁后重建的剧院，1774 年开放。但新建剧院又于 1809 年被烧毁，1811—1812 年重建。

顿爵士，他一认出我是谁——这是近两个月来的第一次——就跟我说起话来。自我结婚以来，他一直不理睬我，对此我既不惊讶，也不怨恨。可是现在，他那么温厚诚实而又糊里糊涂的一个人，怀着对我的满腔愤怒，对你妹妹的深切关心，情不自禁地想把那些他觉得应该使我气恼的事情告诉我，虽然他很可能不认为我真会十分气恼。因此，他索性直截了当地告诉我：玛丽安·达什伍德在克利夫兰得了斑疹伤寒，生命垂危——那天早晨收到詹宁斯太太的一封信说，她危在旦夕——帕尔默夫妇都给吓跑了，等等。我一听大为震惊，没法装出无动于衷的样子，即使感觉迟钝的约翰爵士也察觉了这一点。他见我心里难过，忍不住也心软了。他消除了几分敌意，临别时差一点跟我握握手，并说看见我使他想起了老早答应送我一只小猎犬的事。我听说你妹妹生命垂危——而且垂危中把我视为人间的最大恶棍，在最后时刻蔑视我，仇视我，我心里是什么滋味呀——我怎么说得清有什么可怕的阴谋不能移栽到我身上呢？有一个人准会把我描绘得无所不为。我感到很可怕！我很快打定主意，今天早晨八点就登上马车。现在你全明白了。"

埃丽诺没有回答。她在沉思默想：一个才貌出众的人，天生的好脾气，坦率诚实，多情善感，谁想只因独立得过早，染上了游手好闲、放荡不羁、爱好奢侈的坏习气，于是对他的心灵、性情和幸福造成了不可弥补的损害。世态人情使他变得奢侈虚荣——而奢侈虚荣又使他变得冷漠自私。为了达到追求虚荣的可耻目的，他不惜损人利己，结果卷入了一场真正的爱情，但是对奢侈的追求，或者至少是由此而引起的拮据，又要求他牺牲这真正的爱情。每一种错误倾向不仅导致他弃善从恶，而且使他受到惩罚。先前，他不顾道义，不顾情感，不顾一切利害关系，从表面上割断了这股爱情。可是现在，这种爱情再也得不到了，却又支配了他的全部思绪。再说那门婚事，他为此曾无所顾忌地让她妹妹吃尽了苦头，如今可能证明是他自己不幸的源泉，而且是更加不可挽回的不幸的源泉。埃丽诺如此这般地沉思了几分钟，蓦地被威洛比打断了。原来，他刚从至少是同样痛苦的沉思中惊醒过来，忽地站起身准备走，顺口说道：

“待在这儿没有用，我该走啦。”

“你回城吗？”

“不——去库姆大厦。我去那儿有事，过一两天再从那儿回城。再见。”

威洛比伸出手。埃丽诺不好不把手伸给他。威洛比亲热地一把握住了。

“你当真对我的看法好些了吗？”他说着松开她的手，一边靠在壁炉架上，仿佛忘记了他要走。

埃丽诺对他说，她当真如此。她还说原谅他，同情他，祝他幸运——甚至对他的幸福表示关心——并对他在行动上如何最有效地促进自己的幸福，提出了忠告。威洛比的回答却并不十分令人鼓舞。

“说到这点，”他说，“我一定尽力勉勉强强地过下去。家庭幸福是不可能的。不过，如果我能想到你和你妹妹在关心我的命运和行动，这就会成为——这会让我有所戒备——至少，这会成为生活的动力。当然，我永远失去了玛丽安。假如我有幸可以再次自由——”

埃丽诺一声斥责，打断了他的话头。

“好吧，”威洛比答道，“再见。我要走了，提心吊胆的就怕一件事。”

“你这是什么意思？”

“就怕你妹妹结婚。”

“你完全错了。你现在更休想得到她啦。”

“但是她会让别人获得的。假若那人偏偏就是我最不能容忍的他——不过，我不想待在这儿，让你看出我伤害得最深的人，倒是我最不能宽容的人，从而让你一点也不同情我，可怜我。再见，上帝保佑你！”

说着，他几乎是从房里跑出去的。

第九章

威洛比走后好久，甚至他的马车声消失后好久，埃丽诺一直思绪纷乱、心情沉重，各种想法虽然迥然不同，但结果都使她感到异常哀伤，竟连她妹妹都被置之脑后了。

威洛比——就是半小时前还被她深恶痛绝地视为卑鄙小人的那个威洛比，他尽管有千错万错，但是这些过错已经给他造成了百般痛苦，这就多少激起了她的一点恻隐之心。一想到他与她们家现在已经一刀两断，她不由感到一阵惋惜和懊悔。她很快认识到，她的惋惜与懊悔正遂了他的心愿，而与他的德行并不相称。她觉得有些情况按理说是无关紧要的，却进一步左右了她的看法。这其中有他那异常迷人的姿容——他那坦率、多情、活泼的神态，其实具备这些特点并算不上什么美德。还有他对玛丽安仍然一往情深，其实沉迷于这种深情并不能算是无辜的。但是，远在她感到他的感染力开始削弱之前，她倒觉得情况确是如此。

最后，埃丽诺回到睡梦中的玛丽安身边，发现她正在苏醒，甜甜地睡了一大觉之后，精神回复到她所期望的程度。埃丽诺不由得思绪万千。过去，现在，将来，威洛比的来访，玛丽安的安康，母亲的即将到达，这一切使她情绪激动，丝毫看不出任何疲劳的迹象。她唯一担心的，是不要在妹妹面前不自觉地露了真情。然而，好在担心的时间不长，因为威洛比走后不到半个钟头，她又听见一辆马车的声音，便再次奔下楼去。为了不使母亲多忍受一瞬间的忧虑不安，她立即跑进门厅。刚来到外门口，恰好迎上母亲，把她搀了进来。

达什伍德太太方才快进屋的时候，提心吊胆地几乎认定玛丽安已经不在人世了。她连话都说不出来了，无法询问玛丽安的情况，甚至也无法问候埃丽诺，但是，埃丽诺既不等母亲询问，也不等她问候，当即报告了令人欣慰的喜讯。母亲听了像往常一样激动不已，刚才还被吓坏了，转眼便欣喜至极，她由女儿及其朋友搀着，走进客厅。她流着喜悦的泪水，虽然仍旧说不出话来，却一而再再而三地拥抱埃丽诺。同时，不时地转过身来去握布兰登上校的手，那神气好像既表示她的感激之情，又深信他也在分享当时的巨大喜悦。不过上校的确在分享着这番喜悦，只是表现得比她还要缄默。

达什伍德太太一镇静下来，首先要求去看看玛丽安。两分钟后，她便见到了她心爱的孩子。经过这场分离、不幸和危险之后，她觉得玛丽安比任何时候都更加可亲可爱。埃丽诺看出了两人见面时的心情，只因怕影响玛丽安的进一步睡眠，才克制住自己的喜悦。不过，达什伍德太太虽然看见自己的孩子生命处在危险关头，但还是能沉得住气，甚至非常谨慎。玛丽安满意地得知母亲就在身边，知道她自己身体太虚，不宜说话，便遵照周围护士的嘱咐，乖乖地一声不响，一动不动。达什伍德太太一定要通宵守着她，埃丽诺答应了母亲的要求，自己睡觉去了。按说她整整一宿没有合眼，而且中间心急火燎地折腾了好几个钟头，现在是该休息了，谁想由于心情激动，偏偏又睡不着。她无时无刻不在想着威洛比——现在她情愿称他为“可怜的威洛比”。她说什么也该听听他的辩解。她时而责怪自己过去不该把他看得那么坏，时而又断定自己没有错。但是，她答应把事情说给妹妹听，却总是使她感到很痛苦。她害怕告诉玛丽安，唯恐这会给她带来什么后果。她怀疑，经她这么一解释，玛丽安还会不会再去爱别人，因而一时之间，她又巴不得威洛比变成个鳏夫。随即想起布兰登上校，她不禁又责备自己。她觉得，上校受尽了痛苦，而又始终如一，妹妹应该报答的是他，而绝不是他的情敌，于是她又不希望威洛比夫人死掉。

且说达什伍德太太因为早有思想准备，等布兰登上校来巴顿接她时，她并不感到十分震惊。原来，她太为玛丽安感到焦虑不安了，已经决定不再等候消息，当天就启程去克利夫兰。布兰登上校还没到达，她就为上路做好了一切安排。凯里夫妇随时准备将玛格丽特领走，因为母亲不想把她带到那可能染病的地方。

玛丽安继续天天好转，达什伍德太太那副欢天喜地的神情，证明她确实像她一再宣称的那样，是世界上最幸福的女人。埃丽诺听见她如此宣称，并且目睹她的种种实际表示，有时不禁在纳闷，母亲是不是还记着爱德华。但是，达什伍德太太对于埃丽诺写给她的关于她自己情场失意的有节制的描述深信不疑，目前又正赶在兴头上，一心只往那些能使她更高兴的事情上想。玛丽安已经从死亡线上回到了她的怀抱，但她开始感到，当初正是自己看错了人，怂恿玛丽安不幸地迷恋着威洛比，结果使她差一点送了命。埃丽诺没有想到，玛丽安的病愈还给母亲带来了另外一种喜悦。她们两人一得到说私房话的机会，母亲便这样向她透露说：

"我们终于单独在一起啦。我的埃丽诺，你还不知道我有多高兴，布兰登上校爱上了玛丽安，这是他亲口对我说的。"

女儿听了，真是忽而高兴，忽而痛苦，忽而惊奇，忽而平静，她一声不响地专心听着。

"你从来不像我，亲爱的埃丽诺，不然我会对你的镇静感到奇怪。假若要我坐下来为我们家里祝福，我会把布兰登上校娶你们两人中的一个定为最理想的目标。我相信，你们两人中，玛丽安嫁给他会更幸福些。"

埃丽诺很想问问她凭什么这样认为，因为她确信，只要不存偏心地考虑她俩的年龄、性格和感情，她就拿不出任何理由。但是母亲一想起有趣的事情总是想入非非，忘乎所以，因此她还是不问为好，只是一笑置之。

“昨天我们走在路上，他向我倾吐了全部衷情，事情来得非常意外，非常突然。你尽管相信好啦，我开口闭口都离不了我那孩子，上校也掩饰不住自己的悲痛。我发现他和我一样悲痛。他也许认为，按现在的世道来看，纯粹的友谊不允许抱有如此深切的同情——或者也许他根本没有这么想——他忍不住大动感情，告诉我他对玛丽安抱有真挚、深切和坚贞的爱情。我的埃丽诺，他从第一次看见玛丽安的时候起，就一直爱着她。”

不过，埃丽诺一听这话就意识到，问题不在这话怎么说，不在布兰登上校是怎么表白的，问题在于母亲太富于想象力，天生喜欢添枝加叶，因此无论什么事情，她总是怎么中意就怎么说。

“上校对玛丽安的爱大大超过了威洛比那些真真假假的感情，比他热烈得多，也更真诚，更专一——你怎么说都可以——他明知亲爱的玛丽安早就不幸地迷上了那个不成器的年轻人，但他还始终爱着她！不夹带任何私心——不抱有任何希望！说不定他还能看着她与别人幸福地生活在一起呢——多么崇高的思想！多么坦率，多么真诚！谁也不会受他的骗。”

“布兰登上校那出众的人品，”埃丽诺说，“真是众所周知啊。”

“这我知道，”母亲郑重其事地答道，“要不然，有过这样的前车之鉴，我才不会去鼓励这种爱情呢，甚至也不会为此而感到高兴。上校如此积极主动、如此心甘情愿地来接我，这就足以证明他是个最值得器重的人。”

“然而，”埃丽诺答道，“他的名望并非建立在一桩好事上，因为即使这其中不存在什么人道之心，可是出自对玛丽安的钟情，也会促使他这样做的。长期以来，詹宁斯太太、米德尔顿夫妇同他一直很亲近，他们都很喜爱他，敬重他。即使我自己，虽说最近才认识他，对他却相当了解，我十分敬重他，钦佩他。如果玛丽安能和他美满结合，我会像你一样十分爽快地认为，这门婚事真是我们家的最大幸事。你是怎么答复他的？你让他存有希望了吧？”

“哦！我的宝贝，我当时对他、对我自己还谈不出什么希望不希望的，那当儿，玛丽安说不定快死了。不过，上校没有要求我给他希望或鼓励。他那是对一个知心朋友无意中说说知心话，不想一开口就滔滔不绝地遏制不住了——他并不是在向一个做母亲的求情。起先我实在不知说什么好，但是过了一会儿，我倒是跟他说了：要是玛丽安还活着（我相信她会活着的），我的最大幸福就是促成他们的婚事。自从我们到达这里，听到玛丽安脱离危险的喜讯以来，我跟他说得更具体了，想方设法地鼓励他。我告诉他：时间，只要一点点时间，就能解决一切问题。玛丽安的心不会永远报废在威洛比这样一个人身上。上校自身的优点一定会很快赢得这颗心。”

“不过，从上校的情绪判断，你还没有使他感到同样乐观。”

“是的。他认为玛丽安的感情太根深蒂固了，在很长时间里是不会改变的。即使她忘却了旧情，他也不敢轻易相信，他们在年龄和性情上存在那么大的差距，他居然会博得她的喜爱。不过，在这一点上，他完全想错了，他的年龄比玛丽安大，刚好是个有利条件，可以使他的品格、信念固定不变。至于他的性情，我深信恰恰可以使你妹妹感到幸福。他的外貌、风度对他也很有利。我的偏爱并没使我陷入盲目。他当然不及威洛比漂亮，但他的脸上有一股更加讨人喜爱的神情。你若是记得的话，有时威洛比的眼里总有一股我不喜欢的神气。”

埃丽诺这可不记得。不过母亲没等她表示同意，便又接下去说：

“他的言谈举止，上校的言谈举止，不仅比威洛比的更讨我喜欢，而且我知道也更讨玛丽安喜爱。他举止斯文，真心待人，朴实自然，一派男子汉气概，这同威洛比往往矫揉造作、往往不合时宜的快活性情比较起来，与玛丽安的真实性情更加协调。我敢肯定，即使威洛比证明和实际情况相反，变得非常和蔼可亲，玛丽安嫁给他，绝不会像嫁给布兰登上校那样来得幸福。”

她顿住了。女儿不能完全赞同她的意见，但是她没听见女儿的话，因而也没惹她生气。

“玛丽安若是嫁到德拉福，跟我来往就方便了，”达什伍德太太接下去说，“即使我还住在巴顿。很可能——因为我听说那是个大村子——实际上，那附近一定会有小房子或乡舍，像我们现在的住房一样适合我们。”

可怜的埃丽诺！这是要把她搞到德拉福的一个新的谋划！但是，她的意志是坚强的。

“还有他的财产！你知道，人到了我这个年纪，谁都要关心这个问题。虽然我不知道，也不想知道他究竟有多少财产，但是数量肯定不少。”

说到这里，进来了个第三者，打断了她们的谈话，埃丽诺趁机退了出来，想独自好好考虑考虑。她祝愿她的朋友如愿以偿，然而在祝愿的同时，又为威洛比感到痛心。

第十章

玛丽安的这场病虽说很伤元气，但是好在发病时间不长，复原起来不是很慢。她年轻，体质好，再加上有母亲直接护理，康复得十分顺利，母亲到后第四天，她就得以迁进帕尔默夫人的梳妆室。一到这里，她就迫不及待地想对布兰登上校接来母亲一事向他道谢，于是，经她特意要求，上校应邀来看她。

上校走进房来，见到她那变了样的面容，抓住了她立即伸出来的苍白的手，他此时此刻的激动心情，照埃丽诺推测，不仅仅出自他对玛丽安的钟情，也不仅仅出自他知道别人了解他有这番钟情。埃丽诺很快发现，他看她妹妹的时候，眼神是忧郁的，脸色也在不断变化，大概是过去的许多悲惨情景重新浮现在他的脑际。他早已看出了玛丽安与伊丽莎彼此很相像，现在再见到她那空虚的眼神、苍白的皮肤、孱弱无力地斜卧着的体态，以及对他感恩戴德的热情劲头，进一步增强了她们之间的相似之感。

达什伍德太太对这幕情景的留神程度并不亚于大女儿，但是由于看法大不一样，因而观察的结果也大相径庭。她对上校的举动，只能看到那些最简单、最明确的感情流露，而见了玛丽安的言谈举止，却要极力使自己相信，她流露出来的感情已经超出了感激的范畴。

又过了一两天，玛丽安的身体越来越健壮，真是半天就换一个样子。达什伍德太太在自己和女儿的愿望的驱使下，开始说起要回巴顿。她作何安排，决定着她两位朋友的安排，因为詹宁斯太太在达什伍德母女逗留期间是不能离开克利夫兰的，而布兰登上校经她们一致要求，也很快认识到，他陪在那里虽说不是同样义不容辞，却是同样理所当然。反过来，经他和詹宁斯太太一起要求，达什伍德太太终于同意回去时乘用他的马车，以便使她生病的女儿路上走得舒适些。而上校在达什伍德太太和詹宁斯太太的联合邀请下（詹宁斯太太性情善良活跃，不仅自己殷勤好客，而且还代别人表示殷勤好客），高兴地答应在几周时间内拜访乡舍，答谢盛情。

离别的那天来到了。玛丽安特别向詹宁斯太太道别了好半天，她是那样诚恳，那样感激，话里充满了敬意和祝福，好像在暗中承认自己过去有所怠慢似的。随即，她带着朋友般的热忱向布兰登上校告别，由他搀着小心翼翼地钻进了马车。上校似乎希望她至少要占据一半地方。接着，达什伍德太太和埃丽诺也跟着上了车。旅行者启程后，留下的人们谈论起她们，心情颇为落寞。后来詹宁斯太太被喊上自己的马车，与女仆说说闲话，为失去两位年轻朋友找点安慰。紧接着，布兰登上校也独自回德拉福去了。

达什伍德母女在路上旅行了两天。两天来，玛丽安经受了旅途的颠簸，并不感到十分疲惫。每个旅伴都怀着无比深厚的情谊，对她密切注视，关怀备至，尽量使她感到舒服，只要她身体安适，精神镇定，人们也就得到了宽慰。对于埃丽诺来说，观察玛丽安使她感到特别愉快。几个星期以来，她看着她一直忍受着痛苦，心里的苦楚既没有勇气说出口，又没有毅力埋在心底。但现在，她带着别人无法分享的喜悦心情，看见妹妹显然心静下来，认为这一定是认真思索的结果，最后必将使妹妹感到满意和高兴。

巴顿真的临近了，映入眼帘的景致，每块田地、每棵树都能勾起一段奇特的、痛楚的回忆。此刻，玛丽安陷入了沉思默想。她扭过脸去，避开众人的视线，一本正经地坐在那里朝窗外凝视。见此情景，埃丽诺既不感到诧异，又没什么好责备的。她搀扶玛丽安下车时，发现她在流泪，她认为这种激动是很自然的，完全应该同情，而她能不声不响地暗暗垂泪，却是值得赞赏的。在她随后的全部举动中，她察觉她现在能进行理智的思索了。她刚刚跨进全家共用的起居室，就带着坚定沉着的神气，环视四周，仿佛决心立即熟悉一下可以使她记起威洛比的每一件物品。她言语不多，但每句话都旨在引人高兴。虽然有时禁不住叹息一声，但每次总要补偿过错似的嫣然一笑。晚饭后，她想试着弹弹钢琴。她走过去，不料最先看到的琴谱是出歌剧，那还是威洛比替她搞来的，里面有几支他们最喜爱的二重奏曲，外页上还有由他书写的她的名字。那可不行。她摇摇头，把琴谱推到一边，刚弹奏了一会儿，就抱怨指力虚弱，只好把钢琴重新关上，不过关的时候又坚决表示，以后要多加练习。

第二天早晨，这种令人快乐的迹象并没减少。相反，经过休息，她的身心都得到增强，言谈举止显得更有精神。她期望玛格丽特快点回来，说起全家人又要欢聚一堂，大家同消遣，共娱乐，可谓理想中的唯一幸福。

"等天气晴下来，我恢复了体力之后，"玛丽安说，"我们每天一起散步，走得远远的。我们要走到丘陵边缘的农场，看看那些孩子们怎么样啦。我们要走到约翰爵士在巴顿十字口的新种植园和修道院属地。我们还要常去小修道院遗址那里，探索一下它的地基，尽量找到我们听说的它一度达到的最大深度。我知道我们会快乐的。我知道我们会愉愉快快地度过这个夏天。我的意思是说，我们绝不能晚于六点钟起床，从那时起直到吃晚饭，我要把每时每刻都用在音乐和读书上。我已经订好了计划，下定决心好好学习一番。我们自己的书房我很熟悉，除了消遣之类的书籍找不到别的书。不过，巴顿庄园有许多书很值得一读。我还知道，从布兰登上校那里可以借到更新的书。我每天只要看六个小时书，一年工夫就能获得大量我现在觉得自己所缺少的知识。"

埃丽诺佩服妹妹订出一项如此宏伟的计划。不过，眼看着同一种热切的幻想，过去曾经使她陷入极度懒散和任性埋怨，现在又给她的一项如此合乎情理而又颇有节制的计划安排增添了过激色彩，她不由得笑了起来。可是，转而想起还没履行她对威洛比的承诺，她的微笑又变成了一声叹息。她担心，她把他那话一转告给玛丽安，可能再次让她心神不安，至少会暂时断送她那忙碌而平静的美好前景。因此，她还是想把这不幸的时刻向后推迟，决心等妹妹身体完全康复，再定

个时间告诉她。但是决心下定后，又违背了。

玛丽安在家里待了两三天，天气一直不够好，像她这样的病号哪里敢出去。不过，最后终于出现了一个和煦宜人的早晨，引得女儿动心想出去，母亲也放心让她去。于是，玛丽安获准由埃丽诺搀着，在屋前的篱路上散散步，只要不觉得疲倦，走多长时间都可以。

姐妹俩出发了，因为玛丽安自从生病以来一直没有活动过，身体还很虚弱，所以两人不得不慢慢行走。刚走过屋角，到达可以对屋后的大山一览无余的地方，玛丽安停下脚步，举目朝山上望去，然后平静地说道：

“那儿，就在那儿，”玛丽安用一只手指去，“就在那道高冈上——我摔倒了，而且第一次见到了威洛比。”

说到最后三个字，她的声音低沉下来，但随即又恢复了正常，接着说道：

“我高兴地发现，我见到这个地方一点也不感到痛苦。埃丽诺，我们还能谈论这件事吗？”她这话说得有点吞吞吐吐。“还是这样谈论是错误的？我希望，我现在可以谈啦，照理也该谈谈。”

埃丽诺亲切地要求她有话直说。

“至于懊悔，”玛丽安说，“就他而论，我早已懊悔过了。我不想跟你谈论我以往对他的看法，而只想谈谈现在的看法。现在，如果有一点我可以感到满意的话——如果我可以认为他并非总是在演戏，总是在欺骗我；然而最重要的是，如果我可以相信，他从来没有像我了解了那个不幸姑娘的遭遇以来，有时所想象的那样缺德透顶——”

她顿住了。埃丽诺一听这话如获至宝，欣喜地答道：

“你要是可以相信这一点，你以为你心里就平静了吧。”

“是的。这对我心情的平静有着双重影响。他与我有过那样的关系，怀疑他居心不良，这不仅是可怕的，而且使我自己显得成了什么人？像我这样的处境，只有极不体面、极不慎重地乱表钟情，才能使我遭受——”

“那么，”姐姐问道，“你想如何解释他的行为呢？”

“我认为——哦！我多么想认为他只是变化无常，非常、非常变化无常。”

埃丽诺没再多说。她心里在盘算：究竟是马上向她传话好，还是等她身体再壮实一些。两人默默无语地又慢慢走了一阵。

“当我祝愿他暗里回想起来不会比我还不愉快时，”玛丽安终于叹息地说，“我倒并不是祝他万事如意。他回想起来还会感到痛苦的。”

“你是不是拿你的行为与他的行为相比较？”

“不。我是拿我的行为与理应如何相比较，与你的行为相比较。”

“我们的处境并不相似。”

“我们的处境比我们的行为还要相似些。亲爱的埃丽诺，你不要让你的好心去为你理智上并不赞成的东西作辩解。我的病促使我思考——它使我得到闲暇，平心静气地认真进行思考。早在我还没恢复到可以说话之前，我已完全能够思索了。我细想过去，发现自从我们去年秋天与他开始结识以来，我的一系列行为对自己是轻率的，对别人是不厚道的。我发现，我自己的情感造成了我的痛苦，而在痛苦的情况下缺乏坚忍不拔的精神，又差一点使我送了命。我知道，我的病完全是自己造成的，当时我明知不对，但还是不注意自己的身体。假如我真的死了，那是自取灭亡。我不知道自己生命垂危，直到脱离危险以后。但是，由于这些思考给我带来的情绪，我不禁对自己的康复感到惊异——真奇怪，我一心渴望能活下来，以便有时机向上帝、向你们大家赎罪，到头来居然没有一命呜呼。姐姐，万一我真的死了，那会给你，我的看护、朋友和姐姐，带来多大的悲痛呀！你在前些日子里对我的烦恼自私看得一清二楚，对我的心思了如指掌！我会给你留下什么印象啊！还有母亲！你可怎么安慰她呀！我简直说不出多么痛恨自己。每当我回顾过去，总感到自己有点没有尽到自己的责任，或者有点姑息自己的缺点。我似乎伤害了所有的人。詹宁斯太太好心好意，一贯好心好意，我不但不领情，还瞧不起她。对米德尔顿夫妇，帕尔默夫妇，斯蒂尔姐妹，甚至对一般相识的人，我总是傲慢无礼，不讲公道：硬起心肠无视他们的优点，他们越是关心我，我就越是恼火。对约翰、范妮，是的，即使对他们，尽管他们不值得器重，我也没有给予应有的对待。可是你，首先是你，而不是母亲，倒被我冤枉了。我，而且只有我，了解你的心事和悲痛。然而，这对我有什么作用呢？没有引起对你我都有好处的任何同情。你为我树立了榜样，可是有什么用呢？我对你和你的安适更体贴了吗？我有没有效仿你的涵养功夫，设法减少一下你的负担，也来承担一点诸如奉承恭维、感恩戴德之类的事情，而不至于一直让你在那里独自应酬呢？没有。我无论是认为你称心如意的时候，还是得知你的不幸之后，都没尽到职责和手足之情。我简直不承认除我之外谁还会有什么悲伤。我只对遗弃、亏待了我的那个人感到懊恼，结果使我自称无比钟爱的你为我感到悲痛。”

说到这里，玛丽安那滔滔不绝的自我责备突然停止了。埃丽诺虽然是个诚实人，不爱说恭维话，但是她急于要安慰妹妹，当即对她表示了赞扬和鼓励；而玛丽安凭着自己的坦率和悔悟，也完全应该受到赞扬和鼓励。玛丽安紧握着姐姐的手，回答说：

“你真好。未来一定会给我作证。我已经订好了计划，如果我能坚决执行的话——我就会控制住自己的情感，改变自己的脾气。这就不会再使别人感到烦恼，也不会使我自己感到痛苦。现在，我将只为自家人活着。你、母亲和玛格丽特今后就是我的一切，你们三人将分享我全部的爱。我绝不会再产生丝毫杂念，想离开你们，离开我的家。如果我真与外人交往，那只是为了表明：我的态度已经变得谦恭起来，我的心灵已经改过自新，我也可以文质彬彬、宽宏大量地讲讲礼仪客套，履行一下生活中的繁文缛节。至于威洛比——要是说我很快就会忘掉他，或者说迟早总会忘掉他，那是毫无意义的。无论环境和看法如何改变，我是忘不掉他的。不过，这要有个控制，要通过宗教信仰、理智和不停的忙碌，来加以遏制。”

玛丽安顿了顿——接着又低声补充了一句：“假如我能了解他的心，那么一切事情都好办了。”

埃丽诺听到这话时，已经有好一阵都在考虑马上把话说出去是否恰当，结果还像起先一样犹豫不决。她发觉，既然左思右想都不解决问题，干脆下个决心不就什么都解决了，于是她立即讲起事实真相。

正像她希望的那样，她力求说得策略一些，谨慎小心地使她那位迫不及待的听话人做好思想准备。她简单忠实地叙说了威洛比作为辩解依据的主要论点，如实地传达了他的悔过之意，只是对他现在的爱慕表示说得比较委婉。玛丽安一声不响。她在瑟瑟发抖，两眼盯着地上，嘴唇在病后本来就是苍白的，现在变得更加苍白。上千个疑问涌上她的心头，但是她一个也不敢提出。她急不可耐地一字不漏地倾听着，一只手不知不觉地紧紧握住了姐姐的手，脸上沾满了泪水。

埃丽诺怕她劳累，领着她朝家里走去。虽然玛丽安嘴里没有直说，但是埃丽诺很容易猜到她一定对什么感兴趣。因此，在到达乡舍门口之前，她一直在谈论威洛比以及他们之间的谈话。有关他言谈神态的每一个细节，凡是细说出来没有妨碍的，她总要不厌其详地说个仔细。她们一进屋，玛丽安就不胜感激地吻了姐姐一下，并且流着眼泪，清晰可辨地说出了几个字：“告诉妈妈。”随后便离开姐姐，缓步朝楼上走去。她想独自清静一下，这是合情合理的，埃丽诺也就不便打扰。她忧心忡忡地预测这清静的结果，并且决计在妹妹万一不再重提此事的时候帮她重新提起，于是她走进客厅，去完成玛丽安临别时交代的使命。

第十一章

达什伍德太太听到她以前的宠儿的辩词，心里不无感触。使她感到高兴的是，归咎于他的部分罪过得到洗刷。她为他感到惋惜，并且祝他幸福。但是，过去的感情是无可挽回了。任何东西也恢复不了玛丽安对他的完全信任——她不会再认为他的人格完美无瑕。任何东西也抹杀不了玛丽安因为他而遭受痛苦的事实，抹杀不了他对伊丽莎犯下的罪过。因此，任何东西也不会使他再像过去那样受到玛丽安的器重，同时也损害不了布兰登上校的利益。

假若达什伍德太太能像女儿那样，亲自听到威洛比的申述——亲眼目睹他的痛苦情态，领受一下他那神情举止的感染，那她很可能更加怜悯他。但是，埃丽诺既没有这个能力，也没有这个愿望，通过详细叙说去激发母亲也产生她自己起先产生的那种情感。经过再三考虑，她心里变得镇定下来，对威洛比的功过有了清醒的认识。因此，她只是想简单说明一下真情，透露一些与他的人格真正有关的事实，而不能大发善心地添油加醋，以免惹得母亲想入非非。

晚上，母女三人聚到一起的时候，玛丽安又主动说起威洛比。但是这并非毫不费力，她先是坐在那里忐忑不安地沉思了半晌，后来一开口，脸上泛起红晕，声音颤颤抖抖。

“我想向你们俩保证，”她说，“正像你们希望的那样，我一切都明白了。”

达什伍德太太刚想打断她，以便用好言安抚几句，不料埃丽诺还真想听听妹妹那不偏不倚的意见。她急忙做了个手势，母亲才没出声。玛丽安慢吞吞地继续说道：

“埃丽诺今天早晨告诉我的话，使我感到极大的宽慰。现在，我终于听到了我一心想听的话。”霎时间，她的声音哽住了；但她立即恢复了镇静，更加心平气和地接着说道：“我现在感到绝对满意，我不希望有什么变化。我知道了这一切之后（这我迟早总会知道的），再和他在一起是绝不会幸福的。我绝不会信任他，尊重他。任何东西也无法消除我的这种情感。”

“这我知道，我知道，”母亲嚷道，“和一个行为放荡的人在一起哪能幸福！他破坏了我们最亲爱的朋友，也是天下最好的人的安宁，谁还能和他在一起？不——我的玛丽安犯不着让这样一个人给她带来幸福！她的良心，她的敏感的良心，会感到她的丈夫应该感到而没有感到的情感。”

玛丽安叹口气，重复了一句：“我不希望有什么变化。”

“你考虑问题，”埃丽诺说，“应该像有头脑、有见识的人那样。大概你和我一样，不只从这一事件，还从许多其他事件里悟出了一定的道理，以至于认识到：你若是同他结了婚，肯定会陷入重重困难，感到百般失望。在这种情况下，凭着他那反复无常的情感，那是维持不下去的。你倘若结了婚，肯定一直是个穷光蛋。他花起钱来大手大脚，这连他自己也供认不讳。他的整个行为表明，他简直不知道什么叫自我节制。就凭着那么一点点收入，他的需求量那么大，你又不谙人世，一定会带来不少痛苦，这些痛苦绝不会因为你事先完全没有想到而减轻几分。我知道，你一旦认识到自己的处境，你的自尊和诚实感会促使你厉行节约。也许，当你只是对自己节衣缩食的时候，你还可以尽量节省，但是超出这个限度——况且，你就是一个人节省到最大限度，你也无法阻止你们结婚前就已开始的倾家荡产！一超出这个限度，假如你试图要减少他的物质享受，也不管多么合情合理，难道你就不担心，你非但不能说服具有如此自私之心的人表示赞同，反而会使你驾驭不住他的心，让他后悔不该和你结婚，认为和你结婚才使他陷入这样的困境？”

玛丽安的嘴唇颤抖了一下，她重复了一声“自私”这两个字，听语气意思是说：“你真认为他自私吗？”

“他的整个行为，”埃丽诺答道，“自始至终都建立在自私的基础上。正因为自私，他先是玩弄了你的感情——后来，当他自己也倾心于你的时候，又迟迟不肯表白，最后又离开了巴顿。他自己的享乐，他自己的安适，这是他高于一切的指导原则。”

“确实如此。他从来没把我的幸福放在心上。”

“现在，”埃丽诺接下去说，“他对自己的所作所为感到懊悔。他为什么要懊悔呢？因为他发现事情不合他的心意，没使他感到幸福，他现在的境况并不窘迫——他还没有遭到这样的不幸，他只是觉得他娶了一个性情不及你温存的女人。然而，这是不是意味着他娶了你就会幸福呢？那会出现别的麻烦。他会为金钱问题感到苦恼。目前只是因为不存在这个问题，他才认为无所谓，他本来想娶一个性情上无可指摘的妻子，但是那样一来他会永远陷入贫困。他也许很快就会觉得：即使对家庭幸福来说，一宗不纳税的田产和一笔可观的收入能带来无穷无尽的物质享受，要比妻子的脾气重要得多。”

“这我毫不怀疑，”玛丽安说，“我没有什么好懊悔的——只恨自己太傻。”

“应该怨你母亲不慎重，孩子，”达什伍德太太说，“我该负责任。”

玛丽安不想让母亲说下去。埃丽诺对两人都引咎自责感到高兴，便想避而不再追究过去，以免削弱妹妹的兴致。于是，她又继续抓住第一个话题，马上接下去说道：

“我想，从整个事件中可以公平地得出一个结论——威洛比的一切麻烦都起因于他最初对伊丽莎·威廉斯的不道德行为。这一罪恶是他一切较小罪过的根源，也是他现在满腹怨艾的根源。”

玛丽安深有感触地赞同这一说法。母亲听后就数说起布兰登上校受了多少委屈，又有多少美德，那个热烈劲儿只能是彼此交好和心有所图这双重作用的结果。可是看样子，女儿像是没有听见多少似的。

果然不出埃丽诺所料，她在随后两三天里发现，玛丽安不像先前那样在继续增强体质。但是，她的决心并未动摇，她仍然显得很高兴，很平静，做姐姐的尽可放心，她的身体随着时间的推移总会好起来的。

玛格丽特回来了，一家人又聚到一起，在乡舍里重新安定下来。如果说她们学习起来不像初来巴顿时那么劲头十足，她们至少在计划将来要努力学习。

埃丽诺一心急于得到爱德华的音信。自从离开伦敦以来，她一直没有听到他的消息，不知道他有什么新的打算，甚至不知道他现在的确凿地址。因为玛丽安生病的缘故，她与哥哥通了几封信。约翰的头封信里，有这么一句话：“我们对不幸的爱德华一无所知，也不敢违禁查问，不过断定他还在牛津。”这是他来信中提供的有关爱德华的全部信息，因为他以后的几封信里甚至连爱德华的名字都没提到。不过，埃丽诺并非注定要对爱德华的行止长此无知下去。

一天早晨，她家的男仆奉命去埃克塞特出了一趟差。归来后伺候进餐的时候，女主人问他出差时听到了什么新闻，他顺口回答说：

“太太，我想你知道费拉斯先生结婚了。”

玛丽安猛地一惊，将眼睛盯住埃丽诺，只见她面色苍白，便歇斯底里似的倒在椅子上。达什伍德太太回答仆人的询问时，目光也不由自主地朝同一方向望去。她从埃丽诺的脸上看出她十分痛苦，不禁大

为震惊，随即又见玛丽安处于那副状态，使她同样感到十分悲痛。一时间，她不知道应该主要照顾哪个女儿为好。

男仆只看见玛丽安小姐有病，还知道去唤来一位女仆。女仆和达什伍德太太一起，把小姐扶进另一房间。此时，玛丽安已经大为好转，母亲把她交给玛格丽特和女仆照料，自己回到埃丽诺面前。埃丽诺虽然心里还很混乱，但她已经恢复了理智，而且也能说话了，现在正开始询问托马斯：他的消息是从哪儿得来的。达什伍德太太立即把这事揽了过去，于是埃丽诺便不费口舌地知道了端倪。

“托马斯，谁告诉你费拉斯先生结婚了？”

“太太，我今天早晨在埃克塞特亲眼见到费拉斯先生，还有他的太太，就是斯蒂尔小姐。他们乘坐一辆四轮马车，停在新伦敦旅馆门前，我也正好从巴顿庄园到那儿，替萨莉给她当邮差的兄弟送封信。我走过那辆马车的时候，碰巧抬头望了望，当即发现是斯蒂尔府上的二小姐。我摘下帽子向她致意，她认识我，把我叫住了，问起了太太您的情况，还问起了几位小姐，特别是玛丽安小姐，吩咐我代她和费拉斯先生向你们表示问候，衷心的问候和敬意。还说他们非常抱歉，没有工夫来看望你们——他们还急着往前走，因为他们还要赶一程路——不过回来的时候，一定要来看望你们。”

“可是，托马斯，她告诉你她结婚了吗？”

“是的，太太。她笑嘻嘻地对我说，她一到了这块地方就改名换姓了。她素来是个和蔼可亲、心直口快的小姐，待人客客气气的。于是，我冒昧地祝她幸福。”

“费拉斯先生是不是和她一道坐在马车里？”

“是的，太太。我看见他仰靠在里面，但是没有抬头，他从来都是个言语不多的先生。”埃丽诺心里不难说明他为什么不向前探身，达什伍德太太可能找到了同一解释。

“车里没有别人吗？”

“没有，太太，就他们俩。”

“你知道他们从哪儿来的吗？”

“他们直接从城里来的，这是露西小姐——费拉斯夫人告诉我的。”

“他们还要往西走？”

“是的，太太——不过不会待得很久。他们很快就会回来，那时候肯定会到这儿来。”

达什伍德太太看看女儿。可是埃丽诺心里有数，知道他们不会来。她听了这个消息，就把露西这个人彻底看透了，她也深信爱德华绝不会再接近她们。她轻声对母亲说：他们大概要去普利茅斯附近的普赖特先生家。

托马斯的消息似乎说完了。看样子，埃丽诺还想多听点。

“你走开以前看见他们出发了没有？”

“没有，小姐——马刚刚牵出来，我不能再停留了，我怕误事。”

“费拉斯夫人看上去身体好吗？”

“是的，小姐，她说她身体好极了。在我看来，她一向是个非常漂亮的小姐——她好像非常称心如意。”

达什伍德太太想不起别的问题了，托马斯也好，台布也好，现在都不需要了，她便立即让他拿走了。玛丽安早就打发人来说过，她不想吃饭。达什伍德太太和埃丽诺同样没有胃口。玛格丽特或许会觉得，两个姐姐最近搞得心神不定，总是有那么多理由动不动就不吃饭，她自己倒真够幸运，还从来没有迫不得已挨过饿呢。

等甜点和酒摆上桌，桌前只剩下达什伍德太太和埃丽诺两个人。她们在一起待了很长时间，都同样在沉思默想，达什伍德太太唯恐出言有失，不敢贸然安慰女儿。她现在发现，她过去相信埃丽诺的自我表白是错误的。她得出这样的公正结论：因为她当时已经为玛丽安吃尽了苦头，为了不给她增添痛苦，埃丽诺显然把一切都作了轻描淡写。她发现，她本来很了解埃丽诺和爱德华之间的感情，但是埃丽诺的小心体贴使她得出了错误的结论，认为他们的感情实际上比她原先想象的淡薄得多，也比现在所证实的淡薄得多。她担心，照这样说来，她对她的埃丽诺有失公道，有失体谅，不，简直有失仁慈：玛丽安的痛苦，因为她认识到了，而且就摆在她的眼前，致使她耗费了过多的心血，从而想不到埃丽诺可能忍受着同样的痛苦，当然只不过她更能克制，更有毅力罢了。

第十二章

埃丽诺发现，一件不幸的事情，不管你心里如何认定会发生，但期待中和发生后，两者之间毕竟还是不一样的。她发现，当爱德华尚未结婚的时候，她总是不由自主地抱有一线希望，希望能出现个什么情况，使他不能和露西结婚；希望他自己能下定决心，朋友们能从中调解，或者露西能遇到什么契机良缘，促成大家皆大欢喜。但是他现在结了婚，埃丽诺责备自己不该存有侥幸心理，这种侥幸心理大大增加了这条消息带来的痛苦。

爱德华居然这么快就结了婚，没等他（照埃丽诺的想象）当上牧师，因而也没等他获得牧师俸禄，这在起初使埃丽诺感到有点吃惊。但是她很快领悟到，露西出于深谋远虑，一心只想赶快把他弄到手，除了担心拖延的危险之外，别的事情一概无所顾忌。他们结了婚，在城里结了婚，现在正急着赶到她舅舅家。爱德华来到离巴顿不过四英里的地方，见到了她母亲的男仆，还听到了露西的话，这时他作何感想呢？

埃丽诺想，他们很快就会在德拉福安居下来。德拉福，就在这个地方，一系列事件激起了她的兴趣，使她既想了解，又想回避。转瞬间，她看见他们住在自己的牧师公馆里，发现露西是个活跃机灵的当家人，她把崇尚体面和克勤克俭融为一体，生怕别人看出她在节衣缩食。她一心一意追求自己的利益，极力巴结布兰登上校、詹宁斯太太以及每一位阔朋友。她不知道爱德华怎么样，也不知道她该希望他怎么样，他是幸福还是不幸福——这都不会使她感到高兴。她索性不去考虑他是个什么样子。

埃丽诺满以为，她们伦敦的哪位亲友会写信来告诉这件事，并且进一步介绍点具体情况。谁想一天天过去了，还是杳无音信。她也说不上应该责怪谁，便干脆埋怨起不在跟前的每位亲友。他们一个个不是不体谅人，就是手太懒。

“母亲，你什么时候给布兰登上校写信？”她一心急着想找个法子，突然提出了这样一个问题。

“好孩子，我上星期给他写了封信，我期待能见到他，而不是再收到他的信。我恳切地敦促他快来我们这儿，说不定今明后天就会到。”

这话很起作用，使埃丽诺有了盼头。布兰登上校一定能带来点消息。

埃丽诺刚想到这里，不料有人骑着马走来，她情不自禁地朝窗外望去。那人在门口停住。他是位绅士，而且就是布兰登上校。现在，她可以听到更多的情况了。期待之中，她不禁颤抖起来。但是——那不是布兰登上校——既不是他的风度，也不是他的身材。如果可能的话，她要说这一定是爱德华。她再一看，他刚刚下马。她不会搞错，还就是爱德华。她离开窗口，坐了下来。“他特地从普赖特家赶来看望我们。我一定要镇静，一定要控制住自己。”

转瞬间，她察觉别人同样意识到这一错误。她发现母亲和玛丽安

脸色变了；发现她们都在望着她，相互耳语了几句。她真恨不得能告诉她们——让她们明白，她希望她们不要冷落他，怠慢他，可是她什么也没说出来，只好听任她们自行其是。

大家一声不响，都在默默地等着客人出现。先是听到他走在砾石道上的脚步声；一眨眼工夫，他走进走廊；再一转眼，他来到她们面前。

爱德华进房的时候，神色不太快活，甚至在埃丽诺看来也是如此。他的脸色因为局促不安而变得发白。看样子，他担心受到冷遇，他知道，他不配受到礼遇。可是，达什伍德太太心里一热，还是想一切听从女儿的，于是她自信是遵照女儿的心愿，强作笑颜地迎上前去，把手伸给他，祝他幸福。

爱德华脸色一红，结结巴巴地回答了一句，听不清说的什么。埃丽诺只是随着母亲动了动嘴唇，动完之后，又巴不得自己也和他握握手。但是，已经为时过晚，她只好带着想要开诚相见的神气，重新坐下，谈起了天气。

玛丽安尽量退到隐蔽的地方，不让别人看见她在伤心。玛格丽特对情况有所了解，但又不全了解，她认为保持尊严是她义不容辞的责任，因此找了个离爱德华尽可能远的地方坐下，硬是一声不响。

埃丽诺对这干燥季节表示完喜悦之后，出现了非常糟糕的冷场。达什伍德太太打破了沉默，表示但愿爱德华离家时，费拉斯太太一切都好。爱德华慌忙作了肯定的回答。

再次冷场。

埃丽诺虽然害怕听到自己的说话声，但她还是硬着头皮说道：

“费拉斯太太在郎斯特普尔吗？”

“在郎斯特普尔！”爱德华带着惊讶的神气答道，“不，我母亲在城里。”

“我的意思是，”埃丽诺一面说，一面从桌上拿起针线活，“问问爱德华·费拉斯太太的情况。”

埃丽诺不敢抬眼看，但她母亲和玛丽安却一齐把目光投向爱德华。爱德华脸上一红，似乎有些茫然，疑惑地望了望，犹豫了一阵之后，说道：

“也许你指的是——我弟弟——你指的是——罗伯特·费拉斯太太。”

“罗伯特·费拉斯太太！”玛丽安和母亲带着极为惊奇的语气重复说道。埃丽诺虽然说不出话来，她的眼睛却带着同样急切惊奇的神情凝视着爱德华。爱德华从座位上立起身，走到窗前，显然不知如何是好。他拾起一把放在那儿的剪刀，一边说话一边乱剪，不仅把剪刀鞘剪得粉碎，把剪刀也剪坏了。这时，只听他急忙说道：

“也许你们还不知道——你们可能还没听说，我弟弟最近同那位二小姐——露西·斯蒂尔小姐——结婚了。”

在场的人，除了埃丽诺之外，都带着不可言状的惊奇表情，把他的话重复了一遍。埃丽诺一头俯在针线活上，只觉心情过于激动，简直不知道自己待在哪儿。

“是的，”爱德华说，“他们是上星期结婚的，现在在道利希。”

埃丽诺再也坐不住了。她几乎是跑出了房间，刚一关上门，便喜不自禁地哭了起来。她起先以为，喜悦的泪水永远也止不住了。爱德华本来始终没有朝她那里看，直到这时，他才瞧见她急急匆匆地跑走了，也许看见——甚至听见她激动的感情，因为他紧接着就陷入沉思，任凭达什伍德太太说什么话，提什么问题，谈吐多么亲热，都无法打破这种沉思。最后，他一言不发地离开房间，朝村里走去——留下的人见他的处境发生了如此奇妙、如此突然的变化，不由得感到惊奇不已，大惑不解；而这种困惑之感，除了凭借她们自己的猜测之外，没有别的办法可以消释。

第十三章

虽然在达什伍德母女看来，爱德华解除婚约一事似乎是不可思议的，但他确实是解除了婚约。而他将如何利用这次解约，却被她们大家轻易地预料到了。因为四年来，他没有征得母亲的同意，已经经历了一次轻率订婚的洗礼，现在这门婚事告吹了，谅他会马上再订一次亲。

其实，爱德华来巴顿的任务很简单，就是请求埃丽诺嫁给他。鉴于他在这种问题上并非毫无经验，这一次他居然会如此惴惴不安，如此需要别人加以鼓励，需要出去透透新鲜空气，真是咄咄怪事。

不过，他路上如何迅速地坚定了决心，如何迅速地将决心见诸行动，又以何种方式表达衷曲，这一切都毋庸赘述。需要说明的只是：四点钟光景，大约在他到来三个钟头之后，大家一道坐下吃饭的时候，他已经把他的意中人捞到手了，并且取得了她母亲的同意。他声称自己是世上最幸福的人，这不仅出自情人的狂喜，而且不管从情理和实际来说，他也的确如此。他的情况确实令他异常高兴。除了求爱被接受了之外，他还有别的事情使他心潮格外澎湃，情绪格外高昂。他丝毫不用责备自己，他终于摆脱了一起长期给他造成痛苦的爱情纠葛，摆脱了一个他早已不再爱慕的女人，而且立即一跃赢得了另外一个女人。可是想当初，他刚刚产生这个念头时，心里几乎是绝望的，他不是从疑虑不安，而是从痛苦不堪中转而获得了幸福。他毫不掩饰地表白了这种变化，那股发自内心、感激不尽、涌流不止的欢快劲头，他的朋友们以前从未见过。

他向埃丽诺敞开了心扉，供认了自己的全部弱点和过失，并且带着二十四岁的人所具有的明哲和尊严，叙说了自己最初对露西的幼稚眷恋。

"这是我的愚蠢和惰性引起的，"他说，"是我不谙人情世故的结果——无所事事的结果。我十八岁脱离普赖特先生关照的时候，我母亲若是给我点事情干干，我想——不，我敢肯定，这种情况绝不会发生。因为我离开郎斯特普尔的时候，虽然自以为对他的外甥女喜爱得不得了，但是我假如有点事情干，让我忙上几个月，和她疏远几个月，特别是多跟世人打打交道（在这种情况下，我肯定会这样做的），那我很快就会消除对她异想天开的眷恋。可是我回到家里，却没有事情干，既没给我选好职业，也不让我自己选择，完全无所事事。在随后的第一年，我甚至连个大学生名义上应该忙碌的事情都没有缘分，因为我直到十九岁才进入牛津大学。我在世上无事可做，只能沉溺于爱情的幻想。再加上我母亲没给我安排个舒舒适适的家——我与弟弟不友好，合不来，又讨厌结识新朋友，我也就自然而然地常往郎斯特普尔那儿跑，因为我在那儿总觉得很自在，总会受到欢迎。就这样，我从十八岁到十九岁，绝大部分时间都消磨在那儿。露西似乎非常和蔼，非常可亲，人长得也很漂亮——至少我当时是这么认为的。我很少见到别的女人，没法比较，看不出她有什么缺陷。因此，考虑到这一切，尽管我们的订婚是愚蠢的，而且被彻底证明是愚蠢的，但是我希望，这在当时并非是不近人情、不可宽恕的蠢行。"

仅仅几个小时给达什伍德母女心里带来的这般变化和幸福感——如此巨大的变化和幸福感，她们全都可望洋洋得意地度过一个不眠之夜。达什伍德太太高兴得有点忐忑不安了，她不知道如何喜爱爱德华，如何赞扬埃丽诺才好——不知道如何才能对爱德华的解除婚约表示足够的庆幸，而又不伤害他那脆弱的感情，如何才能既给他俩一起畅谈的闲暇，又能按照她的心愿，多瞧瞧他们，多和他们欢聚一会儿。

玛丽安只能用眼泪表示她的喜悦。她难免要做比较——难免要懊悔。她的喜悦之情虽然像她对姐姐的钟爱一样真心诚意，但是这种喜悦既没使她兴高采烈，也没使她开口说话。

可是埃丽诺——她的心情应该如何描写呢？从她得知露西嫁给了别人，爱德华得到解脱的那刻起，直到爱德华证实她有理由当即燃起希望之火的那一刻，她心里真是百感交集，难以平静。但是这后一时刻过后，当她消除了一切怀疑、一切焦虑，将她现在的情况与先前的情况一比较，见他体面地解除了过去的婚约，见他当即从解约中获得益处，向她求婚，就像她一直料想的那样，向她表露了深沉、坚贞的爱情，这时，她喜出望外，反倒变得沉闷起来。因为人心好喜不好悲，一见到形势好转就容易激动，所以她需要经过几个小时才能平静下来。

现在，爱德华在乡舍里至少要住一个星期。因为不管别人有什么事找他，他与埃丽诺欢聚的时间不能少于一个星期，否则，谈起过去、现在和未来，心里的话连一半也说不完。对于两个正常人来说，他们共同关心的就那么多问题，让他们滔滔不绝地谈起来，几个钟头就谈完了，然而对恋人来说，情况却不然了。在他们之间，一个话题至少得重复二十遍才能完结，否则，甚至都算不上交谈。

露西的结婚理所当然是她们大家最感到惊奇不已的事情，当然也构成两位情人最早谈论的话题之一。埃丽诺对男女双方有着特别的了解，他们的婚事无论从哪个角度看，都是她平生听到的一个最异乎寻常、最不可思议的现象。他们怎么会凑到一起，罗伯特受到什么诱惑，居然娶了一个她亲耳听他说过他一点也不爱慕的姑娘，这个姑娘早已同他哥哥订了婚，他哥哥为此还遭到家庭的遗弃——这一切真叫她百思不得其解。就她的心愿来说，这是桩大好事，就她的想象而言，事情甚至有点荒唐，但是就她的理智和见识而论，这完全是个令人费解的谜。

爱德华只能试图作作解释，凭借想象说：也许他们先是不期而遇，一方的阿谀奉承激起了另一方的虚荣心，以至于逐渐导致了以后的事情。埃丽诺还记得罗伯特在哈利街对她说的话。他谈到他若是及时出面调解的话，他哥哥的事情会出现什么局面。她把那些话向爱德华重复了一遍。

"罗伯特就是那种人，"爱德华马上说道，"也许，"他当即接下去说，"他们刚开始认识，他脑子里可能就有那个念头。露西起初也许只想求他帮帮我的忙。图谋不轨可能是后来的事情。"

不过，他们之间究竟图谋了多久，爱德华像埃丽诺一样，也是不得而知。因为自从离开伦敦之后，他一直情愿待在牛津，除了收到露西的信，没有别的办法能听到她的消息，而露西的信件直到最后既不比以往见少，也不比以往显得情淡爱弛。因此，他丝毫没有起过疑心，对后来的事情一点没有思想准备。最后，露西来了一封信，给他来了个突然袭击。的的确确，当时一听说自己给解除了这样一门婚事，真是又惊又怕又喜，不禁发了半天呆。他把那封信递到埃丽诺手里：

亲爱的先生：

鉴于我肯定早已失去了你的爱情，我认为自己有权利去钟爱另外一个人，而且我毫不怀疑，我与他结合将和我一度认为的与你结合一样幸福。你既然把心都交给了别人，我也就不屑同你结婚。衷心祝愿你做出了幸运的抉择。如果我们不能一直成为好朋友（我们现在的近亲关系使得我们理应如此），那可不是我的过错。我可以向你保证：我对你没有恶意，我还相信，你是个宽怀大度的人，不会来拆我们的台。你弟弟彻底赢得了我的爱情，因为我们两人离开了就活不下去。我们刚到教堂结了婚，现在正在奔赴道利希的途中，因为你亲爱的弟弟很想看看那个地方，我们准备在那里逗留几个星期。不过，我想先写信告诉你，恕不多言。

你永远诚挚的祝福者、朋友和弟媳

露西·费拉斯

大札我已全部付之一炬，尊像一有机会定将奉还。请将拙书烧掉——至于戒指和头发，你尽可保留。

埃丽诺看完信，又一声不响地递了回去。

“我不想问你对这封信的文笔有什么看法，”爱德华说，“要在以前，我无论如何也不会把她的信拿给你看。作为弟媳，已经够糟糕啦，但若是作为妻子！我一见到她写的信，就脸红！我想必可以这样说，自从我们的蠢事开始头半年以来，这还是我从她那儿收到的唯一的一封信，其内容可以弥补其文笔上的缺陷。”

“不管事情是怎么发生的，”歇了片刻，埃丽诺说道，“他们肯定是结了婚啦。你母亲自作自受，这是对她最恰当不过的惩罚，她因为对你不满，便把一笔足以维持生计的资产赠给罗伯特，结果使他有能力自己选择。实际上，她是在用一年一千镑的资金，收买一个儿子去做被她剥夺了财产继承权的另一个儿子想做而没做的事情。我想，罗伯特娶露西给她带来的打击，很难说会比你娶露西给她带来的打击来得小。”

“她只会受到更大的打击，因为罗伯特一向都是她的宠儿。她将会受到更大的打击，而且基于同样的原因，她也会更快地原谅他。”

现在他们之间的关系如何，爱德华不得而知，因为他没有同家里任何人联系过。他收到露西的信不到二十四小时，就离开了牛津，心里只有一个目标，要取最近的路赶到巴顿，因而没有闲情逸致去考虑与那条路上没有紧密联系的行动安排。他与达什伍德小姐的命运不落实下来，他什么事情也不能干。他如此刻不容缓地追求这一命运，这就可以推想，尽管他一度嫉妒过布兰登上校——尽管他对自己长处的估价比较谦虚，谈起自己的疑虑比较恳切，但是整个说来，他并不期待他会受到冷遇。但实际上，他偏说他确实是这么期待的，而且说得那么娓娓动听。不过他一年以后这话会怎么说，那就只得留给做夫妻的去想象。

露西早先让托马斯给她们捎来个口信，这当然是个骗局，旨在恶意中伤爱德华，对此，埃丽诺看得一清二楚。至于爱德华自己，他现在彻底看透了露西的本性，他毫不迟疑地相信，她性情邪恶乖戾，再卑鄙的事情都干得出来。虽然他甚至早在认识埃丽诺之前，就从她的一些见解中看出了她的无知和狭隘，但他把这些缺陷都归咎于缺乏教育的结果。直至收到她最后一封信之前，他一直认为她是个和蔼善良的姑娘，对他一片深情。只是因为抱有这种信念，他才没有结束这起婚约，虽然早在他母亲发现后对他大发雷霆之前，这门亲事就一直是他烦恼和悔恨的根源。

“当我被母亲抛弃，看来孤立无援的时候，”爱德华说，“我认为不管我的真实感情如何，我有义务加以克制，让她选择是否继续保持婚约。在这种情况下，似乎没有什么东西可以打动任何人的贪心和虚荣心，而她又如此诚恳、如此热切地坚持要与我同甘苦、共命运，这叫我怎么能设想，她的动机不是出自纯真无私的爱情呢？即使现在，我也无法理解她出于什么动机，或者说她幻想这对她有什么好处，偏要委身于一个她丝毫也不爱慕的人，而这个人不过只有两千镑的财产。她无法预见，布兰登上校会赠送我一份牧师俸禄。”

“她是无法预见，不过她也许在想：说不定会出现对你有利的情况。你家里人也许迟早会发发慈悲。无论如何，继续保持婚约对她并无损害，因为她已经证明，这既不束缚她的意向，也不束缚她的行动。这当然是一门很体面的亲事，很可能取得亲友们的体谅：如果不能出现更有利的情况，那她嫁给你总比独身要好。”

当然，爱德华马上认识到，没有什么事情比露西的行为更自然了，也没有什么事情比她的动机更昭然若揭。

埃丽诺严厉责备爱德华，就像女人总是责备男人行为轻率（而这种轻率又抬高了女人的身价），说他在诺兰同她们共处了那么长时间，他应该感到自己的反复无常。

“你的行为当然是非常错误的，”她说，“因为——且不说我自己有什么看法——我们的亲属都因此而产生了错觉，异想天开地期待着一些照你当时的处境来看绝对不可能的事情。”

爱德华只好推说自己太无知，误信了婚约的力量。

“我头脑真够简单，以为我和别人订有婚约，同你在一起不会有危险。只要想到婚约，就能使我的心像我的尊严一样圣洁无恙。我感到我爱慕你，但我总对自己说，那只不过是友情而已。直到我开始拿你和露西进行比较，才知道我走得太远了。我想，从那之后，我不该继续赖在苏塞克斯不走，后来我甘愿待在那儿的理由不外乎是这样的：危险是我个人的，除我自己之外，我并不损害任何人。”

埃丽诺微微一笑，摇了摇头。

爱德华高兴地听说，布兰登上校即将光临乡舍，说真的，他不仅想跟布兰登深交，而且还想趁机让他相信，上校要把德拉福的牧师职位赠给他，对此他再也不感到不愉快了。他说：“我当时很不礼貌地道了声谢，他现在一定会以为，我一直没有宽恕他要送我这份俸禄。”

现在，他感到惊讶，他居然从未去过那个地方。不过，他以前对这件事太不感兴趣，现在能对那儿的住宅、花园、土地、教区范围、土质状况以及什一税率有所了解，完全归功于埃丽诺。她从布兰登上校那儿听到大量情况，而且听得非常仔细，因而对此事了如指掌。

在这之后，他们两人之间只剩下一个问题还悬而未决，只剩下一个困难还有待克服。他们由于相亲相爱而结合在一起，赢得了真正朋友的啧啧称赞。他们相互之间非常了解，这使他们无疑会获得幸福——他们唯一缺少的是生活费用。爱德华有两千镑，埃丽诺有一千镑，这些钱，再加上德拉福的牧师俸禄，是属于他们自己的全部资产。因为达什伍德太太不可能资助他们，而他们两人还没有热恋到忘乎所以的地步，认为一年三百五十镑会给他们带来舒适的生活。

爱德华对母亲可能改变对他的态度，并非完全不抱希望。相反，他就指靠从她那里得到他们的其余收入。可是，埃丽诺却不存有这种指望，因为，既然爱德华还是不能娶莫顿小姐为妻，既然费拉斯太太过去在奉承他选择埃丽诺时，只说比选择露西·斯蒂尔危害要小一点，那么她不免担心，罗伯特这样冒犯他的母亲，除了肥了范妮之外，不会产生别的结果。

爱德华到后约四天，布兰登上校也来了，一则使达什伍德太太彻底感到遂心如意，二则使她自从迁居巴顿以来，第一次有幸迎来这么多客人，以致家里都容纳不下。爱德华享有先来的特权，布兰登先生每天晚上只好到巴顿庄园的老住处去投宿，第二天早晨又往往早早地从那儿返回来，正好打断那对恋人早饭前的第一次密谈。

布兰登上校曾在德拉福住过三个星期，在那期间，至少在每天晚上，他闲着没事，总在盘算三十五岁与十七岁之间的不相协调。他带着这样的心情来到巴顿，只有看到玛丽安恢复了元气，受到她的热情欢迎，听到她母亲鼓舞人心的话语，才能快活起来。果然，来到这样的朋友之间，受到如此的厚待，他真的又变得兴致勃勃了。有关露西结婚的消息还没传进他的耳朵，他对这些情况一无所知，因此他来访的头几个小时，全是用来听听新闻，边听边感到惊讶，达什伍德太太向他原原本本地作了介绍，他发现原先给费拉斯先生帮了点忙，现在更有理由为之庆幸了，因为最终使埃丽诺从中得到了好处。

不用说，两位先生的交往越深，彼此之间的好感也越发增长，因为不可能出现别的结果。他们在道义和理智上、性情和思维方法上都很相似，即使没有其他诱惑力，也足以使他们友好相处，而他们又爱着两姐妹，而且是非常要好的两姐妹，这就使得他们的相互尊敬成为不可避免和刻不容缓了。否则，那就只好等待日久见人心啦。

城里的来信，若在几天之前倒会使埃丽诺浑身的神经都跟着激动起来，可是现在收到读起来，感到的与其说是激动，不如说是喜悦。詹宁斯太太写信来告诉这奇异的故事，发泄她对那位负心女子的满腔义愤，倾吐她对可怜的爱德华先生的深切同情。她确信，爱德华先生过于娇宠那小荡妇了，现在待在牛津据说心都快碎了。“我认为，”她接着写道，“从来没有什么事情搞得这么诡秘，因为仅仅两天前露西还来我这里坐了两三个小时。没有一个人对这件事起过疑心，就连南希，可怜的人儿！也没疑心过。她第二天哭哭啼啼地跑来了，吓得不得了，唯恐费拉斯太太找她算账，同时也不晓得如何去普利茅斯。看样子，露西去结婚之前把她的钱全借走了，想必是有意要摆摆阔气，但是可怜的南希总共剩下不到七先令[1]。于是我欣然送给她五个几尼，把她送到埃克塞特。她想在那里与伯吉斯太太一起待上几个星期，希望像我说的那样，能再次碰到博士。应该说，露西不带着南希乘马车一起走，这是再缺德不过了。可怜的爱德华！我没法忘掉他，你应当

① 相当于三分之一几尼。

请他去巴顿，玛丽安小姐应当尽力安慰安慰他。”

达什伍德先生的来信语气更加严肃。费拉斯太太是个最不幸的女人——可怜的范妮心里极其痛苦——他认为这两个人受到如此打击还能幸存于世，真叫他谢天谢地，惊叹不已。罗伯特的罪过是不可饶恕的，不过露西更是罪大恶极，以后再也不会向费拉斯太太提起他们两个人。即使费拉斯太太有朝一日会原谅她儿子，她绝不会承认他的妻子是她的儿媳，也绝不会允许她出现在她面前。他们暗中搞秘密活动，这就理所当然地被视为大大加重了他们的罪过，因为假使这事引起了别人的怀疑，就会采取适当的措施阻止这门婚事。他要求埃丽诺跟他一起对这一情况表示遗憾：宁可让露西与爱德华结婚，也不该让她在家中造成这更大的不幸。约翰接着这样写道：

“费拉斯太太迄今还从未提起过爱德华的名字，对此我们并不感到惊奇。不过，使我们大为惊讶的是，在这关口，家里没有收到爱德华的片纸只字。也许他怕招惹是非，干脆保持缄默，因此我想往牛津写封信，给他个暗示，就说他姐姐和我都认为，他应该写一份中肯的求情书，或许可以寄给范妮，再由范妮转给她母亲，谁也不会见怪。因为我们都知道费拉斯太太心肠软，最希望同自己的子女保持良好的关系。”

这段话对爱德华的前途和行动颇为重要。他决定试图争取和解，虽然不完全遵照他姐夫姐姐指出的方式。

“一份中肯的求情书！”爱德华重复了一声，“难道他们想让我乞求母亲宽恕罗伯特对她忘恩负义，对我背信弃义？我不能委曲求全——我对这件事既不感到丢脸，也不为之忏悔。我觉得非常幸福，不过他们对此不会感兴趣。我不知道我有什么情好求的。”

“你当然可以要求得到宽恕，”埃丽诺说，“因为你犯了过错。我倒认为，你现在不妨大胆一些，对那次订婚惹得你母亲生气表示于心不安。”

爱德华同意可以这样办。

“当她宽恕你之后，你再承认第二次订婚，或许要谦恭一点，因为在她看来，这几乎与第一次订婚一样轻率。”

对此，爱德华没有什么好反对的，但他仍然不肯写一封中肯的求情信。他公开声称，要作出这种不体面的让步，他宁肯亲口去说，也不愿意写信表示。因此，为了不难为他，他们决定：他不给范妮写信，而是跑一趟伦敦，当面求她帮帮忙。“如果他们当真愿意促成这次和解，”玛丽安带着重新显现的坦率性格说道，“我会认为，即使约翰和范妮也不是一无是处。”

布兰登上校只待了三四天，两位先生便一道离开了巴顿。他们马上就去德拉福，以便让爱德华亲自了解一下他未来的寓所，并帮助他的恩人和朋友决定需要做出哪些修整。在那里待上两夜之后，他再启程去伦敦。

第十四章

费拉斯太太似乎一向就怕别人说自己心肠太软，因此，为了遮人耳目，她先是很有分寸地坚决推脱了一阵，然后才把爱德华叫到面前，宣布他又成了她的儿子。

最近，她家里简直乱了套。她多年来一直是有两个儿子。但是几周前，爱德华自作自受，使她失去了一个儿子，接着罗伯特又同样自作自受，半个月来，她一个儿子也没有了。现在，通过爱德华的幡然悔悟，她又有了一个儿子。

爱德华尽管再次得到生存的权利，在他透露目前的订婚之前，并不感到自己的继续生存是万无一失的。他担心这件事一旦公之于众，就会突然改变他的身份，像前次那样马上被宣布为不复存在。他带着诚惶诚恐的心情，小心翼翼地作了透露，出乎意料，听的人显得异常平静。起先，费拉斯太太尽量以理相劝，动员他不要和达什伍德小姐成亲，告诉他莫顿小姐是个更高贵、更有钱的女人。为了增强说服力，她又谈到莫顿小姐是贵族的女儿，有三万镑财产，而达什伍德小姐只是个无名绅士的女儿，财产不到三千镑，可是当她发现，爱德华虽然承认她说的千真万确，但他绝不想俯首听命。她根据以往的经验断定，最明智的办法还是顺从他——于是，做母亲的悻悻不快地耽延了一阵之后（这都是为了维护她的尊严，防止有人怀疑她心肠太好），终于发布命令，同意爱德华与埃丽诺结婚。

她准备如何帮助他们增加收入，那是下一步考虑的事情。不过，有一点很明确，虽然爱德华现在是她唯一的儿子，但他绝不是她的长子了，因为她一方面不可避免地要赠给罗伯特一年一千镑，另一方面又甘愿看着爱德华为了充其量不过二百五十镑的收入而去当牧师。她除了原先送给爱德华和范妮一人一万镑以外，对现在和将来没有作出任何别的许诺。

不过，这倒满足了爱德华和埃丽诺的欲望，而且超出了他们的期望。倒是费拉斯太太自己，却在装腔作势地自我辩解，似乎只有她在为自己没有多给表示惊讶。

爱德华取得了足以满足他们需要的收入，在获得牧师职位之后，便一切俱备，只等新房了。布兰登上校渴望快点迎接埃丽诺，房子正在大加修缮。埃丽诺一心等着快点完工，谁料像往常一样，因为工人莫名其妙地拖拖拉拉，工程总是迟迟不能竣工。埃丽诺千失望、万扫兴地等了一段时间之后，便遵照惯例，打破了当初关于不准备就绪不结婚的明确誓言，趁早秋时节在巴顿教堂举行了婚礼。

他们婚后的第一个月是同他们的朋友一起，在大宅第里度过的。

从这里，他们可以监督牧师公馆的工程进展，随意到现场直接指挥。可以选择糊墙纸，规划灌木丛，设计曲径。詹宁斯太太的预言虽然点错了鸳鸯谱，但是基本上兑现了。因为她可以赶在米迦勒节前到牧师公馆拜访爱德华夫妇，而且正如她所确信的那样，她发觉埃丽诺和她的丈夫是世界上最幸福的一对夫妻。实际上，他们也没有别的奢望，只盼着布兰登上校和玛丽安能结成良缘，他们的奶牛能吃到上好的牧草。

他们刚定居下来，几乎所有的亲友都赶来拜访。费拉斯太太跑来瞧瞧这对幸福的小夫妻，当初允许他们结婚时，她还真有点羞愧呢。就连达什伍德夫妇也不惜破费，从苏塞克斯远道而来，向他们道喜。

“我的好妹妹，我不想说我感到失望，”一天早晨，他们一道在德拉福大宅第门前散步时，约翰说道，“那样说也许有点过分，因为事实上你当然是个世上最幸运的年轻女人。不过，坦白地说，我倘若能把布兰登上校称作妹夫，那我会感到高兴之至。他在这里的财产、地位和住宅，一切都是那样体面，那样优越！还有他的树林！现在生长在德拉福坡地上的那种树木，我在多塞特郡的其他地方还从未见到过呢！也许玛丽安不像是个对他有吸引力的姑娘，不过我想你们最好让他俩经常和你们待在一起。因为布兰登上校在这儿非常怡然自得，谁也说不上会出现什么情况——因为如果两个人碰到一起，见不到其他任何人——你们总有办法把玛丽安打扮得绰约多姿。总而言之，你们不妨给她个机会——你懂得我的意思。”

且说费拉斯太太虽然真来看望儿子儿媳了，而且总是装作对他们颇有情义，但是他们从来没有真正得到她的欢心与宠爱。那是由于罗伯特的愚蠢和他妻子的狡诈引起的。没出几个月，他们倒赢得了费拉斯太太的欢心与宠爱。露西的自私与精明，最初使罗伯特陷入窘境，后来又为他摆脱窘境立下了汗马功劳，因为她那唯唯诺诺、大献殷勤

和百般奉承的本领一旦得到机会施展，费拉斯太太便宽容了罗伯特的选择，完全恢复了对他的欢心。

露西在这件事中的整个行为以及由此而获得的荣华富贵，可以被视为一个极其鼓舞人心的事例，说明对于自身利益，只要刻意追求，锲而不舍，不管表面上看来有多大阻力，都会取得圆满成功，除了要牺牲时间和良心之外，别无其他代价。罗伯特最初去找她，在巴特利特大楼对她进行私访时，本是带着他哥哥所说的目的去的。他只打算劝说她放弃这门婚事，再说他不过就是要制服两个人的感情，他便自然而然地认为：谈上一两次就能解决问题。不想在这一点上，也只是在这一点上，他算计错了。因为虽说露西给他希望，觉得凭着他的能说会道，迟早总会说服她，但每次总是需要再见一面，再谈一次，才能达到说服她的目的。他们分别的时候，露西心里总是存有几分疑虑，只有同他再交谈半个小时才能消释。就用这个办法，她把他给套住了，事情往后就顺当了。他们不再谈论爱德华，而是渐渐地只谈罗伯特。一谈起自己，罗伯特总是比谈论什么话题都健谈，而露西也马上显得同样兴致勃勃。总之一句话，双方迅即发现，罗伯特已经完全取代了哥哥的位置。他为他赢得了露西的爱情感到得意，为他戏弄了爱德华感到骄傲，为不经母亲同意而秘密结婚感到自豪。紧接着发生的事情，大家已经知道。他们在道利希非常快乐地度过了几个月，因为露西可以摆脱许多亲戚旧交——罗伯特还设计了几幢豪华的乡舍。他们随后回到城里，在露西的唆使下，经罗伯特简简单单地一要求，便取得了费拉斯太太的宽恕。理所当然，一开始得到宽恕的只是罗伯特。露西对他母亲本来就不负有义务，因而也谈不到背信弃义。又过了几个星期，她仍然没有得到宽恕。但是她继续装作低三下四的样子，一再对罗伯特的罪过引咎自责，对她自己受到的苛刻待遇表示感激，最后终于受到了费拉斯太太的赏识。尽管太太表现得有些傲慢，但露西深为她的宽宏大量所折服，此后不久，她便迅速达到了最受宠爱、最有影响的地步。对于费拉斯太太说来，露西变得像罗伯特和范妮一样不可或缺。爱德华因为一度想娶她而一直得不到真诚的谅解，埃丽诺虽说财产和出身都胜她一筹，但却被当成不速之客，而在这同时，她露西却总是被视为、而且总是被公认为一颗掌上明珠。他们在城里定居下来，受到了费拉斯太太的慷慨资助，并且与达什伍德夫妇保持着再好不过的关系。如果撇开范妮与露西之间持续不断的嫉妒和仇视（当然她们的丈夫也有份），撇开罗伯特与露西之间经常出现的家庭纠纷不谈，他们大家相处得倒是再和睦不过了。

爱德华究竟为什么失去了长子的权利，可能使许多人感到疑惑不解；而罗伯特凭什么继承了这个权利，可能会使人们更加疑惑不解。这种安排如果说没有正当的原因，其结果却是无可非议的。因为从罗伯特的生活派头和说话派头来看，一直没有任何迹象表明他对自己的巨额收入感到懊悔，既不懊悔给他哥哥留得太少，也不懊悔自己捞得太多。如果再从爱德华处处注意履行自己的职责，越来越钟爱自己的妻室，总是兴高采烈的情形来判断，他似乎对自己的命运同样感到称心如意，并不希望和他弟弟来个对调。

埃丽诺出嫁以后，经过妥当的安排，一方面使自己尽量少与家人分离，一方面又不让巴顿乡舍完全荒废，因为她母亲妹妹有大半时间和她住在一起。达什伍德太太之所以频频来到德拉福，既有散散心的打算，又有策略上的考虑，因为她想把玛丽安和布兰登上校撮合到一起的愿望，虽然比约翰所说的磊落得多，但是也着实够热切的了。现在，这已成为她梦寐以求的目标。尽管她十分珍惜和女儿在一起的机会，但是她更愿意把这种乐趣永远让给她的尊贵的朋友。况且，亲眼见到玛丽安嫁进大宅第，也是爱德华和埃丽诺的愿望。他们都感到了上校的悲伤和自己的责任。他们一致认为：玛丽安将给大家带来慰藉。

玛丽安在这样的共谋之下——她如此了解上校的美德——上校对她的一片深情早为大家有目共睹，最后终于也被她认识到了——她能怎么办呢？

玛丽安·达什伍德天生有个特殊的命运。她天生注定要发现她的看法是错误的，而且用她的行动否定了她最喜爱的格言。她天生注定要克服十七岁时形成的那股痴情，而且怀着崇高的敬意和真挚的友情，自觉自愿地把心交给了另一个人！而这另一个人，由于过去的一次恋爱经历，遭受的痛苦并不比她少。就是他，两年前被玛丽安认为太老了，不能结婚；就是他，现在还要穿着法兰绒马甲保护身体！

不过，事情就是如此。玛丽安没有像她一度天真地期望的那样，沦为不可抗拒的感情的牺牲品，没有像她后来头脑冷静下来所决定的那样，准备一辈子守在母亲身边，唯一的乐趣就是闭门读书。如今到了十九岁，她发现自己屈从于新的情感，担负起新的义务，安顿在一所新居里，做了妻子，家庭主妇，一个村庄的女主人。

布兰登上校就像最喜爱他的人们认为的那样，现在理所当然是非常幸福的。玛丽安为他过去的一切创伤带来了安慰。有她关心，有她做伴，他的心智恢复了活力，情绪重新欢快起来。每个明眼的朋友也都高兴地认识到，玛丽安给他带来了幸福，也从中找到了自己的幸福。玛丽安爱起人来绝不会半心半意，她的整颗心就像一度献给了威洛比那样，现在终于完全献给了她的丈夫。

威洛比听到她结婚的消息，不能不感到极度悲痛。过了不久，史密斯太太主动宽恕了他，将对他的惩罚推向顶点。史密斯太太明确表示，他与一个正派的女人结婚本是她厚待他的前提，这就使他有理由相信：想当初他假若能体面地对待玛丽安，他马上就会获得幸福，变得富有起来。威洛比悔恨自己的不道德行为给他带来了惩罚，他的忏悔是诚恳的，无可怀疑的。同样无可怀疑的是，有很长时间，他一想起布兰登上校就满怀嫉妒，一想起玛丽安就懊悔莫及。但是说他永远得不到安慰，说他要逃离尘嚣，养成阴郁消沉的习惯，最后死于过度悲伤，这可令人无法置信——因为他并非如此。他顽强地活着，而且经常活得很快活。他的妻子并非总是闷闷不乐，他的家里并非总是郁郁寡欢！他的马、他的狗，以及各种各样的游猎活动，都给他带来了不少家居之乐。

尽管失去玛丽安之后使他变粗野了，但他一直对玛丽安怀有明显的敬恋之情，使他对降临到她头上的每件事都深感兴趣，使他暗中把她视为女人中十全十美的典范。在以后的岁月里，出现了不少美丽的少女，只因比不上布兰登夫人而被他嗤之以鼻。

达什伍德太太比较慎重，仍然住在乡舍里，而没有搬到德拉福。使约翰爵士和詹宁斯太太感到幸运的是，玛丽安出嫁之后，玛格丽特到了适合跳舞的年龄，而且有个她心爱的人也并非很不适当了。

深厚的家庭情谊，自然要使巴顿与德拉福之间保持着持续不断的关系。在埃丽诺和玛丽安的众多美德和诸般幸福之中，可不要小看这样一点：她们虽说是姐妹俩，而且近在咫尺，她们之间却能和睦相处，她们丈夫之间的关系也没冷漠下来。

导 读

◎ 奥斯丁·多布森[①]

考据癖者探赜索隐一些不足为道的问题，且以此为乐，《理智与情感》书名所引发的问题正属其中之一。在达尔布莱夫人[②]小说《塞西莉亚》的第三卷卷尾，好说教的吕斯特博士总结道："整桩不幸的事件，皆因傲慢与偏见。"读过此句的人，一眼便知，这与奥斯丁的开山之作《傲慢与偏见》的书名息息相关。如果说奥斯丁对达尔布莱夫人不是顶礼膜拜，但在创作上还是深受其影响，加之奥斯丁小姐也承认对其作品了如指掌，世人难免会断定，奥斯丁出版的第二本小说《傲慢与偏见》，书名正是出自《塞西莉亚》中的这句话。因而出现了开篇让考据癖者刨根究底的小问题。《傲慢与偏见》最初称为《初次印象》，它确实先于《理智与情感》创作完成。随后在1797年，作者仿照小说家塞缪尔·理查逊[③]的书信体风格，全身心投入创作《埃丽诺与玛丽安》，后改之为《理智与情感》。众所周知，它是作者出版的处女作，且不论其名与《塞西莉亚》书中的那句话有没有渊源，可以肯定的是，《傲慢与偏见》与《理智与情感》二者书名密切相关。如果奥斯丁小姐在修改《初次印象》的书名之前已把《埃丽诺与玛丽安》更名为《理智与情感》(而事实上她极有可能是这么做的)，那么《傲慢与偏见》之名就绝不会来源于先其出版二十年的《塞西莉亚》。

---

① 奥斯丁·多布森（Austin Dobson，1840—1921）：英国诗人。

② 达尔布莱夫人（1752—1840）：婚前姓名为"弗朗西丝·伯尼"，也称"范妮·伯尼"，英国讽刺小说家、日记作家和剧作家。

③ 塞缪尔·理查逊（1689—1761）：英国著名小说家，他的作品《帕米拉》开创了英国感伤主义文学的先河。他的书信体的写作风格，影响了后世许多著名作家。

综上所述,《傲慢与偏见》书名和达尔布莱夫人小说中同时出现“傲慢与偏见”之词，极有可能纯属巧合，奥斯丁小姐不过是仿效旧时道德剧中给角色命名的做法，在《理智与情感》以及之后出版的《傲慢与偏见》中，用主人公的显著特征予以命名。小说也开门见山，不遗余力地叙述了埃丽诺的沉着理性，以及玛丽安的感情用事。但给后续作品命名时，奥斯丁小姐摒弃了用押头韵的方式来博读者眼球，此举非常明智。《爱玛》、《劝导》还有《诺桑觉寺》这些书名更符合作者轻松幽默和含蓄内敛的艺术风格。

《埃丽诺与玛丽安》最初写于1792年前后。在《初次印象》完成后,（或许当时只是部分完成，因为1811年作者又对其修改），奥斯丁小姐重塑了《埃丽诺与玛丽安》中的人物，再用书信体的格式完成了这部作品。一写完，她又紧接着创作《诺桑觉寺》。1811年，在《理智与情感》出版前，她又投入大量时间和精力，为其面世做准备。显然这次除了勘正，还有对手稿的初步修订，因此我们非常好奇她早在1797年至1798年究竟对《理智与情感》进行了多大程度的修改。更让我们好奇不已的是，小说定稿中的一些章节，比如：第十章达什伍德小姐和威洛比之间的精彩对话，是早在1797年至1798年的第二次修改后已经成型，还是从她移居巴思（1801—1806）和南安普敦（1806—1809）时，获得灵感后再行修改？那段时期，她显然辍笔不耕，没有任何创作。但遗憾的是，关于这些，文献中并无记载。1884年，布雷伯恩爵士[1]发表了奥斯丁小姐和友人来往的书信，仔细查阅，仅找到两处明确地提及《理智与情感》，且对于解开上述谜团并无多少价值。1811年4月，奥斯丁小姐提到修改了《理智与情感》中的两页，但对此书能否在两个月后出版不寄希望；同年九月，在其

① 此处概指布雷伯恩男爵一世爱德华·纳奇布尔-休格森（1829—1893）。

家人的一篇日记中，暗示书在彼时已经出版。该日记简要提及，从奥斯丁姐姐卡桑德拉寄来的一封信中，她求通信的人不要“提到奥斯丁姑妈写过《理智与情感》”。除了这些微不足道的细节，作者也说过，此书收益丰厚，远胜其付出，这在《傲慢与偏见》的序言中也有提及，除此之外，对于出版这第一部作品，她究竟倾注了多少心血，她的后人显然没有保留任何记录。对于她为何不首先出版《傲慢与偏见》，由于没有相关文献，所以研究奥斯丁的评论家也是众说纷纭。他们认为作者并未视其为她自己的杰作。正所谓当局者迷，古往今来，作家总是不能准确判断自己的最优秀作品，这种事在文学史上屡见不鲜。评论家如是论断也很自然，但前提是，作者的确视《理智与情感》为代表作，关于这一点，现已无从考证，因为除了小说出版先后顺序的风波外，我们对其他信息一无所知。因此，作者为何不选择《傲慢与偏见》为其处女作，比较简单的解释是，到1811年，她已经写好或至少完成三部小说的雏形，但出版商没有认真审阅，便拒绝出版《傲慢与偏见》，令她羞愧难当，自然不再对它倾注全部热情，而《诺桑觉寺》则一直被巴思的另一位出版商束之高阁。在这样的情况下，对《理智与情感》寄予厚望，实属明智之举。最后，1811年春，机缘巧合，她去伦敦拜望哥哥，结识了白厅“军事图书馆”的埃杰顿先生，这位务实的出版商就成了奥斯丁的伯乐。

奥斯丁小姐在《理智与情感》出版后，又回到了乔顿。如前所述，小说销量不错，出版商付给奥斯丁一笔可观的稿酬，就如《远大前程》中葛吉瑞先生提到的“150英镑这么一大笔钱”，但竟然没有关于此书评论的只言片语，实在令人不解，要是搁到现在，那评论肯定如潮水一般，各种意见不绝于耳。埃杰顿先生之前造访过奥斯丁小姐位于斯隆街的住所，后来肯定告诉过她《理智与情感》广受好评。但即便真是这样，现在也无从考证。奥斯丁–李是奥斯丁小姐的第一位传记作家，也是迄今最优秀的一位，即使是他，也无从查找《理智与情感》出版后的评论，抑或作者本人的各种感受。能确定的是，此书出版后的主要评论，皆出自作者的亲朋好友，他们反响不一，如果确信是她本人将其编纂成册——奥斯丁-李也从中摘录部分出版，那么这些朋友对《理智与情感》的评价，多是贬低批驳之语，而非褒扬赞誉之词。后来，文化界对她的作品，赞誉之声此起彼伏，不绝于耳，可惜她活着的时候，并未听闻，在她有生之年，欣赏她作品的读者实在少之又少。19世纪初，《评论季刊》发表了两篇关于她作品的评论，她生前只读到1815年出版的那篇，是由瓦尔特·司各特[①]爵士所撰写，另一篇发表于1820年，出自大主教惠特利博士之手，他是对奥斯丁小姐赞誉有加的第一人，可惜那时奥斯丁已去世三年。惠特利博士的这篇评论主要针对《曼斯菲尔德庄园》和《劝导》，而1815年司各特爵士的评论尽管对《理智与情感》和《傲慢与偏见》作了简要的概述，但主要评述的是《爱玛》。

奥斯丁-李对1815年司各特爵士的评论，语气也许过于轻蔑。那则评论，虽然在一些问题上，见解不够中肯，观点也不充分，但对奥斯丁小姐较之同期作家的过人之处，司各特爵士还是给予了准确而又公正的肯定：她细致入微地描绘了普通人的悲欢离合，虽然叙述的是日常生活的情景，也像情节浪漫复杂的小说一样，让读者兴致盎然。仅凭这些特点，尽管同时期还有另两位女性作家埃奇沃思[②]和布伦顿小姐[③]，他在《评论季刊》中也非常中肯地指出，这类作品“虽然缺

---

① 瓦尔特·司各特（1771—1832）：英国著名历史小说家和诗人，著有脍炙人口的历史小说《艾凡赫》及《昆丁·达威尔特》等。

② 玛丽亚·埃奇沃思（1767—1849）：英国作家，以现实主义小说著名，她的作品如《拉克伦特堡》，打破了当时盛行的哥特式风格。

③ 玛丽·布伦顿（1778—1818）：苏格兰女作家。她的处女作《自控》和奥斯丁的《理智与情感》都发表于1811年。

乏贝叶斯所说的‘带给人惊喜并使心灵得以升华’的元素，但作者在小说中展现出的博闻多识及娴熟的叙事手法足可以弥补其不足。”纵有这些特点，司各特爵士还是毫无顾忌地宣称“奥斯丁是卓尔不群的。”尽管他没有强调奥斯丁冷静的判断力，大力赞赏她拿捏得恰到好处的语言表达，含蓄机智的反讽以及细腻的艺术笔触，我们大可不必追究，奥斯丁小姐作为划时代的小说先驱，评论界一直对她褒贬不一，对其才华也未给予全面的认可。

然而，仅仅因为《理智与情感》是她出版的处女作，就声称它是奥斯丁小姐最伟大的作品，未免偏颇。事实上，有人欣赏《劝导》，有人喜欢《爱玛》和《曼斯菲尔德庄园》，还有很多人称颂《傲慢与偏见》，更有人大力推崇《诺桑觉寺》，称之为其最出色的作品。但《理智与情感》却未受青睐，更别说被置于奥斯丁作品之首，相信作者本人也持同样的观点。鉴于奥斯丁的作品自成一格，衡量《理智与情感》，自然要参考她的其他作品，《傲慢与偏见》的主人公同样也是两姐妹，通过与之比较，给予其中肯的评价。《理智与情感》中的埃丽诺与玛丽安俩姐妹历来为读者所推崇，她们只是和《傲慢与偏见》中的伊丽莎白和简两姐妹相比，才稍逊一筹。或许《理智与情感》多少有些感伤小说的印记，显得有些老套过时，相比其中代表人物玛丽安·达什伍德小姐，读者自然更喜欢《傲慢与偏见》中美丽动人、亲切随和的简·贝内特小姐。此外，（用昆斯伯里夫人的话说，）比起乏味的爱德华·费拉斯以及外表刻板的布兰登上校，达西和宾利先生更“讨人喜欢”。但是在体现托马斯·哈代所说的“生活的小讽刺”方面，达什伍德两姐妹刻画得显然比贝内特两姐妹更出色。这么说也不无道理，不是人人都能遇上宾利先生或是拥有庄园的达西先生，更可能遇到的是令人怜悯的爱德华·费拉斯先生，大多数像埃丽诺那样理性的姑娘要是能嫁给他，都会感到心满意足的。而像玛丽安一样对爱情充满向往的姑娘，最终难免会接受穿着法兰绒背心的中年上校。可以想象，乔治·艾略特[1]肯定也认为埃丽诺与玛丽安的命运比起贝内特两姐妹显得更加真实。对比两部小说中的其他人物，尽管《傲慢与偏见》中的贝内特先生以及凯萨琳·德·布尔夫人，抑或是那位活灵活现的柯林斯先生，刻画得如此惟妙惟肖，难以超越，但《理智与情感》中的人物也不逊色：不论是言语粗俗、乐于做媒的詹宁斯太太，从酒窖里拿出陈年的康斯坦雪陈酒，作为“医治内伤的特效秘方”给玛丽安减轻痛苦；还是以饮酒为乐的约翰·米德尔顿爵士，这位乡绅最怕冷清，哪怕只有埃丽诺与玛丽安两人到访，都能令他喜出望外，好似整个伦敦城的人都驾临一般。此外，对帕尔默夫妇的刻画也很精彩，同样出彩的人物还有卑鄙虚伪、自私自利的斯蒂尔姐妹。而小说中描绘得最精彩绝伦的人物，当属对牙签盒眼光挑剔，品味怪异罗伯特·费拉斯先生，（他第三十六章中还谈及他对于乡村小屋生活的一番见解）以及臭味相投、令人叫绝的约翰·达什伍德夫妇。在奥斯丁小姐的所有作品中，最妙趣横生的场景莫过于约翰·达什伍德夫妇商量该给继母和三个妹妹多少资助的大问题，这段对话写得妙不可言，一直为人津津乐道。此外，小说第三十三章和三十四章中，描写诺兰庄园的主人（约翰·达什伍德）自称一度要为几千镑而蚀本抛售股票时那副哭穷的样子，令人过目不忘，和罗杰·德·科弗利爵士谈起他的先人没能战死沙场时故作惋惜的情形，简直如出一辙，事实是“他在伍斯特战役打响头天，收到家人消息而离开战场，才在英国内战中侥幸逃脱。”

无论是《理智与情感》，还是《傲慢与偏见》，对当地风貌的描写

---

① 乔治·艾略特（1819—1880）：原名玛丽·安·伊万斯，英国女作家。19 世纪英语文学最有影响力的小说家之一，代表作有《亚当·比德》《弗洛斯河上的磨坊》等。

都少之又少。值得一提的是，在埃克塞特的北部，离闻名遐迩的伊兹利家族的庄园[①]所在地阿普顿派恩不远处，确有一个巴顿屋舍。在诺兰庄园的描绘中一定有作者记忆中家乡史蒂文顿的影子。而且可以肯定的是，她在小说中借詹宁斯太太之口描写了德拉福："德拉福是个好地方，完全像我说的那样，是个风景优美、古色古香的好地方。条件舒适、设施便利，四周围着园墙，大花园里种植着乡下最优良的果树。有个角落长着一棵好棒的桑树！"此时，浮现在作者脑海里的情景，必定是汉普郡或是德文郡的乡村屋舍。不论怎样，那里的风景比她笔下描绘的景色更美丽如画。"此外还有一座鸽棚，几口可爱的鱼塘，和一条非常美的河流；总之，只要人们想得到的，应有尽有。何况，又挨近教堂，离公路只有四分之一英里，什么时候也不会觉得单调无聊，因为屋后有一块老紫杉树荫地，只要往里面一坐，来往的车辆一览无余。"最后几句很容易让人们联想到这样的场景：乘马车出行的日子，常能看到路边古雅的露台和亭子，人们坐在里面，注视着往来于多佛和坎特伯雷的马车一辆辆驶过。无论是夏洛特·帕尔默在学校创作的"彩绸风景画"（第九章），还是治疗失恋的旧式药方"薰衣草药水"（第二十九章），选词都相当典雅。第九章中，以"little hop"来指代舞会，乍一读很新潮，像是维多利亚中期刚开始使用的俚语。但实际上并非如此，即使是在小说中，"hop"一词作"舞会"的用法至少可追溯到1742年出版的小说《约瑟夫·安德鲁传》[②]。

（邓月萍　译）

① 伊兹利爵位是诺思科特（Northcote）家族世袭的头衔，其名下的阿普顿派恩庄园（Manor of Upon Pynes）闻名遐迩，此处"seat"指庄园。

②《约瑟夫·安德鲁传》是18世纪最杰出的英国小说家、戏剧家亨利·费丁尔的第一部小说，它真实地反映了十八世纪的英国社会情况，辛辣而锐利地讽刺了资产阶级社会的虚伪丑恶和庸俗的风尚。

附录：简·奥斯丁年表

1764 年

4 月 26 日：乔治·奥斯丁牧师与卡桑德拉·李结婚。

1765 年

2 月 13 日：大哥詹姆斯·奥斯丁出生于迪恩。

1766 年

8 月 26 日：二哥乔治·奥斯丁出生于迪恩。

1767 年

10 月 7 日：三哥爱德华·奥斯丁出生于迪恩。

1768 年

7 月 /8 月：奥斯丁家搬至斯蒂文顿。

1771 年

6 月 8 日：四哥亨利-托马斯·奥斯丁出生于斯蒂文顿。

1773 年

1 月 9 日：姐姐卡桑德拉-伊丽莎白·奥斯丁出生于斯蒂文顿。

3 月 23 日：奥斯丁先生成为斯蒂文顿和迪恩两个教区的教区长，并在斯蒂文顿招收寄宿生，补贴家庭开支。

1774 年

4 月 23 日：五哥弗朗西斯-威廉·奥斯丁出生于斯蒂文顿。

1775 年

12 月 16 日：简·奥斯丁出生于斯蒂文顿。

1779 年

6 月 23 日：弟弟查尔斯-约翰·奥斯丁出生于斯蒂文顿。

1782—1788 年

奥斯丁家在斯蒂文顿举行了一些业余演出。

1783 年

春：与卡桑德拉随表姐简·库珀离家去牛津考里太太的女子寄宿学校念书。

夏：考里太太将学校迁至南安普敦，姐妹俩患传染病被接回家。

1785 年

春：与卡桑德拉被送到雷丁的修道院学校念书。

1786 年

12 月：与卡桑德拉辍学回家，接受父亲的教育。

1787—1793 年

开始其少年习作，完成并誊清《第一册》《第二册》及《第三册》。

1788 年

夏：奥斯丁夫妇带简和卡桑德拉去肯特和伦敦。

1794 年

秋（？）：写作书信体小说《苏珊夫人》。

1795 年

（？）：写作书信体小说《埃丽诺与玛丽安》（《理智与情感》的前身）。

该年 12 月至次年 1 月：与同龄青年汤姆·勒弗罗伊情意甚密。

1796 年

简·奥斯丁存世的信件开始于 1 月 9 日。

完成《埃丽诺与玛丽安》。

10 月：开始写《初次印象》（《傲慢与偏见》的前身）。

1797 年

8 月：完成《初次印象》。

11 月 1 日：父亲为《初次印象》向出版人卡德尔寻求出版机会，对方未见作品即予否决。

同月：将《埃丽诺与玛丽安》改写成《理智与情感》。

冬：拒绝了塞缪尔·布莱科尔牧师的求爱。

1798 年

开始写作《苏珊》(《诺桑觉寺》的前身)。

1799 年

约在 6 月完成《苏珊》。

1800 年

12 月：父亲决定退休。

1801 年

随父母和姐姐搬到巴思。

夏：随家人外出期间与一牧师坠入爱河，约定来年夏天再相聚，后接到青年突然死去的噩耗。

1802 年

12 月 2 日晚：21 岁的牧师哈里斯·比格-威瑟向简求婚，简当即答应了。

12 月 3 日早晨：简改变主意，收回了自己头天晚上的许诺。

冬：修订《苏珊》。

1803 年

春：将《苏珊》的版权卖给伦敦出版人克劳斯比，但对方并未出版此书。

1804 年

约在这一年写作《沃森一家》。

1805 年

1 月 21 日：父亲在巴思病逝。

夏：32岁的牧师爱德华·布里奇斯向简求婚，遭到拒绝；秋天又转而向简的姐姐求婚。

誊清《苏珊夫人》，并放弃《沃森一家》。

1806年

7月2日：跟随母亲、姐姐离开巴思，10月移居南安普敦。

1809年

4月5日：试图争取《苏珊》出版未果。

7月7日：跟随母亲、姐姐搬到乔顿，结束了不安定的生活。

8月：焕发了写作的兴致。

1810年

冬：出版人埃杰顿接受《理智与情感》。

1811年

2月：开始构思《曼斯菲尔德庄园》。

3月：在伦敦看《理智与情感》的校样。

10月30日：《理智与情感》出版，封面注明："一部三卷小说/一位女士著/1811年。"

冬（？）：修改《初次印象》，改写成《傲慢与偏见》。

1812年

秋：将《傲慢与偏见》的版权以110英镑卖给出版人埃杰顿。

1813年

1月28日：《傲慢与偏见》出版，封面注明："一部三卷小说/《理智与情感》作者著/1813年。"

7月（？）：完成《曼斯菲尔德庄园》；《理智与情感》和《傲慢与偏见》发行第二版。

大约这年11、12月间（或次年1月）：将《曼斯菲尔德庄园》版权再次卖给出版人埃杰顿。

1814 年

1 月 21 日：开始写《爱玛》。

5 月 9 日：《曼斯菲尔德庄园》出版，封面注明："一部三卷小说 /《理智与情感》与《傲慢与偏见》作者著 /1814 年。"

1815 年

3 月 29 日：完成《爱玛》。

8 月 8 日：开始写《劝导》。

11 月 13 日：参观卡尔顿宫，应邀将下一部作品赠给摄政王。

12 月底：《爱玛》由出版人约翰 · 默里出版，封面注明："一部三卷小说 /《傲慢与偏见》作者著 /1816 年"，并将一精装本赠给摄政王。

1816 年

春：开始感到身体不适。

亨利 · 奥斯丁买回《苏珊》旧稿，让作者重新修订。

7 月 18 日：完成《劝导》初稿。

8 月 6 日：定稿。

《曼斯菲尔德庄园》由约翰 · 默里再版；发行《曼斯菲尔德庄园》及《爱玛》的法文版。

1817 年

1 月 27 日：开始写《桑迪顿》。

3 月 18 日：停笔。

4 月 27 日：立遗嘱。

5 月 24 日：由卡桑德拉带着去温切斯特就医。

7 月 18 日清晨：病逝。

24 日：葬于温切斯特主教堂。

秋（？）：亨利与约翰 · 默里安排《诺桑觉寺》（即《苏珊》的修

订本）和《劝导》出版事宜。

12月底：《诺桑觉寺》与《劝导》结集出版，封面注明："《傲慢与偏见》《曼斯菲尔德庄园》作者奥斯丁小姐著 / 附有作者生平传略 / 合计四卷 /1818 年。"